現代語訳

源氏物語

紫式部

窪田空穂［訳］

作品社

彼に得ようとするところからのものであった。一たびその目的が果されると、漢学は漢文学となり、それが衰えると、新風の和歌の勃興となって、これが勅撰集に権威づけられて、文芸の中心となった。一方また、新たに発明された仮名文字は、次第に漢文の席を奪って、これによって書かれた物語、日記に、相次いで名作が現われ、主として女性によって酷愛せられるものとなって行った。平安朝中期までに書かれた物語で、その物は亡びて、名だけを伝えている物語の数は、可なりまで多いのである。

　和歌が、当時の社会生活の上で、如何に重要なものであったかは、今日では想像するにも困難なほどである。例せば、祝賀、弔問、又は品物を贈るなど、社交上欠くべからざる交際の挨拶は和歌をもってするということが建前となっていた。これは口頭の挨拶をもってするよりは、遥かに改まった、又鄭重なものとされていたが為である。それにもまして重要なのは、結婚の交渉の際である。当時の結婚は、謂わゆる自由結婚で、普通男より女に申込むのであるが、この交渉は和歌をもってするのを建前としていた。交渉を受けた女は、普通だと、諾否にかかわらず、歌をもって返事をしなければならなかった。女が作歌に堪えない場合は、代作をもってしていた。これは、それの出来ないものということは、直ちに教養を疑われることで、恥辱とされていたからである。夫妻居を異にしていた当時の生活にあっては、結婚後の消息も、同じく和歌をもってしていて、その巧拙は、やがて心情その物の如くに解されていたので、男女とも和歌に対しては、生活上の必要なものとしての関心をもち、従って習練も怠らなかった。殊に女にあっては、此の念が強かったのである。和歌が重んじられるに伴って、これを書くところの筆蹟というものも亦重んぜられていて、それに対する関心は、同じく今日では想像しやすくないものであった。

　和歌に次いで重んじられたのは、音楽である。大体は奈良朝時代、唐より将来されたところのものであるが、これが上流社会に流布し、流行して、宮中における儀式、神事の際は、欠くべからざるものとなっており、私生活においても、無くてはならぬものとなっていた。従って、男女とも、教養の上の重もなる項目となっていて、その巧拙の重大視されていたことは、物語の上に具さに現われており、今日からは、やや不可思議にさえ感じられるまでである。

当時の社会を包んでいた芸術的雰囲気の濃厚なのにもまして、今日から観て、一層特殊さを思わせられるものは、此の時代を通じてもっていた男女間の関係である。それは一夫多妻の風で、此の風は、上代より伝わり来っているもので、此の時代に始まったことではないが、此の風と、此の時代の生活気分と絡み合って、前後に類のない様相をもったものとなっている。

富があり、公人として為すべきことが少く、しかも社会は藤原氏一門によって統制づけられていて、そこには個人的努力によって贏ち得られそうな何物もない。芸術的雰囲気の濃厚なものはあるが、事実としては、何人もそうした才分を恵まれている訳ではなく、多少とも天分を持っている者は、少数に過ぎなかったということは、此の時代に出来た『枕草子』の示しているところで、一般の者は、芸術に憧れて、饑えているという状態だったのである。此の特殊な気分が、従来の風である一夫多妻に絡んでいったのである。加えて此の多妻の風は、当然のこととして、夫はその多妻と一つ棟に起居することは出来ない。即ち夫は、宵にその妻の家を訪い、朝に帰るのが建前で、昼の間には顔を合せるということも殆どない。又夫は、毎夜その妻を訪わなければならないという義務は持っていず、その点極めて自由である。それで夫より見た妻は、殆ど責任を負わされるところのない遊び相手で、気が向けば訪う、向かなければ訪わないという、単なる翫弄物に過ぎなかった。これを女の側から見れば、此の時代の女は、男からそうした扱いを受けても余儀ない程、その社会的位置が低かった。『源氏物語』の作者紫式部、『枕草子』の作者清少納言は、いずれも宮中における女房としての呼び名で、そしてその名の由って来たるところは、その氏に、父又は兄の官名を添えたものであり、本来の名は何といったのか、伝うるところがないのでわからない。又、勅撰和歌集など、改まった物における女の名は、「某女」「某母」というので、要するに、その親、又は親代りの者に属するか、その子に属するかで、妻として呼ばれていることは少い。個人としては存在せず、娘としてか親としてかで存在し、妻としての存在も危まれるという此の状態は、やがて此の当時の女の社会的に見られた位置を語っているものといえよう。社会から此のように見られている女が、そうした態度を取っている男と、夫妻関係を結ぶのである。夫に責任のないということは、妻には不安の多いことである。しかもその夫を夫としている妻は、自分一人ではなく、他にも何れ程あるのか分らない。不安は動揺となり、動揺が極れば、妻としての操守も持ち難い状態に陥ることもあり得ることである。たまたま幸福なる妻は、選ばれて夫の家に迎えられ、同棲することが出来るのであるが、そうなり得たからとて、一夫一婦の関係となり得た訳ではなく、依然として多妻の中の一人に過ぎないのである。これが一夫多妻の常態である。

　平安朝中期の一夫多妻は、もし『源氏物語』が、当時の実相に触れているものとすれば、特殊な趣をもっている。云うべくんば、芸術的雰囲気に包まれている一夫多妻である。ここに芸術的というのは、これを男の側からいえば、多妻を求める心は、もとより好色からであるが、それをそうはいわず、美に対しての感受性が強く、また細かく、多くの女から、それぞれ異なった美を捉え得て、これを愛し重んずることと見たのである。自身もそう思い、そう思うことによって誇りを感ずれば、周囲の者も、同じくそう思って、これをゆかしんだのである。転じて、女の側からいうと、男に言い寄られた女は、それを無下に拒むということは、情を解さない、又情に疎いこととして、寧ろ恥ずべきこととしている。ここに情というのは、芸術的に美ということと相通うものである。そうした際の女の態度は、極めて素直に、又極めて柔らかである。又、人妻とはいっても、必ずしもその夫と同棲しているのではなく、自由な状態に置かれていたところから、此の人妻でも、他の男から言い寄られる場合があり得た。そうした際の人妻も、人妻という身分を省みることは少く、殆ど普通の娘と同じように身を扱っている。それは何よりも、情を知らぬ女と思い思われることに堪えないが為である。そこには後世にいうところの、人妻としての操守というものは思っていないかのようである。さすがに煩悶がない訳ではないが、その煩悶は、自分を信じている夫に裏切るという、自分自身だけの不快の念で、それ以外の何物でもないかのように見える。時に人妻には、その結果から見ると、後世にいう操守に似たものを示す場合もあるが、これは保身の上から来る顧慮であって、そうした関係に身を置くことは、結局身を亡ぼす外はない、愚かしきことだと思うが為である。即ち利害の打算から来るものなのである。

此の男女関係に、芸術的気分を絡み合させて、それとこれとを一つとし、その一つとなし得た者を高しとし、然らざる者を低しとする消息は、『源氏物語』の中に幾たびとなく繰返され、具さに展開されているものである。ここに平安朝中期の男女関係の特殊さがあるといえる。

四

『源氏物語』の作者紫式部は、こうした時代に生き、こうした時代の雰囲気の中に、その生涯を送ったのである。

彼女の伝記は、彼女自身の筆に成ったもの以外には、何人によっても伝えられていない。強いていえば、その墓所が伝えられたという程度である。その手に成ったというのは、その家の和歌集である『紫式部集』及び女房として宮中に奉仕した間の一部面を記した『紫式部日記』だけであって、これとて、直接自身を語ることを目的としたものではないので、断片的に、一部一部を辿り得る程度のものである。第一に、彼女は何という名であったか、又何時生まれて何時死んだかさえも分らないのである。従って又、我が国宝であるのみならず、世界的名著である『源氏物語』が何時著されたかさえも、推測する外には、何等立証すべき手懸りもないのである。

彼女の家系は、明らかになっている。遠祖は、閑院左大臣冬嗣の六男良門で、当時の名門である。

彼女はその六代目に当っている。家は文学上に名ある人の多くを出している。曾祖父の兼輔（かねすけ）は、堤中納言と称せられ、延喜時代、歌人として令名のあった人で、歌集一巻を残している。祖父の雅正（まさただ）、その弟の清正、又叔父の為頼（ためより）は、何（いず）れも歌人としての名を持っており、『拾遺集』以下の勅撰集にその歌を取られている。父の為時は、当時の碩学（せきがく）、文章（もんじょう）博士菅原文時を師として学んだ人で、儒学の造詣が深く、且（か）つ詩文にも長じていて、その作詩は、『本朝麗藻（れいそう）集』に、数十首の多くを載せられている。彼女の母は、右馬頭藤原為信の女で、その家は冬嗣の一男長良を遠祖とする名門で、両家ともその祖を同じゅうしているのである。

式部には、兄が三人と、姉が一人あったらしく、長兄と次兄とは官に仕え、三兄は出家して阿闍梨（あざり）となっている。兄の一人惟規（のぶのり）は、歌人として名があり、現に伝わっている『惟規集』という歌集一巻は、その作らしいという。

式部の生年は、その歿年と共に不明である。今、安藤為章（ためあきら）の『紫家七論』の考証によると、円融天皇の天元元年（九七八年）に生まれたという。

日記によると、幼少の時、父の為時が「口惜（くちお）しゅう、男子（おのこ）にてもたらぬこそ幸（さち）福なかりけれ」と嘆息したという。思うに父為時が漢籍を教えたのに、式部の聡明で、覚えのよいのを見た時のことであろう。それは、当時は漢籍は、男子に限られての教養で、女子は学ばないことを普通としていたので、その覚えの良いのも甲斐（かい）ないこととして嘆じたのであろう。式部が漢籍の造詣の浅くなかったことは、後年、上東門院に女房として奉仕した時、院に『白氏文集（はくしもんじゅう）』の「楽府（がふ）」を講じたことが『日記』にあるので知られる。これは相当の自信が持てたからのことであろうが、その造詣は家学によってのものであろう。

又、『日記』によると、箏の伝授を求められたことが分るが、音楽の教養も浅くはなかったことが知られる。又、仏典にも精（くわ）しかったようであるが、これは出家した兄、阿闍梨定暹に負うところのあるものと思われる。

一条天皇の長徳二年、式部十九歳の時、父為時は越前守となって任地に赴(おもむ)いたが、式部も伴われて行った。式部にとっては旅がわびしく、都が恋しくて、その翌年二十歳の時には、父を残して一人都へ帰ってしまった。

長徳四年、二十一歳の時、式部は、後に夫となった藤原宣孝(のぶたか)から求婚をされた。式部はたやすくは応じなかったが、翌長保元年の秋、次第にその間が接近して来た結果、ついに結婚するに至った。式部は二十二歳、宣孝は四十八歳くらいで、他に三四人の妻もあったらしいという。

その翌年、式部は女子賢子を生んだ。これは後年、後冷泉天皇の御乳母(おんめのと)となって越後の弁と呼ばれ、正三位太宰大弐高階成章(たかしなのなりあき)の妻となってからは、大弐三位(だいにのさんみ)と呼ばれた人である。

長保三年、二十四歳、結婚の翌々年の四月二十五日、式部は夫宣孝と死別をした。式部は悲嘆が甚(はなはだ)しく、世を捨てて出家しようとまで思ったのであるが、幼い者を思うことによって、辛くも思いとどまった。此の間の消息は、『歌集』によって窺われる。夫とは年齢も甚しく違い、趣味などの一致もあったとは思えず、殊に他に何人かの妻もあったのであるが、それにも拘(かかわ)らず、こうした献身的の愛を夫につないでいたところに、式部という人を思わせるものがある。

その後三十歳までの五年間、時に藤原道長の邸(やしき)に仕えたこともあるらしいというが、大体家居に過した。此の家居の五年間に、大作『源氏物語』は書かれ、少くともその初めの部分は書かれたものと考証されている。作家の作品を孕(はら)む心理は、第三者には窺い難い。しかし『源氏物語』のような、従前の物語の、主として事件的興味で読ませようとしたのとは反対に、切実なる人間味、殊に男女関係を描き出した作品は、作者と必然的な関係があったものと思わせられる。その関係というのは、結婚生活僅(わず)かに二年間、二十四歳にして寡婦となった女の、謂わゆる見果てぬ夢の一種の延長ではないかと思える。その見果てぬ夢に大きな構成を持たせたのは、一に作者の人柄で、聡明で、自尊心が強く、加うるに芸術的天分が豊かに、その上に教養にも富んでいた人が、体験を通して我が身世を大観させられたのに、時代的にも、また兄の阿闍梨を通しても通じていたという仏典の思想によってこれを強め、それらの力の綜合によって、見果てぬ夢に合理的構成を与えたものが、今見る『源氏物語』ではないかと思われる。

寛弘四年、三十歳の時、藤原道長の女で、後に一条天皇の皇后となられた上東門院彰子に、女房として奉仕することになった。この年から寛弘七年、三十三歳までの三年間の生活記録は、断片的ながら『紫式部日記』の中にとどめられている。それによると、女房としての彼女は、一条天皇、当時は中宮であられた彰子、藤原道長などから、愛せられ重んじられていたことが分り、又、同じ女房、ひいては殿上人からは、むしろ崇敬されていたことが知られる。階級の統制が強く、儀礼がやかましく、しかも批評の盛んな宮廷生活は、女の身に取っては過しやすいものではない。その間に在って、非難されるところのない長年月を過したということは、彼女の人柄によるものといわなければならない。極めて落着いた、むしろ反省に過ぎる心を持ち、周囲から見て様の悪い、取乱したことなどは、ゆめゆめしまいと用心していた彼女は、恐らくは微塵（みじん）の隙間もない、親しみやすくない、離れて見て尊んでいるよりほか、仕方のないような人ではなかったかと思われる。

二十四歳、夫宣孝の死んだ年、父為時は、任期が満ちて越前より都へ帰ったが、三条天皇の長和元年、三十四歳の時、越後守に任ぜられて、その地に赴いた。翌年、兄の惟規は、父の任国へ赴いたが、その翌々年には、父に先立って歿した。為時は、これを骨として、任期が満たないのに、携えて都へ帰って来た。式部が三十七歳の時である。

式部には、親交のある友が少く、ただ一人少将の君というのがあって、宮廷生活を通じて親しんでいたが、これも此頃は歿している。

長和五年、式部は三十九歳をもって、父為時に先立って歿したと考証されている。

五

『源氏物語』は、古くは「源氏の物語」と読んでいたという。物語の題は、大体その内容を示しているものである。「源氏」とは、皇族にして臣籍に下ったものに賜わる氏の一つで、これもそれであるが、今は幼くて「光君（ひかるぎみ）」と讃（たた）えられた、極めて美貌であった一人の皇子を意味させたものである。「物語」というは、昔から言い伝えて来ている話という意味の言葉で、今もそれである。即ち昔、世にあった光君と讃えられた源氏の君の身の上話というのである。作者は、その話を聴き、これを筆写したという態度で、此の作をなしているのである。

更（さら）にいうと此の物語は、光君が生まれるから死ぬまでの話がその大体で、それで一（ひ）と先ず話を纏（まと）め、次いで、附録の形においてその子の薫（かおる）と呼ばれた一人の子の、一つの話を添えたものである。『源氏物語』の梗概、即ち光君の一代と、その子という薫の話は、その粗筋（あらすじ）をいうだけでも容易ではない。それは此の物語には、事件の奇抜なるものは何一つなく、あるものはすべて、平安朝時代の宮廷を中心としての日常生活で、そしてその主なるものは恋愛事件である。それの年次の積（つも）ると共に、その量の積っているのが、やがて此の物語の全体で、謂わゆる筋というものは殆ど持っていないからである。

筋は稀薄であるが、反対に、此の物語の感味は濃厚で、一貫した感味が、言い難い味（あじわ）いをもって流れている。今はそれについて聊（いささ）かいう。

平安朝中期の、宮廷を繞っての貴族、主として藤原氏の状態は、前に概説した。此の物語は、光君即ち源氏の君を主人公として、いみじくもそれを具象している。

源氏の君の生涯の運命は、その生まれたる日において既に定められていた。運命というのは、その時代の持っていた統制力である。時代は強固なる統制をもっていて、その力が飽（あ）くまでも強く、いかなる力をもってしても破り難いものだったのである。その統制力とは、藤原氏一族の皇室に植えつけ、社会に及ぼしているところの勢力で、そしてそれは、婚姻政策によって、当代の帝と血縁関係になっているということである。

『源氏物語』は、開巻第一に、その消息に触れている。源氏の君の御父桐壺の帝が、源氏の君の母である更衣を御寵愛になることによって、周囲から非難されたというのも、その更衣には有力な親がなかったのと、一方、藤原氏の権家（けんか）の出である弘徽殿（こきでん）の女御の人柄をお喜びにならなかったが為である。世にも怪しきまでの美貌と、聡明をもってお生まれになった源氏の君に、願わくは皇位をとお思いになりつつも、思い切って臣籍にお下しになったのも、藤原氏の後援のない身の、その方が却（かえ）って生涯の幸福だろうとの御慈愛からである。急いで元服をさせ、それを機会に嫡妻を持たせようと思召（おぼしめ）され、藤原氏の他の権家の女を択（えら）ばれたのも、その家をして源氏の君の後援者とならせようとのお心からである。帝の御力をもってしても、いかんともし難い勢力だったのである。

源氏の君は、藤壺の女御をなつかしく思い、これが生涯の運命に関係したのであるが、幼くて死別して、顔をも覚えない母更衣に生写しだと聞き、さみしい心から母を慕う思いを、女御の上につないだまでで、孝心の変形である。加えて、父帝の利害の御心から添わしめた嫡妻が、余りにも貴族的な風貌をもっているのをなつかしく思えなかったことも、その藤壺をなつかしむ心にも絡み、又更に、謂わゆる「雨夜の品さだめ」によって、中流階級には、興味ある女の多いことを暗示され、その方面へ向って冒険を試みる動機ともなっているのである。父帝の嫡妻を択ばせられたのは、藤原氏の勢力を認めて、これを利用しようとされたが為で、源氏の君に現われた結果から見ると、それは却って反対に不利なものとなっている。そして源氏の君の謂わゆる好色は、孝心の変形としてのなつかしみの、満たされぬ悩みと、無意識ながら藤原氏の勢力に反抗しようとすることが、根本の動機となっているのである。「帚木（ははきぎ）」雨夜の品さだめを発端として、「明石」に至るまで、青年時代の源氏の君の恋愛事件は、それからそれと頻繁に展開するのであるが、これを読んで行くとわれわれは、環境から余儀なくされている、充たされぬ、又快からぬ心を紛らそうが為の行動で、事は華やかであるが心はさみしく、楽しきに似ているが、実際はそれにもまして苦しい心を抱いてのものであることが感じられ、尤もな、そして沁々した感を味わされるのである。これを時代への反逆といい、沈痛というのは言い過ぎであるが、しかし、謂わゆる好色本の与える感覚的な、挑発的なものとは、全く異った感を与えられるのである。

これは青年時代の源氏の君であるが、中年に移り、老境に入っても、同じ人の、同じ環境にいて思い行うことなので、年齢に伴う心境の相違はあるが、根本には異るところがない。心境の相違というのは、感情的であったのが意志的となり、時には、青年時代からの心慣らいで、若い女に対すると、そぞろに心の動揺することがあるが、さすがに取乱すようなことはしていない。一方には、その子、その娘分の者を教育していると、ともすると、我が青年時代と同じ状態を示され、これを苦々しく感じ、心苦しく思って、懊悩させられるあわれとなっているのである。

『源氏物語』の筋は単調であるが、或る程度の変化があって、さすがに倦ましめないのは、皇位の継承に伴う、藤原氏の家々の盛衰があって、同じ環境ながら、その色彩の際やかに一変しいしいするが為である。源氏の君一代の間に、皇位は三代を変っている。桐壺の帝、朱雀院、冷泉院である。源氏の君よりいえば、桐壺の帝は御父、朱雀院は藤原氏である弘徽殿の御腹の御兄、冷泉院は皇族であられる藤壺の女御の御腹の御弟である。三代に亘って、藤原氏が外戚たり得たのは朱雀院の御一代である。桐壺の帝の御代は、源氏の君は父帝の御庇護の下に過し得た。朱雀院の御代は、外戚藤原氏に圧しられた、全く失意の時代で、「須磨」「明石」への流謫時代である。しかし此の御代は短く、全く藤原氏の勢力から離れ得た冷泉院の御代が最も長く、此の時代は当然のこととして、皇族の出である源氏の君が、藤原氏に代って政権の中心となっている。此の時代の源氏の君は、これを物質的に見ると、思うとして行われざるはない有様で、『源氏物語』の華麗な趣致は、一にその事情から生まれて来ているが、要するに、これらの変化は、源氏の君という個人の力とは何のかかわりもないもので、すべて環境の力なのである。その間に置ける源氏の君の、内部生活は何うかというと、表面の栄華には似ず、人知れぬ苦悶の伴ったもので、その最後として、嫡妻紫の上に、三十七歳の盛りの齢をもって先立って歿しられると、俄(にわか)に心身とも衰えて、五十四歳をもってその生涯を閉じている。その臨終を描くべきであったろうと思われる「雲隠」の一帖は、その名があるのみで、内容は空白で、そこに限りなき寂しさを余情としているが、その華麗との対照によって際立たせられている寂しさの、しかも余情として揺曳(ようえい)させているものが、やがて『源氏物語』の味いなのである。

源氏の君の子薫を中心としている物語の、謂わゆる「宇治十帖」は、環境の力強さを運命とさせられている、無力なる個人の生活であることは、源氏の君の場合と同じく、その一層甚しく、一層精緻な点が異っているだけのものである。

六

『源氏物語』が文芸として、如何なる価値を持っているものであるかということは、最も重大な問題であるが、これは現代語訳の本書の扱うべきものではない。あらゆる文学史は、それについて詳論しているから、それらに譲るべきである。

ただ一つだけ云いたいことは、紫式部が作者として、いかなる態度をもって作をしているかということである。彼女は作中で、源氏の君の口を通して、物語というものの本質をいわせている。これはやがて作者の物語に対する意見と取れる。それは、

「(物語は)神代(かみよ)より世にある事を記しおきけるなンなり。日本紀などは唯(た)だ片そばぞかし。是等(これら)にこそは道々しく、精しきことはあらめとて笑い給(たま)う」

というのである。奈良朝時代、勅撰で成ったところの、我が国上代歴史の権威である『日本書紀』

と、若い女の翫んでいる物語とを比較して、これを人間生活の記録という観点から見ると、『日本書紀』はその片そば、即ち一部面であるとして、その上では物語の方が、尤もな、そして精しいものだといっているのである。物語即ち小説の作者としてこうした態度を取り得たものは、『源氏物語』以前には一人もなかった。のみならず『源氏物語』以後にあっても、明治時代に入る前にはまだ一人もなかったのである。九百三十年前、世界の何処にも、こうした近代的の思想を持ち得た者は一人もなかった時に、齢三十歳以前であったろうと思われる紫式部は、こう信じて、そしてその信念を完全に実行し得たのである。奇蹟的の感を起さざるを得ないことである。

それにつけて聯想されることは、『紫式部日記』にある、時の帝一条天皇が、『源氏物語』を読ませてお聴きになっての御評である。それは、

「この人は、日本紀をこそ見給うべけれ、誠に才あるべし」

というのである。御語が簡単なので、異った解釈も入れられるものであるが、筆者には、帝は『日本書紀』を御尊重遊ばされ、その本質の闡明ということを御心に懸けさせられているところから、この人は『日本書紀』をこそ読むべきである、人間性に徹していると見えるから、誠に一家の創見を出すことだろうとの思召ではないかと察せられる。もしそれであるとすると、『源氏物語』は、その出来た当時において、御若く入らせられた至尊によって、その価値を認めていただけたことで、感の深いものがある。

しかしその後には、『源氏物語』は、時代時代の生活意識から評されて、仏理を体現したもの、勧懲の為のもの、誨淫のもの、歴史を代理させたものとように、さまざまに評されて来た。これらはすべて『源氏物語』の一部を捉えて、それを強調したもので、要するに評者の時代を反映しての言である。本居宣長に至って、『源氏物語』は初めて文芸として見られ、「物のあわれ」を具象したものと説かれて、一条天皇以来、ここに初めてその本質を捉えての批評が現われたのである。明治以来、『源

氏物語』は、再検討をされる運に逢い、前にいった五十嵐力博士の『平安朝文学史』下巻の論を見るようになったのである。

例言

一、『源氏物語』は、世界の古典文芸の中より、その十種を選出すると、漏すべからざる小説であるということが定論となっており、まさに我が国宝の中の重立（おもだ）ったものである。本書は、これを一般に読みやすい物としようとして、現代語訳を試みたものである。訳すには種々の方法があるが、本書は努めて逐語訳にしようとした。『源氏物語』は叙事と抒情とが微妙にもつれ合って、気品を保ちつつも柔らかなる気分を醸（かも）し出しているもので、文体がやがてその雰囲気となり、魅力となっているものである。これは何びとによっても訳し出し難いものである。本書は訳の初一歩の方法を取り、逐語訳をしようとしたのである。その為にやや解し難い箇所もあろうかと思われるが、これは原作に対しての礼として忍んでいただきたい。

一、『源氏物語』には、実に多くの歌があり、その歌はその当時にあっては重大なるものだったのである。作者も心して詠（よ）んでいる。これは訳し難い物であるから、訳を控えて註とし、その註は各帖の帖末に取纏（とりまと）めている。符号によって対照されつつ読まれんことを望む。又当時の風俗習慣で、今日よりは註を加えなければ解されない物も、歌と同様の扱いをしてある。

一、本書は「改造文庫」として刊行した物に、改訂を加えたものである。又、文庫本は未完の物であったのを、今回改版するにつき、完訳とした物である。

昭和二十二年三月　訳者

桐壺

何の帝の御代のことであったろうか、女御▼1や更衣▼2の多くが御仕え申し上げていられた中に、ひどく高い家筋の出ではない方で、ぬき出て御寵愛を蒙っていられる方があった。入内の当初から、自分こそは第一の者と思いあがっていられた御方々は、呆れるばかりのことにして、その御方を誹ったり、嫉妬なされたりする。その御方と同じ位階、下の位階の更衣達は、一層の不安なことである。更衣は、朝夕の宮仕をするにつけても、御方々に気を揉ませ、恨を受けたのが積った故でもあろうか、ひどく病弱な身となって来て、心細そうにして、里▼3に引き退りがちにしているのを、帝には益々かわゆいものに思召されて、今は世の人々の誹りも御斟酌ができず、世間の話の種にもなりそうな御扱いぶりである。公卿▼4や殿上人▼5なども、そっ気なく目角を立てて見つづけて、「まことに目に余る御寵愛というものです。唐土でもこうしたことが原因で、世の中が乱れて大事ともなったのです」といい合い、次第に世間一帯の困り者となって来て、楊貴妃▼6の例までも引き出しそうになって来ると、更衣はまことに辛い事が多くなって来たけれども、帝の類いのなく忝いお心持を頼みとして、後宮の交りをしておられる。更衣の父の大納言は故人となって、今は母北▼7の方だけが、昔からの由緒正しい家の方で、両親が揃って、さし当っては世間の声望の花やかな御方々にも引けを取らずに、何かの儀式の時にも後見はしてはおられるけれども、取り立ててこれというしっかりした御後見というものがないので、晴れの儀式のある場合には、更衣はやはり頼る所がなく心細そうである。

更衣は前世にも帝との御宿縁が深かったのであろうか、世に又となく清らかな、玉のような男御子までもお生み申上げた。帝には早くお会いになりたく、その期日を待ち遠しくお思いになって、催促して参内させて御覧になると、珍らしいまでの稚児の御器量である。第一の御子は右大臣家▼8からあがった女御の御腹で、世間の尊敬が深く、疑いもないお世継の君であるとして、世間でも大切にお仕え申しているが、この御子のおかわゆらしさには立ち並べそうになかったので、そちらは一とおりの御大切さであって、この御子の方をば御秘蔵ものにして、お可愛ゆがりになることが限りもない。母の更衣はもともと、普通の上宮仕▼9をなさるような軽い身分の方ではなかった。周囲の尊敬が厚く、貴人らしくはしているけれども、帝には並みはずれての御纏わり方をなされて、然るべき御酒宴の折々や、何事につけても仔細のある事の場合場合には、先ず更衣をお召出しになられる。或時は御寝の後にも、そのままお側にお置きになるなど、無体にも御前を去らせないという御扱をなされなどしている中に、自然身分軽い者のようにも見えもしたのであるが、この御子がお生まれになって後は、ひどく鄭重なお扱いをなされているので、東宮にも、悪くすると、この御子が居られるようになりはしないかと、一の御子の母女御はお疑いになっている。この女御は他の御方より先に入内されて、帝の御思いも一とおりではなく、御子達もあらせられるので、この御方の御申条だけは、帝にもやはりお気にかかって、気の毒にもお思いになって入らせられる。

更衣は尊い御庇護をお頼み申すものの、謗ったり、瑕を探し出す人は多く、自分の体はか弱く、しっかりとはしない有様で、御寵愛の為に却って嘆きをしていられる。お局は桐壺▼10である。帝の御方々の局の前をお通り過ぎになりなりして、絶間もなく更衣のお局へお越しになるにつけ、人の気を揉ませられるのもいかにも尤もなことに見える。更衣のお上りになるにつけても、余りに打続く折々には、打橋▼11や、渡殿▼12の此所彼所の道に、奇怪な事をしておきおきして、御送り迎えをする女房の衣の裾を、我慢の出来ないものにするなどの無法な事などもある。又或時には、通らなくてはいられない馬道[13]の戸を締めて押籠め、此方と其方とで心を合せて、何うにも出来ないようにして体裁わるく当惑おさせする時も多くある。何かにつけて、数えられない程に苦しい事ばかり増して来るので、まことに何うにもならず困りぬいていられるのを、帝にはひどく可哀そうだと御覧になって、後涼殿[14]に以前からいられる更衣のお局を他へお移しになって、それを更衣の上局[15]に賜わらせる。その更衣の恨みは、まして紛らしようもないものである。

この御子の三歳になる年の、御袴著の御儀式[16]は、一の宮の時になさったのに劣らず、内蔵寮[17]や納殿[18]の宝物の限りを備えて、美々しく行わせられる。それにつけても世間の譏りばかりが多いけれども、この御子の御生長になる御器量やお心持の、世にも稀れに珍らしいまでにお見えになるのを、妬み抜くわけにはゆかず、物の理解のおありになる人は、こういう人もこの世に出て来られるものであるよと、訝かしい物のように見る目を驚かしていられる。

その年の夏、御息所[19]は、心細い気分の病気をなされて、宮中をお引き退りになられようとするのを、帝には何うしてもお暇を下さらない。年来の御持病になっていられるので、御覧じ馴れて、「今暫く試して見ろ」とばかり仰せになるが、日増しに重くなられて、ただ五六日の間にひどくお弱りになったので、母君が泣く泣くも奏して、お退り申させる。こうした折にも、無体な恥を掻くような事があってはと心遣いをして、御子は内裏にお留め申し上げて、忍んでお出ましになることである。帝には別れを惜しむにも限りのあることなので、そうそうは留めてお置きになれず、見送りさえもなさらない御不安を、いいようもなく苦しく思召される。まことに美しくかわゆらしい人が、ひどく面やつれして、しみじみと物哀れに思いながらも、口へ出しては何事も申上げず、正体もないかのようにうっとりとしてばかりいられるのを御覧になると、帝には後も前もお思いになられず、様々の事を泣く泣くお約束になられるけれども、更衣は御返事を申上げることもお出来になれない。目つきなどもひどく懶(だる)そうで、一段となよなよとして、正体もない様子で臥(ね)ているので、何うしたらよいのであろうかとお惑いになられる。輦車(てぐるま)の宣旨(せんじ)▼20を仰付(おおせつ)けになっても、又お局(つぼね)へ入らせられては、更にお暇をお許しにならない。「定命(じょうみょう)のある道にも、後(おく)れ先立つことはしまいと約束をされたものを、何んなことがあろうとも私を見捨てて、一人で行くようなことは出来ないでしょう」と仰せになると、更衣もひどく悲しくお見上げして、

限りとて別るる道の悲しきにいかまほしきは命なりけり▼21

「ほんに此(こ)のようになろうと思いましたならば」といって、息も絶え絶えしながら、申上げたいことはありそうだけれど、ひどく苦しく懶(だる)そうにするので、帝は、このままにして、何うなりこうなり成(なり)行(ゆき)を見果てようと思召すのであるが、更衣の里の者は、「今日から始めまする手筈(てはず)の祈禱(いのり)で、然るべき人々の承っておりまするのを、今夜から始めますので」と御催促を申上げるので、帝には別れ難くお思いになりながら、退出おさせになる。御胸は突と塞(ふさ)がって、帝にはいささかの微睡(まどろみ)もできず、夜を明かしかねさせられる。見舞の御使が行って帰って来て間もないのに、猶(な)おお気懸(きがか)りを限りなくも仰せになられたのに、「夜中過ぎの頃に、お亡くなりになられました」といって里の人は泣き騒ぐので、御使もひどく張合ぬけがして帰って参った。お聞きになるとお心乱れに、帝には何事もお考えにはなれず、御寝所にお籠りになっていられる。御子はこのままお留めになって、御覧になって入らせられたいのであるが、こうした穢(けが)れに触れている間を、宮中にいられるということは例のないことなので、御退出になろうとする。何ういう事があったともお思いになってはいず、お仕えする女房たちが泣き惑い、帝も御涙の絶間なく流れて入らせられるのを、不思議に思ってお見上げしていられるので、命のあっての場合でさえ、親子の別れは悲しくない訳にはいかないことなのに、まして今の場合は哀れで、いいようもないことである。

際限のあることなので、定まった儀式で御葬送を申すに、母北の方は、自分も焼かれて同じ煙にな

って立ち上ろうと泣き焦れて、御送りをする女房の車に附き纏ってお乗りになられて、愛宕という所に、厳めしくその設けをしてある所にお着きになった時のお心持は何のようであったろうか。「亡き骸を見い見いしておりますと、やはり生きていられるような気がして、何うにもしようがありませんので、灰におなりになるのをお見上げして、今は亡い人だとばっかり気を変えましょう」と、賢こげに仰しゃったけれど、車から落ちそうに取乱されるので、そうだろうと思ったことですと女房たちはお扱いに悩む。宮中から御使がある。三位の位をお贈りになられる由を、勅使が来てその宣命を読むのは悲しいことである。女御とさえもいわせずじまいだったのが、飽かず口惜しく思召されるので、せめて今一階上の位だけでもとお贈りになるのである。これにつけても更衣を憎まれる人々が多くある。物の理解のある人々は、様子や容貌の愛でたかったこと、心持の穏やかに憎めなかったことなどを今になって初めて思い出すことである。見苦しいまでの帝の御待遇の為に、素気もなく妬んだが、人柄のやさしく、情深かったお心持を、主上附の女房などは恋しがり偲び合っている。『亡くてぞ▼22』というのは、こういう折の心であろうかと見える。何ということもなく日数が過ぎて、後の法事などにも、帝は心細かに御弔問遊ばされる。時が立つにつれて、帝には紛らしようもなく悲しくお思いになるままに、御方々の宿直なども全くおさせにならず、ただ涙に濡れて明かし暮させられるので、お伽ぎを申上げる人々までも湿りがちな秋である。「亡くなった後までも、人の心持を暗くさせるような御寵愛であったことよ」と弘徽殿▼23などでは、やはり容赦なく仰せになることであった。

一の宮を御覧になるにつけても、帝は若宮ばかり恋しくお思い出しになりつづけて、親しい女房や御乳母を御遣しになりなりして、様子をお聞きになる。風が野分だって来て、俄に肌寒く感じる夕暮の時、帝には平生にもましてお思い出しになることが多くて、靫負の命婦というをお遣しになる。夕月の面白い頃にお出しになって、帝にはそのままに外を眺め入っていらせられる。こういう折には管絃の御遊びなどをおさせになったが、更衣は殊にあわれ深い音に琴を掻き鳴らし、そぞろに詠み出す歌も、他の者よりは格別であった、その様子や顔かたちが、じっと面影となって立ち添っているようにお思いになるのも、『闇の現（うつつ）』[24]にはやはり劣ることである。命婦は彼方に行き着いて、車を門（かど）に引き入れると共に、そこいらの様子が哀れである。寡婦（やもめ）住みではあるけれども、母君は娘一人の御冊（かしず）きの為（ため）に、とやかくと繕い立てて、見にくくない程にして過していられたのに、子を思う心の闇[25]に暗くされて、泣き沈んでいられる中に、草も高くなって来、野分に一段と荒れたような気持がして、ただ月影だけが、八重葎（やえむぐら）[26]にも障らずに射し入っている。命婦を南面（みなみおもて）[27]の間に請（しょう）じて、母君は早速には物も仰せになれない。「今まで生きておりますのがひどく辛いのに、こうした御使の、蓬生（よもぎう）の露を分けてお出（い）で下さるにつけましても、お恥ずかしいことでございます」と、いかにも堪えられないようにお泣きになられる。「『伺いますと一段とお気の毒で、心も肝も無くなるようでございます』と、典侍（ないしのすけ）[28]の奏されるのを聞きまして、物の弁（わきま）えのない心持にも、まことに何うも怺（こら）えられませんでした」といって、命婦はやや躊躇して、帝の仰せ言（ごと）をお伝え申す。「『暫くの間は夢ではないかとばかり思い惑わされていたが、次第に心が鎮まって来ると、却って覚ましようもなく怺え難いのは、何うすればよい事であるかと相談する人さえもないのに、内々に内裏へ来ては呉れませんか。若宮の上もひどく覚束（おぼつか）なくて、涙がちの中に過していられるのも、可哀そうに思われるのに、早く参って下さい』と、捗々（はかばか）しくは仰せきられず、お咽（む）せ返りになられなられしまして、且（か）つはお側の人もお心弱いこととお見上げ申しはしないかと御遠慮のないでもない御様子のお気の毒さに、承りきらないような有様に退出してまいりました」といって、御文を差上げる。「涙で目も見えませんが、このような勿体（もったい）ない仰せ言を光として拝見いたします」といって御覧になる。

「時がたったならば、少しは紛れる事もあろうかと待って過している月日に連れて、ひどく怺え難くなって来るのは、何うにも仕方のない事です。幼い人も何のようだろうと思いやりながら、両親揃うて育てないのが不安な気がしますので、今はやはり、昔の人の形見に御自分を擬（なぞ）らえて、宮の中へお出でなさいまし」

など、細やかにお書きになっている。

宮城野の露吹き結ぶ風の音に小萩がもとを思ひこそやれ▼29

とあるけれども、母君は御覧になってしまいきれない。「命の長さのひどく辛く思い知られまして、『松の思ふ』▼30ことでさえも恥しく思っておりますので、百敷▼31へお出入りいたしますことは、まして憚り多いことでございます。勿体ない仰せ言を度々承りながらも、私といたしましては思い立ちかねることでございます。若宮は何のようにお思い知りになりますのか、内裏へ参られますことばかりお急ぎらしゅうございますので、御道理のことと悲しくもお見上げ申しておりますと、内々に思っておりますことを奏して下さいまし。私は縁起の悪い身でございますので、このような所に入らっしゃいますことも、忌わしくも勿体なくも存じます」など仰せになる。若宮は御寝になられていた。命婦は、「お見上げ申して、委しく御様子を奏したく存じますが、私の参りますのをお待ちで入らっしゃいましょうに、夜も更けてしまいましょう」といって帰りを急ぐ。「暗くなり切っております心の闇も、怺え難い片端だけなりとも、晴れますだけのお話をいたしとうございますから、私事として御ゆるりとお越し下さいまし。年頃、嬉しく面目ある折にばかりお立寄り下さいましたのに、こういう御消息のお使でお見上げ申しますのは、返す返すも辛い命でございますよ。娘は生まれました時から、内々の望をかけました人で、故大納言が臨終となりますまで、『ただ此の人の宮仕の本意を必ず遂げさせてあげて呉れ、私が亡くなったからといって、口惜しくも心を挫くな』と、返す返す諭し残されましたので、捗々しい後見のないお人附合は、却って不幸なことだと存じながら、ただその遺言を違えまいと思うばかりに、お宮仕に差出しましたのに、身に余るまでの御志の、万事に忝けないので、肩身の狭い恥ずかしさを隠し隠し、お附合を致しておりますように見えましたが、人の妬みが深く積り、辛い事が多く添ってまいりましたのに、無理死にのような有様でとうとうこんなになりましたので、却って辛いものに勿体ない御志もお思い申されるのでございます。こんなことを思いますのも、筋の立たない親心の闇でございます」と、いいもきらず咽せ返られる程に夜も更けた。「主上もそのように仰せでございます。『我が御心からのことながら、あながちに、人の見る目も驚く程にお思いになったのも、寿命の長くないせいであったからのことだと思われて、今となっては辛い宿縁であったと思う。聊かでも人の心を曲げたことはなかろうと思うのに、ただあの人の為には、大勢の、そうした事など無いはずの人達から恨みを受け受けして来た最後には、このように棄てて行かれて、心を鎮める術もないので、一段と人目が悪く、片意地になってしまったのも、前世の縁の知りたい気のすることだ』と、幾たびも繰り返して仰せになりまして、御涙がちでばかり入らせられます」と語って、話しても尽きない。命婦は泣く泣く、「夜もひどく更けましたから、今宵のうちに御返事を奏しましょう」と云って、急いで帰る。月は入り方の空が清く澄み渡っているのに、風がひどく涼しく吹いて、草むらに鳴く虫の声々の涙を誘うようなのも、まことに立ち離れ難い草のもとである。

鈴虫の声の限りをつくしても長き夜飽かずふる涙かな▼32

といって命婦は車に乗りきらずにいる。

いとどしく虫の音しげき浅茅生に露置き添ふる雲の上人▼33

「愚痴も申上げたくなります」と、女房をして命婦にいわせられる。趣のある御贈物などのあるべき折ではないので、ただ更衣の御形見として、こうした場合の用もあろうかと残してお置きになった御装束の一領に、御髪上げの調度のようなものをお添えになる。若宮附きの若い女房たちは更衣の亡い悲しさはいうまでもなく、内裏の御様子に絶えず馴れている所から、ひどく此方がさみしく、帝の御有様をお思い出して申上げるので、仰せのように早く参内するようにと母君にお勧めするけれども、このように縁起の悪い者が、若宮にお附き申すことは、まことに人聞きの悪いことであろう、そうかといってお見上げ申さずに暫くでもいることは、ひどく気懸りにお思い申して、早速には若宮を参内おさせ申さずにいるのである。

命婦は主上のまだ御寝所に入られずにいるのを、お気の毒にお見上げ申す。御前の壺前栽▼34の秋花の、まことに面白い盛りであるのを御覧になっているようにして、忍びやかに、奥ゆかしい限りの女房の四五人をお侍わせになって、お物語をしていられるのである。此頃明け暮れ御覧になる長恨歌▼35の御絵の、亭子院▼36が絵師にお描かせになり、伊勢▼37や貫之▼38にその絵を題に歌をお詠ませになった物の、その和歌をも、漢詩をも、ただその物語の筋の方だけを、お話の種となされる。帝は命婦に、ひどく細かに彼方の有様をお尋ねになる。命婦は哀れであったことを忍びやかに奏す。母君の御返事を御覧になると、

「まことに畏れ多い御文で、置き所もございません。こういう仰せ言を承るにつけましても、心暗くなって来る乱れ心地でございます」

荒き風ふせぎし蔭の枯れしより小萩が上ぞ静心なき▼39

などいうような乱りがわしい歌も、母君の心の鎮まらずにいた時のものとしてお見許しになる事であろう。帝は、こうまでも悲しむ様子は、人に見られまいとお思い鎮めになるけれども、少しも忍ぶことはお出来にならず、更衣を御覧になり始めた年の事までも一つになって、限りもなくお思い続けになられて、一時の間でも見ないと覚束なく思ったのに、今のようになっても月日は過せるものであったと、お呆れになるように思召される。「故大納言の遺言を違えずに、宮仕の本意を深く守って来た礼には、その甲斐のあるようにしてやろうと思い続けていた。今は云っても詮のないことであるよ」と仰せになって、母君をひどく哀れに思いやりになる。「こうはなっても自然、若宮が御生長になったなら、然るべきよろこびの機会もあることだろう。命を長くと願うのが何よりだ」など仰せになる。かの贈物を御覧になられる。これが、あの亡き人▼40の住家を尋ね出した時のその証拠の簪であったならばとお思いになるのも、全く詮がない。

尋ね行く幻士もがな伝てにても魂の在所をそこと知るべく[41]

絵に描いた楊貴妃の顔かたちは、すぐれた絵師といっても、筆には限りがあるので、まことに美しさが無い。太液の芙蓉も未央の柳[42]も、その趣に似通っていたという顔かたちに、唐風の装おいをした様は、いかにも端麗であっただろうが、更衣の懐かしく可愛ゆかった様をお思い出しになると、花の色、鳥の音にも擬えようのないものであったことよ。朝夕の口癖に、翼を並べる鳥となろう、枝を連ねる木となろう[43]とお約束なされたのに、思うに任せぬ定命というものこそ、限りなくも恨めしい[44]ものであったことよ。風の音、虫の音につけても、帝は悲しくばかりお思いになるに、弘徽殿の女御は久しく上の御局にも参られず、月の面白いのに、夜更けるまで管絃の御遊びをしていられることである。まことに折に合わない、胸悪いことだと帝はお聞きになる。此頃の御様子をお見上げしている殿上人や女房などは、聞いていかねるものに思った。女御はひどく押しの強い、角立った所のあられる御方で、帝の御嘆きをば何程のことでもないとして、お認めにもならず、こうした振舞いをされるのであろう。月も山に入った。帝は、

雲の上も涙にくるる秋の月いかですむらむ浅茅生の宿[45]

とお思いやりになられなられして、灯火を挑げ尽して起きておいでになる。[46]右近の司[47]の名のる宿直奏の声の聞えるのは、丑の刻になったのであろう。人目をお思いになって、夜の御殿[48]にお入りになっても、微睡ませられることも難い。朝にお起きになろうとしても、『明くるも知らで』[49]という歌のようであった事をお思い出しになるにつけても、やはり朝政[50]は怠らせられることであろう。御食事なども召し上らず、朝餉だけしるしばかり御手を触れさせられて、昼の大床子[51]の御食事などは、ひどく遠い物に思召していられるので、陪膳にお仕え申す限りの者は、男も女も、「何うにも困ったことです」と言い合い言い合いして嘆いている。こうなるべき御宿縁がおありになってのことだろう、多くの人の譏りをもお憚りにならず、あの御方に触れてのことだと、昔からの御定めもお忘れになっ

て、今は又あのように、世の中の事までもお思い捨てになられるのは、誠に不都合なことだと、異国の帝の例まで引合いにしつつ、ささやき歎いていた。

月日が立って若宮は内裏へ参られた。更に一段と此の世の物ではなく、清らかに御生長になられたので、帝は更に一段と気味悪く思召された。明くる年の春に、東宮がお定りになるにつけても、帝はひどくこの若宮を引越させたくお思いになったが、この若宮には御後見をする人もなく、又世間でも承引しないことなので、却って危いことになろうとお思い憚りになって、色にもお出しにならずじまいになったので、あれ程におかわゆがりになっているけれども、限りのあるものだと世の人も申し、女御もみ心が落着かれた。かの御祖母の北の方は、心の慰めようもなく嘆き沈んで、せめて更衣のいられる所へでも尋ねて行きたいと願っていられた験でもあろうか、とうとう亡くなられたので、帝は又これをお悲しみになることが限りがない。御子は六歳におなりの年であるので、今度はお解りになって恋いしたってお泣きになる。御祖母は、この年頃お馴れ睦び申したのに、見残してお置き申す悲しみを返す返す仰せになった。今は若宮は内裏にばかり侍わせられる。七歳におなりになったので、御読書始をなさったが、世に聞き知らぬまで聡く賢くいらせられるので、帝は余りのことに怖ろしい者とまで御覧になる。「今となっては、誰れも誰れもお憎みはなされまい。母君のない今はせめても、可愛がって下され」と仰せになって、弘徽殿などへでもお渡りになるお供にはお連れになり、そのまま御簾の中にお入れになられる。恐ろしい武夫や仇敵でも、見ればほほ笑まれるような様をしていられるので、女御もお放しになることが出来ない。女御子たちが二所この御腹にあられるが、若君にはお較べになることさえも出来ないことであった。他の御方々も、若君にはお隠れにならず、今から艶かしく、気恥ずかしく思われるように入らせられるので、まことにかわゆらしく、気のおけるお遊び相手に、何方も何方もお思い申し上げている。改まってのお学問は勿論、琴や笛の音までも空を響かして、すべてを言い続けたならば仰々しくて嘘と聞えるような御有様であった。

その頃高麗人の来朝した中に、すぐれた人相見のいる事を帝はお聞きになって、そういう人を宮中へ召されることは、宇多の帝の御誡があるので、ひどく忍んで、この御子を鴻臚館▼52にお遣しになった。御後見のようにしてお仕え申している右大弁の子のように思わせてお連れ申し上げる。人相見は驚いて、幾たびも小首を傾けては不思議がる。「一国の親となって、帝王の上なき位に登るべき相をお持ちになっている人であるが、それとして見ると、世の中が乱れて、憂えとなる事があるでしょう。朝廷の固めとなって、天下の政を補ける方で見ますと、又その相の上で違う所があるようです」という。弁も学問にすぐれた博士で、取交した言葉は、まことに興のあるものであった。詩賦など作り合って、今日明日に帰り去ろうとするに、このように見難い人に対面したことの喜び、帰っては悲しいことであろうという心持を面白く作ると、御子もひどく沁みじみした句をお作りになったのを、相人は限りなく感心して、立派な贈物を献上する。朝廷からも多くの物を賜わらせられる。帝はお漏らしにはならないが、自然にその事が世間にひろがって、東宮の祖父の大臣などは、何ういう事であろうかと思い疑っていられた。帝には尊い御心から、予て倭相▼53をお見せになられて、皇位には即かせまいとお思寄りになっていた事なので、今まで此の君を親王にされずにいられたのに、人相見はまことに賢者であるとお思い合せになって、無品親王▼54の外戚の支持のない様で世に漂わせる事はしまい。我が御治世も、いつ御退位になるかもわからないので、臣下として朝廷の御後見をする者とした方が、行く先も頼もしそうな事であると御決意になって、いよいよその道々の学問をお習わせになる。才分が殊に賢くて、臣下とするのはいかにも惜しいけれども、親王となられたならば、世間の疑いをお受けになりそうに見えるので、宿曜▼55のすぐれた道の人に考えさせて御覧になっても、同じように申すので、源氏▼56におさせ申そうとお思い定めになった。

年月の経つに連れて、帝は、御息所の御事をお忘れになる折がない。慰むこともあろうかと、然るべき人々を入内させせられるが、擬えにお思いになるというだけの人でも、まことに得難い世ではあるよとお思いになり、万事につけて世の中が疎ましくばかりなって行くのに、先帝の四の宮で、御器量のすぐれていられる評判が高く、母后[57]が世に又なく大切にしていられる方のことを、主上にお仕え申す典侍は、先帝の御時の人で、その宮にも親しく伺い馴れていたので、御幼少で入らせられた時からお見上げ申し、今もほのかにお見上げしていて、「お亡くなりなされた御息所の御顔かたちにお似申す人は、三代の宮仕を続けておりますが、お見かけしたことがございませんのに、后の宮の姫君だけは、いかにもよくお似申して御成人になって入らせられます。世に珍らしい御器量よしで入らせられます」と奏したので、本当だろうかと御心が留まって、懇ろに御入内の事を御申入れなされた。母后は、「まあ恐ろしいことだ、東宮の御母女御[58]がひどく意地がお悪くて、桐壺の更衣をありありと蔑んだお扱いをされた例も、気味の悪いことだ」とお思い渋りになって、はかばかしくお思い立ちにならずにいた中に、母后もお亡くなりになられた。姫君は心細い様でお出でになるので、帝は、「ただ自分の女御子たちと等し並みにお思い申そう」と、ひどく懇ろに申入れになられる。姫君にお仕えする女房共も、御後見の方々も、御兄の兵部卿の宮なども、このように心細くしてお出でになるよりは、内裏住みをなさった方が、お心も慰むことであろうというお心持になって、御入内申させられる。藤壺[59]と申し上げる。成程御顔かたちも御様子も、不思議なほどに更衣に似ていらせられる。こちらは御身分がまさり、人々の思い做しも好く、誰もお見下し申す者がないので、思うままになさって何不足ということがない。あちらは誰もお認め申さなかったのに、帝の御寵愛が生憎にも深かったのである。帝にはお思い紛れになるというではないが、自然に御心が移って行って、この上もなくお慰み遊ばすようなのも、あわれなことである。

　源氏の君は、帝のお側をお離れにならないので、まして繁く御渡りになられる御方々は、この君を恥じて隠れきることもお出来にならない。何れの御方々も、われは人に劣っているとお思いになる方があろうか、それぞれまことにお美しく入らせられるが、大人びていられるのに、藤壺の宮はひどくお若く可愛らしくて、ひたすらお隠れにはなるけれど、自然に漏れてお見上げすることがある。母御息所は、面影さえも覚えていられないのに、ひどくよくお似になって入らせられると典侍が申上げたので、君は幼いお心持からひどくなつかしくお思いなされて、絶えずお側へ伺いたく、纏わってお見上げしたい気がなさっている。

帝も、限りもなくお可愛いもの同士のこととて、「疎んでは下さるな。不思議な程あなたは、この御子の母更衣にお擬えしたい気持がすることです。無体とは思わないで、この御子を可愛がって下さい。更衣の顔つき目つきなどは、ひどくあなたに似ていたので、あなたと此の御子とも似ていられるのも、母子だといっても不似合はないことですよ」などとお頼みになられたので、君は幼いお心持にも、ちょっとした花紅葉につけても、なつかしさをお見せ申し上げ、深くもお慕い申上げたので、弘徽殿の女御には、又この宮とも御仲が角々しいので、附け加えて、以前からの憎さも立ち戻って出て来て、君をば気に入らぬ者にお思いになっている。世に類いのないものと帝の御覧になり、名高く入らせられる藤壺の宮の御顔かたちに較べても、猶お匂わしさは立ちまさって、譬えようもなく美しいので、世間の人は源氏の君を光君と申上げる。藤壺もそれに立ち並んで、帝の御覚えも何方かという程なので、これは輝く日の宮と申上げる。

此の君の御童姿を変えることを、帝はひどく惜しく思召されたが、十二で御元服をなされる。帝は絶間もなくお心にお懸けなされて、規定のある事の上に事をお添えになられる。一年の東宮の御元服の、紫宸殿▼60であった儀式の、美々しかった評判に負けずになされる。所々での御饗応なども、内蔵寮▼61、穀倉院▼62など公式の御儀式を勤めている所のする事は、疎かになるようなこともあろうかと、格別の仰せ言があって、美を尽して御奉仕申し上げた。帝のおわします清涼殿の東の廂の間に、東向きに帝の御椅子を立てて、冠者▼63の御座と、加冠▼64の大臣との御座がその御前にある。申の刻▼65に源氏は参入される。角髪▼66を結っていられる顔つきや、その色艶の匂わしさは、様をお変えになるのが惜しげに

見える。大蔵卿が、蔵人頭の役の御髪あげの御役をお仕えする。非常に美しい御髪を剃ぐ時、心苦しそうにお仕えしているのを御覧になると、帝は、御息所が若し存命であったならばとお思い出しになって、怺え難くなるのを、心強く怺えてお思い返しになられる。加冠を終えて、御休息所に退られて、御衣を御召替えになって、階下に下りて拝舞[67]をなされる御有様には、居並ぶ人々が涙をお落しになる。帝はまして御我慢をなさりきれず、思い紛れさせられる折もあったのに、昔の事を引き戻して悲しく思召される。此のようにまことに幼弱な頃には、髪上げをした為に却って見劣りするようなことがありはしないかとお疑いになったのに、呆れるまでに美しさがお添いになった。加冠の大臣の、皇女[68]でいらせられる北の方の御腹に、ただ一人、大切にお育てになられる御娘を、東宮からも御内意があるのに躊躇していたのは、此の君に差上げたいというお心があったからなのである。帝にもその事を奏して、御内諾を賜わっていた事なので、「それでは、此の際の御後見もないようだから、副臥にも」と主上より御催促なされたので、大臣もそのようにお思いになった。侍所に退られて、人々が大御酒を戴いている間、親王達の御座の末に源氏は着いていられる。大臣は御副臥の事をほのめかして申上げるが、君はもの恥ずかしいお年頃なので、何うこうとの御返事もなさりきらない。御前より内侍が、宣旨を承り伝えて、大臣に参られるべきお召があるので参られる。今日の事の御禄の品を、主上附の命婦が取次いでお下しになる。白い大袿に御衣一領で、これは常例となっている事である。御盃を賜わって、その序に、

幼き初元結に長き世を契る心は結びこめつや[69]

御縁談の御心を籠めて、御注意を遊ばされる。

結びつる心も深き元結に濃き紫の色し褪せずば[70]

と奏して、長階[71]から庭に下りて御礼の拝舞をされる。左馬寮[72]の御馬と、蔵人所[73]の鷹を据えて賜わらせる。御階の下に親王達や上達部を並ばせて、御祝いの禄を品々賜わらせる。その日御前に献じた

折櫃物[74]、籠物[75]などの事は、右大弁に仰せがあって調進させられた。屯食[76]や、禄を入れた韓櫃[77]などは、置き所も狭いまでで、東宮の御元服の折よりも数がまさっていた。中々際限もなく結構なものであった。

その夜、大臣の御里に、源氏の君はお越しになられる。結婚の儀式は世に珍しいまでにも鄭重にしてお上げ申される。婿君のひどく幼弱でいらせられるのを、左大臣はおそろしく美しいとお思い申上げる。女君[78]は少しお年齢が上なので、君がひどく幼く入らせられるので、似合はなく、きまり悪いとお思いになった。父大臣の帝よりの御覚えは、極めて有難いものである上に、母宮は帝と御同腹の后腹にいらせられたので、何方につけても際立った御威勢であられるのに、此の君までが聟としてお添いになったので、東宮の御祖父で、いつかは世の中を治められるべき右の大臣の御勢は、何でもないものと圧倒されてしまわれた。御子達が大勢幾腹にかあらせられる。宮の御腹にあられるのは、蔵人の少将[79]といって、まだ若く美しい方で、右の大臣との御仲はひどく善くないけれども、この少将を見こぼすことは出来なくて、大切になされる第四番目の姫君と娶せられている。源氏の君にも劣らずに大切にされているのは、さもありたい両家の御仲ではある。

源氏の君は、帝が絶えずお召し寄せてお引きつけになっているので、気やすく里住みもお出来にならない。心の中では、ただ藤壺の御様を、世に類いないものにお思い申し、ああいう人と夫婦になりたい、似る者もなく入らせられることではあるよ、大殿の君[80]はまことに可愛らしく、大切に冊かれている人とは見えるけれども、気に入らずお思いになって、幼弱な頃の一こくな一筋心に懸って、本当に苦しいまでに思って入らせられた。御元服して大人になられてからは、帝は以前のように君を宮の御簾の中にお入れにならず、管絃の御遊びの折々に、琴や笛の音を聞くのによって心に通わせ、ほのかに洩れ聞えるお声を慰めにして、内裏住みばかりを好ましくお思いになっている。五六日を内裏に侍われて、大殿には二三日というように、絶え絶えにお越しになるのであるが、さし当っては幼いお年なので、大臣は咎のないこととお思い做しになって、様々の設けをしてお慰みになるようになされる。お附きの女房たちは、君のも女君のも、世の中の一とおりではない人達を選り揃え、すぐり出して侍わせられる。お心に入るような御遊びをし、叶うだけの事を工夫してお骨折りになられる。

内裏では、元の淑景舎▼81を君の御部屋として、母御息所にお仕えしていた女房たちを、暇を出さずに侍わせられる。▼82里の御殿は、修理職、▼83内匠寮▼84に宣旨が下って、類いのないまでに改築をおさせになる。元からの木立や築山の様子も面白い所なのに、池の面を広く掘りひろげて、立派な御殿に大騒ぎをして造る。君はこうした所に、心に思うような人を迎えて住みたいものだとばかり、嘆き心地にお思い続けになる。光君という名は、高麗人▼85が愛で申上げてお附け申したものであったと言い伝えていたということである。

▼1　皇后中宮に次ぐ御妃。三位。
▼2　女御に次ぐ御妃。四位、五位。桐壺の女御は四位である。
▼3　宮仕する人の実家。
▼4　上達部。三位以上の役人。参議は四位もいう。
▼5　上人。昇殿を許された四位五位の役人。蔵人は六位もいう。
▼6　唐の玄宗皇帝の寵妃。これを寵愛して安禄山の乱を招いた。白氏文集中の長恨歌にうたわれている。なおこの巻は長恨歌の言葉を採った所が多い。
▼7　公卿の妻の敬称。
▼8　この巻の終りに出る左大臣家と共に、政権を争う家。物語構成に大きな力を持っている。
▼9　主上御側近の御用をたすことで、身分の低い典侍命婦が奉仕する。
▼10　淑景舎（しげいさ）。壺庭に桐を植えてあるのでいう。禁中五舎の一。

▼11 殿舎から殿舎へ渡す橋で、自由にとりはずしが出来るもの。
▼12 細殿。殿舎から殿舎へ渡る廊。
▼13 殿舎の中央を貫いている板敷の廊下。両端に妻戸がある。
▼14 清涼殿の西にある殿舎。
▼15 主上の御座所近くに別に賜わる御局。
▼16 男の子が初めて袴を著ける儀式。三歳より七歳までに行う。
▼17 中務省に属し、諸々の宝物を管理し、佳節の御膳、供進の御服、祭祀の奉幣などを掌る役所。
▼18 累代の御物を納める所で宜陽殿にある。
▼19 桐壺の更衣をさす。女御、更衣、その他御寵愛を蒙る宮女の総称。
▼20 輿に車をつけて人の手で曳く車。宮中でこれに乗る事をお許しになる宣旨。太子、親王、内親王、女御、大臣に賜わる。
▼21 これを限りとしてお別れ申す道が悲しゅうございますので、生きていたいと命を思うことでございます。「いかまほしき」は「いか」に「行か」を掛け、「道」の縁語としてある。
▼22 「ある時はありのすさびに憎くかりき亡くてぞ人は恋しかりける」という歌による。
▼23 清涼殿の北にある殿舎。ここにいらせられる女御、前出の第一皇子の御母で、右大臣の御女。
▼24 「ぬば玉の闇の現はさだかなる夢にいくらもまさらざりけり」（古今集）の歌による。
▼25 「人の親の心は闇にあらねども子を思ふ道に惑ひぬるかな」（後撰集）の歌による。
▼26 「訪ふ人もなき宿なれど来る春は八重葎にもさはらざりけり」（貫之）の歌による。
▼27 寝殿の正面の間。
▼28 内侍司の次官。これより前更衣の里へ見舞いに来た人。
▼29 宮城野に、露を吹き寄せて結ばせる風の音を聞くにつけ、小萩が幹（もと）が折られはしないかと先ず思いやられます。（「宮城野」は陸奥にあって、萩の名所。「宮」に宮中を掛け、「小萩」の「小」に「子」を掛けてある。「露」は涙を暗示するもの）

▼30 「いかでなほありと知らせじ高砂の松の思はむことも恥かし」（古今六帖）の歌による。

▼31 大宮の枕詞で、宮中の意につかう。

▼32 この鈴虫のように声のありたけを出して泣いても、この長い夜を飽き足らずにこぼれる涙でございます。（「鈴」と「ふる」とは縁語。「ふる」は「降る」と「振る」とを掛けてある）

▼33 一段と、この虫の音の繁く鳴いている浅茅生に、露を置き添えられる雲の上人よ。（「虫の音」は母君の泣き声を、「浅茅生」は荒れた家を、「露」は涙を暗示したもの。「雲の上人」は、宮中の人で、「雲」は「露」の縁語）

▼34 主上のいらせられる清涼殿の西の壺庭の植込み。

▼35 唐の白楽天の詠んだ長詩。玄宗皇帝と楊貴妃の事件を扱ったもの。これを絵に画いたものが当時有った。

▼36 御譲位後の宇多天皇。

▼37 伊勢守藤原継蔭の女で宇多天皇の寵をうける。古今時代の女流歌人の第一人者。

▼38 古今集の撰者。

▼39 荒い風を防いで来ました大木の蔭が枯れましてからは、その下（もと）の小萩が、風に痛められはしないかと落ちついた心もございません。（「蔭」は母の更衣、「小萩」は若宮の譬）

▼40 長恨歌によると、臨邛（りんきょう）の道士という幻術士が、亡くなった楊貴妃を蓬莱宮に尋ね出して、逢った証に金の簪と青貝の盒とを持ちかえった。御髪上げの調度を、この簪になぞらえていっている。

▼41 冥路（よみじ）へ尋ねて行く幻術士でもあってくれればよい、そうしたら人伝てでも、更衣の魂の在り場所をそこだと知れように。（「まぼろし」は長恨歌の中にある者で、楊貴妃の死後、幻術で、冥界における魂の在所を尋ね出し、その人の証拠として、生前の簪を持ち来した人）

▼42 長恨歌に「太液芙蓉未央柳、芙蓉如面柳如眉」とある。太液は漢の武帝の作った池。そこの蓮の花。未央は漢の高祖の造った宮殿。

▼43 長恨歌に「在天願作比翼鳥。在地願為連理枝」とあるのによる。

▼44 長恨歌に「天長地久有時尽、此恨綿綿無絶期」とあるのによる。
▼45 この雲の上でさえも涙に曇って見えない秋の月よ、何うして澄みましょう、その浅茅生の宿では。（「雲の上」は宮中。「月」に関係させたもの）
▼46 長恨歌の「夕殿蛍飛思悄然、孤灯挑尽未成眠」による。
▼47 左右近衛が禁中の夜警にあたる。宿直奏は、その者が姓名を名のること。丑の刻（午前二時）に交代する。
▼48 清涼殿にある御寝所。
▼49 「玉すだれあくるも知らで寝しものを夢にも見じと思ひかけきや」（伊勢）による。
▼50 主上が早朝に政務をおとりなされること。長恨歌に「春宵苦短日高起、従此君王不早朝」とあるのによる。
▼51 主上の正式の御食膳。殿上人がお給仕をする。
▼52 来朝の賓客を接待し宿泊させるところ。七条朱雀にあった。
▼53 日本流の観相。
▼54 親王の御位は一位から四位まであり、無品は、その位の無い方をいう。
▼55 占星術。二十八宿と九曜星の行度によって、運命を占う術。
▼56 臣下にして源姓を与えられること。
▼57 先帝の皇后で、第四皇女の母。
▼58 弘徽殿の女御。
▼59 飛香舎。禁中五舎の一。壺庭に藤が有るから名づける。
▼60 南殿。内裏南面の正殿。天皇、皇太子の御元服はここで行われ、皇子は清涼殿で行われる。
▼61 前出。
▼62 畿内諸国の調銭、無主の位田、職田及び没官田の穀を収めておかれた倉庫。年中の饗物その他にあてられた。

▼63　元服をうける人。
▼64　冠者に初めて冠をかぶらせる役。
▼65　午後四時。
▼66　髪を左右に分けて耳の上で結んで垂れる。童姿の髪。
▼67　謝意を表す礼式で、再拝して舞踏する。
▼68　加冠の大臣である左大臣の北の方は、桐壺帝の御妹君で、内親王である。この御腹の御娘を源氏の君の正妻とする。葵上という。
▼69　幼い者にしてやった初元結に其方（そなた）は、長い齢を生きるように契る心を結び込めたのですか。（「長き世を契る」は、元服の祝いとして、長い命を祝う意と、「世」を男女関係として、娘との永い縁を結ぶ事とを掛けたもの。「幼き」の「いと」は「結ぶ」の縁語）
▼70　仰せのように、長き齢を祝って結びました、その心も亦深いもので、あの元結の濃い紫の色が褪せなかったならば、この祝いの心は叶うものと存じます。（「結びつる心」は、源氏と娘との縁を掛け、「色し褪せずば」は、源氏の心持が変らなかったならばという意を掛け、云いさしにして、自身の喜びの心を余情としたもの）
▼71　清涼殿から紫宸殿へ通う廊。
▼72　馬寮は左右二つある。官馬、諸国の牧場の馬、馬具を掌る。
▼73　校書殿にある蔵人の詰所。
▼74　檜の薄板を折って作った器に入れた料理。
▼75　籠に木の実を入れて松の枝につけたもの。
▼76　強飯のむすび。
▼77　脚のついた櫃。
▼78　葵上。十六歳。源氏より四歳の年長。
▼79　近衛少将で蔵人を兼任。葵上の兄で、この物語の主要人物の一人である。

▼80 左大臣殿の姫君。葵上。

▼81 桐壺。

▼82 桐壺更衣の実家。これを二条院と後に呼ぶ。

▼83 宮中の修理造営を掌る役所。

▼84 中務省に属して、工匠のことを掌る。器物の製造、又殿舎の装飾をする。

▼85 前出の相人。

帚木(ははきぎ)

光源氏は、好色の評判ばかり仰々しくて、讒(そし)られる失行が多くおありになるのに、かてて加えて、こうした好色の事件を後世にまでも聞き伝えて、軽々(かろがろ)しい評判を流すことであろうかと、内々にして入(い)らせられた秘密までも語り伝えたのは、世間の人の物云いの意地悪いことであるよ。しかしながら君は、まことにひどくも世間を憚(はばか)って、実直な様[1]をして入らせられたことなので、艶(つや)っぽく、面白いという事はなくて、その点では、物語の交野(かたの)の少将には笑いものにされたことでもあろう。まだ中将[2]であらせられた時は、内裏(うち)によくお詰めになってばかり入らせられて、大殿(おおいどの)の方[3]へは極稀(ごくま)れにのみお越しになるので、『忍ぶの乱れ』[4]でもあろうかとお疑い申し上げることもあったが、そのような浮気な有り触れた、手軽な好色事などは、お好みにならない御性分で稀れにはそれとは反対に、我と御苦労をなさるべき事をお心にお入れになる癖が生憎(あいにく)とあられてあるまじきお振舞(ふるまい)のまじることがあった。

五月雨(さみだれ)の晴れ間のない頃、内裏(うち)には御物忌(おんものいみ)[5]がそれからそれと続き、常よりも一段と長居をされているので、大殿(おおいどの)では御不安に、恨めしくお思いになっていられたが、万端の御装束をそれこれと、珍らしい風にお拵(こしら)えになりつつお届け申し、大臣(おとど)の御息子の君達(きんだち)は、ただこの君の御宿直所(おんとのいどころ)[6]の御宮仕をお勤めになっていられる。皇女腹(みやばら)の中将[7]は、その中でも君に親しくお馴れ申して、遊び戯れまでも、他の君達（きんだち）よりは気やすく、馴れ馴れしくしている。右大臣（みぎのおとど）▼8が大切に冊（かしず）いていられるその姫君の許（もと）は、この中将もひどく通うに臆劫（おっくう）にしている、好色な浮気者である。我が家でも自分の部屋の装飾を眩（まぶ）しいほどにし、君の出で入（い）りなさるのにお連れ立ち申しつつ、夜昼、学問も管絃も一しょにして、殆（ほとん）ど後（おく）れを取らず、何所（どこ）ででも附き纏（まつ）わっていられる中（うち）に、自然畏（かしこ）まりも置かず、心の中に思う事までも包みきれずにお睦（むつ）み申していられる。徒然（つれづれ）と一日中降り暮して、しめやかに降りつづく宵の雨に、殿上（てんじょう）▼9も殆ど人少なで、御宿直所（おんとのいどころ）も、いつもより静かな気持がするので、君は灯火（ともしび）を近くして、いろいろの書（ふみ）を見ていられる序（ついで）に、君のお近くの御厨子（みずし）▼10の中にある、色々の色紙に書いてある艶書を引き出して、中将は限りなくゆかしがるので、君は、「よさそうなのを少しはお見せしよう。見苦しいものもあろうから」といってお許しにならないので、中将は「その打解けた、極（きま）りの悪いとお思いになるのをこそ拝見したいのです。有りふれたひと通りのものは、物数でない私でも、分相応に取り遣りしいしい見も致しましょう。おのおの恨めしい折々のもの、待ち顔でいる夕暮のものなどにこそ、見所がございましょう」と怨（うら）むので、大切な何（ど）うでもお隠しになるべきものは、このようなおざりな御厨子などに散らしてお置きになるべきではなく、深く隠してお置きになることであろうから、これは第二流の気安いものなのであろう。中将は、一部分ずつ見るにつけて、「こんなに色々のものがございましたのですね」といって、推量で、あの女ですか、この女ですかと尋ねるうちに、言い当てるのもあり、かけ離れた者を、見当をつけて疑うのも、面白いとお思いになるけれど、君は言葉少なに、いいように紛らし紛らしして隠しておしまいになった。「其方（そちら）こそ多く集めていられましょう。少し見たいものです。その上で此（こ）の厨子も快く開けましょう」と仰せられると、「御覧じ所のあるようなものは無いことでございましょう」など申上げる序に、中将は、「女の、この人こそはと、非難のし所の無いものは、得難いものだということが、だんだんに分ってまいります。ただ上面（うわづら）だけの風流で、字を走り書きにし、折節の返歌（かえし）を要領をのみ込んでするなどという事だけは、随分、可（か）なりにする者

が多くいると見えますが、それも、其の方面の良い物を引き抜く選びに、必ず漏れまいと思われる者は、いかにも得難いものでございますよ。自分の心得ている事だけを、銘々好い気になってしまして、人を貶して、見かねる者が多くあります。親が附添って崇め立てていて、将来を持って深窓にいる娘時代▼11は、ただ才芸の一端を聞き伝えて心を動かすという事もありましょう。器量がよくて、おっとりとしていて、若くて気の紛れる事もない頃は、ちょっとした芸なども、人真似に本気になってする事もありますと、自然何か一芸を相応な程度にまで仕上げる事もあります。それを見ている人が、劣った方面は隠していわず、可なりにする方だけを誇張して話しますのを、それ程でもあるまいと、見もしないのに、何で推量で悪く思えましょう。本当かと思って見て行きますと、見劣りのしない者は無いようでございます」といって、溜息をつく様子は、此方も極り悪い程なので、そのように全体に亘ってというではないが、御自分もお思い当りになる事があるのであろうか、微笑んで、「その聊かの取柄も無いという人がありましょうか」と仰せになると、中将は、「まるきり駄目だという者には、誰が騙されて寄りつきましょう。取柄もない残念な者と、素晴らしいと思われる程に勝れた者とは、数が同じでございましょう。上流の階級に生まれますと、多くの者に冊かれて、欠点も隠れがちになり、自然その様子が上品になりましょう。中流の階級では、その人その人の心構えや、めいめいの立てている趣も見えまして、そのけじめがそれこれ多いことでございます。下流の階級ということになりますと、これは格別耳に附きません」と、いかにも知らない所はないような様子なのもゆかしくて、「その階級は何うして別けますか。何を標準にして三つの階級に分けるのですか。本来の階級は高く生まれていながらも、現在は零落して、位も低くて人げの無い者と、又ただ人で、公卿にまで成り上っていて、得意らしく家の内を飾って、誰にも負けまいと思っている者とは、その差別をどうして附けますか」とお尋ねになっている中に、左馬頭▼12と藤式部丞▼13とが御物忌に籠ろうとして参った。聞えた好色者で、物の訳の分っている者なので、中将は待ち受けて、その三つの階級を論じ定めようとして言い争う。ひどく聞きにくい事が多くある。

馬頭、「成り上りはしても、本来然るべき家筋でない方は、世間の人の思わくも、何といってもやはり違います。又もとは貴い家筋であったけれども、世を過す便宜が少く、時世が移って、世間の気受けが衰えてしまいますと、心持は心持だけに止まって、事が十分にゆかず、人目の悪い事なども出て来る次第でしょうから、それぞれに条件を附けて中流の階級に置くべきです。受領[14]といって、地方の政事に携わっておりまして、階級のきまっている者の中にも、又幾通りもの段階がありまして、その中から中流階級の悪くはない女を択り出すことの出来るこの頃でございます。なまなかの公卿よりも、非参議[15]の三四位の方々で、世間の思わくも悪くはなく、本来の家筋の卑しくない方が、楽々と身を扱い振舞っていられるのは、まことに小ざっぱりしたものです。家の内に不自由という事の無さそうなのに任せて、倹しくせず、眩しいまでに大切にしている娘などで、貶しめ難い育ちをする者も大勢ございましょう。宮仕に出て、思い懸けない幸福を摑む例なども多くございます」などというと、君は、「みんな生活の豊かなのに依るようですね」といって、お笑いになるのを、中将は、「貴方のようでもない、心得かねることを仰せになります」といって憎む。馬頭、「元来の階級も、当世の人気も打揃っている貴い家の娘で、内々での挙動や様子の劣っているというようなのは、全く論外で、何うしてこんな育ち方をしたのだろうと云い甲斐のない気が致しましょう。挙動様子揃って勝れていようとも、これでこそ当り前だという気がして、珍らしい事と驚きもしますまい。手前などの手の届くべき範囲ではありませんから、上流の上流は問題外としてさし置きます。さて、世の中にあると誰にも知られない、淋しい崩れた葎の門の内に、案外にも可愛らしい女の閉じこめられているのこそは、限りなく珍らしい気が致しましょう。何うしてまたこんな事があったのだろうと、予想に反したこととて、妙に心に留る事でしょう。父は年が寄って、小汚ならしく肥え過ぎ、兄は顔つきが好くなく、想像では何という事もない家の奥に、まことにひどく気位高く構えていて、かりそめにする風流事も、一節あるらしく見えますのは、たとい僅かの事でございましても、何うして案外な気がして、面白く思わずにいられましょう。勝れて疵の無い方の択びには叶いませんが、これはこれとして捨て難いものですよ」といって、式部の方を見やったので、式部は自分の妹どもの、ちょっと好いという評判のあるのを思って云われるのだろうと汲み取るのであろうか、何事も云わずにいる。さあ、何んなものか、上流階級と思う者の中でさえ、疵の無い女は得難い世の中であるのにと、君はお思いになるのであろう。白い御衣の柔らかなのに、直衣だけをしどけなくお召しになられ、紐なども結ばれずに、物に凭って横になって入らせられる灯影の御姿は、ふだんよりも更に美しく、女としてお見上げ申したい。此の君の御為には、上流中の上流を選り出しても、猶足りないようにお見えになる。様々の女の上を語り合いつつ、馬頭は、「一とおりの関係で逢うとしては難もありませんが、自分の嫡妻として頼みとするべき女を選ぼうとすると、多くある女の中からも、これと思い定めることは、容易には出来ないことでございます。男が朝廷にお仕え申し、確りした世の柱石となるべき上でいいましても、真の器ものとなるべき人を選び出そうとすると困難なことでしょう。しかしそちらは、賢いといっても、一人二人で、世の中を治められるべきものではありませんので、上の者は下の者に助けられ、下の者は上の者に従いまして、広範囲の事とて融通がついてゆきましょう。狭い家の内の主婦とするべき一人の上を考えて見ますと、出来なくては困ると思う大切な事がそれこれ多いことでございます。一つが良ければ、一つが悪く、痛し痒しで、曲りなりにも何うやらと思う女の少いので、好色の図に乗った心から、女の有様を多く見較べようという択り好みをするのではなく、偏にこの女をと定めて、一生の伴侶としようと思うからには、同じ事ならば骨を折って直したり、取り繕ったりする所のない、気に入るような女はなかろうかと選み出した男が、これをと定められかねているのでございましょう。必ずしも気に入っているという訳ではないが、一しょになったという縁だけを捨て難く思って、辛抱しています男は、実体な男に見え、棄てられずにいる女に取っても、奥ゆかしく推量されることです。

そうは云っても、高(たか)の知れましたもので、世間の有様を多く見集めますと共に、想像も及ばない、ひどく奥ゆかしい事などあるものではございません。貴方様方(あなたさまがた)の無上のお選びには、まして何(ど)のような女(ひと)がお添い申すことでございましょう、賤(いや)しく自由の利く手前でさえもこれでございますから。顔かたちが小綺麗で、年の若い女の面々は、塵一つ附けまいと身だしなみをし、文(ふみ)を書いても、態(わざ)とおっとりとした文句を使い、文字の墨継ぎもかすかに、もどかしく思わせつづけ、又、もっとはっきりとした物を見たいものだと、待遠がらせ、僅かな声の聞かれる程に言い寄ると、息よりも低い声で、言葉少なにしている女が、ひどくよく欠点を隠すものなのです。もの柔らかで、女らしい、と見ていますと、余りにも情に惹(ひ)かれて、取り做(な)していると浮気っぽくなります。これは第一の欠点とすべきです。女のする様々の仕事の中でも、いい加減にはされない、夫の世話という事の上からいいますと、物のあわれを知り過ぎて、ちょっとした場合にも気の利いた歌を詠(よ)むなどの、趣味の方面の進んでいるという点は無くてもよさそうなものに見えますが、そうかといって又、実直一方の方針を取って、額髪(ひたいがみ)を耳に挟みがちに、色気もない主婦が、唯(ただ)もう家の利益(ため)を思っての世話ばかりをしまして、男は朝夕の禁中の出入りにつけても、公(おおやけ)の場合、私の場合の人々の様子、善い事悪い事の目にも耳にも留っている有様を、他人に態々(わざわざ)話すという事が出来ましょうか、側にいる家内の、話の解り、心ののみ込めそうな者と話し合いたいものだと思って、思い出し笑いもし、涙ぐみもし、時には又、埒もない公憤が起って、胸一つには余る事などが多いのに、この妻に聞かせたからとて何うしようと思うと、自然、横に向いてしまい、人には分らない思い出し笑いもされ、『ああ』と独り言(ひとりごと)も出ますと、妻が、『何うしたのですか』と云って、ぼんやりと顔を見上げていたのでは、何うして残念に思わずにいられましょう。ただもう大(おお)ようで、おとなしい女を、男はああもこうもと引繕(ひきつくろ)って、見て行けないことがありましょうか。不安はあろうとも、直して行ける気がしましょう。ほんに、差向いで逢っている間は、それにしても可愛らしさで、欠点も見脱(みの)がして行けましょうが、遠く離れている時は、然(しか)るべき用も命けてやり、その時々に処理すべき用事の、風流事でも、実務でも、自分の心だけでは捌き得る所がなく、行届いた始末のできないのは、いかにも残念で、頼もしげのないという欠点は、やはり苦痛でございましょう。平生は少し素っ気がなくて気にくわない妻が、場合によっては立派にやってやり栄えのあることをするものです」などと、知らぬ隈もない物言いをするものの、何れが可いとも定めかねて、ひどく嘆息をする。

「今はもう、階級も云いますまい。顔かたちのことはまして云いますまい。ひどく残念な、ひねくれ者という気さえしない者であれば、ただ偏に真実で、落ついた所のある女を、最後の頼み者ときめて置くべきでございます。それ以上の取柄や気働きが添っていましたら、それは儲け物と思い、少しは足りない所があっても、達て求めて足そうとはしますまい。安心して気楽でいられるという点だけさえ確かであったら、表面的な風流気などは、自然附け足して行かれるものでございますもの。色っぽく、恥かしがって、恨みをいうべき事も、見知らない様子をして我慢をし、表面は平気な、平常と変らない恰好をしていて、胸一つに思い余る時には、云いようもない凄い文句だの、哀れな歌を詠んで残しておき、忘れさせないような形見を留めなどして、深い山里や、世離れした海辺などに姿を隠すなんてことをする女があります。子供だった頃、女房などのそうした物語を読んだのを聞いて、ひどく哀れで悲しくて、心深いことだと涙までこぼした事がございました。今になって思いますと、これはひどく軽々しい態とらしい事です。心持の深い男を残して、たとい差し当っては辛い事があろうとも、夫の心を知らないように逃げ隠れをして騒がせ、本心を試して見ようとしている中に、生涯の嘆きになって行くというのは、いかにもつまらない事です。『お心持の深い事です』などと誉め立てられて、気持が募ってゆきますと、そのまま尼にもなってしまいます。思い立った頃は心が澄んだような気がして、娑婆の事など見返ろうとも思っていません。『まあ何て悲しいことでしょう、これ程までのお心持になってしまったのですか』などといった風に、知合いの者が見舞に来て慰め、まるきり厭(いや)だと思い切ったでもない男が、聞きつけて涙をこぼしますと、使っている者、古参の女房などが、『殿の御本心はやさしくて入らしたものを、あったら御身(おみ)をこのように』などというと、自身、短くした額髪を探って見て、張合(はりあい)もなく心細いので泣き面をしてしまいます。我慢はしているけれども涙がこぼれ初めるようになると、何ぞの折には怺(こら)えられず、愚痴も多くなって来ましょうが、仏はこんなのは却(かえ)って心汚ない者だと御覧になることでしょう。濁世(じょくせ)にいる時よりも、生浮(なまうか)びの時の方が却って悪道に漂い易(やす)いことだろうと思われるのです。尽きない宿縁が浅くなくて、尼にまではさせずに尋ね出して引き戻したとしましても、そのまま連れ添っていて、そのことの思い出が恨めしくないことがありましょうか。悪くても善くても連れ添って、ああした場合こうした場合も我慢して、添い遂げている夫婦仲こそ、因縁が深くて哀れなものです。一度節(ふし)の附いた仲は、彼方(あちら)も此方(こちら)も気懸(きがか)りで、気が置けずにいられましょうか。又、少し気の移った所のある男を恨んで、言い立てて別れるのも亦(また)、つまらないことでしょう。たとい男の心は変る所があろうとも、逢い初(そ)めた時の心持をいとしく思ったならば、そうした関係として続いてもゆくでしょうに、そのような動揺で縁が切れてしまうものです。すべて万事を穏やかにして、怨(うら)むべき事は、内々承知している風に仄(ほの)めかし、恨んで然るべき事も、憎くないようにかすめて云うようにしたならば、それにつけて可愛さも増すことでしょう。大体は男の心は、連れ添う者次第で治(おさま)りもしましょう。余り極端なまで自由にさせているのも、気楽で、かわゆいようではあるが、自然貫録のない気もされましょう。繫がない舟の浮いて漂う例(ためし)▼16もありまして、まことに曲のない事です。そうではございませんか」というと、中将は頷く。中将は、「現に面白いとも可愛いいとも思って、気に入っている女の、頼もしそうにないという疑(うたがい)は、男に取っては大事件でしょう。此方(こちら)の心が他に移るようなことがなくて、我慢して行ったならば、女の心を直して、添い遂げられないはずは無いという気がしますけれども、しかしこれはそうとばかりも行かないようです。何(ど)うあれこうあれ、此方の気に入らない所のあるのを、気長に我慢するより外(ほか)には、いい方法はないようです」といって、我が妹の姫君は、此の条件には叶っていらせられると思うのに、君は居眠りをして言葉をおまじえられないのを、淋しく気にくわず思う。馬頭は品定めの博士になって、身を揺すって云い立てている。中将は此の論を聞き尽そうと、熱心に相手をして入らせられる。

馬頭、「万ずの事に譬えて御覧なさい。細工師が様々の物を、自分の心に任せて製作する場合にも、臨時の玩び物で、こういう物と一定の型の定まっていない物は、形の変った、ちょっと洒落た物でも、いかにもこうも拵えるべきであると思えて、その場合につけつつ、恰好を変えますと、その新しさに目移りがして、面白い事もあります。大切な物として、本当に立派な、表道具として飾る一定の型のある物を、欠点なく製▼17作することになると、やはり本当の上手のした物は格別で、はっきりと見分けが附けられます。又絵所に上手が大ぜいおりますが、墨書きに選ばれて書きました物は、次ぎ次ぎに皆上手で、優劣の差別がちょっと見には見分けられません。けれども、人の見たことのない蓬莱の山、荒海の怒っている魚の姿、韓の烈しい獣の形、目には見えない鬼の顔など、仰々しく拵えた物は、心に任せて書いて、一段と人の目を驚かして、実際には似てはいないでしょうが、それはそれで可いでしょう。尋常な山の姿、水の流れ、見なれている人の家の有様などを、いかにもそうと見えるように書き、懐かしく穏やかな形を静かに書きまぜて、峻しくはない山の趣を、木深く、世離れしたように書き重ね、手近い籬の中を、その用意や法則に叶えて書く事になると、上手の筆は、いかにも勢いが格別で、下手な者は及ばない所が多いようです。字を書くにしても、深い修練はなくて、そこここの点を長く引っ張って走り書きにし、何という事もなく気取っているのは、ちょっと見には才があるらしく、様子の好いものですが、やはり本当の筆法で丁寧に書きおおせてあるものは、表面にあらわれは引き立たなく見えるけれども、今一度双方を並べて見ると、やはり実力のある物の方が結構なものです。こうしたちょっとした事でさえも、此の通りでございます。まして人の心の、その場合につけて様子振っての、表面の趣などは、当に出来ないものに存じます。若い時の事を、好色らしくはございますが、お話申上げましょう」といって膝を進めると、君も目をお覚ましになる。中将はすっかり信じて、頰杖をついて対って入らせられる。仏法の師が世間の道理を説き聞かせる場所のような心地のするのも、一面には可笑しいけれども、こういう折には、誰も誰も内証事も包んで置けなくなるのであった。

馬頭、「以前、まだ至って官位も低うございました時、かわいいと思う女がございました。前に申上げましたように、器量などはまことに好くはありませんでしたので、若い頃の好色心には、この者を本妻にとまでも思い込みませず、便りになる者とは思うものの、何処か物足りなくて、そちこち隠れ歩きをしておりますのを、嫉妬をひどく致しましたので、それが気に入らず、何もこんなでなくて、温和しかったらば好かろうと思い思いまして、余りにも容赦のない疑い方をしますのも煩さく思いまして、この様に物の数でもない身を見捨てもせずに、何だってこれ程まで大事にするだろうと気の毒に思うことも折々ありまして、自然に浮気心が控えられるようになりました。この女の有り様は、生来至らなかった事でも、何うかして此の人の為にはと無理に工夫もし、不得手な方面の事も、やはり残念なとまでは見られまいと励み励みしまして、何彼につけてまめまめしく世話をして、少しでも夫の気に入らない事の無いようにしたいとつとめていました中に、気の勝った方だと思っていましたが、何彼につけて靡き従って素直になって来、醜い器量も、夫に疎まれはしないかと、無理なまでに取繕い、他人に見られたならば、夫が不面目に思いはしないかと、遠慮も気がねもして、常住油断なくしていましたので、見馴れるに連れて、悪くも無い女に思われて来ましたが、ただ此の嫉妬の欠点一つだけは、我慢の出来ないものにしておりました。その頃思いました事には、この女は、このように何処までも私に従って怖がっている人であろう、何うかして懲りる程の目にあわせて、威して、この嫉妬の方も少し程よくなり、意地悪るさも止めさせようと思いまして、又、私が本当に辛いと思って、縁も切るような様子をしたならば、これ程私に従う心ならば懲りることだろうと思いまして、殊更薄情な冷淡な様子を見せまして、例のように腹を立てて怨みますと、『こう嫉妬がひどくては、何のように深い宿縁があろうとも、手を切って又とは逢うまい。これを最後だと思うならば、そのような無理な疑も懸けなさい。行く末長く添って行こうと思うならば、辛い事があろうとも、怺えて程よくするようにして、こうした心さえ無いようになったなら、何んなにか可愛く思うことだろう。私も人並な、少しは一人前らしくなるに連れて、あなたは他に並ぶ者の無い人になることでしょう』と、我ながら上手に教え込む事だと存じまして、図に乗って言い過ごしますと、女はちょっと笑って、『あなたが万事見すぼらしく、官位の低い間を辛抱して、人数に入る時節もあろうかと待つ方は、ほんとに呑気でいられまして、苦にもなりません。つらい心を辛抱して、その気のなおる時を見つけたいものだと、年月を重ねて行く空頼みは、何うにも苦しい事でしょうから、今はお互に別れるべき時でしょう』と、にくらしげにいう時に、此方も腹立たしくなって、憎まれ口をいい募りますと、女も我慢の出来ない方面のことなので、私の指を一本引き寄せて食いつきましたのを、仰々しく文句をつけて、『こうした疵までも附いてしまっては、いよいよ表向きのお勤めもする訳にも行かない。軽蔑されるようにいう官位も、これで一層つまらなくなって、何につけて人並らしくしていられよう。遁世するより他はない身なのだろう』などと威して、『それでは、今日限りの縁なのだろう』といって、その痛む指を屈めて家を出ました。

手を折りて逢ひ見し事を数ふればこれ一つやは君が憂き節▼[18]

『あなたも怨む訳にはゆくまい』など申しますと、女はさすがに泣きまして、

憂き節を心一つに数へ来てこや君が手を別るべき折▼[19]

などと言い合いはしましたけれど、私は本当には別れようと思ったのではありませんものの、やや久しくなるまで便りも致しませず、其方此方と浮かれ廻っておりましたのに、賀茂の臨時の祭▼[20]の調楽▼[21]で夜が更けて、それにひどく霙の降る夜でしたが、それぞれ退出して散り散りになる道で、何処へ

行って泊ろうと思いめぐらしますと、やはり自分の家という気のする所は、その女の許より他には無いのでした。禁中での独り寝も興の無いことだろうし、気取っている女の家は何だか寒そうな気がされますので、あの女はどんな気がしているだろうかと様子も見がてら、降りかかる雪を払い払い行きまして、何だか恰好が悪く照れもしましたけれども、しかし今夜こそ日頃の恨みは解けようと思って訪ねましたのに、灯をほのかに灯して壁に寄せ、著馴らして柔らかになった物の、綿の厚く入ったのを、大きな伏籠[22]へ懸けて暖めてあって、引き上げるべき几帳の帷[23]なども引き上げてあって、今夜頃はきっと来ようかと待っていた様子です。そら見たことかと、いい気になりましたが、当の本人は居りません。然るべき女房だけが留守をしていまして、『親御様のお宅へ、今夜お出でになりました』と答えるのです。あの後は、色めいた歌も詠んでよこさず、恨みがましい文もよこしませんで、まるっきり引退りぎりで、素気なくしていましたので、私も張合のない気がして、あのように口やかましく容赦なかったのも、自分を嫌って貰いたいという下心があったのであろうかと、それまでそうまでは思わなかった事ですが、むしゃくしゃするのでそんなことも思いましたのに、著物はふだんよりも一層念入りに、染め方、仕立て方も、まことに私の思い通りにしてあって、さすがに自分で手を切った後々の事までも、察して世話をみていたのでした。ああ素っ気なくしていても、私とも、まるっきり手を切って見捨てるような事はしまいと思いまして、又とやかく云ってやりましたに対して、女は厭やだともいわず、捜すに困らせようと身を隠すような事もせず、私に恥を掻かせないように返事をしいしいして、ただ『以前のお心のままでは到底我慢致しかねます。落着いたお心にお改めなられるのなら御一緒になりましょう』などと云いましたのを、そうは云っても、私を見捨てなどは出来なかろうと思いましたので、いま暫くの間、懲らしてやろうという心で、私は先方の云うように改めようともいわず、ひどく根気較べをして見せています中に、女はそれはひどく嘆き悲しみまして、亡くなってしまいましたので、戯れ[24]は出来ないものだという気が致しました。偏に頼みとする本妻は、ああいう女であるべきだと思い出されることでございます。かりそめの風流事でも、改まっての事件でも、相談甲斐(がい)が無いというではなく、染物は立田姫▼25のようだといっても不似合ではなく、仕立物は棚機姫(たなばた)▼26の手にも負けない程で、その方の技も揃って上手なものでございました」といって、いかにもしみじみと思い出している。中将は、「その棚機の裁(た)ち縫いの方を控えさせて、出来るなら長い契(ちぎり)の方にこそあやからせたいものでした。まことにその立田姫の錦には又と及ぶものは無いでしょう。はかない花紅葉(はなもみじ)のようなものでも、その季節季節の色合が、うまく程よくはゆかず、感じのはっきりしないものは、少しも引立(ひった)たずにしまうもので、恰度(ちょうど)には行かないものです。そういう次第だから、不足のない女は得難い世の中だといって、妻を定めかねているのですよ」といって、花をお持たせになる。

馬頭、「さて又、それと同じ頃に通っていました所は、家柄も前の女よりはまさっており、心持も本当に教養を持っていると見えて、歌を詠んでも、走り書きをしても、琴を弾く爪音(つまおと)でも、その手つき、口つきが、危なげのないものだと、見つづけ聞きつづけておりました。器量も難のないものでございましたから、前の口やかましい女を打解けての者にして、折々隠れて逢っております間は、まことに此の上なく気に入っておりました。例の女が亡くなって後(のち)は、何う致しましょう、可哀そうだったと思いながらも、死んでしまったものは詮(せん)のないもので、繁々(しげしげ)とこの女に通い馴れるに連れて、少し煩(うる)さく思わせる所があり、それに、艶(なまめ)かしく好色な所も気に入らないので、頼みにすべき女とは思えず、絶え絶えにばかり通っていますに、内々心を通わせる相手が出来たらしい様子なのです。十月の頃、月の面白かった夜でした、内裏(うち)から退出致しますと、或る殿上人が来合せまして、その人の車に相乗り致しますと、私は大納言の家で車を止めようといたしますと、その殿上人のいいますのに、『今夜私を待っているだろうと思う家が、ひどく気になりますよ』といいまして、それにその女の家はまた避けられない道順だったので、通りすがりに見ますと、荒れた築地(ついじ)の崩れから、庭の池の水に影が見えて、月でさえも宿っている家を素通りにするのも、さすがに惜しい気がしますと、殿上人はそこで車から下りました。以前からそうした心を通わしていたのでしょうか、この殿上人はひどく浮き浮きして、門に近い廊の簀子[27]といったような物に腰を掛けて、暫く月を見ています。菊はみんなまことに美くしく色が変っていまして、風と争って散る紅葉の乱れるなど、ひどく身に沁みて見えます。男は懐に入れていた笛を出して吹き、『影もよし』[28]などと、ぽつりぽつり謡っている中に、女は好い音のする和琴[29]の、よく調子を合せてあったのを、上手に合せて弾いていましたのは、悪くはありません。この律の調[30]は、女の物柔らかに鳴らして簾の中から聞かせますのも、現代的な音なのですから、清く澄んでいる月に、折柄の調和が無くはありません。男はひどく感心して、簾の側まで歩いて行って、『庭の紅葉には、ほんに、人の踏み分けた跡が見えません。[31]お待ちかねでしょう』などといって憎がらせます。菊の花を折って、

琴の音も菊もえならぬ宿ながらつれなき人をひきや留めける[32]

『御迷惑なことでしょう』などといい、『今一段、聞かせ栄えのある人の来た時に、手腕の限りをお聞かせなさい』などといって、ひどく絡んで来ると、女はひどく声を繕って、

木枯に吹き合はすめる笛の音をひきとどむべきことの葉ぞなき[33]

などと色めき合うのを、垣間見る私の憎くなるのも知らずに、今度は又、箏の琴[34]を盤渉調[35]の調子にして、当世風に弾いている爪音は、才が無いではありませんが、我慢のできない心持が致しました。単に時々逢うという官女などで、思い切ってあだっぽい好色なのは、逢っている間だけは面白いことでしょう。時々通うだけでも、然るべき者として、心には忘れずにあてにする者としますには、頼もしい所の無い、手放しにし過ぎる女だと用心されまして、その夜の事を言いぐさにして手を切ってしまいました。

　この二つの事を思い合せますると、若い頃の心にさえも、やはりそのような手放しな事は、まことに怪しからぬ、頼もしげのないものに思われました。今後は一層、そのようにばかり思われる事でご

ざいましょう。お若いあなた様方には、御心次第に、お折りになったらばすぐに落ちそうに見える萩の上の露のような[36]、お拾いになったらばすぐに消えそうに見える玉笹の上の霰のような類の、なまめかしく、かわいい、色っぽい方だけを面白くお思いになられますことでしょう。おっつけ、それにしましても、七年余りの中にはお思い知りになられますことでしょう。手前が申上げる此のいやしい諫をお受け遊ばして、好色な浮気な女には御用心下さいまし。過ちを惹き起しまして、関係している男に愚か者との評判を立てさせるものでございます」といって注意する。中将は例の通りに頷く。君は少し片頬に笑みを浮べて、そういうものだろうと頷かれるようである。そして「何方にしても、人聞きの悪い、工合のよくないお話ですね」といって笑っていらっしゃるらしい。

中将は、「私は愚もののお話をいたしましょう」と云って、「極内々で逢い初めた女がありまして、何うやら関係を続けて行けそうな人柄に見えましたので、末永くとまでには思いませんでしたが、馴れるに連れて可愛く思われましたので、絶え絶えではありましたが、忘れない者に思っておりましたので、そうなりますと、女もまた此方を頼みとする様子に見えて来ました。頼みにするにつけては、私を恨めしく思う事もあろうと、我ながら思わせられる事も度々ありましたのに、女はそういう事は気も附かない様子で、久しく訪ねなかった時でも、このようにたまさかにしか来ない者とも思っていず、まるで朝夕一しょに居でもするような様子に見えまして、可哀そうに思いましたので、行末永く頼みにさせるような事もいいました。親もなくて、ひどく心細そうで、此方がその気ならば、この人だけを頼りとしようと思っているのが、何かの折には見えまして、それもかわいらしゅうございました。このように女が大ようにしますので、気楽になりまして、久しく訪ねて行かずにいました頃、あのお逢いしている妻[37]の許から、その女に、情の無い恐ろしい事を、ある次手があって、それとなく云わせたのでした。これは、後になって聞いたことでした。私はそうした辛い事があろうかとも知らず、心には忘れないものの、便りなどもせずに久しくおりましたところ、女は無闇に嘆きしおれて、心細かったので、それに又幼い子供などもありました所から、思案もつかなくなって、撫子の花を折って、それに附けて文をよこしました」と云って涙ぐんでいる。「その文の言葉は」と、君がお問いになると、「いや、格別のものでございませんでしたよ。

山がつの垣ほ荒るともをりをりにあはれはかけよ撫子の露▼38

思い出したままに訪ねて行きますと、いつものように隔てのない様子をして居りますものの、ひどく嘆いている様子で、荒れた家の庭の露の繁く置いているのに見入って、鳴く虫の音に劣らずに泣いている様子は、昔物語の中にあることのような気が致しました。私は

咲きまじる花は何れと分かねどもなほ常夏にしく物ぞなき▼39

と詠んで、大和撫子▼40の方はさし置いて、『塵をだに▼41』と歌にいうように、親の機嫌を取ります。すると女は、

打払ふ袖も露けき常夏に嵐吹き添ふ秋も来にけり▼42

と何でもないように云い拵えて、本気に恨んでいる風も見えません。思わず涙をこぼしましても、それをひどく極りの悪いように、紛らし隠しまして、男の辛さを思い知っていたと見られるのは、ひどく心苦しい事に思っていましたので、私は気楽になりまして、又足を遠くしております中に、何処へ行ったとも分らず掻き消すように姿を隠してしまいました。まだ此の世に生きているならば、落ちぶれてさ迷っておりましょう。可愛いと思っていました頃に、もし煩い程に纏わるような様子が見えましたならば、この女をそうまではさ迷わせなかったことでしょう。法外な杜絶えもせず、相応な扱いをすることにして、末長く見てゆくことにもしたことでしょう。その幼児が可愛かったので、何うかして探し出したいものだと思っておりますが、今以て何も耳に入ることがございません。こういう女こそ、お話のあった確りしない女の例になるものでしょう。何気ない風をして、辛さを恨んでいたのに気が附かず、可愛く思いつづけて来たのも、役にも立たない片思というものでした。今私は、

次第に忘れて行く時に、あの女も亦、すっかり諦めてしまうという事は出来ず、折々は我と胸を焦す夕暮もあろうかと思われます。こういう女こそ、妻として持っていられない、頼もしげの無い方だというべきです。こういう次第ですから、その口やかましい女も、思い出のあるという上では忘れ難いけれども、さし向って暮すとしては小面倒で、悪くすると別れたくなるという事もありましょうか。琴の音の上手な、才気のある女も、好色だという欠点は大きいものでしょう。この確りしない女も、不安を伴わせて来ましょうから、何ういう女がよいと結局思い定められなくなってしまうというのが夫婦関係ですよ。このように一長一短で、取捨に困難なことです。こうした色々の長所をみんな備えていて、非難すべき点をまじえていない女は、何所にあることでしょうか。吉祥天女[43]を思い懸けるとすると、霊妙不思議な事がありそうで、これ亦困ってしまう事でしょう」と云って、皆々お笑いになられる。

　中将は、「式部のところには、面白い事がありそうだ。少しずつお話申上げろ」と責められる。式部は、「下の下の階級の中に、何でお聞き所のあることなどございましょう」というけれど、頭中将は真顔になって、「早く」と責められるので、何を申上げようかと思い巡らして、「まだ文章の生[44]でございました時、賢い女の例を見ました。さっき馬頭の申されたように、公事の方も相談し、私事の、世渡りの上の心構えを工夫する方もよく行き届いていまして、学問の方は、生中の博士は恥ずかしい程で、総てに亘って少しも口を開かせないという女でした。それは或る博士の家に、学問をしようと通っておりました中に、主人の娘が多くあると聞き込みまして、ちょっとした序に言い寄りましたのに、親が聞きつけて、祝の盃を持って来て、『私の「二つの道」[45]を謡うのを聞きなさい』と申されましたけれど、ほとんど、打解けても通いませず、その親の心を憚って、さすがに関係しておりました間に、女はひどく可愛がって後見をしてくれ、寝覚の話にまでも、手前の身に学問がついて、公にお仕え申すべき大切な事を教えまして、ひどく立派に、手前への文にも仮字というものを書き雑ぜず、堂々とした漢文の言い廻しをいたしますので、自然足を遠くするという事が出来なくなりまして、その者を師匠として、聊の腰折れ文を作る事などを習いましたので、今でもその恩の方は忘れずにおりますけれど、なつかしい妻と頼む上では、無学の身の恰好の悪い振舞などを見られようかと、極りの悪い気がして逢っておりました。ましてあなた様方の為には、そうしたはきはきした、強かな後見など何になさいましょう。言い甲斐のない、残念な者だと一方では見ながらも、ただ自分の気に入り、前世の縁に引かれるところが有るようでしたら、男というものは文句の無いものでございます」と申すと、その後をいわせようとして中将は、「さてさて面白い女もあったものだ」と水を向けられると、その心持を式部は承知しながら、鼻の辺を可笑しそうに蠢かせて、話しつづける。「さて、ひどく久しい間行きませんで、物の序に立寄りますと、いつもの打解けて逢う部屋ではございませんで、小癪にも物越しで逢うのでございました。煙たがらすのかと思って馬鹿らしくも思いますし、又切れるには良い機会だとも思いますと、この利口者はまた、軽々しい嫉妬などしそうにもなく、世の中の道理を弁えていて、恨みはいわないのでした。声もはしゃいで云いますには、『幾月もの間、風病[46]の重いのに堪えかねまして、極熱の草薬[47]を服して、ひどく臭いので、対面は願われません。直接ではなくても、然るべき雑事は承りましょう』と、ひどく身に応えるように、尤も千万に申しました。返事には何と申せましょう、ただ『承りました』といって立ち上りますと、淋しく思ったのでしょうか、『この香の無くなる時に又お立寄り下さい』と高い声でいうのを、聞き流すのも気の毒ですが、そうかといって、暫く休むという訳にも又行きませんので、いか様その臭いまでも高く立ち添っているのもやりきれませんので、逃げ尻になって、

ささがにの振舞しるき夕暮にひる間過ぐせといふがあやなさ[48]

『何ういう訳での口実ですか』と云いも切らずに走り出しますと、後を追って、

逢ふことの夜をし隔てぬ中ならばひる間も何かまばゆからまし[49]

さすがに、詠み口は早いものでございました」と、静々と申すと、君達は呆れた事にお思いになって、空言だといってお笑いなされる。「何処にそんな女があろう。尋常に鬼と向っていた方がましというものだ。気味の悪いことだ」と爪弾きをして、途方もないことをいう男だと式部も疎み憎んで、「今少し尋常な事をお話し申せ」とお責めになるが、「これ以上珍らしい事がございましょうか」といって、退出した。

馬頭、「惣じて男でも女でも、心の至らない者は、僅かばかり知っている方面の事を、全部人に見せ尽そうと思うもので、あれは不憫なことです。女が、三史[50]五経[51]の表立った方面を明らかに悟り明かしているということは、愛嬌のないことでしょう、何だって又、女だからといって、世の中にある事柄の公事私事について、まるきり知らない、至らないということがありましょう。態々習ったり学んだりしないけれども、多少でも学問のある人だと、耳にも、目にも留まることが自然に多いことでしょう。そうなるに連れて、真字を走り書きにして、そんな事はすまじき女同志の文に、半分以上も真字でぎごちない物云いをしているのは、ああ厭やだ、この人がもし優しかったならばと見られることです。書く人の心持ではそれ程には思わないでしょうが、此方は自然強々しい声で読むようにされまして、気取って見えるものです。これは上臈の中にまでも多くある事です。歌をよく詠むと思っている人が、すぐと歌というものに捉えられまして、洒落れた故事など初っぱなから詠み込みなどして、ふさわしくない折々に詠みかけてよこすのは、ひどく気障なものです。返歌をしなければ無風流です。出来ない人は間の悪いことでしょう。然るべき節会などで、申さば五月五日の節会に急いで参内しようとしている朝、何の分別もつけて居られない時に、一とおりでなく、面倒な菖蒲の根を詠みこんでよこしたり、九月九日の御宴に、何よりも先ず、難かしい詩の文句を思案して暇のない時に、菊の露に寄せた歌を詠んでよこすといったような、その場合に似合わない厄介な目に逢わせて、何もそのようにしなくても、自然、ほんに後になって静かに考えて見ますと、面白くも身にしみもするべき歌が、その折に似合わなく、従って目にも留らない事などを推量もせずに詠んでよこすのは、却って無風流に見えます。万事につけて、何だってこんな事をするだろうかと思われる、その場合や、その時々の見さかいも附かない程の心では、嗜みがあり風流気のあるさまをしない方が却って見よいことです。総じて心に知っている事も、知らないような風をし、云いたい事でも、一節二節は云い残すようにするべきものでしょう」などいうのを聞くにつけても、君はただ一人の方の御有様を、心の中にお思い続けになられる。あの方だけは、足らないという事もなく、また出過ぎるという事もなくていらせられたことであるよと、珍しい方と思うにつけても、一段と胸が塞がって来る。品定は何方に決着するという事もなく、終りの方は埒もない事に落ちて行って、その夜をお明かしになってしまった。

ようようのことで今日は天気模様もなおった。このように内裏にばかり籠っていらせられるのも、大殿のお心がお気の毒なので、君はお越しになられる。御殿の全体の有様も、女君の様子も、あざやかで、気高くて、乱れた所はまじっていず、やはりこういう人こそ、昨夜の人々が、棄て難いものとして取り立てていった、真実な女として頼むべきであると思われるものの、余りにも端正な御有様で、こちらから打解け難く、極りの悪くなるまでに落着いていられるのがさびしくて、君は中納言の君、中務などいったような、選りぬきの年若い女房達に戯言をいわれいわれして、暑さに取乱した様でいられる御様子を、人々は、お美しいことだとお思い申している。大臣も此方へお越しになって、君が打解けた御恰好でいられるので、御几帳を隔てにしていられて、御物語を申上げるのを、君は、「暑いのに」と苦い顔をされるのを、女房達は笑う。君は「しずかに」と制して、脇息に凭りかかっていらせられる。いかにも気安い御振舞ではある。

暗くなる頃に女房が、「今夜は中神が▼52、内裏からは塞がりになっております」と申上げる。「そうだ、何時も主上がお嫌いになる方角だった」「二条の院も同じ方角で、何所へ違えたものだろうか。暑くて悩ましいのに」といって君は御寝になられた。「本当に悪いことでございます」と誰彼も申上げる。「紀伊守で、殿に親しくお出入りを申上げる方の、中川[53]の辺りにある家は、此頃水を堰き入れて、涼しい木蔭になっております」と申上げる。君は、「ひどく好さそうだな。悩ましいので、牛ごと轅き入れられるような所を」と仰せられる。忍び忍びの御方違え所は多くあることであろうが、久しぶりでお出でになったのに、態と方角を塞げて、それを違えるといって余所へお出でになるとお取りになっては、気の毒だとお思いになるのであろう。紀伊守に仰言を給わると、お受けをしながらも、引下って、「伊予守[54]の家に慎むべき事[55]がございまして、女房どもが移って来ております折で、狭い所でございますから、失礼な事でもございましょうか」と内々嘆いているのをお聞きになって、「その人近なのが嬉しいことだ、女の気のない旅寝は怖しい気がしようから、その几帳の後にでも」と仰せになるので、「ほんにお手頃な御座所というもので」と、戯談を申上げて、使を走らせて遣る。君はひどく御忍びで、態と仰々しくない所をとの思召で、急いでお出懸けになるので、大臣にもお聞きに入れず、お供にも睦まじい者ばかりでお出でになった。守は「俄の御事で」と迷惑がるが、お供の者は聞き入れない。寝殿[56]の東面[57]を明け払わせて、間に合せの御座をととのえた。山水の趣など、それとしては面白く造ってある。田舎家めいた柴垣をめぐらして、前栽なども心を籠めて植えてある。風が涼しく吹いて、何所からともなく虫の声々が聞えて、蛍が繁く飛び乱れて、面白い時節である。お供の人々は渡殿の下から流れ出る泉に臨んで酒を飲む。主人[58]も肴を備えようと急いで歩いている間、君は長閑にお眺めやりになって、かの品定めの時に、中流階級として取り立てていったのは、この階級であろうとお思いになる。ここに来ていると聞く伊予介の妻は、宮仕を志した娘で、思いあがった様子のものと以前からお聞きになっているので、ゆかしく思って、声がするかと耳をすましていられると、そちらの西面[59]の方に人のいる様子である。衣ずれの音がさらさらとして、若い女の声などが憎くなくする。さすがに遠慮して、忍んで物をいい笑いなどする様子が態とらしい。格子[60]は上げてあったのであるが、守が心無い事だとやかましく云って下してしまったので、灯火の透影が襖の紙から漏れて来るので、そっと立寄られて、見えるかと思われたが、隙間が無いので、暫く聞いて入らせられると、ここに近い母屋に女どもは集まっているのであろう。ひそひそ声でいう事をお聞きになると、我が御上のようである。「至って実体らしくして入らして、お早い中に貴い方との御縁のお定まりになったのは、さぞお淋しいことでしょう。ですがお宜しい折には、それはよく御忍びあるきをなさいますことです」などいうにつけても、君は思いつめていられる御方の事ばかり心に懸っていられるので、先ず肝がつぶれて、こうした序にでも、人が言い漏らすのを聞きつけた時のことなどお思いになられる。格別な事は云わないので、聞きさしになされた。式部卿宮▼61の姫君に、朝顔に添えて差上げられた歌などを、少しうろ覚えで話すのも聞える。自堕落らしく、歌など口ずさみ勝ちな女ではあるよ。逢ったらやはり見劣りはすることだろうとお思いになる。守が出て来て、灯籠を掛け足し、灯火を明るく挑げなどして、お菓子ばかりを差上げる。「『帷帳』▼62の方のもてなしは何うです。そちらの方も確かでなくては、すさましい主人振りでしょう」といわれると、守は、「『何よけむ』▼63ともお受けが致しかねます」といって畏って侍っている。端の方の御座所に、うたた寝のように御寝になったので、お供の人々も静かになった。主人の子供の可愛らしいのがいる。殿上童▼64となっていて、御覧じ馴れたのもいる。伊予介の子もいる。大ぜいの中に、様子がひどく上品な、十二三ほどなのもいる。君は、「何れが誰れの子です」などお尋ねになるので、守は、「この子は、故衛門頭▼65の末の子で、ひどく可愛がっておりましたが、幼い中に親に残されまして、姉の縁でこうして居りますのです。学問なども出来そうで、質は悪くはございませんので、殿上童など心に懸けておりながら、捗々しく御奉公も致せませんようです」と申す。「ふびんな事だ。この子の姉▼66が貴方の後の母親なのか」「さようでございます」というと、「似合わない母親を持ったものだな。主上にもお聞き置きになられていて、『宮仕に出したいと内々奏したことがあったが、何うなったのだろう』といつぞや仰せ遊ばされたことがありました。世間というものは定めの無いものですね」など、ひどく大人びて仰せられる。「思い懸けず、このような事になったのでございます。世の中と申しますものは、皆このようで、今も昔も定まりというものがございません。その中でも女の縁というものは、浮んだもので、あわれでございます」など申上げる。「伊予介は大切にするか。主君と思っているだろうな」「申すまでもございません。私の主君と思っているようでございますのを、好色しいことだと申して、手前を始めとして皆承け引きませんでございます」と申す。「そうかと云ってあなた達のような、似合の年頃な、当世風の者の中に引譲ることが出来るものか。あの介は至って奥行きもある人で、気取ってもいるからな」など物語をなさりながら、「その人は何処にいるのですか」「みんな下屋[67]の方へ下げましたのでございますが、まだ下りきらずに居りましょう」と申上げる。酔いが発して来て、お供の人々は皆簀子に横になったまま寝静まった。

君は気安くはお眠りになれず、独寝をすることだとお思いになるままに、お目が合わずに、そこの北の方の襖の向うに、人のいる様子なのを、其処があの話の人の隠れている所であろうか、かわいそうにとお心を留めて、そっと起きて立聞きをなされると、前に見た子[68]の声で、「伺います、何処に入らっしゃいます」と嗄れた可愛らしい声で云うと、「ここに寝ていますよ。お客様はお休みになりましたか。何んなに近間だろうかと思ったのに、でも遠いことですね」という。寝ていての声で締りないが、ひどくよく似通っているので、姉の声とお聞きになった。「廂[69]の間に御寝になりました。評判に聞いていた御有様をお見上げしました。ほんにお立派で入らっしゃることですよ」とそっという。「昼間だったら覗いてお見上げしたでしょうに」と眠そうに、顔を物に引入れた声でいう。あっ気ないことだ、もっと心に留めて問いも聞きもすればよいと、君はつまらなく思われる。「私は端の方に寝ましょう。ああ暗い」といって、灯火[70]を挑げなどするようだ。女君は直ぐ此の襖の入口の、筋かいの辺に寝ているようである。「中将の君は何処へ行ったでしょう。人気が遠いようで、怖い気がします」というと、長押（なげし）の下（しも）の方▼71に女房たちは寝ていて返事をする。「下屋（しもや）に湯浴（ゆあ）みに下りまして、唯今参ると申しておりました」という。皆寝静まった様子なので、君は錠（かけがね）を試みに引き開けて御覧になると、彼方（あちら）からは鎖（さ）さずにあった。几帳を襖の入口の所に立てて、灯影（ほかげ）のほの暗いので御覧になると、韓櫃（からびつ）のようなものを据えてあるので、ごたごたしている中を、分けてお入りになり、人の気配のした所にお入りになると、ただ一人で、ささやかな恰好で寝ていた。女は小うるさい気はしたけれど、上に懸けている衣（きぬ）を押（おし）退けられるまでは、求めていた中将だと思った。君は、「中将▼72を召されたので、人知れぬ思いが叶った気がしまして」と仰せられるのを、女は途方に暮れて、怖い物に魘（おそ）われるような気がして、「あ」とおびえたけれども、顔に衣が懸かっていて音にも立たない。「だしぬけの事で、深くもない心からのようにお思いになるでしょうが、それも尤もですが、何年もの間思い続けている心持をお話したいと思って、こうした折をこしらえたのも、決して浅い心からではあるまいと汲取（くみと）って下さい」と、まことに物柔らかに仰せになって、鬼神（おにがみ）でさえも荒（あ）ら立てられないような御様子なので、女も端（はし）たなく、「ここに人が」とも騒げない。心持もまた辛く、怪（け）しからぬ事と思うので、浅ましく思って、「人違いでございましょう」というのも息よりも微（かす）かである。途方に暮れてしまっている様子が、まことに気の毒にもいじらしいので、君は可愛ゆく御覧になって、「人違いなどするべくもない心▼73の手引（てびき）からのことなのに、心外にもお外（そら）しになるというものです。浮気がましい風などは、決してお見せしますまい。思う事を少しお話しましょう」といって、まことに小柄な人なので、抱きかかえて、襖の側までお出になる折に、女君の求めていた中将と思われる人が来合わせる。「やい」と君が仰せられると、中将は怪しんで手探りで寄ってゆくと、甚（はなは）しくも薫物（たきもの）の匂（におい）が満ちていて、此方（こちら）の顔にまでも薫（くゆ）りかかるような気がするので、それと思い寄った。呆れて、これは何うした事だろうかと惑われるが、申上げようとてもない。普通の人であったならば、手荒らに引きかなぐりもしよう。それであっても大ぜいの人に知れるようであったら、何んなものであろう。中将は胸を騒がせて附いて行くと、君は動(たじ)ろぐ様子もなく、奥にある御座所にお入りになった。襖を引きたてて、「明け方にお迎(むかえ)にまいれ」と仰せになるので、女はこの中将の思わくまでも、死ぬ程に辛いのに、流れる程の汗になって、いかにも悩ましそうにしているのが、痛々しくはあるが、例(いつも)の、何所(どこ)からお出しになって来る言葉であろうか、身に沁みて来るほどに情深そうにお言葉を尽されるようであるが、女はそれでもやはりひどく浅ましいので、「全く現(うつつ)でのこととは思われません。物数でもない身ではございますが、お見下げになりましてのお心持を、何うして浅くなど思えましょう。まことにこのような身分の者は、分相応の者でございます」といって、こうした無法なことをされるのを、深く情なく、辛く思い入っている様子も、まことに気の毒で、極り悪くもなるので、「その身分ということを、まだ知らない初心者ですよ。至っての好色者並みにお取りになるのは間違っています。自然お聞きになってもいましょう、浮気な好色などは決してしない者ですが、然るべき縁でしょうか、まったく此のようにお蔑(さげす)みになるのも、尤もだと思うような迷い方をしますのを、自分でも不思議なまでに思います」など、真実らしく様々に仰せられるけれど、女は心で、いかにも類(たぐい)の無い御有様を見るにつけ、ますますお打解け申すことが辛いので、剛情な、情を解さない者と御覧になられようとも、そういう意味でのつまらない者で通してしまおうと思って、つれない様ばかりをしている。君は女が、人柄が柔らかなのに、強い心を強いて加えているので、なよ竹のような心地がするものの、しかし折れそうにはない。女は心から気が気ではなく、君の無法なお心持を云いようもないものと思って、泣いている様がひどくあわれである。君は、気の毒ではあるけれど、共寝をしなかったならば、口惜(くや)しいことだろうと思われる。女は、心を慰めかねて、辛いことと思っているので、君は、「何だってそのように、疎ましいものにばかり思われるのでしょう。思い懸けないさまでお逢いすることが、却って縁が深いのだとお思いなさい。まるでこうした事を知らないようにとぼけていられるのは、何うにもつらいことです」と恨まれると、女は、「全くこのように、憂身(うきみ)の定(き)まらずにおりません以前のままの身でいて、こうしたお心持を存じ上げることが出来ましたのでしたら、怪しからぬ己惚心から、後にはお見直し下さる後々もあろうかと思って、慰めも致しましょうが、このように仮の浮寝をいたす身を思いますと、申そうようもない気が致すのでございます。こうなりましての上は、これからは、『見きとなかけそ』[74]とお思い下さいまし」といって、嘆いている様はほんにまことに尤もである。君は、心から将来のお約束をしお慰めになる事が多いことであろう。

　鶏も鳴いた。お供の人々は起き出して、「ひどくよく寝込んでしまった夜だった。御車を曳き出せ」などという。守も出て来て、「女などの御方違えならば格別、夜深くお急ぎになるということはありません」などいう。君は、此のような序のあるということも得難い。態々は何うしてお越しになれよう。御文なども通わす事のひどく無理であることをお思いになると、まことに御胸が痛い。奥の方の中将も出て来て、ひどく苦しがるので、女をお放しになっても、又引き留め引き留めなされなされして、「何うして文などを上げよう。又と無いようなお心の辛さも、身に沁みる思いも、浅くない宿縁のさせる思い出は、それぞれ珍らしい例となるべきものです」といって泣かれる御様子は、ひどく艶めいている。鶏も度々鳴くので、心が慌しくて、

つれなさを恨みもはてぬしののめにとりあへぬまで驚かすらむ[75]

　女は身の境遇を思うと、ひどく不似合な、恥ずかしい気がして、君の愛でたい御もてなしも何とも思われず、平生はひどく野暮くさく、気にくわない者と思い嘲っている、その伊予の方ばかりが思いやられて、夢に見えはしないかと空怖しくつつましい。

身の憂さをなげくに飽かで明くる夜はとり重ねてぞ音も泣かれける[76]

　すっかり明るくなったので、君は襖の口までお送りになられる。内も外も人が騒がしいので、襖を引き立てて別れてお入りになると共に心細くて、その襖が隔ての関[77]と見える。君は御直衣など著られて、南の勾欄[78]によって、暫く前栽を眺めていらせられる。西面の格子を私語いて上げて、女房ども

が覗き見をするようである。簀子（すのこ）の中程に立ててある小襖▼79の上から、ほのかに見える君の御有様を、身に沁むように思っている好色者（すきもの）の女房どももあるようである。月は有明で、光はおさまっているものの、物の形がはっきりと見えて、却って趣のある曙（あけぼの）である。何の心もない空のけしきも、ただ見る人によって、美しくも凄（すさま）じくも見えるものである。人知れぬお思いで、君はまことに胸が痛く、言伝（ことづ）てをする手がかりさえもないものをと思って、見返りがちにしてお出懸けになった。

▼80殿にお帰りになっても、直ぐには微睡（びすい）もお出来にならない。又逢い見る方法もないのに、まして彼（か）の人の思っている心の中は何（ど）んなだろうと、気の毒にお思いやりになる。勝（すぐ）れているところはないが、見苦しくなく取繕っている中流の女ではある。漏れる所なく世間を見ている者のいった事は、如何（いか）にもとお思い合せになった。此の頃は大殿（おおいどの）にばかりいらせられる。やはり、すっかりと打絶えていられると、女の思っているだろうことがひどくお心に懸って、気の毒さに堪えられなくて、紀伊守をお召になった。「あの此間（このあいだ）の中納言の子▼81は、私に任せないだろうか。かわいらしく見えたので、側に置いて使う者にしよう。宮中にも私から差出そう」と仰せになると、「それは有難（ありがた）い仰せでございます。姉である人に相談いたしましょう」と申すのにも、君ははっとする気がなされたが、「その姉君に、貴方（あなた）の弟があるのか」「いえ、ございません。この二年程ああしておりますが、親の思い決めていたことに違う身になったと嘆きまして、不足に思っていることだと聞いております」「不憫のことだ。相当だという評判のあった人だ。本当に容貌（かお）が好いのですか」と仰せになると、「悪いというではございますまい。かけ離れて疎くしておりますので、世間の譬（たとえ）どおり継母（ままはは）にして親しんではおりません」と申上げる。さて五六日すると、その子を連れて伺った。何もかも揃って美しいというでは無いが、物柔らかな様子をしていて、上流の者とは見えた。召入（めしい）れて、ひどくなつかしがってお話をなさる。童心（わらべごころ）にも、お立派に嬉しいことと思う。姉君のことも委（くわ）しくお尋ねになる。然るべき事は御返事を申上げて、極り悪く思わせられるほどおっとりとしているので、君は打明けた事がいえない。け

れどひどく上手にお知らせになられる。そういう事があったのかと、おぼろげに呑み込むのも、案外ではあるが、子供心には深くは考えず、君の御文(おんふみ)を持って来たので、女は呆れたことと涙も出て来る程であった。此の子の思わくも工合が悪いのであるが、さすがに御文で顔を隠すようにして広げた。お言葉が多くて、その末に、

見し夢をあふ夜ありやと嘆く間に目さへ合はでぞ頃も経にける▼82

「寝る夜なければ▼83」と、眼も届かない程見事な御書様(おんかきざま)に、涙に目も霞(かす)んで、不思議なる宿縁の重なって来た我が身と思いつづけて寝ておしまいになった。翌日は、君は小君(こぎみ)をお召になったので、伺おうとして姉君に御返事を願う。「ああいう御文(おんふみ)を拝見するべき人はおりませんと申上げなさい」と仰しゃるので、ほほ笑んで、「間違いなぞない仰せでございましたものを、何うしてそんな事が申せましょう」というので、気が揉めて、残らず聞かせておしまいになったのだと思うと、辛い事が限りもない。「そんなませた事はいわないが可(い)い。それなら伺わずにおいでなさい」と怒られて、「お召になるのに、そんな事が」といって伺った。紀伊守(きのかみ)は好色心(すきごころ)から、この継母(ままはは)▼84の身の上を惜しいものに思って、機嫌を取ろうとする心でいるので、この子をも大切にして、連れ歩いている。源氏の君は童を召寄せて、「昨日は一日待っていたものを、お前もやはり思い合う仲ではないようだ」とお怨みになると、顔を紅(あか)らめていた。「返事は」とおっしゃるのに、これこれと申すと、「役に立たない事だ。呆れたものだ」と云われて、また御文(おんふみ)を給わった。君は、「お前は知らないようだ。私はあの伊予の翁(おきな)よりは先に逢っていた人なのだよ。それを、頼もしそうにもなく貧相だといって、つまらない後見(うしろみ)を拵えて、このように私をお嘲(あなど)りになるらしい。だがお前だけは私の子になっていなさい。あの頼りにする翁は、行先(ゆくさき)が短いことだろう」と仰せになると、そうだったのだろうか、ひどい事をしたものだと思っているのを、君は可笑しくお思いになる。この子をおそば離さずに、禁中へも連れて参られなどする。御自分の御匣殿(みくしげどの)▼85に命じて、装束なども拵えておやりになり、本当に親らしくお扱いになられる。

女への御文は常にある。女は、だが此の子もまことに幼い、この事が人に漏れでもしたならば、軽々しいという評判までも添うであろう、自分の境遇をひどく不似合な事と思うので、愛でたい事も我が身分に相応した事だけでなくてはと思って、打解けた御返事も申上げない。ほのかにお見上げした君の御様子や有様は、ほんにひと通りのものではなかったとお思い申上げないではないが、お気に召すような様子をお見せ申したからとて、何になろうかなどと思い返すのであった。君は思わない時といってはない程に、気の毒にも恋しくもお思い出しになる。嘆いていた様子のかわいそうであったのも、紛らしてやりようもなくお思い続けになられる。軽々しく、忍んで立寄られるのも、人目の多い所とて、不都合な振舞の顕われることもあろう、女の為にも気の毒な事とお思い煩いになっていられる。

　君は例のように、内裏に幾日もいらせられた頃、然るべき方違の時をお待ちつけになられて、俄に退出される形にして、途中から中川の家へお越しになられた。紀伊守は驚いて、遣水の面目でございますと畏まって喜ぶ。小君には昼の中から、そのようなお思いつきであるとお聞かせになりお約束になっていた。明け暮れ使い馴らしていられるので、今夜も第一に小君をお召出しになった。女も、そうした御消息があったので、人目をお思いたばかりなられたお心持の程は、浅いものとは思い取れないのであるが、そうかと云って打解けて、みすぼらしい姿をお目に懸けても、つまらなく、夢のようで終ってしまったあの歎きを、又も加えることであろうと思い乱れて、それに又、お待ち受け申し上げることが恥ずかしいので、小君が君の御前に出て行った間に、女房に、「ひどく御座所に近いので、窮屈です。体の工合が悪いので、内々肩を叩かせようと思うから、間の離れた所へ」といって、渡殿に、あの中将という女房が局にしている隠れた場所に移った。君は逢う心構えをして、お供の人を早く寝しずまらせて、女君に消息をなされたが、小君は姉を尋ね出すことが出来ない。方々を探し歩いて、渡殿に分け入って、辛うじて辿り着いた。まことに呆れた、辛いことだと思って、「何んなに役に立たない者に思召すでしょうか」と、泣き出さないばかりにしていうと、「そういう怪しからぬことで気をつかうものではありませんよ。子供がこういうことのお使(つかい)をするのは、ひどく縁起の悪い事ですのに」と威(おど)して、「気分が悪いので、召使どもを側に置いて、押えさせておりますと申上げなさい。皆も変だと思いましょう」と云い放って、心の中では、此のように定ってしまった境遇でなくて、亡くなった親の面影の留(とど)まっている生家にいながら、たまさかにでも、お待ち受けの出来ることであったならば、嬉しいことでもあろう。強いて情知らない様子に君を無視するのを、何(ど)んなにか身の程を知らない者に思召すであろうかと、我とすることながらも胸が痛く、さすがに思い乱れている。何うあれこうあれ、今は云う甲斐もない宿世(すくせ)となっているのであるから、情知らずの、気にくわない者となってこのことを止めようと決心をつけてしまった。君は小君が何(ど)のように訛(たばか)り得るだろうかと、まだ幼いので心許なく待って臥していられると、駄目な由を申上げたので、呆れるばかりに珍らしい女の心の程を恨んで、「我が身がひどく恥ずかしくなったことだ」と、まことにお気の毒な御様子である。暫くは物も仰せられず、大きな吐息を吐(つ)いて、辛いことだとお思いになった。

帚木(ははきぎ)の心を知らで園原の道にあやなく惑ひぬるかな▼86

「全くいいようもないことです」と仰せられた。女もさすがに微睡(まどろ)みも出来なかったので、

数ならぬ伏屋に生(お)ふる名の憂さにあるにもあらず消ゆる帚木▼87

と申上げた。小君はひどくお気の毒なのに、眠たくもならずに彼方此方(あちこち)とお使をして歩くのを、女房が不思議と見るだろうと女は辛がられる。例のお供の人々は熟睡しているのに、君一所(ひとところ)だけはそぞろに不興に思いつづけられているけれど、大方の女には似ない心様(こころざま)で、「消ゆる▼88」とはいうが、やはり消えずに立ち昇っている剛情さも口惜しく、こういうところがあるからこそ、我が心も留るのだと、一方ではお思いになるものの、呆れるまで辛いので、勝手にせよとも思われるが、そうも思い切れなくて、「その隠れている所へでも、やはり連れて行け」と仰せられるが、「ひどくむさくるしい所に籠められておりまして、召使も大ぜいおりますようですから、勿体(もったい)なくて」と申上げる。小君を可

哀そうにと思った。「ままよ、お前だけでも私を捨てるなよ」と仰せられて、お側にお寝せになった。小君は君の若くなつかしい御有様を、嬉しく愛でたく思っていたので、君はつれない人よりも却って可愛くお思いになるという事である。

▼1 物語の主人公の名。好色で有名であった。今日伝わらないが、枕草子に名が出ている。
▼2 左右の近衛府の次官。
▼3 左大臣家。正妻の葵上の家。
▼4 「春日野の若紫の摺衣忍ぶの乱れ限り知られず」という伊勢物語の歌による。
▼5 不吉な事に逢ったり穢れに触れた時、又当時信ぜられた陰陽道の、天一神、太白神が塞りとなった時、一定の日数を斎戒して籠居謹慎した風習。
▼6 淑景舎、桐壺。
▼7 左大臣の長子。葵上には、同母の兄。「桐壺」に蔵人の少将とあった人、今は近衛の中将で、蔵人頭を兼ね、頭中将と呼ぶ。
▼8 「桐壺」に既出。
▼9 清涼殿の殿上の間。
▼10 室内装飾の置戸棚。
▼11 「楊家有女初長成、養在深窓人未識」という長恨歌の言葉による。
▼12 左馬寮の長官。
▼13 藤原氏で、式部省の三等官。
▼14 地方官の長官。国守のこと。
▼15 参議になることを約束された四位の人。未だ公卿になっていないが、家柄の高い貴公子を指している。
▼16 白氏文集に「無情水任方円器、不繫舟随去住風」という句がある。

▼17　宮中の絵画を司る役所。御書所の南に在る。

▼18　指を折って、連れ添っていた間の事を数えて見ると、この一つだけが、其方（そなた）の私に対しての辛い事だったようだ。（「手を折り」は物を数える仕ぐさと、痛む指とを掛けたもの。「一つ」、「憂き節」も同様）

▼19　浮気をされる辛さを心一つに数えて来て、今が貴方から手を切って別れる時でしょうか。（「憂き節」、「数へ」、「手」、「折」など、贈歌の言葉を取ったもの）

▼20　十一月下の酉の日に行われる。本祭は四月中の酉の日で、これを葵祭という。

▼21　祭に行う舞楽を前に稽古すること。

▼22　衣服をかぶせる籠で、香をたき染め、又冬暖めるに用いる。

▼23　几帳の手から下げてある垂布で、冬は練絹を用いる。

▼24　「ありぬやと試みがてら逢ひ見ねば戯れにくきまでぞ恋しき」という古今集の歌による。

▼25　秋の女神で染色にすぐれている。紅葉の名所の立田山の名をとったもの。

▼26　七夕伝説の織女星のことで、裁縫にすぐれている。

▼27　細い板を間を透かして並べた縁。

▼28　「飛鳥井に、あすかゐに、宿りはすべし、おけ、影もよし、みもひも寒し、みまくさもよし」という催馬楽の歌。「宿りはすべし」と云いたいために歌ったもの。

▼29　日本古来の六絃の琴。倭琴、東琴という。

▼30　音楽の調子。支那の俗楽の調とされている。

▼31　「秋は来ぬ紅葉は庭に散りしきぬ路踏み分けて訪ふ人はなし」という古今集の歌をいう。

▼32　琴の音といい菊といい、堪らなくよい宿でありながら、風流の分らない者なぞ、何うして引きとめたのでしょう。（「ひき」は「琴」の縁語）

▼33　木枯の風にも吹き合せるような立派な笛の音をひきとめられる言葉はございません。（「ことの葉ぞなき」は、「言」に「琴」をかけ、「葉ぞなき」に、「木枯」を照応させている）

▼34　支那伝来の琴で、十三絃。

▼35　十二律の一で、十二ケ月にあてると八月の調で軽はずみな音といわれている。

▼36　「折りてみば落ちぞしぬべき秋萩の枝もとををに置ける白露」という古今集の歌によって書く。

▼37　右大臣の四の宮、「桐壺」に出ず。

▼38　山がつの垣根は荒れて疎ましいものでございましょうとも、おりおりにでもあわれみを懸けて下さいまし、その垣根に咲く撫子には。「山がつの垣ほ」は女、「撫子」は幼い者の比喩。「をりをり」は「撫子」の、「露」は「かけよ」の縁語。

▼39　前栽に咲いてまじり合っている花は、何れが好いとも差別の附かないまでであるが、やはり常夏の床に及ぶものは無い事だ。(「常夏」は撫子の別名で、「常」に「床」を掛けて、子の「撫子」よりも、母との「床」の方がいいという意を云ったもの)

▼40　前の歌のように子を意味させている。

▼41　「塵をだに据ゑじとぞ思ふ咲きしより妹とわがぬる床夏の花」という古今集の歌による。床夏の床に共寝の床を意味させている。

▼42　払ってやる袖までも露ぽくなるほどの露の多い常夏の花に、更にそれを折ろうと嵐の吹き添う秋までも来たことでございます。(「常夏」に「床」を掛けて、貴方の遠退いていられるので、塵の積る床を、涙に濡れた袖で払っていますのに、その上にも亦、悲しく辛い、北の方の憎みという物が添って来たことでございますの意)

▼43　最勝王経に見える婆羅門の神。鬼子母神の女である。衆生に功徳を授ける天女で、平安時代までは美人の代表の相だといわれていた。

▼44　大学寮の学生が試験に及第して擬文章生になり、これが式部省の試験に及第すると文章生になれる。更に文章得業生になって、叙位任官にあずかることになる。

▼45　白氏文集の秦中吟の中の詩句。「主人会二良媒一、置レ酒満二玉壺一。四座且勿レ飲、聴三我歌二両途一。富家女易レ嫁、嫁早軽二其夫一。貧家女難レ嫁、嫁晩孝二於姑一。聞君欲レ娶レ婦、娶レ婦意如何」

▼46　風邪。
▼47　極暑の季節に食べる「にんにく」という意。
▼48　蜘蛛が、逢える占（うら）としての振舞をはっきり示している夕暮に、昼間を過して来いというのは訳の分らない事です。（「ひる間」は、「蒜間」即ち蒜の香の無くなるまでの間と、「昼間」とを掛けてある）
▼49　逢う事がひと夜も隔てないという睦まじい中であったならば、ひる間お逢いするのも何で恥ずかしゅうございましょう。（「ひる間」は、前の歌と同様）
▼50　史記、漢書、後漢書。
▼51　毛詩、礼記、春秋、周易、尚書。
▼52　陰陽道でいう天一神のこと。この神が一定の日数を巡行する時、その居る方角を塞っているという。塞りの方角へ外出することを極度に忌み嫌って、これを避けるために方違をするのを習とした。
▼53　京極川。
▼54　守といっているが、実は介である。紀伊守の父。
▼55　何かの物忌。
▼56　貴族の邸宅の正殿。中央が母屋、その外側が廂の間、その外側が簀子で縁である。
▼57　寝殿の東に向いた廂の間。
▼58　「玉だれの小がめを中に据ゑて、あるじはもや、肴まぎに、肴とりに、こゆるぎの磯のわかめ刈り上げに、若和布刈り上げに」という風俗歌の言葉によっている。原文では「主人が急ぎ歩く」のを「磯」にかけている。「こゆるぎ」は神奈川県大磯海岸。
▼59　西にむいた廂の間。
▼60　母屋と廂の間、廂の間と簀子との間の境にある。柱の間毎に上下二枚の格子があって、昼は上の格子を揚げておく。
▼61　桐壺帝の弟宮で、その姫君は源氏の従妹。権斎院（あさがおのさいいん）として後に出る。
▼62　「わいへんはとばり帳をも垂れたるを、大君来ませ、聟にせむ、御肴に何よけむ、鮑さだをかかせよ

けむ」という催馬楽の言葉を取って、もてなしの女を催促する意。

▼63 同じく上の言葉を取る。

▼64 良家の児童で公事の見習のため昇殿を許される者。

▼65 空蟬の父。

▼66 空蟬と呼ぶ。

▼67 下々の者のいる離屋。

▼68 空蟬の弟。十二三。小君と呼ぶ。

▼69 母屋の外側の間。ここでは東の廂であることが、前にあった。

▼70 空蟬の侍女。

▼71 下長押で、空蟬の居る母屋と一段低い廂との間にある。

▼72 源氏は近衛中将なので、女房の呼名の中将に通わせている。

▼73 「知る知らぬ何かあやなくわきて云はむ思ひのみこそしるべなりけれ」という古今集の歌を背後においている。

▼74 「それをだに思ふこととてわが宿を見きとないひそ人の聞かくに」という古今集の歌の言葉による。

▼75 つれなさの恨みも云い終えない朝に、取る物も取りあえないまで忙しく、何だって帰りを催促するのであろう。「とり」に「取り」と「鶏」を掛け、「驚かす」に中将の催促と鶏の声とを掛けている。

▼76 身分の辛さを嘆き足らずに明ける今夜は、それこれ取り集められて、声を立てても泣かれることでございます。(「とりかさね」は、嘆きを取り集める意と、「鶏」の音に重ねての意を掛けてある)

▼77 「彦星に恋はまさりぬ天の川隔つる関を今はやめてよ」という伊勢物語の歌がある。

▼78 殿舎にめぐらした欄干。

▼79 襖張の衝立。

▼80 二条院。

▼81 小君。父が右衛門督で権中納言を兼ねていたのである。

▼82　前に見た夢が正夢で、それに合う現（うつつ）もあろうかと嘆いて待っている間に、夢のみではなく、瞼までも合わなくて夜頃が過ぎたことだ。（「見し夢」は、一夜の果敢なさの譬。「合ふ」は重ねて逢う意）
▼83　「恋しきを何につけてか慰めむ夢だに見えず寝る夜なければ」という拾遺集の歌によっている。
▼84　空蟬。
▼85　裁縫所。
▼86　新古今集に「その原や伏屋に生ふる帚木のありとは見えて逢はぬ君かな」という有名な歌がある。園原、伏屋ともに信濃伊那郡の地名。そこの森は遠くから見ると帚に似ていて近づいてみると消えうせるといわれる伝説があった。（歌意）遠く見ると有るが、近づくと無くなるという帚木の心も知らずに、それのある園原の道に、つまらなくも惑ったことではある。（「園原」は信濃。「帚木」は名物）
▼87　物の数ではない賤の伏屋に生えている身の辛さから、有るにも有られずに消える帚木でございます。（「伏屋」は「帚木」その物のある所、それを一般の賤の家として自身に譬えている。「あるにもあらず」「消ゆる」も帚木その物の状態、それを自身の恥じて隠れた意としている）
▼88　前の空蟬の歌の結句。

空蟬

お眠りになれないままに、君は小君に、「私はこのように、人に憎まれる事には馴れていないので、今夜初めて世の中を辛いものだと知って、恥しくて、生きてはいられない気持になってしまった」などと仰せになると、小君は涙までこぼして寝ていた。君はまことにもかわいらしいとお思いになる。手探りで知った女の細く小さかった体つき、髪の毛のさして長くはないらしかった様子に、此(こ)の子の似通っているのも、思い做(な)しからであろうか、かわゆくお感じになる。無理にこだわって、隠れている所まで尋ね寄るのも恰好が悪(わ)るく、本当に呆れた心の女だと思い思い明かして、いつものようには小君に纏(まつ)わっては仰せられず、夜深い中(うち)にお帰りになられるので、此の子はひどくお気の毒に、又さみしいことに思う。女も、一方ならずお気の毒に思っているのに、君よりはお手紙も絶えて無い。お懲りになってしまったのだと思うにつけても、もし此の儘素気(ままずげ)なくお止(や)めになられたならば、辛いことであろう、又達ってお気の毒な御振舞(おふるまい)の絶えないのも、困ったことであろう、程よく、この程度で打切りにしたいものだと思うものの、流石(さすが)に一とおりならず萎(しお)れがちである。

君は、気にくわない女だとはお思いになりながら、このままでは止められそうにもなくお心に懸(かか)り、不体裁なことだと侘(わび)しくお思いになって、小君に、「ひどく辛くて、癪(しゃく)にもさわって、骨を折って思い返すが、何(ど)うにも思うようになれなくて苦しいから、好い折を見つけて、逢えるようにたばかって呉れ」と、絶えずおっしゃるので、小君は煩わしくは思うけれども、こういう事ででも云いまつわって戴けるのを嬉しいと思った。

　小君は幼い心にも、何ういうか折をと窺いつづけていると、紀伊守が任国へ下りなどして、女ばかりで長閑にしている日の、夕闇の途の辿りにくい▼1のに紛れて、君を自分の車に乗せてお連れ申す。君は、この子も幼いこと故、何んなものだろうかとはお思いにはなるが、そうは我慢してばかりもいられなかったので、それと目立たないお姿になって、門なども閉さない中にと急いでお出ましになる。小君は人目のない方から車を引き入れて、お下し申す。童のことなので、番人なども格別気をつけて機嫌を執ろうとしないので気楽である。小君は君を東の妻戸▼2の所にお立たせ申して、自分は南の角の間から格子を叩いて上げさせ、大声を立てて内に入った▼3。老女房たちは、「上げ放しで、見透しですよ」という。小君は、「どうして又、こう暑いのに、格子を下してなぞいるのですか」と問うと、「昼から西の御方▼4が入らして、碁を打っておいでになるからです」という。君は、それなら対い合っている所を見ようとお思いになって、そっと歩み出して、格子と簾との間にお入りになった。あの、小君の入った方の格子▼5はまだ下してなくて、垣間見が出来るので、西の方を見とおされると、此方の際に立ててある屏風も、端の方は畳まれている上に、邪魔になるべき几帳なども、暑いせいであろうか、帷を上げてあるので、ひどく好く覗き込める。灯は近くともしてある。母屋の中柱▼6に横むきに寄り添っている人は、自分の思いを懸けている人だろうかと、先ず目をお留めになられると、衣は濃い紫の綾の単襲▼7なのだろう、何であるかはっきりとは見えないのを表に著て、頭つきの細そりと、小柄な人が、ちまちまとした恰好をしていることである。顔は、さし対いになっている人にさえも、わざと見られないようにしている。手つきは痩せ痩せとして、心して隠しているようである。今一人の方は、東向きになっていて、残る所もなく見える。白の羅の単襲に、二藍▼8の小袿▼9らしいものを、だらしなく著て、紅の袴の腰紐の所までも、胸をはだけて、自堕落な恰好をしている。ひどく色白で、可

愛らしく、まるまると肥えて、丈のひどく高い人で、頭つきや額つきもはっきりとして居り、目もと口つきも愛嬌があって、陽気な容貌である。髪のひどく房々していて、長くはないけれども、下り振りの額や肩に懸っている辺がひどくすっきりとしていて、総体に素直に可愛らしい人に見える。なる程親が世に又とないものに思うのも尤もなことだと可愛ゆく御覧になる。慾には今少し静かな所を持たせたいものだと、ふと見える。才は無いではなかろう、碁を打ち終って、駄目を詰める様子が敏そうに見えて、てきぱきとはしゃぐので、奥の方にいる人は、ひどく物静かに抑えて、「お待ちなさいよ、そこは持になっていましょう。この辺の劫を先に」などというが、「いや、今度は負けてしまいました。そちこちの隅をどら」▼10と云って、指を折って、「十、二十、三十、四十」などと数える様子は、伊予の湯桁の数を数えるにも困りそうもなく見える。少し品が劣っている。奥の方の人は、すっかり袖で口を蔽っていて、はっきりと顔は見せないが、君は目をじっと着けて御覧になると、自然横顔が見えて来る。目が少し腫れぼったいような気がして、鼻などもすっきりとした所がなく萎びて、艶々しい所は見えず、数え立てると、悪い方に近い容貌であるのに、一方ならず取繕って、此方の器量の勝った人よりも趣があろうと、目の留められる様子をしている。此方の人は、陽気で愛嬌があって、可愛らしいのに、益々いい気になって打解けて、笑って、はしゃぐので、美しさが添って来て、これはこれでまことに可愛いい人様である。手薄な女だとはお思いになりながらも、浮気なお心は、これもお見零しには出来ないようにお思いになるのである。お逢いになる限りの女は、打解けた時とてはなく、取繕い横向きになっている表面ばかりを御覧になるだけで、このように打解けた女の有様の覗き見などは、まだなさった事がないので、何の用意もなく、顕わな様を見るのは、女には気の毒なことながら、久しく御覧になっていたい気がなさるのに、小君が出て来る気配がするので、そっと其所からお出になられた。

君は渡殿の戸口に倚り懸って入らせられた。小君はひどく勿体ないと思って、「例にない人が来ておりまして、側に寄ることも出来ません」「では今夜も又、このまま帰そうとするのか。何うにも呆れたひどい事というものだ」と仰せになると、「何うしてそのような事が。彼方へ帰りさえすれば、何とかたばかりましょう」と申上げる。云うように靡かせそうな様子が見えるのであろう、童ではあるが、場合柄も、人の気振りも解るような落着きのある子だからとお思いになるのである。碁は終ったのであろう、ざわめいて人々の引退がる様子などもする。「若君は何方に入らっしゃるのであろう。この格子は下しましょう」といって、鳴らす音がする。君は「寝静まった。行って、では詐れ」と仰せられる。この子も、姉のお心は撓めようもなく、真面目なので、相談のしようも無くて、人少なの折に、君をその寝所にお入れ申そうと思っているのである。君は、「紀伊守の妹も此方へ来ているのか。私に覗き見をさせて呉れ」と仰せになると、「何うしてそんな事が出来ましょう。格子には几帳が添えてございます」と申上げる。そうだ、だけれどもと、君は可笑しくお思いになったが、見たとは知らせまい、気の毒だとお思いになって、夜更けるまでの待ち遠しさを仰せになる。小君は今度は、妻戸を敲いて開けさせて入る。召使の者はすべて寝静まっていた。小君は「この襖口に私は寝ていよう。風よ吹き通せ」といって、寝茣蓙を拡げて寝る。女房たちは東の庇の間に大ぜい寝ているのであろう。妻戸を開けて呉れた女の童も、其方へ行って寝たので、小君は暫く空寝をして、灯火の明るい方に屏風を拡げて、灯影をほのかにして、君をそっとお入れ申し上げる。何うであろう、ばからしいことになるようなことがあってはとお思いになるので、ひどくお気が揉めるのであるが、小君の導くままに、母屋の几帳の帷を引き上げて、そっとお入りになろうとするが、皆寝しずまっている夜とて、御衣の衣摺れの音の柔らかなのも、ひどくはっきりと聞えた。女は、あのようにお忘れになっているのを嬉しいことに思い做してはいるが、あの怪しくも夢のようであった事が、心を離れる折もなく思われる▼11頃とて、のびのびとは寝ても眠れず、昼は眺め入り、夜は寝覚めがちなので、目までも暇がなく嘆かわしいのに、碁の相手をした君が、今夜は此方に泊めて戴こうといって、賑々しく話などをして寝てしまった。若い人は何の屈託もなく、ぐっすりと眠ったのであろう。女君は、衣摺れの様子と薫物(たきもの)の香がひどく香ばしく匂うので、顔を擡(もた)げて見ると、一重(ひとえ)の帷を懸けてある几帳の隙間から、暗いけれど、身動(みじろ)ぎをして寄って来る人のけはいがひどくはっきりと見える。呆れた気がして、何(ど)うこうの分別も附かず、そっと起き出して、生絹(すずし)の単衣(ひとえ)一つだけを著て、脱(ぬ)け出してしまった。君はお入りになられて、女がただ一人寝ているのを気安くお思いになる。床の下(しも)の方に女房が二人ばかり寝ている。掛けている衣を押遣(おしや)って寄り添われると、大柄な物々しいさまだという気はなされるけれど、人違いだとはお思い寄りにもならないことである。寝(い)ぎたないところなどが、訝(いぶか)しくも様子が変っているので、だんだんとお見顕(みあら)わしになられて、呆れもし、口惜(くや)しくもあるけれども、人違(ひとたが)えだと、この女に察しられるのもばからしく、変にも思うことであろう。本意の女を探し出そうにも、これ程までに脱(に)げる気があるらしくては、その甲斐(かい)もなく、愚かしく思われようとお思いになる。あの灯影に見た可愛らしい女ならば、今更(いまさら)何としようという気になられるのも、よくないお心浅さというものであろう。女は次第に目覚めて、全く思い懸けない浅ましい事に呆れた様子で、何という心深い可愛ゆらしい用意とてもない。情事をまだ思い知らない頃としては、ませた方で、子供らしいまごつき方もしない。君は、自分だとは知らせまいとお思いになったが、後で娘が、何うしてこのような事になったろうと思いめぐらす時に、自分の為(ため)には何でもないけれども、あの辛い人の、ひたすらに世間を憚(はばか)っているのに対しても、さすがに気の毒にお思いになるので、度々(たびたび)の御方違(おんかたたが)えにかこつけて、思いをかけていた事を、上手にお云い拵(こしら)えになられる。察しの好い人だと分るだろうけれども、まだひどく若い心持には、あの様にませてはいるようでも、察しが附けられない。君は憎いというのではないが、お心の留るべき所もないような気がして、やはり彼(か)の辛い人の心をひどく怨(うら)めしくお思いになる。何(ど)処(こ)に紛れ入って、自分を野暮なものと思っているのだろう、このように剛情の人は又と無いものだとお思いになるにつけても、生憎(あいにく)にも忘れ難い者にお思い出しになる。この娘の何という心もなく子供らしい様子も可愛いいので、さすがに情深いように後々の約束事をしてお置きになる。「人の知ってる仲よりも、こういう仲の方が、一段とあわれも深いものだと、昔の人もいっています。あなたも私を思って下さいよ。憚ることのない身でもありませんから、わが身ながら気任せには出来ないことです。それに又こちらの人達も、許してはくれまいと、今から胸が痛いことです。忘れずに待っていて下さいよ」など、尤もらしくお話しになる。「人の思わくが恥しゅうございますから、お消息も差上げられますまい」と、率直にいう。「普通の人に知らせては悪いが、あの小さい殿上人[12]に取次がせてお消息をしましょう。気振りにも見られないようにしておいでなさい」など言い置いて、かの人の脱ぎすべらして置いた薄衣を取って、お出になられた。

小君が近くに寝ていたのをお起しになると、気遣わしく思い思い寝ていたので、すぐ眼を覚ました。妻戸をそっと押開けると、老いた女房の声で、「それは誰方です」と仰々しく訊く。小君は小面倒で、「私だ」と答える。「夜中に、何だってお出歩きなぞなさるのですか」と賢立てにいって、外の方へ出て来る。ひどく憎らしくなって、「そうじゃ無い、其方へ出て行くのだ」といって、君をお押出し申すと、暁近い月が残る隈もなく照らしていて、ふと人の姿が見えたので、「も一人おいでになるのは誰方ですか」と訊く。続いて「民部の御許でしょう。見事な御許の背丈です事」という。丈の高い人で、ふだん笑われている人の事をいうのであった。老女房は小君がその人と連れ立って歩いているのだと思って、「もう追っつけ、若君も同じ高さにおなりでしょう」と云い云い、自分もその戸口から出て来る。君は途方に暮れられるが、押戻すことも出来ずに、渡殿の口に寄り添って、隠れて立っていられると、この御許はさし寄って来て、「御許は今夜は、[13]上にお詰めになったのですか。私は一昨日から腹を病んで、何うにも我慢ができないので、下に退っていましたのに、人少なだからと仰しゃって、お召しがありましたので、昨夜は上に参ったのですが、やっぱりまだ我慢が出来ませんで」と愁える。返事も聞かずに「ああ、腹が腹が。後に又」といって行き過ぎたので、君はようようの事で外へお出ましになる。やはりこうした御微行は軽々しい危い事だと、いよいよお懲りになる事であろう。

小君が御車の下座に乗って、二条の院にお着きになった。君は昨夜の有様をお話になって、「幼い遣り方だったよ」と小君を蔑まれて、その人の心を爪弾きしつつお恨みになられる。小君はお気の毒で物も申上げられない。君は「いかにも深く憎んでいられるようなので、我が身がすっかり厭やになってしまった。何だって、余所ながらでも、懐かしい返事くらいはしないのだろう。伊予介に劣った身というものだ」など、気にくわず思って仰せになる。お持ち帰りになられた小袿を、さすがに御衣の下に引き入れて御寝になった。小君は御前に寝させて、いろいろと恨んだり懐しくお話をなさったりする。「お前は可愛いいけれども、辛い人の縁の者なので十分には可愛がってはやれない気がするよ」と本気で仰せになるのを、小君はひどく佗しいことに思った。君は少しお休みになったが、お眠りになれない。御硯を急いでお取寄せになって、態との御文というのではなく、畳紙▼14に手習をするようにお書きすさびになられる。

空蟬の身をかへてける木の下になほ人がらのなつかしきかな▼15

とお書きになったのを、小君は懐に入れて持っていた。昨夜の娘▼16の方も何う思っているだろうかと、かわいそうではあるが、其方此方の事をお思いかえしになってお言伝も無い。その薄衣は、小袿の懐かしく人香に染みているものなので、御身近くお置きになりつつ見ておいでになる。小君がその家へ行ったので、姉君は待ち受けて、ひどくお叱りになる。「呆れた事だったので、ああこうしてごまかしはしましたが、人が何んなに思ったろうか分らないので、本当に困ってしまうのです。あなたのあのような幼い心持を、君も又何のように思召すことでしょうか」と弟を辱しめなされる。小君は何方いずれにつけても苦しく思うけれど、かの御手習を取り出した▼17。姉君はさすがに手に取って御覧になる。あの藻脱けの殻を、何んなにか伊勢の海士の潮なれたものと御覧になるだろうかなど思うと、一とおりならず気が揉めて、まことに限りなく思い乱れた。西の対の君も、もの恥しい気がして自分の部屋へお帰りになった。他に知る者も無いことなので、人知れぬ歎きをしていた。小君が彼方此方の邸の間を歩き廻っているにつけても、つと胸が塞がるが、君よりのお消息もない。このような筈はないと、弁別するだけの心もなくて、うわついた心持にものさびしく思っていることであろう。つれない方の人も、[18]乱れる心を努めて鎮めてはいるけれども、君のひどく浅くはないお心持を知るにつけ、以前のままの我が身[19]であったならばと思うと、取返せる事ではないが、怺え難くなるので、その御畳紙の片方に、

空蟬の羽に置く露の木隠れて忍び忍びに濡るる袖かな[20]

▼1 「夕闇のみちたどたどし月待ちて帰れわが背子そのまにも見む」という古今六帖の歌によっている。万葉巻四の歌。
▼2 押開く戸。これは簀子から廂の間に入る妻戸。
▼3 南側の隅の入口から廂の間に入ること。間は、柱と柱との間をいう。
▼4 西の対屋に住むための呼名。伊予介の先妻の女で、紀伊守とは兄妹になる。空蟬には継子にあたる。軒端の荻という。
▼5 これは廂と母屋の間のもの。
▼6 壁につかない所の柱。
▼7 生絹の単衣二枚をかさねたもの。
▼8 かさねの色目の名で、表は紅、裏は縹色。
▼9 表著の上に著る婦人の略礼装。
▼10 伊予の温泉の湯桁が非常に沢山あり、物の数えきれぬ程沢山あるのにいう。古歌に「伊予の湯の湯桁

の数は左八つ右は九つ中は十六」というのがある。碁の地を数える様子をいっている。
▼11 「夜はさめ昼はながめに暮されて春はこのめもいとなかりける」という歌によっている。
▼12 小君のこと。
▼13 主人の許。空蟬のこと。下は下屋。
▼14 畳んで懐中にしている紙。懐紙。
▼15 蟬がその身を変えて木下に残して置いた殻に似る人殻が、やはり懐かしいことである。(「身をかへてける」は蟬の殻を脱いで別な身になるのを、女が他の女にすり変えた事に譬え、「人がら」は、女の残して行った小袿を、蟬の脱け殻の縁で人の殻と言いかえたもの)
▼16 軒端の荻。
▼17 衣が涙にぐっしょり濡れている意。後撰集に「鈴鹿山伊勢をの海士のすて衣汐馴れたりと人や見るらむ」という歌がある。
▼18 空蟬。
▼19 「とりかえすものにもがなや世の中をありしながらの我が身と思はむ」という古歌の言葉によっている。
▼20 蟬の羽に置く露で、その蟬の、木に隠れて、忍び忍びに、濡らしている所の我が袖ではある。(「空蟬」は、我が身の譬。「木隠れ」の「木」は「蟬」の縁のもので、単に隠れの意。「忍び」は、人目を忍ぶ意。「濡るる袖」は、涙を流す意で、泣くのは身分を悲しむ為)

夕顔

六条辺[1]へ御微行でお通いになる頃、内裏からお出でになる中宿[2]に、大弐の乳母[3]が重く煩って、尼[4]になってしまったのをお見舞いなさろうとして、五条辺にあるその家を尋ねてお出でになった。お車を引き入れるべき門は鎖してあったので、お供の者をして惟光[5]をお召しになって、お待ちになっていられる間、むさくるしい大路の様を御見渡しになられると、この家の側に、檜垣[6]というものを新しく仕直して、上の方は、半蔀[7]を四五間[8]ほど上げ続けて、簾などもひどく新しく涼しそうにしていて、美しい額つきをした女の透影が、大ぜい見えて、此方を覗いている。立ち動いている顔から下の方を想像すると、むやみに丈の高い気がすることである。何ういう女が集まっているのだろうと、風が変ったものにお思いになられる。御車もひどく寠していらっしゃるし、前駆も追わせては入らっしゃらない、誰とも知れようかとお気をお許しになって、少し車の中からさし覗いて御覧になると、門は蔀風になっているのを押し開けてあって、這入の幾らもない果敢ない住家であるのを、あわれに御覧になったが、何所をさして我が宿[9]とお思い做しになると、玉の台もここと同じことである。切懸[10]めいた塀に、ひどく青い蔓が気持よさそうに這い懸っているのに、白い花だけが自分ひとり嬉しそうに開いている。「遠方人にもの申す」[11]と君が独り言をおっしゃると、御随身[12]は跪いて、「あの白く咲いているのを夕顔と申します。花の名は人らしくて、こうした賤しい垣根に咲くものでございます」と申上げる。ほんに、ひどく小家（こいえ）がちで、ごたごたしている辺の、此方（こちら）も其方（そちら）もみすぼらしく傾きよろけて、しっかりとしていない軒の端ごとに這い纏（まつ）わっているのを御覧になり、「残念な花の宿命だ、一房折って参れ」と仰せになるので、随身はその押開けてある門に入って折る。さすがに洒落（しゃ）れた遣戸口（やりどぐち）▼13に、黄の生絹（すずし）▼14の単袴（ひとえ）を長く着なしている、可愛らしい女の童（めわらわ）が出て来て、手招きをする。白い扇の、薫物（たきもの）の匂いの深く沁みこませてあるのを差出して、「これに載せてお上げなさいまし。枝も優しげのないような花でございますから」といって手渡したので、折柄門（おりからかど）を開けて惟光の朝臣（あそん）の出て来たのに取次がせて、君に差上げる。惟光は「鍵を蔵（しま）い忘れてしまいまして、とんだ不都合をいたしました。ものの見分けの附くような人は居ない辺ではございますが、取り乱した大路にお待ちになりまして」と恐（おそれ）入（い）って申す。

君は、御車を引き入れてお下りになる。惟光の兄の阿闍梨（あざり）▼15、婿の三河の守▼16、娘などが寄り集っている時で、君がこのようにお出で下さった御礼を、この上も無い事に恐縮して申上げる。尼君も起き上って、「惜しくもない身ではございますが、世を捨てにくうございましたのは、ただ此（こ）のように御前に侍（さぶら）いまして御覧を願いますことを御遠慮申さなくてはなるまいと存じまして、それが残念で躊躇致したのでございますが、戒を授かりました験（げん）で生きかえりまして、このようにお越し下さるのを拝しましたから、今はもう阿弥陀仏▼17のお迎えも未練なくお待ち受け出来ます」など申上げて、弱々しげに泣く。君は、「永らく治りかねていられたので、気にして案じとおしていたが、このように世を捨てた形になられたのを見ると、悲しくも残念なことです。長生きをして、此の上とも私の位の高くなるのなども見て下さい。それでこそ九品（くぼん）の中（うち）の上品▼18にも障（さわ）りなくお生れ替りなさることでしょう。この世に少しでも執着の残るのは悪いことだと聞いています」など、涙ぐんで仰せになる。良くもないお子でさえも、乳母（めのと）といったような身贔屓（みびいき）をする人は、呆れるほど立派な者に見做すものであるのに、まして尼君はひどく面目のあることで、馴染（なじ）んでお仕え申して来たその身までも大切に勿体（もったい）なく思わ

れる程であろうから、そぞろに涙勝ちである。子供達はひどく見苦しいことに思って、捨てた世を離れ難くしているように、自然苦々しく御覧になりはしないかと、突つき合い目配せをする。君はひどくあわれに思召（おぼしめ）されて、「幼い頃に、可愛がって下さるべき筈（はず）の人たちに先立たれてしまった後は、育てる人が大勢いるようではありましたが、親しい睦（むつま）じい気のするのは、其方（そなた）だけを又も無いものに思われました。大人になっての後（のち）は、自由にも行かない身なので、朝夕にはお顔も見られず、思うままにお訪ねする事もありませんでしたが、それでも久しくお逢いしない時は、心細い気がするのですから、『さらぬ別れのなくもがな』[19]と思っています」と細々（こまごま）とお話になって、涙をお拭きになるお袖の匂いも、ひどく辺り狭いまでに満ち渡るので、ほんに考えて見れば、並々ではない御宿縁なのだと、尼君をじれたがって見ていた子供達も、皆しおれていた。君は尼君の平癒の修法（ずほう）[20]を、又々始めるべきようにお命じになって、お出懸けになろうとして、惟光に紙燭（しそく）[21]をともさせて、先刻の扇を御覧になると、持ち古した移り香が、ひどく深く染みていて懐かしく、面白く散らし書きにしてある。

心あてにそれかとぞ見る白露の光添へたる夕顔の花[22]

はっきりしないように書き紛らわしてある手跡も、上品で教養が見えるので、案外で面白くお思いになる。惟光に、「この西の家には何（ど）ういう者が住んでいるのだ。聞いているか」と仰せになると、例の好色の煩（うるさ）いお心とは思うけれども、そうは申せずに、「この五六日ここには居りますが、病人のことを気にして看病しておりますので、隣の事は聞いて居りません」と素気（すげ）なく申上げると、「憎いことをいうと思っているようだな。だが此の扇は、尋ねて見たい訳のあるものに見えるから、やはりこの辺の様子を知っている者を呼んで聞いて見ろ」と仰（おおせ）があるので、入って行って、その家の宿守（やどもり）をしている男を呼んで尋ねる。帰って来て、「揚名介（ようめいのすけ）[23]である人の家でございました。男は地方に行って居り、妻は若くて洒落（しゃ）れた女で、姉妹などが宮仕をしていて出入りをして居ると申すことです。委（くわ）しい事は下男（しもびと）には知れないのでございましょう」と申上げる。君は、それならば其（そ）の宮仕をしている者の為(し)ぐさであろう、得意そうに物馴れて云ったことであると思召され、相手にはすべくもない階級の者であろうとお思いにはなるが、御自分をそれと目指して歌を詠(よ)み懸けて来た心は憎くはなく、そのままには棄てておけないのは、例(いつも)の、此の方面には重くない御心からなのであろう。御畳紙(おんたとうがみ)に、ひどく平生(へいぜい)とは違った手にお書き変えになられて、

寄りてこそそれかとも見めたそがれにほのぼの見つる花の夕顔▼[24]

以前の御随身に持たせてお遣(つかわ)しになる。女は、まだ見かけたことのない御姿ではあったけれど、それとまことにはっきりと推量の出来る御横顔を見過すことが出来ずに、お驚かし申上げたのに、御答もなくて時が経ったので、妙に間が悪くていたのに、このように態(わざ)とのような御返歌(おかえし)があったので、甘えて、又何と御返歌を申上げようなどと云い騒いでいる様子に思われるので、心外なことだと思って随身は戻った。

君は、御前駆の松明(たいまつ)をほのかに照らさせて、ひどく忍んでお出懸(でか)けになる。西隣の半蔀(はじとみ)は皆下してあった。隙間隙間から見える灯(ともしび)の光が蛍にもまさってほのかで哀れである。お志(こころざし)の所▼[25]は、庭の樹立、前栽(せんざい)など、普通の所には似ず、まことに心静かに奥ゆかしくして住んでおいでになられる。女君は打解けないお有様で、様子の格別な方なので、君は以前の垣根のことなどお思い出しになれそうな御余裕もない。翌朝は少し御寝過しになられて、日の出る頃に、君はお帰りになられる。朝の御姿は、まことに見る人のお讃(たた)え申すのも尤(もっと)もな御様子なのである。今日もあの蔀のある家の前をお通りになられる。以前もお通り過ぎになった辺であるけれど、ただちょっとした事にお心が留って、何ういう人の住家であろうかと、往き来にお目がお留りになった。

惟光は幾日(いくにち)かして参った。「煩っております者が、やはり弱そうでございますので、とや角(かく)と看病を致しておりまして」など申上げて、お側へ近く寄って来て申上げる。「仰のありました後に、隣の事を知っております者を呼んで、訊いて見ましたが、はっきりした事は申しません。ひどく忍んで、

この五月頃から来ている人があるようですが、何ういう人だという事は、家の内の者にさえも一向に知らせないと申します。手前も折々中垣から垣間見をいたしますと、ほんに若い女どもの透影が見えます。褶▼26といったような物を印ばかりに着けている所を見ますと、仕えている人がいるのでございましょう。昨日夕日が残るところなくさし込んでおりましたが、文を書こうとして坐っていた人の顔は、ひどく美しゅうございました。歎いているらしい様子で、そこにいます女どもも忍んで泣いている有様がはっきりと見えました」と申上げる。君は御ほほ笑みになられて、もっと事情を知りたいものだとお思いになる。世の尊敬の重い御身ではあるが、お年の程、女の靡き愛で申上げる御有様などを思うと、好色に入らせられないという事も、情の無いさみしいことであろう、女の相手にしない程の者でさえも、やはり然るべき辺りのことは、好ましく思うものだのに、と惟光は思っている。「もし何か見出せることもあろうかと、ちょっとした序を拵えて消息をいたしました。書き馴れた手跡で直ぐさま返事をしてまいりました。ひどくつまらないと云うではない若い女どもがいるらしゅうございます」と申上げると、「もっと言い寄れ。調べ上げなくてはさみしいことだろう」と仰せになる。彼の下の階級として人の蔑んだ▼27住家ではあるけれども、そうした中にも、案外に、まんざらではない女を見附けられたならばと、君は珍らしくお思いになるのである。

さてあの空蟬の、呆れるまでにつれないのを、世間の女とは違っているとお思いになるにつけても、もし女が尋常であったならば、気の毒な過ちをしたと思って止めてもしまおうものを、ひどく口惜しくて、負けて終りになりそうなのを、君はお心に懸らぬ折とてもない。このような普通の女までは、これまでお心にお懸けにならなかったのであるが、先の雨夜の品定の後は、訝しいものにお思いになる階級階級があるので、いよいよ▼28残る隈もない好色のお心になって来られたのであろう。真正直にお待ち申しているような今一方の人を、可哀そうだとお思いにならない訳ではないが、つれなくして、様子を聞いていたろうと思うことが恥ずかしいので、先ず此方の方の心を見極めての後にと思っていられる中(うち)に、伊予介が任地から上(のぼ)って来た。先ず第一にと、急いで君の所へ御挨拶に参上した。船路(ふなじ)の仕業(しわざ)とて、少し色が黒くなり窶れている旅姿が、ひどく無骨で疎(うと)ましい。だがその人は賤しくはない家筋で、容貌(かたち)も老(ふ)けてはいるが清らかで、一かたならず様子に品を備えていた。田舎(いなか)の話などを申上げるので、湯桁(ゆげた)は幾(いく)つあるのか▼29と進んで尋ねたくお思いになるけれど、訳もなく極りが悪くて、お心の中に思い出される事が色々である。実体(じってい)な大人に対して、このように思うのも、ほんに愚かしくうしろめたい事ではある。ほんにこういう事こそ、一方ならぬ不埒な事というべきであると、馬頭(うまのかみ)の諫(いさ)めをお思い出しになって伊予介が気の毒で、女のつれない心は口惜しいけれど、夫の為(ため)には立派な心だとお思いかえしになられる。君は伊予介が、娘を然るべき人に預けて、北の方を連れて下(くだ)ろうという事をお聞きになると、一通りならず心が慌てて、今一度女に逢えないものだろうかと小君に御相談なされるが、相手が気を合せての上であってさえも、たやすくは人目をお忍びになれそうもないのに、まして女は、似合わしくない縁に思って、今更(いまさら)にそのような事は見苦しいことであろうと、思い切っていた。さすがに女は、全くお忘れになってしまわれる事も、ひどく言い甲斐(がい)のない、辛い事だろうと思って、然るべき折々の御返事などは、懐かしく申上げつつ、何気なさそうに書いた筆づかいにつけて書く言葉も、不思議に可愛らしく、お目に留まる節を加えなどして、可愛(かわ)ゆくお思いになるべきけはいなので、つれなく口惜しくお思いになるものの、忘れ難いものにお思いになる。今一人の方は、たとい夫がしっかり定(きま)ろうとも、必ず打解けそうに見えた様であるのを頼みとして、何かとお噂をお聞きにはなるけれども、お心も動揺せずにおいでになった。

　秋にもなった。君は我が御心柄から、お思い悩みになることがあって、大殿(おおいどの)▼30には絶間を置き置きされるので、恨めしくばかりお思いになられている。六条辺りへも、許し難くなさった女君の御気持を、おなだめになされた後、引き返して素気(すげ)なくなされるのはお気の毒である。しかし、第三者であった時の御昂奮(ごこうふん)のように、夢中になられる事のないのは、何ういう訳であろうかと見えた。女君は、ひどく余りだと思うまでに物をお思い詰めになられる御性分で、君とは年の頃[31]も似合わしくなく、人がこの事を漏れ聞いたならば、益々辛かろうと思われる御疎遠の寝覚寝覚には、お嘆き萎れになられる事がまことにいろいろとある。霧のひどく深い朝、君は幾たびかお起されになって、眠たそうな御様子で、溜息を吐きながら御寝所をお出になられると、中将の御許[32]は、御格子を一間だけ上げて、お見送りをなさいましというように御几帳の帷を引きのけたので、女君はお頭を持ち上げてお見やりになられた。前栽に色々乱れ咲いている花を、見過し難くしてお立ちとどまりになっていられる君の御有様は、ほんに類のないめでたさである。廊の方へお出でになるので、中将の君はお供をして参る。紫苑色の、季節に合った衣に、羅の裳を、すっきりと着けている腰つきは、たおやかに艶いている。君は振返って御覧になって、角の間の勾欄に暫くお坐らせになられた。打解けない身のもてなし、髪の下り振りなど感心なものだと御覧になる。

咲く花に移るてふ名はつつめども折らで過ぎうき今朝の朝顔[33]

「何うしたらよかろう」といって中将の手をお取りになられると、中将はひどく物馴れていて、早速に、

朝霧の晴れ間も待たぬけしきにて花に心をとめぬとぞ見る[34]

と、女君のことにして申上げる。可愛らしい侍童[35]の、身なりの好ましい、態と用意していたかのようなのが、指貫[36]の裾を露ぽそうに、花の中に立ちまじって、君のお詠みになられた朝顔の花を差上げる所など、絵にも描きたいようである。何の関わりもなく君をお見上げ申す人でさえも、身に染みてお思い申さない者はない。物のあわれを知らない山賤でも、花の蔭にはやはり休みたい[37]のが習わしであろうか、この御美しさをお見上げ申す辺りの者は、身分身分につけて、我が可愛いいと思う娘をお仕え申させたいと願い、若しくは悪くは無いと思う妹などを持っている人は、低いお勤めであっても、やはりその御辺りに侍わせたいと思い寄らない者は無いのであった。まして然るべき序にお言葉

を承り、なつかしい御様子をお見上げする人で、すこし物のあわれを知っている者は、何うしておろそかにお思い申上げよう、君の何時も打解けておいでにならないのを、気がかりなことに思っていることであろう。

ほんに、あの惟光が受持った覗見の事は、すっかり様子を見届けて御報告を申上げる。「何ういう人かということは、全く見当が附きませんでございます。ひどく人目を忍んでいる様子に見えますのに、徒然なままに、南の方の半蔀のある長屋[38]に出て参り参りして、車の音がすると、若い女房どもが、覗き見などする様子でございますのに、その主人と思われる人も、出て来る時があるようでございます。顔かたちはほのかにではございますが、ひどく可愛らしいようでございます。先日前駆を追って通る車のございましたのを覗き見しまして、女の童が急いで此方へ来て、『右近の君様[39]、先ず御覧なさい、中将殿[40]がここをお通りになりました』というと、また相当の年の女房が出て来て、『しずかに』と手で押えながら、『何うしてそれと分るのですか、何れ見よう』といって出て来ます。打橋[41]のような物を道にして通っております。急いで来る女房は、著物の裾を何かに引懸けて、よろけ倒れて、橋から落ちそうになりましたので、『まあ、この葛城の神様[42]は、嶮しく造ってお置きになったものだ』と文句をいって、覗き見の心も無くなってしまうようです。中将君は御直衣姿[43]で、御随身どももおりました。何方、何方と女の童の数えましたのは、頭中将の随身や小舎人童[44]を目じるしにして云うのでございました」など申上げると、君は、「確かに、その車を見届けるべきであったのに」と仰せになって、ひょっと、彼の哀れで忘れずにいると話した女ではなかろうかとお思い寄りになるにつけても、ひどく知りたそうな君の御様子なのを見て、惟光は、「手前の懸想の方もうまく致してありまして、家の様子は残る所なく承知して居りながら、先方では、全く朋輩同志だと知らせまして、そうした言葉づかいをしている若い女君がございますのを、手前はしらばくれて、だまされた恰好で出入りして居ります。先方では十分に隠しおおせていると思って、小さい童などのおりますのが、言い損いをしそうになるのも言い紛らして、特別な人は居ないような風を無理に作って居ります」など話して笑う。君は、「尼君の見舞に行く序に、私にも覗見をさせろよ」と仰せになった。たとい仮りのこととしても、宿っている住居の程度を思うと、これこそあの馬頭[46]が蔑って定めた下の下の階級であろう、そうした中に、案外にも面白い女がいたらば、などとお思いになるのである。惟光は聊かの事でも、君の御心に違うまいと思っている上に、自分も抜け目ない好色の心から、手際よく先を誑して浮かれ歩きをしながらも、ひそかに君を女の許に通い初めるようにおさせ申した。この間の事はごたごたしているので、例のように言い漏らすことにした。

　君は女を、何ういう身分の者だと、お突きとめもなさらないで、御自分も名のりはなさらずに、お姿も法外にお窶しになられて、例になく御車にも乗らずにお歩きになるのは、好い加減にはお思いにならないからであろうと見たので、惟光は我が馬を君に奉り、お供に立って立ち働いている。「懸想人[47]の、このようにひどくみすぼらしい足もとを、相手に見つけられた時には、遣りきれない事だ」と惟光は辛がるが、君は人にお忍びになられるままに、あの夕顔の花を教えた随身だけ、他には、顔を全く見知られていない童一人だけを連れてお越しになられた。もしお思い寄る手がかりになりはしないかと思われて、隣りの乳母の家に中宿りさえもなさらない。女もひどく不思議に、のみ込めない気ばかりして、君のお使に人をつけ、暁のお帰りの道を窺わせて、御在家を見させようとするが、君は何処を当てとも分らなくはぐらかしつづけて、そうはするもののしかし可愛ゆくて、逢わずにはいられないようにこの女がお心に懸るので、不都合な、軽々しい事とお思い返しになることが出来かねて、ひどく繁々とお通いになる。こうした方面のことは、実体の人でも取乱す折もあるものなのに、君は見苦しくはないようにお思い鎮めになられて、人のお咎め申上げる振舞はされなかったのに、今度は不思議なまでに、今朝の別れの程、昼の隔ての程も不安なまでお思い煩いになるので、一方では我ながら物狂おしく思われて、それ程までに心を留めるべき程の様子の女でもないのにと、強いて思いを覚まされるにつけても、女の様子はひどく呆れるまで柔和に、おっとりとしていて、考え深く重々しい方面は劣っていて、ひたすらに子供ぽいものの、男をまだ知らないというではなく、さして貴い身分の者ではなさそうだ。何所にひどく此のようにまで留まる我が心であろうかと、返す返すもお思いになる。君はひどく態とらしく、御装束もみすぼらしい狩の御衣をお召しになり、姿を変え、顔は少しもお見せにならず、夜深い頃、人を寝しずまらせてから出入りをなさるので、女は、昔あったという鬼の変化のような気がして、気味悪く、嘆かわしくはあるけれども、相手の御様子は又、手触りでも貴い人とはっきり分る事なので、どれほどの方であろうか、やはりあの好色者の仕組んだ事であろうと、大夫▼48を疑っているものの、惟光は強いて平気に、知らん顔をして、てんで思いも寄らない様子をして、相変らず浮かれ廻っているので、女の家の者は何ういう事であろうかと呑み込みかねて、不思議な、普通とは様子の違った物思いをしていることであった。君も、女がこのように奥底もなく油断させておいて、姿を隠しでもしたならば、何処を目当てとして探そうか、又あそこはかりそめの隠家と見えるから、何処かへ移って行く日を何時とも知られないとお思いになると、探し出せずに、大抵に思い切りがつけられるようであったら、ただ此れ程の慰み事として過しもされることであるが、ゆめゆめそのようには過されそうにはお思いになれず、人目を憚って隔てをお置きになる夜々などは、ひどく我慢がしにくくて、苦しいまでに恋しくお思いになられるので、やはりこの女を誰とは知らせずに二条院▼49に引取ろう、もし世間に聞えて不都合のことがあろうとも、然るべき宿縁のさせることであろう、我が心ながら、ひどく此のようにまで人を思い込むことはないのに、何ういう前世の契なのであろうかなどお思い寄りになる。

「さあ、ひどく気安い所で、ゆっくり話をしましょう」と、君が仰しゃると、女は、「まだ不思議な気が致しまして、ひどく並外れたおもてなしでございますので、物怖しゅうございます」と、ひどく子供ぽく云うので、君はほんにとほほ笑まれて、「ほんに、何方が狐なのだろうかな。おとなしく化されておいでなさいよ」と、懐かしげに仰せになると、女もすっかり従って、そのようにしようと思った。世に又とないような、不都合な事であろうとも、一筋に従って来ようとする心は、ひどく可愛らしい女だと御覧になるにつけ、やはりあの頭中将の話にあった常夏の女▼50ではないかと疑わしく、話して聞せた女の性質を先ず思い出されて来るが、女は隠している事情があるからであろうかと思って、達(たつ)てはお尋ねなさらない。拗(す)ねて、ふと、背いて隠れるような心持はないが、無沙汰がちに、絶間を置くような折には、そのように気の変ることもあろう、我が心ながら、他の女に少しでも心の移るようなことがあっては、可哀そうだとさえお思いになった。

八月十五日▼51の隈もない月の光なので、隙間の多い板屋根の、残るものもなく漏って来て、お見馴れにならない住まいの様が珍らしいのに、暁近くなったのであろう、隣の家々の卑しい賤(しず)の男(お)の声々が、目を覚まして、「ああ、ひどく寒いことですよ。今年という年は、家業(しょうばい)も頼みが少なく、田舎通いの商いもまるきり駄目なので、ひどく心細いことです。北のお隣さん、聞いて下さいましたか」など云い合うのが聞える。ひどく哀れな各自(めいめい)の渡世の業に、起き出てざわつき騒ぐ声も間近なのを、女はひどく恥ずかしいと思っている。優美がり気取った女であったならば、はずかしさに消え入ってしまいそうな住居の有様であろう。だがこの女はおっとりとしていて、辛い事も憂い事も、工合(ぐあい)の悪い事も、ひどく気にしている様子はなく、自身の振舞や、有様は、ひどく上品に、子供ぽくしていて、又と無く騒がしい隣の無遠慮さも、何ういう事とも聞き分けている様子ではないので、却(かえ)って恥ずかしがって顔を紅(あか)らめるのよりも、咎(とが)なく見られることであった。ごろごろと雷よりも仰々しく踏み轟(とどろ)かす碓(からうす)▼52の音も、枕もとでするような気がする。ああ、やかましいと、此れだけは君もお思いになることである。何の響(ひびき)ともお分りにならず、ひどく不思議な、呆れた響だとばかりお聞きになる。ごたごたした事ばかり多くある。白妙▼53の衣を打つ砧(きぬた)の音も、幽(かす)かに彼方此方(そちこち)に聞き渡されて、空を飛ぶ雁の声も聞え、それこれ取り集めて哀れさの怺(こら)え難いものが多くある。端近い御座所(ござしょ)なので、遣戸(やりど)を開けて御一緒に外を御覧になる。狭い庭に洒(しゃ)落れた呉竹(くれたけ)が植(うわ)っていて、前栽に置いている露は、やはりこうした所でも同じようにきらめいている。虫の声が乱れ合って聞えて、壁の中にいる蟋蟀(こおろぎ)[54]でさえも、間遠にお聞き馴れていられるお耳に、じかにさし当てたように啼(な)き乱れているのを、却って様子が変って面白いものにお思いになるのであろう。お志一つが浅くない為に、万(よろ)ずの咎(とが)が許されるからなのであろう。女は白い袷(あわせ)に、薄紫色の柔らかな上衣を襲(かさ)ねて、花やかではない姿が、ひどく愛らしく弱々しい気がして、何所(どこ)と取り立てて勝(すぐ)れた所はないが、細(ほっ)そりと、なよなよとしていて、物をいっている様子は、ああ痛々しいと、唯(ただ)ひどく可愛らしく見える。心深い方を少し持たせたならばと君は御覧になりながら、やはり打解けて逢って居たいとお思いになるので、「さあ、つい此の辺の近い家で、気やすく夜を明かしましょう。こうばかりしていてはひどく窮屈です」と仰せになると、女は、「何うして、急な事を仰しゃるのでしょうか」と、ひどく穏やかに返事をしていた。この世だけではないお約束までして頼みにおさせになると、打解けて来る心持などは、不思議なほど様子が変っていて、男馴れている女とは思われないので、君は周囲の者の思わくも憚ってはお出でになれず、右近を召出して随身をお呼ばせになって、御車(みくるま)を引入れさせられる。その家の附添っている女どもも、そうしたお志の浅くないことを見知っているので、不安な気はしながらも、君に頼みをおかけ申上げていた。明方も近くなってしまった。鶏の声などは聞えなくて、御岳(みたけ)精進(しょうじ)[55]でもあろうか、ひどく翁(おきな)めいた声で、礼拝をするのが聞えて来ることである。起居(たちい)の様子も堪え難いように勤行(ごんぎょう)するのが、ひどく哀れに思われ、朝の露に異ならない果敢(はか)ない世なのに、何を貪(むさぼ)っての一身の祈りであろうかと聞かれると、「南無当(とう)来(らい)の導師」[56]といって拝んでいるのである。「あれをお聞きなさい。あれもこの世だけとは思っていないのです」と、あわれにお思いになって、

優婆塞(うばそく)が行ふ道をしるべにて来む世も深き契たがふな[57]

長生殿の昔[58]の例は縁起が悪いので、翼(はね)を交(かわ)す[59]鳥となる契とは引き違えて、弥勒(みろく)の仏の出現の世まで

もお兼ねになる、行く先の頼ませ方はひどく仰々しい。

前の世の契知らるる身の憂さに行末かねて頼みがたさよ▼60

こうした歌の方面も、これでは心許ないようである。入り方の躊躇いざまの月に、思い懸けずにさまよい出ることを、女は躊躇をし、君が兎やかくとお勧めになっている中に、月は俄に雲に隠れて、明けて行く空がひどく美しい。人目の悪くならない先にと、君は例のように急いでお出ましになって、女を軽々と抱いてお乗せになると、右近だけが相乗をする。

その辺りに近い某という院▼61にお行き着かれて、その留守番をお召出しになる間、荒れた門に生えた忍草の茂ったのをお見上げになっていられると、云いようもなく木深く暗い。霧も深くて露っぽいのに、御車の簾まで上げていられたので、お袖もひどく濡れてしまった。君は、「まだこうした事はしなかったのに苦労なことをしたものですよ。

古へもかくやは人の惑ひけむ我がまだ知らぬしののめの道▼62

あなたは御存知ですか」とおっしゃる。女は恥じらって、

山の端の心も知らで行く月は上の空にて影や絶えなむ▼63

「心細くて」といって、恐しくすごそうに思っているので、あの大ぜい集っている住居に馴れているせいであろうと、君は面白くお思いになる。御車を引き入れさせて、西の対の屋▼64に御座所を設ける間、勾欄に御車の轅を引懸けて待っておいでになる。右近は、お立派なお有様だという気がして、中将のお通いになった時のこと▼65を、人知れず思い出した。留守番が甚しくも心づかいをしている様子に、この君のどういう御方であるかがすっかり分った。ほのぼのと物の見える頃に、御車からお下りになったようである。かりそめではあるが御座所は清らかに整えてあった。「お供に人が居りませんことでございます。不都合なことでございます」といって、この留守番は、君の睦じくなされる下家司▼66である上に、左大臣家▼67にも仕えている者なので、お側近く進み寄って、「然るべき人をお召し致しましょ

うか」と申上げるけれども、「態々人の来そうもない隠家を探したのだ。決して、心にしまっておいて人に漏らすなよ」と口止めをなされる。御粥などを急いで差上げたけれども続いて差上げるべき物が間に合わず、君はまだ御経験のないことである御外泊に、「息長川[68]」と行末長くお約束になるより外のこととては無い。

日の高くなる頃にお起きになられて、格子を御自身でお上げなされる。いかにもひどく荒れて、人気もなく、遥々と見渡されて、木立も厭わしいまで古びている。手近な草木などは殊に見どころがなく、一面に秋の野[69]となって、池も水草に埋まっているので、ひどく気味わるくなってしまった所であることよ。別納[70]の方に部屋を設けて人が住んでいるようであるが、此方はそれとは離れている。「気味わるくなってしまっている所であるよ。それにしても鬼なども私は見脱してくれることだろう」と仰せになる。顔はやはり隠していられたが[71]、女がひどくつらく思うことだろうから、ほんに此れ程の仲になって、隔てをつけているというのも、場合に叶わない事だとお思いになって、

夕露に紐解く花は玉ぼこのたよりに見えし縁にこそありけれ[72]

「露[73]の光は何うですか」と仰せになると、女は尻目に見よこして、

光ありと見し夕顔の上露はたそがれ時の空目なりけり[74]

とほのかに云う。面白いと君はお思いなしになる。ほんにお打解けになられ方が又となく、場所柄とて、まして気味悪いまでにお見えになられる。「何時までも隔てをお付けになっていられるのが辛くて、此方も顔を顕わすまいと思っていたのですのに。今はせめて名のりをして下さい。ひどく気味が悪いのです」と仰せになるけれど、「『海士の子[75]ですから』」といって、さすがに打解けずにいる様は、ひどく甘えている。「まあ良い、それも『我から[76]』なのでしょう」と、恨んだり語らったりして暮して入らせられる。惟光はお尋ね申上げて、御菓子などを差上げる。右近の云うであろうことがさすがに気の毒なので、君のお側へも参れない。これ程までに君のお隠れ歩きをされるのも面白く、き

っと女がそうおさせ申す程良いのであろうと推量られるにつけても、自分が結構我が物にすることの出来そうであったのを、お譲り申上げたからのことで、我が心広いことよと、呆れた気がしている。

君は、譬えようもないほど静かな、夕べの空を御覧になって、奥の方はひどく暗く、女が気味悪るく思っているので、端の方の簾を上げて、添臥していられた。互に夕映の映る顔を見かわして、女も、こうしている自分の有様を、案外な不思議な気がしながらも、すべての歎きを忘れて、少し打解けて行く様子がひどく可愛らしい。ぴったりと御傍らに添い暮して、ひどく物怖しく思っている様子が、子供ぽくて気の毒である。格子を早く下して、灯火をともさせて、「これ程までに親しい有様になって、まだ心に隔てを残しているというのは辛いことです」とお恨みになる。内裏では何のようにかお探しになっていられようものを、何所をお尋ねになっていられることだろう、とお思いやりになって、それにつけても、怪しい我が心であることよ、六条辺りでも何のように歎き乱れていられることであろうか、恨みられるのも苦しく、尤もなことでもあると、お気の毒な方面は第一にお思い出しになられる。ここの女の無心にさし対っているのを、可愛ゆくお思いになるままに、御息所の、余りにも思入りの深く、逢っている身も苦しい御有様を、少し取捨てたいものであるよと、お思い較べになっていられたことである。

宵過ぎる頃に、君は少しお眠りになると、お枕元に、ひどく可愛らしげな女がいて、「私がひどく愛でたくお思い申上げるお方をお尋ねしようともなされずに、このような格別なところもない者を連れてお出でになって、御寵愛になるということは、まことに呆れた、辛いことでございます」といって、お側にいる女を引起そうとすると御覧になる。鬼にうなされる気がしてお目覚めになると、灯が消えてしまっていた。気味悪くお思いになるので、太刀を引抜いて、お置きになって、右近をお起しになられる。これも恐ろしいと思っている様子でお側近く参った。「渡殿にいる宿直人を起して、紙燭をともして持って来いといえ」と仰せになると、「何うして参れましょう、暗くて」というので、

「何だ、子供のように」とお笑いになって、手をお拍きになると、山彦の答える声がひどく気味が悪い。宿直人は聞きつけられなくて参らないのに、この女君はひどく慄え慄えしているので、君は何うしたらばよいかとお思いになった。汗でびっしょりになって、正気も無い様子である。「物怖じを無性になさる御性分でございますから、何んなに思って入らっしゃいましょう」と、右近が申上げる。ひどく気弱くて、昼間でも空ばかり眺めていたのに、かわいそうに、と君はお思いになって、「私が宿直人を起そう。手を拍くと山彦が答えてひどくうるさい。ここに暫く近くに」と云って、右近をお引寄せになって、西の妻戸の所に出て、戸を押開けになられると、渡殿の灯も消えてしまっていた。風が少し吹いているのに、人は少くて、侍う限りの者はみんな寝ている。この院の留守番の子で、睦まじくお使いになる若い男と、また上童▼77一人と、例の随身だけがいるのであった。お召しになると留守番の子は御返事をして起きて来たので、「紙燭を点して持って参れ。随身も弦打▼78をして、絶えず声作り▼79をしろと云いつけよ。人離れのした所で、気楽に寝ているというものだ。惟光の朝臣が来ているだろうが」とお訊きになると、「参りましたが、お言附けになることもない。明方にお迎えに参ると申して退りましてございます」と申上げる。その、このように御返事を申す者は滝口▼80であったので、弓弦を尤もらしく鳴らして、「火の用心」といいいい、留守番のいる部屋の方へと行くのであった。君は内裏をお思いやりになって、名対面▼81は済んだであろう、滝口の宿直奏が丁度今ごろであろうと御推量になられるのは、まだひどく更けてはいないからであろう。立ち帰って手探りにして御覧になられると、女君は元の儘に寝ていて、右近は側に俯伏しになって寝ている。「これは何うしたというのだ。ああ、まるで正気ではないような怖じ方だ。荒れた所には狐などのような物が、人をおびやかそうとして、気味悪く思わせるのだろう。私がいれば、そんな物には威されまい」といって、お引起しになられる。「ひどくぶ気味で、気分が変でございますので、俯伏しになりましてございます。御前の方がもっとひどくて入らっしゃいましょう」というので、「そうだ。何だってこんなに」と、手探りにして御覧になると、息をもしない。引き動かして御覧になると、なよなよとして正気を失っている様なので、まことにひどく子供ぽい人で、鬼に気を奪われたのであろうと、すべき仕様もないお心持がなされる。紙燭を持って参った。取次ぐべき右近は動けそうにもないので、お側の几帳を女君の方に引き寄せて、「もっと近く持って参れ」と仰せになる。例の無いことなので、お側近くへは参れない御遠慮から、長押▼82の上にも上らない。「もっと近く持って参れよ。所次第にするものだ」といって、紙燭をお召寄せになって御覧になると、すぐ其の枕元の所に、夢に見えた容貌をした女が、まぼろしに立って見えて、ふっと消えて失せた。君は、昔物語にこそこうした事も聞いているがと、ひどく珍らしく、気味が悪いけれども、先ず此の女が何うなっていることだろうと思う心配に、御自分の上はお思いになれず、添い臥しになって、「や、や」とお起しになるけれども、ただ冷え入って行って、息は疾くに絶えはててしまっていた。云おうようもない。頼みにして、何うしようかと御相談をお懸けになるべき者もない。法師などという者こそ、こういう時に頼もしいものにお思いになるのであろうが、それも居ない。あのようにお強がりにおなりになるが、若いお心持では、女の甲斐なくなって行くのを御覧になると、遣る瀬がなくて、しっかりと女をお抱きになって、「お願いです、生きかえって下さいよ、悲しい目には逢わせて下さいますな」と仰せになるが、冷え入ってしまったので、様子は気味悪く変って行く。右近は、唯もう気味悪いと思っていた心持がすっかり覚めて、泣き惑う様が甚しい。南殿の鬼の、某の大臣をおびやかした例▼83をお思い出しになって、気強くなって、「それにしても、駄目になってはおしまいになることはあるまい。夜の泣声は仰々しい。静かにしなさい」とお制しになって、ひどく事の慌しいので、呆れたお心持がされる。留守番の子を召して、「ここにひどく変な風に、鬼に魘われた人で、苦しげにしている者がいるので、惟光の朝臣の泊っている所へ行って、急いで参るべきように云えと命けてくれ、某の阿闍梨▼84がそこにまだ居るようだったら、此所へ来るようにそっと云え。あの尼君などが聞こうから、仰々しくはいうな。こういう忍歩きは許さない人だから」など、物を仰せになるようではあるが、胸は塞がって、この女を空しい者にしてしまいそうなのが悲しく思われるのに添えて、大方の物の気味悪さは譬えようも無い。夜中も過ぎたのであろう、風がやや荒く吹いているのは。まして松の響が木深く聞え、聞き馴れない鳥の嗄れ声に鳴いているのも、梟というのは彼れだろうかと思われる。▼85 思いめぐらすと、此方も彼方も人気が遠く疎ましいので、人声もしない。何だって此んな頼りない宿りを取ったのだろうかと、口惜しさも遣り端がない。右近は夢中になって、君にぴったりとお添い申上げていて、慄え死にに死にそうである。又この女も何うなろうかと、君は夢中になって掴まえて入らせられた。自分一人だけがしっかりしているので、分別の附けようもないことである。灯かげは幽かに瞬いて、母屋との境に立ててある屏風の上や、其所彼所がひどく暗く見えるのに、怪しい者の足音がみしみしと踏み鳴らして、後の方から寄って来るような気がする。惟光が早く参ってくれるとよいとお思いになる。在家の定らない者で、お使が此方彼所と尋ね歩いているにつけ、夜の明けるまでの間の久しさは、千夜も過すようなお心持がなされる。ようようのことで鶏の声が遠く聞えるにつけ、命を懸けて、何の宿縁で、こういう目に逢うのであろうか、我が心柄ながら、こういう方面で、勿体なく、有るまじき心を抱いている、その応報で、このように昔後にもない例となるような事が起って来たのであろう、隠しておこうとも、世の中にある事は隠れなくて、内裏に聞こし召されるのを始めとして、世の人の思ったり云ったりすることとなり、良くない童の口すさびにまでなってしまう事であろう。生き存らえて、愚かしい評判を取るべきことであるとお思い廻らしになられる。

　ようようの事で惟光の朝臣が参った。夜中暁もいとわずお心に従っている者が、今夜に限ってお側にいずに、お召にまでも後れたのを憎いとはお思いになるものの、召入れて、お話になろうとする事の張合いのなさに、直ぐには物もお云いになれない。右近は大夫が来た様子を聞くにつけ最初からの事が思い出されて泣くと、君もまたお堪えになれなくて、御自分一人が確りしている者のようにして、女を抱えて来られたのであるに、この人を見てほっとされ、始（はじ）めて悲しくお思いになられるのであった。暫くの間ひどく、止めることも出来ずにお泣きになられる。やや暫くして、「ここにひどく怪しいことがあるが、呆れたことだと云っても足りない程のことなのだ。こうした急なことのあった時には、何よりも誦経（ずきょう）などをするものだと思って、その事もさせよう、願（がん）なども立てさせようと思って、阿闍梨（あざり）に来いと云ってやったが」と、仰せられると、「昨日山▼86へ帰ってしまいました。何にせよひどく珍らしい事でございます。前から、御気分の悪い所でもあったのですか」「そんな事もなかった」と云ってお泣きになる様が、ひどくお美しくお可愛らしく、お見上げする惟光もひどく悲しくて、自分もよよと泣いた。何と云っても、年がふけて、世間のいろいろのことで苦労もしている人が、何ぞ事のある場合には頼もしいものであるが、何方（どちら）も何方も若い者同志で、分別は附かないのであるけれども、惟光は、「この留守番などに聞かせることは、ひどく不都合でございましょう。あの人一人だけは睦まじくもございましょうが、自然いい漏らすような眷属（けんぞく）も一しょにいることでございましょう。先ず此のお邸（やしき）から出ておしまいなさいましよ」という。「此処（ここ）より人少なの所など何うしてあろうか」と仰せになる。「ほんにそうでございましょう。あの古里（ふるさと）▼87は、女房などが悲しさで怺えられず、泣き立てましょうから、隣が多くて、聞き耳を立てる里の者も多うございますから、自然に世間に広がりましょうが、山寺は、やはりこういう事が自然に落合いまして、紛れやすうございましょう」といって、思い廻（めぐら）して、「昔関係しておりました女房で、尼になった者のおります東山の辺にお移し申しましょう。そこは、惟光の父の朝臣の乳母（めのと）でございました者が、ひどく年寄りになって住んでおります所です。辺りは人が多いようではございますが、ひどく引籠（ひきこも）った所でございます」と申上げて、夜の明けぎわの紛れに、御車を召寄せる。君はこの人を抱きかかえる事がお出来になれそうもないので、上席（うわむしろ）▼88に押し包んで惟光がお乗せ申上げる。ひどく小柄で、気味の悪い様子もなく、可愛らしい。確（しつか）りとは包み得なかったので、髪の毛のこぼれ出しているのに、君は涙に目がお昏（くら）みになって、余りにも悲しく思召されるので、成り果てる様を見届けようと思われるけれど、惟光は、「早くお馬で二条院へお帰りを願います。人目の繁くなりません中に」といって、亡骸には右近を相乗りさせたので、君に我が馬は差上げ、自身は徒歩で、指貫の括りを引上げなどして出掛ける。一方では不思議な、思い懸けない御送であるけれども、君の御様子のお気の毒なのをお見上げ申したので、身を捨てて行くと、君は心もぼんやりとなられ、夢中の様で、二条院にお着きになった。

女房どもは、「何処からお帰りになられましたか、御不例のようにお見受け致します」などいうけれども、君は夜の御帳台▼89の中にお入りになられて、胸を押えてお思いになるにつけ、ひどく悲しいので、何だってあの車に乗り添って行かなかったのだろう、生きかえった時、女は何んな気がすることであろうか、見捨てて行き別れてしまったと辛く思うことであろうなど、乱れ心の中にもお思いになると、御胸が塞きあげるような気がなされる。御頭も痛く、お体も熱い気がして、ひどく苦しく心が惑われるので、このようで自分も死ぬことであろうとお思いになる。日が高くなったがお起きにならないので、人々は変に思って、お粥などお勧め申すけれども、苦しくて、ひどく心細い気がなされるのに、内裏より御使がある。昨日も尋ね出すことがおできにならなかったので、主上▼91には不安に思召して入らせられる。大殿の君達▼90が大ぜい参られたが、頭中将だけに、「お立ちのままで、此方へお入り下さい」と云われて、御簾の中から仰せになる。「乳母でありました者が、この五月の頃から重く煩っておりましたが、頭を剃り戒を受けなどした、その験でか蘇生りましたのに、この頃また発りまして、衰えております。今一度見舞ってくれと申しておりましたので、幼い時から馴染みました者の、いまわの際に辛いと思おうかと存じまして行きましたところ、その家におりました下人で病気をしていました者が、急に家を出きられずに亡くなりましたのを、私の居りますのを憚りまして、日が暮れてに取り出したという事を聞きつけましたので、神事▼92のつづく只今は、甚だ不都合なことと存じて、謹慎いたしまして、参内致せずにおる次第でございます。此の明方から、風邪でもございましょうか、頭がひどく痛んで苦しゅうございますから、甚だ無礼な様で御挨拶申上げることです」など仰せになる。中将は、「それでは、左様に奏するでございましょう。昨夜も御遊びに、畏くも君をお尋ね遊ばされまして、御気色がお悪く入らせられました」と申上げて、又引返して、「何ういう行触の穢に▼93お懸りになったのですか。仰せになられる事は本当とは思われませんですね」というに、君は肝がお潰れになって、「このように細かではなく、ただ思い懸けない穢れに触れたことを奏して下さい。まことに相済まぬことでございます」と、何気ないように仰せになったが、心の中には詮の無い悲しい事を思召すので、お心持も悩ましいところから、中将と目もお見合せにならない。蔵人の弁▼94を召寄せて、本気になってその由をお奏しにならせられる。大殿にも、そういう事があって参られないお消息を申される。

日が暮れて惟光は参った。こういう穢があると仰せになって、参る人々がみんな立ちながらお目に懸って退出するので、人が多くはない。君は召寄せて、「何んなだ。駄目になってしまったか」と仰せられると共に、袖をお顔にあててお泣きになる。惟光も泣く泣く、「もう駄目なようでございます。長々とお留め申して置くのは不都合ですし、明日は日も悪くございませんから、お葬いの事は、尊い老僧で知合いとなっております者に命けてございます」と申上げる。「附添っていた女▼95はどんなだ」と仰せになると、「それが又、生きてはいられそうもございません。自分も後れまいと取り乱しまして、今朝は谷へ飛び込みそうに見えましたことです。あの古里の者▼96に知らせよと申しますので、暫くの間心を鎮めなさい、事の様をよく考えての上のことにとなだめて置きました」とお話申上げるままに、君もひどく悲しくお思いになって、「私もひどく心持が悩ましくて、何うなる事かと思われる」と仰せになる。「何だって今更にお考えになる事がありましょう。そうなるべきことに万事は定まっておるのでございましょう。人に漏らすまいと思いますので、惟光がお引受して、万端の事をいたしております」と申上げる。「そうだよ、そのように総て思い做してはいるが、浮いた心のすさびから、人をいたずらにしてしまったという恨を負うべきことになってしまったのがひどく辛いのだ。少将の命婦[97]などにも聞せるなよ。尼君[98]にはまして、こうした事をやかましく云っていられるので、恥ずかしく思われるのだ」など口止めをなされる。惟光は、「関係のない法師たちにまでも、みんな言い拵え方を別にしています」と申上げるのに、君は安心していられることである。薄々漏れ聞いている女房[99]などは、変で、何うした事なのであろう、穢の由を仰せになって、内裏へも参られず、又このように囁いて嘆いていらせられるのはと思って、うすうす不思議がっている。君は改めて、葬いは欠けるところの無いようにと、それについての作法を仰せになったが、惟光は、「勿論、仰々しくすべきではございません」といって起ち上ったが、君はひどく悲しく思われるので、「不都合だと思うことであろうが、今一度あの死骸を見ないと、ひどく心が残りそうなので、馬で行こう」と仰せになるのを、惟光はまことに以っての外のこととは思うが、「そのように思召されるのでしたら、何う致しましょう。早く入らして、夜の更けない中にお帰りなさいませ」と申上げると、この頃中の御窶しの為にお拵えになってある狩のお装束に着換えなどしてお出ましになる。君はお心持がまっ暗くなって、何うにも堪え難いので、こうした変な道に出懸けても、あの危うかった物懲りを思って、何うしたものであろうかと御思案になるのであるが、やはり悲しさの遣り端がなくて、今の中の亡骸を見なかったならば、又何時の世にあの顔かたちを見ようかとお思い怺えになって、例の大夫と随身を連れてお出かけになる。道を遠く思召される。十七日の月が出て来て、鴨河原を行かれる時、御前駆の松明もほのかなのも、鳥部野[100]の方を眺められた時、気味の悪いのも、何ともお思いになれず、掻き乱されるようなお気持でお着きになった。四辺までがもの凄いのに、板屋の側に堂を建てて、勤行をしている尼の住居は、ひどく哀れなものである。御灯の灯影がほのかに透いて見える。その屋には、女の一人の泣く声だけがして、外の方には、法師等の二三人が物語をしながら、態と声を立てない念仏をしていることである。寺々の初夜[101]の勤行は皆終って、ひどくひっそりとしている。清水寺[102]の方だけが光が多く見えて、人の立ち動く様子も繁かった。あの尼君▼103の子である大徳▼104が、声も尊く経を読んでいるので、君は涙が有るだけ流れたようにお思いになる。屋の内へお入りになられると、灯を彼方向きにして、右近は屏風を隔てて臥している。何のように侘しいことであろうかと御覧になる。亡骸は、怖ろしい気色もさせず、ひどく可愛らしい様をして、まだ少しも生きていた時と変った所がない。君はその手をお取りになり、「私に今一度、せめて声だけでも聞かせて下さい。何ういう前世の縁であったのか、暫くの間に心を尽して可愛ゆく思ったのに、私を後に残してお歎かせになるのは悲しいことです」といって、声も惜しまずにお泣きになることが限りもない。大徳たちも、誰とは知らないが、怪しいことと思って、みんな涙を落した。君は右近に、「さあ、二条院へ行こう」と仰せになるが、「この年頃、幼くて入らした時から、片時もお側をお離れ申さずにお馴れ申した方に、俄にお別れ申して、何所へ帰れましょうか。何うお成りになったと人にも申せましょうか。悲しい事は申すまでもなく、人にいい騒がれるのがひどく辛いことです」といって泣き立てて、「お煙に添ってお慕い申してまいりましょう」という。「それは尤もな事だが、そのように世の中はなっているものだ。別れというもので悲しくないものは無い。死ぬのも生きているのも、同じく寿命で定まっていてのことだ。心を慰めて私を頼みになさい」といい諭されても、「そういう私が第一、生きてはいられないような気がしている」と仰せられるのは、頼もしげの無いことであるよ。惟光は、「夜も明方になったようです。早くお帰り下さいますように」と申上げるので、君はかえり見ばかりされて、胸もつと塞がって、お出ましになられる。道はひどく露ぽいのに、常にも増した朝霧で、君は何所ということもなく惑い歩いている心持がなされる。生きていた時のままで臥していた女の様、掛け交してお著になられた御自分の紅の御衣の、女の身に著られていたのなどを、何ういう宿縁があってのことであろうかと、道々お思いになる。御馬にも確りとは乗っていられないようなお有様なので、又惟光がお附添い申して、扶けてお連れ申すと、▼105堤の辺で馬から辷り下りられて、ひどく御気分が乱れて来られたので、「こうした道の空で、私は行倒れになってしまうのであろうか。何うにも行き着けそうもない気持がする」と仰せになるので、惟光も心持が乱れて来て、自分が確りしていたならば、ああは仰せになっても、こうした道にお連れ出し申すべきであろうかと思うと、ひどく心が慌てて来たので、川の水で手を洗って、清水の観音をお拝み申上げても、何と仕ようもなくて当惑する。君も強いて気を引立てて、心の中で仏をお念じになられて、又とや角と扶けられて、二条院にお帰りになられたことである。不思議な夜深い御忍び歩きを、女房どもは、「見苦しい御振舞でございますこと。此頃は例よりもお落着きのない御忍び歩きが続く中にも、昨日の御様子のひどく悩ましく入らせられたのに、何だって此のようにおさまよいになるのでしょうか」と嘆き合っていた。

まことに、御寝になるままに、いかにもひどくお苦しがりになって、二三日立つと、著しくお弱りになったようになされる。内裏にも聞こし召されて、御嘆きになられることが限りもない。御祈はさまざまに絶間なく騒いでする。祭、祓、修法など言い尽せないまでである。世に類もなく、気味悪いまでの御有様なので、世に長くはお出でにならないのであろうかと、天下の人の嘆きである。苦しいお心持の中にも、かの右近をお召寄せになって、部屋など御居間近い所に給わってお使いになられる。惟光は心持が乱れ騒いでいるけれども、思い鎮めて、この女のたより所がなく思っているのを慰めて、いたわり扶けつつお仕え申させる。君は聊か御気分のお楽なように思われる時には、召出してお使いなさるので、間もなく他の人々と親しみが附いて来た。服はひどく黒いのを著て、器量なども好くはないけれど、無様に見苦しいという程ではない若い女である。「不思議にも短かったあの人との縁に引かされて、私も世に永くはいられないような気がする。年来の頼みにしていた者をなくして、心細く思っているだろう慰めに、もし私がながらえていたならば、万事に世話を見てやろうと思った。間もなく私の身もまたあの煙に立ち添ってしまうであろうが、残念なことに思うよ」と忍びやかに仰せになって、弱々しそうにお泣きになるので、右近は張合の無いことはさし措いて、いかにも惜しい事だとお思い申上げる。殿の内の人は、足を空にして嘆き惑っている。内裏よりの御使は、両の脚にも勝って繁い。主上の御嘆きになって入らせられるとお聞きになるにつけても、君はひどく忝くて、強いても気を強くお引立てになる。大殿も甚しく尽力されて、日々にお越しになりつつ、様々の事をおさせになる、その験でもあろうか、二十日余りひどく重くお煩いになったが、格別の余病もなく快方にお見えになられる。穢れの忌みも、丁度満ちる夜なので、君は主上の御不安に思召される御心が申そうようもなくて、内裏の御宿直所▼106にお参りにならせられる。大殿は我がお車でお迎え申上げて、御物忌や何や彼やをやかましくお慎しませ申上げる。君は思いも寄らず、別な世に立帰ったように、暫くはお思いになられる。

　九月の二十日頃に御全快になられて、まことにひどく、お顔はお痩せになられたが、却って云いようもなく艶かしくなって、物思い勝ちにして、声を立ててお泣きなされる。お見咎め申上げる人もあって、御物の怪のせいであろうと云いもした。君は右近をお召出しになって、長閑な夕暮に、お話などをなされて、「やはりひどく怪しく思われることだ。何だって何ういう者だと知らせまいとして、お隠しになったのだろう。本当に『海士の子』▼107であろうとも、あれ程までに思うのも知らずに、隔てを附けていられたのが、辛かった」と仰せになると、「何うして深くお隠し申すことなどは致しましょう。何時をその機会に、何ということもない御名告など申上げられましょう。最初から不思議な、夢のような御事でございましたので、正気での事のようにも思えないと仰しゃいまして、御名はお隠しになって入らせられるが、多分そうした御方であろうと申上げておりまして、きっと此方を軽く思召してお紛らしになるのであろうと、辛い事にお思いになっていらっしゃいました」と申上げると、「つまらない根競べというものだったよ。私はそのような隔て心はなかった。ただあのような、人の許さない振舞は、まだ知らないからのことだ。内裏でお止め遊ばすのを始め、遠慮すべき事の多い身であって、かりそめに人に戯言を云っても、大袈裟に言い立てられる、うるさい身分であるのに、あのちょっとした夕べ[108]から、不思議に心に懸って、達(たつ)てお逢いするようにしたのも、このようになるべき御宿縁があってのことだろうと思うと、哀れでもあり、又逆に、辛くも思われることだ。このように長くはない御縁だったとしたら、何だってあのようにまで、身に沁みて哀れに思われたのだったろう。もっと委しく話せよ。今になっては何の隠すことがあろうぞ。七日七日(なぬか)の仏を描かせても[109]、誰の為にと心の中でも思おう」と仰せになると、「何でお隔てなどお附け申上げましょう。御自分でお隠しになっていた事を、お亡くなりになった後で、口さがない事ではないかとお思い申すだけでございます。御両親は疾(と)くにお亡くなりになりました。三位中将(さんみのちゅうじょう)と申上げました。ひどくお可愛い者に思って入らっしゃいましたが、御自分の御身分の足りないことをお思いになって入らっしゃる御様子でしたのに、御命までも続かなくおなりになりました後に、ちょっとした次手(ついで)に、頭中将がまだ少将で入らせられました時[110]、お見初(みそ)めになられまして、三年[111]ほどの間はお心持のある御様子でお通いになりましたのに、去年[112]の秋の頃、あの右大臣殿[113]から、ひどく恐ろしい事を云って来られましたので、物怖(ものお)じを無闇(むやみ)になさいますお心から、何うにも仕様(しよう)の無いほど怖じられまして、西の京の、乳母(めのと)が住んでおります所に、お隠れになったのでございました。そこもひどく見苦しい所なので、住みかねまして、山里の方へ移ろうとお思いになりましたが、今年から其方(そちら)の方角は塞がっておりましたので、方違(かたたが)えをしようというので、あのあわれな家においでになりました所を、お見顕わされ申したのだと嘆いて入らっしゃるようでございました。並み外(は)ずれの遠慮をなさいます方で、人に物思いをしている様子を見られるのを恥ずかしい事になさいまして、素っ気ない風ばかりして入らっしゃるのを、御覧になったようでございましょうか」と話し出すので、君は、やはりその女であったのかとお思い合せになって、いよいよあわれがまさった。「幼い者を見失ってしまったと、中将が嘆いていたが、そうした人があるのか」とお尋ねになる。「さようでございます。一昨年の春お生まれになりましたことでございます。女のお子で、大層可愛らしゅうございます」と申上げる。「何処(どこ)にいるのだ。人にそうとは知らせずに私に得させろ。死に跡の果敢なくて、悲しく思う人の形見として、ひどく嬉しいことであろう」と仰せになる。「あの中将▼114にも話そうけれども、詮の無い恨みを受けよう。其所此方の関係▼115からも、育てることは咎はなかろうから、その附添の乳母などにも、よいように言い拵えて、連れて来て呉れよ」など御相談になる。「それだと、まことに嬉しいことでございます。あの西の京でお育ちになるのは、お可哀そうでございます。確りとお世話する者もないというので、彼方に入らっしゃるのでございます」と申上げる。夕暮の静かなのに、空の様子がひどくもあわれで、御前の前栽の草花も枯れ枯れになり、虫の音も鳴き細って、紅葉が次第に色づいて来るなど、絵に描いたように面白いのを見渡して、右近は思いの外に面白い御辺りに立ちまじっていることであると思い、あの夕顔の宿りを思い出すのも恥かしい。竹の中に家鴿という鳥が、無器用に鳴いているのをお聞きになり、君はあの前の御邸で、この鳥の鳴いたのを、女がひどく怖ろしく思った有様が、面影となって可愛らしく思い出されるので、「年は幾つでいらしたのだ。妙に、並み外ずれてか弱い形にお見えになったのも、このように命の長くないしるしだったのだ」と仰せになる。「十九で入らっしゃいましたでしょう。右近▼116は、亡くなりました御乳母の残して行きました者で、三位の君▼117がお可愛がり下さいまして、あの方のお側を離さずにお育て下さいましたことを思い出しますと、何うしてこの世にながらえておられましょう。『いとしも人に▼118』と思いまして悔しゅう存じます。果敢なげにして入らした方のお心を、頼もし人と致しまして、年頃お馴れ申して来たことでございます」と申す。「果敢なげなのが、女は可愛ゆいことだ。分別ありげにして人に従わないのは、ひどく気にくわないものだ。自分がはきはきせず、確りしていない性分のせいで、女は唯柔和で、ともすると人に欺されそうなのが、さすがに用心深くして、連れ添う者の心に従うというのが可愛ゆくて、此方の望み通りに教えて添って行くと、懐かしく思えることだろう」など仰しゃると、「そうした方のお好みには、かけ離れては入らせられなかったと存じますにつけても、残念なことでございましたよ」といって泣く。空が曇って来て、風

が冷たくなって来たのにつけ、君は染々と空をお眺めになって、

見し人の煙を雲とながむれば夕べの空も睦まじきかな[119]

と独りごとを仰せになるけれど、右近は御返歌も申上げない。女君が若しこうして生きてお出でになったならばと思うにつけても、胸が塞がる気ばかりする。耳にやかましかった砧の音を、お思い出しになるのでさえ恋しくて、君は『正に長き夜』[120]とうち誦してお臥みになられた。

あの伊予介の家の小君が参る折があるけれども、君は格別に、以前のようなお言伝もなさらないので、女は、我をつれない者だとお思い切りになってしまったのを、お気の毒に思っているに、此のようにお煩いになるのを聞いて、さすがに打嘆いた。遠く伊予へ下ろうとするのも、さすがに心細いので、お忘れになってしまわれたのかと、試みに、

「御病気の由を承って悩んではおりますが、言葉に出しては申せませんので、

問はぬをも何どかと問はで程ふるにいかばかりかは思ひ乱るる[121]

『益田』[122]は、本当でございます」

と申上げた。君は、珍らしいので、これも哀れをお忘れにならない。

「『生ける甲斐なき』[123]というのですか、それは誰が云いたい事なのでしょうか。

空蟬の世は憂きものと知りにしを又言の葉にかかる命よ[124]

果敢ないことですよ」

と、御手が慄えるので、乱れ書きになされたのが、益々お美しいようである。君がまだあのも脱けの事[125]をお忘れにならないのを、女はお気の毒にも面白くも思った。此のように憎くはなくものを云いかわしはするけれども、女は直接にとは思いも寄らず、さすがに云う甲斐のない情知らずではないと御覧を得て、打切ろうと思うのである。あの片方の娘[126]は、蔵人少将を通わせているとお聞きになる。怪しいことよ、何んな気がしているだろうと、少将の心の中も気の毒に、又あの女の様子もゆか

しいので、小君を使として、

「死ぬ程に思っている心は知っていらっしゃいますか」と云ってお遣りになる。

ほのかにも軒端の荻を結ばずば露のかごとを何にかけまし[127]

長い荻の枝に結び着けて、内々で渡せと仰せにはなったが、小君が過って、少将もそれを見付けて、相手の男は自分であったと思い合せたならば、それにしても咎は許すのだろうと思うお心驕りは、筋の立たないことである。小君は、少将のいない折に見せると、女は辛いこととは思ったけれども、このようにお思い出しになったのもさすがに嬉しくて、御返事は、口疾い詠み口だけを言訣にして渡す。

ほのめかす風につけても下荻の半は霜に結ぼほれつつ[128]

手は下手なようであるのを、紛らわして、洒落れて書いてある様は、品がない。灯影で見た顔をお思い出しになられる。打解けずに対っていた[129]人の方は、疎み切れない様もしていたことであったよ、此方[130]の女は何の心用意もなく、はしゃいで、好い気になっていたことだったとお思い出しになるにつけて、憎くはない。やはり懲りずまに、又も仇な評判の立ちそうな[131]お心すさびのようである。

かの女の四十九日を、忍んで比叡の法華堂で、事を略かず、装束を始めとして、然るべき布施を細かに揃えて、誦経をおさせになる。経や仏の荘厳まで粗略ではない。惟光の兄の阿闍梨が、ひどく高徳の人で、此の上もなく行った。君の御学問の師で、睦まじく思召す文章博士[132]を召して、願文[133]をお作らせになる。誰ともいわず、あわれに思った人が、果敢ない様になったのを、阿弥陀仏にお譲り申上げる由を、君があわれにお作りになったので、博士は拝見して、「このままで結構で、筆を加うるべき所が無いようでございます」と申す。君は怺えていられたが、御涙がこぼれて、ひどく悲しくお思いになったので、博士は、「何ういう人であろう。誰とも世に聞えもなくて、このようにお思い嘆きになられる程だったのは、宿世の尊いことであるよ」と云った。忍んでお拵えになった装束の袴

をお取寄せになって、

泣く泣くも今日は我が結（ゆ）ふ下紐をいづれの世にか解けて見るべき[134]

此の頃までは魂が中有（ちゅうう）に漂っているが[135]、今は、何れの道[136]に定まって赴（おもむ）くことであろうとお思いやりになりつつ、君は念誦（ねんず）をひどく染々（しみじみ）となされる。頭中将を御覧になるにつけても、君は訳もなく御胸が騒いで、その撫子（なでしこ）[137]の生（お）い立つ有様を聞かせてやりたいのであるが、恨み言に怖じて、お云い出しにはならない。

あの夕顔の宿では、何所（どこ）へ行かれたのだろうと案じ惑うけれども、それきりにお捜しすることが出来ず、右近までがおとずれをしないので、不思議な事と嘆き合っていた。確（たしか）とは云えないが、御様子では源氏の君ではなかろうかと囁き合っていたので、惟光を恨んだけれども、全く懸け離れて、無関係なことに言い拵えて、やはり以前と同じように浮かれ歩いているので、ますます夢のような気がして、或（あるい）は受領（ずりょう）[138]の子の好色なのが、頭の君[139]をお怖れ申上げて、そのまま任国へ連れて下ったのだろうかと思い寄せていた。この家の主（あるじ）は、西の京にいる乳母（めのと）の娘[140]であった。その子は三人あって、右近は他人であったので、隔てをつけて、女君の御有様を聞（きか）せないのであるといって、泣いて恋（こ）いしがっていた。右近も亦（また）、やかましく云い騒がれることを思い、君も今更に世間に漏れるようなことはしまいとお思いになったので、若君[141]の様子さえも聞くことが出来ず、呆れるほどに成り行きが分らずに過ぎて行く。

君は、せめて夢にでも女君を見たいとお思い続けになっていられると、その法事をなされた翌夜、ほのかに、あの以前の御邸で見たとおりに、立ち添っていた女の、有様も同じようでお目に見えたので、荒れた家に住んでいた鬼の、自分に魅入（みい）った序（ついで）に、あのような事になったのだと、お思い出しになるにつけても気味悪いことである。

伊予介は十月の朔日（ついたち）頃に任国へ下る。女房の下ることだからと、君は餞別を手厚くなさる。又内々でも、態々(わざわざ)御用意なさって、細やかに面白く細工をした櫛▼142や扇▼143を多くして、幣(ぬさ)▼144などもひどく態と拵えたものらしくて、あの小袿(こうちぎ)▼145もお遣わしになる。

逢ふまでの形見ばかりと見し程にひたすら袖の朽ちにけるかな▼146

細々(こまごま)とした御言葉も添えていたが、面倒だから書かない。御使は帰ってしまったけれど、女は小君を使にして、小袿の御返事だけを申上げさせた。

蟬の羽も裁(た)ちかへてける夏衣(なつごろも)かへすを見ても音(ね)は泣かれけり▼147

思ってみたけれども、怪しい程にも、人には似ない心強さで、離れてしまった事であるよと、君はお思いつづけになる。今日は立冬の日であったのに似合わしく、時雨(しぐれ)が来て、空の様子がひどくあわれである。君は眺めくらされて、

過ぎにしも今日別るるも二道(ふたみち)に行く方知らぬ秋の暮かな▼148

やはり此のように、人に知られないことは、苦しいものであったよとお思い知りになった事であろう。このようなくどくどした事柄は、ひたすらにお隠れになり、お忍びになって入らっしゃったのもお気の毒で、みんな漏らして書かずに置いたのに、何だって帝の御子だからといって、その関係なされた女までも、欠点の無い者にして、褒め勝ちにするのだといって、この物語を作り事らしく取り做す人がいられるので、残らず書くことにした。余りにも物言いのさがない咎は、逃げ場所もない事で。

▼1　六条御息所のこと。六条に住まわれるのでこう呼ぶ。前の東宮の未亡人で二十四歳、源氏より七歳年長である。

▼2　中途で休息する家。

▼3　源氏を育てた乳母の一人。夫が太宰大弐なので、こう呼ぶ。

▼4　重病の命乞いのため法体となる。

▼5　大弐の乳母の子、源氏の手足となっている従者。
▼6　檜の薄板を網代に組んだ垣。
▼7　蔀は格子の裏に板を張ったもの。半蔀は、上半分を釣上げるようにし、下半分は板張にしてあるもの。
▼8　間は柱と柱との間をいう。
▼9　「世の中はいづこかさしてわがならん行きとまるをぞ宿と定むる」という古今集の歌によっている。
▼10　柱に板を横に切懸けて塀としたもの。外からは見えずに、風が通うようになっている。
▼11　「うち渡す遠方人に物申すわれ、その其処に白く咲けるは何の花ぞも」という古今集の旋頭歌。原歌は白梅の花であるが、ここでは夕顔に借りている。
▼12　朝廷から貴人に賜わる警衛の武士。近衛の舎人で剣弓箭を持っている。
▼13　敷居の上を開けたてする戸。
▼14　練らぬ絹で紗のような類。
▼15　比叡山の僧。
▼16　惟光の妹婿。
▼17　弥陀仏の来迎で、それによって極楽浄土に往生する。
▼18　極楽往生に上中下の三階級があり、その各が更に上中下の三生に分れている。ここは上品上生で、最高の往生をいっている。
▼19　「世の中にさらぬ別れのなくもがな千代もと祈る人の子のため」という業平が母に贈った歌による。
▼20　加持祈禱。
▼21　室内用の松明。松の木を一尺五寸ほどに丸くけずり、先端は炭でこがして油をぬり、手もとは五分ほどの紙屋紙で巻いてあるもの。
▼22　推量で、確かにそれであろうと思って見ることです。夕方の白露が、光を添えている夕顔の花を。（「夕顔」を源氏に譬えてある。その上では三句以下は、夕方のほの明るさが光を添えている花の如き夕べの顔をの意）

▼23 揚名は官名だけ有って、実際の職掌も俸禄もないことで、介は次官。
▼24 近寄って、それか何うかを確かめるべきである、たそがれの光にほのかに見たというその夕顔の花は。
（「夕顔の花」は、同じく源氏に譬えたもので、夕べの顔の美しさの意）
▼25 六条御息所の邸。
▼26 女の礼装で、唐裳の上につける上裳。
▼27 雨夜の品定に馬頭らが論じたもの。
▼28 軒端荻。
▼29 「空蟬」の巻に既出。
▼30 左大臣家。源氏の正妻の実家。
▼31 源氏は十七歳、御息所は二十四歳。
▼32 御息所の侍女。
▼33 咲き出す花に心が移って行くという評判は、つつましくはあるけれども、しかし折らなくては行き過ぎ難い今朝の朝顔の花である。（「朝顔」は中将の譬。朝の顔の美しさを持たせている）
▼34 朝霧の晴れる間をも待っていられない御様子で、まるで花にお心を留めないことだと見えます。（「花」は「朝顔」で御息所を譬えている）
▼35 主人のつかっている女の童。
▼36 裾を糸で括った袴。
▼37 「大友黒主は心はをかしくて、その様いやし。いはば薪負へる山人の、花の蔭に休めるが如し」という古今集序の言葉を採っている。
▼38 この巻の初めに現れた夕顔の宿。道に近く建てた長家で床が高い。
▼39 夕顔についている第一の女房。夕顔の乳母の娘。
▼40 頭中将。
▼41 桐壺に既出。

▼42　一言主神。役の行者がこの神に命じて葛城山と金峰山との間に岩橋を架けさせたが、この神の姿が醜くて、人目をさけるため一夜のうちに仕事を終えようとして果さなかった伝説がある。
▼43　貴人の平服。
▼44　近衛の中、少将の引きつれる童。
▼45　雨夜の品定に頭中将の話した常夏の女。少しさきの頁に再出。
▼46　「帚木」参照。
▼47　惟光自身のこと。この家の女房の一人に惟光も懸想しているからこういう。
▼48　惟光が五位なので、こう呼んでいる。
▼49　源氏の本邸。もと桐壺更衣の里。「桐壺」の巻の終りに出ている。
▼50　「打払ふ袖も露けき常夏に嵐吹き添ふ秋も来にけり」という夕顔の歌が「帚木」の巻にあるので、こう呼んでいる。
▼51　中秋名月。
▼52　柄の長い杵を足で踏んで搗くように仕掛けた臼。
▼53　白栲のこと。楮の木の繊維で織った布で、下層の者の常服とした。
▼54　新撰万葉集に「蟋蟀壁中通夕鳴」又「壁蛬家々音始乱」などとある。貴族は奥深く住まっているから、虫の声にも遠ざかっているのを、この家では端近に聞くのである。
▼55　役の行者の開いた吉野の金峰山に籠る修験者が、山に入る前に千日行う精進をいう。
▼56　未来の世に、出現して衆生を救うという弥勒仏のこと。釈尊滅後五十六億七千万年の世に出現するといわれている。行末の世の長い契を托していっている。
▼57　優婆塞の行っている道を案内として、貴方も、来世でもこの深い約束を違えたまうな。（「優婆塞」は、在俗の、男の仏弟子の総称）
▼58　玄宗皇帝と楊貴妃との事件。契を完うすることが出来なかったので、ここで忌み嫌っている。長生殿は華清宮の中の殿舎。長恨歌に「七月七日長生殿、夜半無人私語時、在天願作比翼鳥、在地願為連理枝」と

歌われている。
▼59　前の詩句によっている。「桐壺」に既出。
▼60　前世の宿縁の拙さが知られる現在の身の憂さを思うと、行末をかねての頼みなぞ致し難うございます。
▼61　別荘。
▼62　昔もこのように恋の道に人が惑ったことであろうか、私はまだ知らないしののめの道であることだ。
▼63　山の端が何ういう心でいるかも知らずに、そこに入ろうとして指して行く月は、中途で光が絶えることでもございましょう。（「山の端」を君に、「月」を自分に思いよせてある）
▼64　対の屋で、寝殿の西にある離屋。
▼65　夕顔と頭中将との以前の恋愛。
▼66　家司の下役。家司は親王摂関大臣など三位以上の家の家政を司る役。
▼67　正妻葵上の実家。
▼68　万葉二十の「鳰鳥（にほどり）の息長川は絶えぬとも君に語らむことつきめやも」を採っている。二人の語ることの尽きない意。
▼69　「里は荒れて人は古りにし宿なれや庭も籬も秋の野らなる」という、古今集の遍照の歌を採っている。
▼70　別棟の離屋。
▼71　布で覆面していること。
▼72　夕露に濡れて紐を解くこの花は、道を行くついでに貴方に見かけられたことのあった、それが縁になってです。（「紐解く」は、花の開く意と、源氏の覆面の紐を解いて顔を顕わすのとを掛けたもの。「花」は、「花の夕顔」と、歌で詠み懸けられたその花で、花の如き顔の意を持たせたもの。「玉ぼこ」は道の意）
▼73　夕顔の詠んだ「心あてにそれかとぞ見る白露の光添へたる夕顔の花」のことを云っている。
▼74　光があると見ました夕顔の花の上の露は、あれは夕暮時のよく見えないからの見損いなのでございました。
▼75　「白波の寄する渚に世をつくす海士の子なれば宿も定めず」という歌による。新古今集にある。

▼76 「海士の苅る藻に住む虫の我からと音をこそ泣かめ世をばうらみじ」という歌による。古今集にある。
▼77 禁中又は貴族で使う男の童。
▼78 鳴弦という弓弦を鳴らして妖魔を払うしぐさ。
▼79 夜警のために色々の声を発すること。
▼80 禁中の警衛の武士。
▼81 次の宿直奏と同じ。「桐壺」に既出。
▼82 廂の間と簀子との境の下長押で「空蟬」に既出。
▼83 藤原忠平が紫宸殿で鬼の腕を斬ろうとした話。
▼84 叡山の僧で、惟光の兄。この巻の初めに出た人。
▼85 ここの文章は、白氏文集の「梟鳴松桂枝」「日暮多旋風」の詩句によっている。
▼86 比叡山、延暦寺。
▼87 五条の夕顔の宿。
▼88 畳の上に敷く莚。
▼89 浜床の四隅の柱から帳を下げた御帳台で、寝台。
▼90 左大臣家の子息達。葵上の兄弟。
▼91 穢れにふれているので、客を坐らせずに、立たせたまま簾越しに応対するのである。
▼92 九月は斎月といって宮中に神事が多い月である。八月十六日に源氏は死人の穢れに触れたから三十日の喪に服さなければならないのである。
▼93 出さきで偶然穢れに触れること。
▼94 頭中将の弟。蔵人で弁官を兼ねている人。
▼95 右近。
▼96 五条の夕顔の宿に残っている侍女達。
▼97 惟光の妹。

▼98 惟光の母。源氏の乳母。
▼99 二条院の女房。
▼100 東山の麓の火葬場の在る所。
▼101 夜の十時から十二時までの間の勤行。
▼102 観音堂のある所。
▼103 惟光の父の乳母。
▼104 高徳の僧の意で、一般に僧侶をいう。
▼105 鴨川堤。
▼106 「桐壺」に既出。
▼107 前出。
▼108 はじめて夕顔と歌の贈答をした夕暮。
▼109 十三仏を七日七日に画に描いて亡者のために供養することといわれる。
▼110 「桐壺」に出ている。
▼111 頭中将が三年通ううち、二年目に娘（玉鬘という）が生れ、三年目に姿を消し、四年目の今、源氏との事件が起きた。
▼112 「帚木」に書かれている。
▼113 頭中将の正妻の家。
▼114 実父にあたる頭中将。
▼115 夕顔の形見であり又正妻の兄の子だから姪にも当るのを云っている。
▼116 話をしている当人。
▼117 前に出た三位中将。夕顔の父。
▼118 「思ふとていとしも人に馴れざらむしかならひてぞ見ねば恋しき」という歌を指している。拾遺集にある。

▼119 相逢っていた人の火葬の煙が、あの雲になったのだと思って眺めると、雲の立つ夕べの空までも睦まじいことである。

▼120 白氏文集の「八月九月正長夜、千声万声無止時」という句を引いている。

▼121 私の問わないのを、何故に問わないのだとお問いにならずに時が経って行くので、私は何のようにか嘆き乱れたことでございましょう。

▼122 「ねぬなはの苦しかるらむ人よりも我ぞ益田のいける甲斐なき」という拾遺集の歌を採る。益田の池は大和の高市郡にある。

▼123 前の歌の言葉による。

▼124 空蟬の世の、貴方との仲は憂いものと知ってしまったのに、又もこのような言葉に頼みをかける我が命であるよ。

▼125 空蟬が脱ぎすてて逃れた小袿。「空蟬」参照。

▼126 軒端荻。

▼127 そっとでも、軒端に生えている荻の葉を結んで、将来の幸を祈ったのであるが、それがなかったなら、現在のあなたの有様に対して聊かの恨みでも、何につけていいましょう。(「結ぶ」は、契を結ぶ意の暗示。「露」、「かけ」は「荻」の縁語。「かごと」は、人を通わせている恨みの暗示)

▼128 ほのかに吹いて来る風につけても、荻の下葉の半分は、霜に結ぼれ結ぼれしています。(「ほのめかす風」は、聊の風の便りで、君よりの手紙。「下荻」は、自身の譬。「霜に結ぼほれ」は、悲しみに心の結ぼれる暗示)

▼129 空蟬。碁を打っていた場面。

▼130 軒端荻。

▼131 「こりずまに又も無き名は立ちぬべし人にくからぬ世にしすまへば」という古今集の歌によっている。

▼132 大学寮に属して、詩文と歴史とを掌る。

▼133 仏事の時施主の願いを記して仏に奉る文。

▼134　泣きながらも今日は、人とは逢うなという心をもって我が結ぶこの下紐を、何れの世で再び解いて、心も打解けて相見ることであろうか。(「解け」は懸詞)
▼135　四十九日までを中有、中陰といって、魂が迷っているとされている。
▼136　死者のおもむくという六道。
▼137　頭中将と夕顔との間に生れた娘。
▼138　地方長官。国守。
▼139　頭中将。
▼140　娘が三人有って、長女がこの家の揚名介の妻になっている。
▼141　西の京の乳母のもとにいる夕顔の娘。
▼142　物の滞った所に筋をつける物。
▼143　扇は逢うという意のある物で、贈物として祝いの心があるといわれる。
▼144　旅行の時道祖神に手向けるもので、色々の紙、絹で拵えてある。
▼145　空蟬の脱ぎ忘れて行ったのを源氏が大切に保存していたもの。
▼146　逢うまでの間の身代りとして見ていた中に、まるきりその袖は、逢い難い嘆きの涙を拭うので朽ちてしまったことであるよ。
▼147　蟬の羽のように薄いのも、今は裁ち換えてしまった頃の夏衣です。それをお返しになるのを見るにつけても、お心が思われて、声を立てて泣かれることでございます。(「かへす」は、「衣」の、「音」は、「蟬」の何れも縁語)
▼148　過ぎて行った秋も、今日別れる秋の暮も、それぞれの道に向って行ってその行く方の知られない秋の暮ではある。(「過ぎにし」は、立ちかわった秋、「今日別るる」は、秋の最後の日の意のもので、死んで別れた夕顔と、生きて別れる空蟬とを暗示したもの)

若紫

君は瘧病[1]をお煩いになられて、様々にまじなったり、加持[2]をしたりなどなされたけれども、験がなくて、何度もおふるいになられたので、或人が、「北山の某[3]寺という所に、すぐれた行者がおります。去年の夏も世間に流行りまして、多くの行者達がまじないかねておりましたのに、その行者で、直ぐに落した人が大ぜいございました。こじらかしてしまうと困るものでございますから、急いでお試しになることでございます」と申上げたので、君はお召しに遣られると、「すっかり老いてしまいまして、室の外にも出られませんでございます」と申したので、「何うしたものだろう、忍んで行こう」と仰せになって、お供には親しい者四五人ほどで、まだ暁時にお出ましになる。そこは、やや山深く入った所であった。三月の末なので、京の花盛りはみんな過ぎていた。山の桜の方はまだ盛りで、深く入っていらっしゃるにつれて、霞の様子も面白く見えるので、こうした景色はお見馴れにならず、窮屈にしていられる御身のこととて、珍らしくお思いになった。

寺の有様もまことに趣が深い。峰が高く、深い巌の内に、聖は籠って居るのであった。君はそこにお登りになって、誰ともお知らせにならず、至ってひどくお窶しになっていられるが、それとはっきり分る御有様なので、聖は、「これは勿体ない。先頃お召しになったお方でございましょうか。今は此の世の事は思って居りませんので、修験[4]の行も棄てて、忘れておりますのに、何うしてこのようにお越しになったのでございましょうか」と驚き騒いで、にこにこしながらお見上げ申上げる。ひどく尊い大徳▼5なのである。然(しか)るべき御符を作ってお飲ませ申上げる。加持などをしてお上げ申している中(うち)に、日が高くさし上った。君は少しお出ましになってお見渡しになると、此処(ここ)は高い所なので、ここかしこの僧坊などが隠れなく見下(みお)ろされる。「すぐ此の九十九折(つづらおり)の下に、同じ小柴垣だが、立派に結(ゆ)いまわして、小綺麗な屋や廊を建て続けて、木立がひどく趣のあるのは、あれは何ういう人が住んでいるのであろうか」とお尋ねになると、お供の者が、「あれこそ某(なにがし)の僧都(そうず)が、この二年間籠もっている坊でございます」「それでは、心恥ずかしい人の住んでいる所なのだ。余りにも変に窶(やつ)してしまったことだよ。聞きつけるかも知れない」などと仰せになる。小綺麗な女の童(めのわらわ)が大ぜい出て来て、閼伽(あか)▼6を汲み、花を折りなどするのもありありと見える。「彼所(あすこ)に女がおりますよ、僧都は、よもやそうした者はお持ちにはなるまいのに、何ういう人であろうか」とお供の者が口々にいう。下りて行って覗く者もある。美しそうな女どもや、若い女や、女の童が見えるという。

　君は行法を続けさせられつつ、日が闌(た)けて来るままに、病気は何うであろうかとお思いになっていられると、お供の人は、「いろいろにしてお紛らしになって、余りお気になさらない方が宜(よろ)しゅうございます」と申上(もうしあ)げるので、後(うしろ)の山にお出になって、京の方を御覧になる。「遥々(はるばる)と霞み渡って、四方の梢(こずえ)がどこともなく煙(けむ)り渡っている工合(ぐあい)は、絵によく似ていることだな。こういう所に住んでいる人は心に残る思いなどはあるまいよ」と仰せになるので、「この辺は景色が至って浅うございます。地方の国にあります海や山の有様を御覧になりましたならば、何んなにか御絵がお見事におなりになることでございましょうか。富士の山や、それから某の岳」などとお話し申す者もある。又西の国の面白い浦々や磯のことなどを云い続ける者もあって、様々にお紛らわし申す。「近い所では、播磨の明石の浦は、これはやはり格別な所でございます。何処(どこ)と申して飛び離れた所はございませんが、ただ海の面(おもて)を見渡しします様子が、不思議にも余所(よそ)とはちがって、のんびりとしたところでございます。

その国の前の守の新発意が、▼7娘を大事に冊いております家は、ひどく大層なものでございます。大臣の末で、出世もできるべき人でございますが、珍しい変り者で、人附合も致しませず、近衛の中将を捨てて、願って戴いた役でございますが、その国の者にも少し蔑られまして、『何の面目があって再び都へ帰ろうか』といって、頭もおろしましたのでございますが、少し奥まった山住みもいたしませず、そうした海辺に出て住んでおりますのは、変っているようではございますが、ほんにあの国の中には、そうした人の籠るべき所は沢山ありますものの、山深い里は人離れがしてもの凄く、若い妻子が辛がりそうなので、旁々自分の心遣りにもしている住居でございます。先頃彼方へ下りました序に、有様も見ようと寄りましてございますが、京でこそは失意のようでございましたが、その辺を広く占めて、厳めしく家作りをしております様は、何と云っても、国の守の力で為て置いた事でございますから、余生を豊かに過して行ける用意も十分にしているのでございます。後世の勤行もひどくよくしまして、却って法師まさりをしている人でございます」と申すと、君は、「それで、その娘の方は」とお尋ねになる。「悪くはございません。容貌も心用意も揃っております。代々の国司などが、用意を格別にして、懸想の気持を見せますのでございますが、決して受けつけません。自分の身がこのように甲斐なく沈んでいるのさえ残念なのに、子といってはこの人一人だけだ。お前について思っていることは、世間並みとは異っている、もし私に先立たれて、その志が叶わず、この思い残している運がくい違ったならば、海に入りなさいよと、ふだんに遺言をして置くのでございます」と申し上げると、君も面白いこととお聞きになる。人々は、「海竜王の后となるべき秘蔵娘なのであろう。気位の高さが気の毒だ」といって笑う。この話をした者は、播磨守の子で、蔵人から今年爵▼8を得た者なのである。「あれは、ひどい好色の者だから、その入道の遺言を破ろうとする気がきっとあるのだろう。それで様子を窺いに寄るのだろう」などと人々は言い合った。「さあ、そうは云っても、田舎めいていることだろう。幼い時からそういう所に育って、昔風の親にばかり従っていたろうから」「母親の方は由緒ある人であろう。身分のよい若い女だの、女の童などを、都の貴い所々から、縁をたどって尋ね取って、眩ゆい程に娘にかしずかせている」「情を知らない者になって行ったなら、そのように気安くしては置かなかろうに」などいう者もある。君は、「何ういう心があって、海の底までなどと深くも思い込んだのであろう。底の海松藻も[9]煩いのに」など仰せになって、一通りならずゆかしくお思いになった。そのような者に対しても、普通とちがって、ひねった事のお好きなお心であるから、御耳に留まったことだろうと人々はお見上げ申す。「暮れかかって来ましたが、慄えがお出にならなくなったようでございます。もうお帰り遊ばしませ」と人々が申すのに、大徳は、「御物怪なども加わっている様で入らっしゃいましたから、今夜はやはり静かに加持など申上げまして、お帰りなさいませ」と申す。それも尤もの事と皆々申す。君も、こうした旅寝はお馴れにならないことなので、さすがに面白くて、「それでは暁に」と仰せになる。

日もひどく永くて徒然なので、君は夕暮の深く霞んだのに紛れて、その小柴垣のもとにお出になられる。人々はお帰しになって、惟光だけをお供にしてお覗きになられると、直ぐその西向きの面に、持仏[10]をお据え申して、勤行をする尼がいるのである。簾を少し上げて、花を奉っているようである。中の柱の下に寄って、脇息の上に経を置いて、ひどく悩ましそうにして読んでいる尼君は、並々の人とは見えない。四十余りで、色はひどく白く、上品で痩せているけれども、顔だちはふっくらとして、目もとのあたり、髪の美しく切られている末なども、却って長くしているよりも、此の上なく当世風なことであるよと、あわれなものに御覧になる。小綺麗な侍女が二人ばかりと、それから女の童だけが、出たり入ったりして遊んでいる。その中に、十ばかりであろうと見えて、白い衣に、山吹色の著馴れた衣を上に著て、走って来たところの女の子は、大勢見えた子供には似るべくもなく、生い先の思いやられる、美しい器量である。髪は扇を拡げたように房々として、顔は擦ってひどく紅くして立っている。「何うしたのです。女童と喧嘩をなさったのですか」といって、尼君は見上げたが、少し似通った所があるので、この人の子なのであろうと御覧になる。「雀の子を犬君(いぬき)が▼11逃してしまいました。伏籠(ふせご)▼12の中に入れておきましたのに」といって、ひどく口惜しいと思っていた。その控えていた侍女の一人が、「例(いつも)の心無しが、そんな事をして叱られるのは、ほんとうに好かぬことです。何所(どこ)へ逃げたでしょう。ひどく可愛(かわ)ゆらしく、だんだんになって来ましたのに。烏などが見附けることでしょう」といって、立って行く。髪が房々と長く、みにくくない人のようである。少納言の乳母(めのと)と人の呼んでいるらしいのは、この子の後見(うしろみ)なのであろう。尼君は、「まあ、何という幼なさでしょう。云う甲斐なく入らっしゃることですね。私がこのように、今日明日になった命になっているのを、何ともお思いにならないで、雀をお慕いになっているというのは。罪になる事だと、いつもお聞かせしているのに、厭(いや)なことを」といって、「此方(こちら)へ」というと、跪(ひざまず)いていた。顔つきがひどく可愛らしげで、眼もとの辺りが美しく、あどけなく掻き遣った額髪や、髪の生え振りが非常に美しい。人となって行くさまのゆかしい人であるよと、お目がお留まりになる。それというが、限りなく心をお尽し申上げる方にひどくよく似て入らせられるので、見詰められるのであるとお思いになるにつけても涙が落ちることである。尼君は髪を撫(な)でながら、「梳(くしけず)ることもおうるさがりになるのであるが、好い御髪(みぐし)ですよ。ほんに他愛なく入らっしゃるのが、おかわいそうで気懸(きがか)りなことですよ。これ程のお年になると、こんなではない方もありますのに、故姫君▼13は、十二で殿▼14にお別れなされた頃は、すっかり物がお分りになってお出(い)ででしたよ。唯今(ただいま)私がお先立ち申したなら、何うして世にいようとなさるのでしょうか」といって、ひどく泣くのを御覧になるのも、君はそぞろに悲しい。幼心地にも、さすがに尼君を見詰めて、伏目になってうつむいていると、こぼれて懸って来る髪が、艶々(つやつや)として愛(め)でたく見える。

尼君、

生ひ立たむありかも知らぬ若草をおくらす露ぞ消えむ空なき▼15

今一人いた侍女は、ほんにといって泣いて、

初草の生ひ行く先も知らぬ間にいかでか露の消えむとすらむ▼16

と申上げている中に、僧都▼17が彼方から出て来て、「此方は外からまる見えでございましょう。今日に限って端においでなされたのですね。この上の聖の許に、源氏の中将が瘧病の呪いにお越しになったのを、唯今聞き附けたことです。大変お忍びであったので、存じ上げられませんで、ここに居りながら御挨拶にも参りませんでした」と仰しゃると、「それは大変です。ひどくみっともない様を人が見たのでしょうか」といって、簾を下した。「世間で大騒ぎをしていられる光源氏を、こうした序に御覧になりませんか。世を捨てた法師の心にも、すっかり世の愁えを忘れて、命も延びるお有様です。さあ御便りを申上げましょう」といって立つ音がするので、君はお帰りになられた。あわれな人を見たものであるよ、これだからあの好色者どもは、こうした忍び歩きばかりして、よく飛び離れた人も見出すのである。たまさかに出懸けてさえ、此のように思いの外の事を見るのであるよと、面白くお思いになる。それにしても、如何にも美しかった稚児ではある、何ういう人であろう、あの方の御代りに、明け暮れの慰めに見たいものであるという心が深くも附いた。

　君は、臥して入らせられると、僧都の御弟子が来て、惟光を呼び出させる。狭い所なので、君にもそのまま聞えて来る。「お通り越しになられました由を、唯今人が申すので、驚きながら参上いたすべきでございますが、某が此の寺に籠もっておりますことは御存じ下さりながら、お忍びになられましたことを、恨めしく存じまして。草の御席も、手前の坊に御設けいたすべきでございます。まことに本意ないことでございまして」と申された。君は、「去る十日余りの頃から瘧病を煩いまして、度重なって堪え難うございますので、人の教えるままに、俄に尋ね入りましたが、あのようなる人が験を現わさない時は、工合の悪いことも、並々の人よりはお気の毒なことと遠慮いたされまして、ひどく忍んだのでございます。後ほど其方へも」と申させられた。早速僧都が参られた。法師ではあるが、ひどく心恥ずかしく思われる。人柄も貴く、世間からも重く思われていられる人なので、君は

軽々しく、御有様を工合悪くお思いになる。此のように籠もっている間の御物語などを申上げられて、

「同じような柴の庵ではございますが、少し涼しい水の流れもお目に懸けとうございます」と、懇ろに申し上げるので、君はあのまだ見ない人々に、仰々しく言い聞かせたのを、恥ずかしくお思いになるが、可愛かった稚児の有様も気懸りになるので、お越しになられた。ほんにその坊は、用意が格別で、趣もあって、同じ山の木草も植えなしてある。月の無い頃なので、遣水に篝火をともし、灯籠にも火を入れてあった。南面をひどく清らかにお飾りになっていた。空薫香[18]がゆかしくかおり出して、名香のにおいも満ちているのに、君の衣の薫香の御追風の香までもひどく格別なものなので、家の人々は心づかいをすることであろう。僧都は世間の無常なものであるお話、後世の事などお話し申上げる。君は御自分の罪の程が怖ろしく、よからぬ事を心に染ませて、生きている限り、その事で思い悩むのであろう。まして後の世の罪は、ひどい物であろうとお思い続けになって、このような住まいをしたいものだとお思いになるものの、昼間見た面影が心に懸っていて恋しいので、「ここにお住いになって入らっしゃるは何方ですか。お尋ね申したい夢を見たことがあったことです。今日そのことを思い合せたのです」と申されると、僧都は笑って、「率爾な御夢語でございますな。お尋ねになりましても、御心劣りがなさいますことでしょう。故按察の大納言は、亡くなって久しいことでございますから、御存じではございますまい。その北の方は、手前の妹でございます。その按察が亡くなりました後、世を捨てましてございますが、此頃病気を致しておりまして、手前が此のように京にも[19]出ずにおりますので、頼み所にして籠もっておりますのでございます」と申上げる。「その大納言にお娘があられると伺っていましたが。好色好色しい心からではなく、真実で伺うのです」と推量で仰せになると、「娘がただ一人でございました。亡くなってからもう十年余りになりましょうか。故大納言は内裏に奉りたいなど申して、大切に育てておりましたのに、本意のようにも致せませずに亡くなりましたので、ただその尼君一人で扱っておりますに、何ういう人の媒ですか、兵部卿宮が、

内々にお通いになるようになりましたのに、以前からの北の方が、貴い出のお方で、辛い事が多うございまして、明け暮れ嘆きをして、亡くなりましてございます。嘆きから病気になるものだという事を、目に近く見ましてございます」など申される。それではその子なのであると、お思い合せになった。宮のお血筋[20]で、それであの御方にもお似通いしているのであろうかと思うと、いよいよ可愛ゆくて、我が物としたくなり、身分も貴く人柄もよく、生中（なまなか）の小賢（こざか）しい心もなくて、一緒にいて、我が思い通りに教えて育てて見たいものだとお思いになる。「まことにお気の毒な事ですな。その方は、後に残された形見もありませんか」と、あの幼かった子のことを、もっと確かに知りたくてお尋ねになられると、「亡くなりました頃にございました。それも女でございます。それにつけましても、それが物思いの種になりまして、尼君は齢の末に嘆いておられるようでございます」と申上げる。あれはそれだからのことだとお思いになられる。「変な事ですが、私を幼い人の御後見（みうしろみ）にお思い下さるようにお話し下さいませんでしょうか。思う所がございまして、行き拘（かか）ずらう方もございますものの、心に染まぬとでも申すのでございましょうか、独住（ひとりず）みでばかりおります。まだ似合わしからぬ年だと、世間並の者にお准（なずら）えになって、はしたなくお思いになりましょうか」などと仰せになると、「まことに嬉しい仰せではございますが、まだ一口に頑是（がんぜ）ないようでございますので、弄（もてあそ）びとして御覧になる訳にもまいりかねましょうか。そもそも女は、人に保護されて一人前におなりになる物なので、手前には立ち入っての取計いは出来ません。あの祖母（そぼ）の北の方に相談いたしまして、御返事を申させましょう」ときっぱりと云って、厳めしい様をされるので、君は若いお心に恥ずかしく、よくはお話はお出来にならない。「阿弥陀仏（あみだほとけ）の入らせられる堂に、致す事のございます時刻です。初夜（そや）[21]をまだお勤めしておりません。済してお伺い致しましょう」といって、堂へ昇って行かれた。

　君は御気分がひどく悩ましいのに、雨が少し降り濺（そそ）いで、山風が冷やかに吹いているにつけ、滝の轟（とどろ）きも勝（まさ）って来て高く聞える。少し眠そうな読経（どきょう）の声が、絶え絶えに凄（すご）く聞えて来るなど、浮き浮きした心を持った人でも、所柄ものあわれである。まして君は、お思いめぐらしになる事が多くて、微睡さえもお出来にならない。初夜とはいったけれど、夜もひどく更けてしまっている。内の方でも人の寝ない様子が明らかで、ひどく忍んではあるが数珠の脇息に触れて鳴る音がほのかに聞え、なつかしい衣摺の音も、上品であるとお聞きになって、其方との間も幾らもなく近いので、外に立て続けてある屏風の、中程を少し引き開けて、扇を鳴らしてお召になると、内の女房は、思寄らない気がするようではあるが、聞き知らないようには出来ようかと思って、いざり寄って来る人があるらしい。少し身を退かせて、「変ですこと。聞き損いか知ら」と躊躇しているのをお聞きになって、君は「仏の御導は、冥途へ入っても、決して間違わないものですのに」と仰せになる御声が、まことに若く上品なので、女房は御返事をする声づかいも恥ずかしいけれど、「何ういう方への御導でございましようか。分りかねまして」と申上げる。「ほんに、率爾なことだとて、お迷いになるのも尤もですが、

初草の若葉の上を見つるより旅寝の袖も露ぞかわかぬ▼22

と申上げて下さいませんか」と仰せになる。「全くこのような御消息を、お聞き分けになる方の入らっしゃいません事は、御承知のように存じられますが、何方に」と申上げる。「自然、然るべき訳があって申すのだろうと、お汲み取り下さいまし」と申されるので、女房は入って尼君に申す。まあ、当世風な。この児が、物ごころの附いた者だとも思召すのだろうか。それにしても、この若草のことを、何うしてお聞きになったのだろうかと、色々不思議なので心も乱れて、久しくお返歌をしないのは、情のないことと思って、

枕結ふ今宵ばかりの露けさをみ山の苔にくらべざらなむ▼23

乾難うございますのに」と申上げられる。君は「このような人伝での御消息は、まだ決して伺ったこともなく、知らないことでございます。恐れ多いことですが、こうした序に、しんから申上げたい事がございます」と申されると、尼君は、「何うして、間違ったことをお聞きになって入らっしゃ

るだろうか。ひどく極りの悪いような御様子なのに、何とも御返事の申そうようもないのに」と仰せになると、女房達は、「それでは無作法だと思召しましょう」と申上げる。「ほんに、若い人だったら極りも悪かろう。真実に仰しゃって下さるのは忝い」といって、其方へおいざり寄りになられた。君は、「率爾なことで、浅はかだと御覧になりそうな場合ではございますが、心ではさようには思っておりませんので、仏は自然」といって、尼君のよい年輩であるのに、極り悪く遠慮をされて、早速には云い出し得ずに入らせられる。「ほんに思い懸けません場合に、此れ程までに仰せ下さるのを、浅くは何うして」と仰せられる。「お気の毒に承るお有様でございますのに、お亡くなりになられました方[24]の御代りに、[25]私をお思い做し下さいませんでしょうか。私も、何も分らない程の年で、睦まじくしてくれるべき人に残されてしまいましたので、変に落着けないようにして、年月を重ねていたことでございます。同じような有様で入らせられるので、同類扱いにして戴きたいと、心から申上げたいのでございますのに、そういう機会も得難くておりましたので、思召も憚らず、いい出します次第でございます」と申上げられると、「まことに嬉しく伺うべきお言葉でございますが、お聞き違い遊ばされている事がございましょうかと、御遠慮申されます。つまらないこの身一つを、頼みとしております人がございますが、ほんのまだ何も分らない程の者でございまして、お目許しも願われません者なので、承り置く事も出来なかったのでございます」と仰せられる。「すべてくわしく承っておりますのに、窮屈に御思案なさいませんで、お思い申し様の異っております心の程を御覧下さいましよ」と申されるけれど、尼君はひどくも似合わないことを、そうとは御存知なく仰せになるのだとお思いになって、心解けての御返事もない。僧都が帰って来られたので、「どの道、此のように申上げ初めましたので、ひどく頼もしく思います」といって、屏風をお引き立てになった。

暁方になったので、法華三昧[26]を行う堂の懺法[27]の声の、山おろしの風に乗って聞えて来るのが、まことに尊く滝の音と響き合っていた。君、

吹き迷ふみ山おろしに夢さめて涙催す滝の音かな[28]

僧都、

さしぐみに袖濡らしける山水に澄める心は騒ぎやはする[29]

耳馴れておりますせいでしょうか」と申上げられる。明けて行く空は、まことに深く霞んで、山の鳥どもも、何所ということもなく囀り合っていた。名も知らない木草の花どもが、色々に散りまじって、錦を敷いたように見えるのに、鹿の佇んだり歩いたりするのも珍しく御覧になっていると、君は悩ましさも紛れてしまった。聖は身動きも出来ないけれども、とやかくして加持をして上げる。嗄がれた声の、まことにひどく歯漏れのするもあわれに功が見えて、陀羅尼を読んでいた。[30]

お迎えの人々が参って、御病気の怠らせられたお喜びを申上げ、内裏からも御使があった。僧都は滅多には見られない様の御果物を何くれと、谷の底から掘り出して、御まかない申上げる。「今年だけは山を出られない誓が深うございますので、お送りにも参れない事で、お目に懸りまして、却って煩悩になるべき事でございます」などと申上げて、御酒を奉られる。君は、「山水に心が留まりますが、内裏から覚束なく思召し下さるのが恐多うございますので。おっつけ、此の花の折を過さずに、又参りましょう。

宮人に行きて語らむ山桜風よりさきに来ても見るべく[31]

と仰せになる御身のもてなし、お声づかいまでも、見る目もまばゆいまでなので、僧都、

優曇華の花待ち得たるここちしてみ山桜に目こそ移らね[32]

と申上げると、君はほほ笑んで、「時あって一度咲くものの方は、見難いものだのに」と仰せになる。聖はお盃を賜わって、

奥山の松の扉を稀れにあけてまだ見ぬ花の顔を見るかな[33]

といって、泣いて君をお見上げ申す。聖は君の御身の護りに独鈷[34]を奉る。それを見て、僧都は、聖

徳太子が百済から得られた金剛子▼35の数珠の、玉の装飾を施した物、又その国からこの数珠を入れて来た筥で、唐風の物を、透いて見える袋に入れて、五葉の松の枝に附けて、更に又紺瑠璃の壺にお薬の色々を入れて、これは藤の花、桜の花などの枝に附けて、その場所につけての御贈物を御捧げになられる。君は聖を始め、読経をした法師の布施や、お下しになるべき品物の様々を、京に取りに遣わされてあったので、その辺の山賤までも、相応した物を賜わって、御読経をしてお出かけになられる間に、僧都は内に入られて、あの御申出でになられていた事を、尼君にお話し申されたが、「何うこうと唯今は申上げようもありません。もしお志がおありになったならば、もう四五年も立ってならば、何うなり、こうなりとも」と仰せられるので、僧都は、しかじかでございますと、前と同じ様にばかり云われるので、君は本意ないことに思召される。尼君への御消息を、僧都の許にいる小さな童を使として、

夕まぐれほのかに花の色を見て今朝は霞の立ちぞわづらふ▼36

御返歌、

まことにや花のあたりは立ち憂きと霞むる空のけしきをも見む▼37

と由緒のある上品な字で、繕わずにお書きになっている。

お車に乗られる頃に、大殿▼38から、何処ともお知らせなくお出ましになられた事よと云って、お迎えの人々、君達も大ぜいお出でになられた。頭中将、左中弁、ほかの君だちもお慕い申して来て、「このようなお供だと、致したいと存じておりますのに、余りなお見棄て方でございますよ」と、お恨み申上げて、「まことに云いようもない花の蔭に、暫くも休まずに立帰りますのは、満足の出来ないことでございます」と仰せられる。岩隠れの苔の上に並んで、酒をお飲みになる。落ちて来る水の様など、趣ある滝のほとりである。頭中将は、懐に入れてあった笛を取り出して吹きすましている。弁の君は、扇を低く鳴らして、「豊浦の寺の西なるや▼39」と謡う。何方も人並よりはすぐれた君達であ

るのに、源氏の君がひどく悩んで、岩に凭(よ)り懸って入らせられるのは、類(たぐい)ない気味わるいまでの御有様で、何ものにも目が移りそうにもないことである。いつも篳篥(ひちりき)を吹く随身(ずいじん)、笙(しょう)の笛を持っている風流者などもいる。僧都は琴(きん)を自身で持って参って、「これで、ほんの御手(おんて)一曲を遊ばして、同じことならば、山の鳥も驚かしましょう」と達(たっ)て申上げるので、君は、「悩ましさがまことに怺(こら)えられませんのに」と申されたが、無愛想にはなされずに掻き鳴らされて、皆お立ちになられた。満足(たんのう)出来ず、名残惜しいことだと、弁(わきま)えのない法師や童までも涙を落し合っていた。まして坊の内では、年老いた尼君たちなど、まだ一度もこうした人の御有様は見なかったので、この世の物とはお思い申せないと申上げ合っていた。僧都も、「ああ、何の因縁で、ああした御様ながら、このように小さい日本の国の末世(まっせ)にお生まれになったのであろうと、お見上げするとまことに悲しいことです」と、御目をお拭いになられる。あの若君▼40は、幼な心にも美しい御方であるよと御覧になって、「父宮(ちちみや)の御有様よりも勝って入らっしゃることよ」と仰せられる。「それならば、あのお方の御子になって入らっしゃいませ」と女房が申上げると、頷いて、まことに好いことであろうとお思いになっていた。それからは、雛遊びにも、絵をお書きになるにも、これが源氏の君だとお作り出しになって、綺麗な衣(きぬ)を著せて、大事にして入らせられる。

　君はまず内裏(うち)に参られて、此頃中の御物語を御申上げになられる。主上は、まことにひどく衰えてしまったことであると、気味悪いことと思召される。聖(ひじり)の尊かった事などをお問いになられる。君がくわしくお奏しになると、「阿闍梨(あざり)▼41などにもなるべき者のようであるよ。修行の労が積っているのに、朝廷(おおやけ)には御存じがなかった事であるよ」と尊がって宣(のたま)わせられた。大殿(おおいどの)が参り合せていられて、「お迎えにもと存じましたが、お忍びでの御歩(おんある)きなので、如何(いかが)かと御遠慮いたしましたことでございます。御緩(ごゆる)りと一日二日手前の方でお休みなさいましよ」といって、「直ぐにお送りを致しましょう」と申されるので、君はそれ程にはお思いにならないが、引かされて御退出になられる。大臣(おとど)は自分のお車にお乗せ申上げて、自分では後に引き下ってお乗りになられる。お冊き申上げるお心持の哀れさを、君はさすがに心苦しくお思いになられた。女君[42]の方でも、君がお出でになるだろうと心づかいをなされて、久しく御覧にならない間に、いよいよ玉の台を磨き飾って、万事を整えていられる。女君は例のように隠れていて、早速にはお出ましになられないのを、大臣は強いて仰せになって、ようようのことで此方へ御出でになられた。まるで絵に描いてある姫君のようにお坐りになられて、身動きをなさることも出来ず、きちんとして入らせられるので、君は、思うこともほのめかし、山路の物語をもお話しように、仕甲斐のあるように、可愛ゆく御返事をなさるようであったらば哀れであろう、少しも心が打解けず、疎く、極りの悪い者にお思いになって、年の重なるに連れて、お心の隔ての増って来るのが、ひどく心苦しくお思いになるので、「時々は、世間並の御様子も見たいものです。怺えられないように煩っておりました時にも、何のようだということさえ尋ねて下さらないのは、珍らしいことでもないけれども、やはり恨めしいことで」と申させられる。ようようのことで、「『問はぬはつらきもの[43]』なのでしょうか」と、尻目にお見よこしになる目つきも、ひどく極り悪いほどに気高く、美しい御器量である。「たまたまのこととしては浅ましいお言葉ですよ。『問はぬ』などという間柄は、かけ離れた間柄でのことですよ。厭やな仰しゃり方をなさることですね。何時まで経っても端たない御もてなしをなさるのを、もしお思い直しになる時もあろうかと、いろいろにお試し申して見ている中に、いよいよお疎みになられるようです。『よしや命だに[44]』」と仰しゃって、夜の御寝所にお入りになった。女君は直ぐにもお入りにならない。君は何と申したものだろうとお煩いになって接ぎ穂もなくて、溜息を吐いて寝て入らせられても、少し気まずくお思いになるのであろうか、態と眠そうな風をなさって、とやかくと夫婦間をお思い乱れになられる事が多くある。

　かの若草の、育ってゆく先がやはりゆかしいのに、尼君の似合わない年頃だと思われたのも尤もな事である。言い寄りかねることであるよ。何のようにか云い拵えて、直ぐに面倒なく迎え取って、明け暮れの慰みに見よう。兵部卿の宮はまことに上品で、艶いてはいられるが、匂いゆたかだという程ではないのに、何うして彼の一族の方に似通っていられるのであろう。同じ后腹[45]のせいであろうか、などとお思いになる。由縁がひどく近しいにつけても、何うにかしてと、深くもお思いになる。翌日は御文をお差上げになられた。僧都の方へもほのめかされたことであろう。尼君の方には、

「もて離れてのお様子から遠慮されまして、お思い申上げております心も、十分に顕しつくすことが出来ずにしまいましたことです。これ程に申上げますのでも、一通りならぬ志の程を御覧下さったならば、何のように嬉しいことでございましょうか」

などとある。その中に小さく結び[46]文にして、

面影は身をも離れず山桜心の限り留めて来しかど[47]

「『夜の間の風』[48]も気がかりなことでございまして」

とある。御手などは申すまでもなく、ただかりそめに押包みになられてある様も、年更けている方の御眼には、ほんに好ましいものに見える。「まあ困ったことだ、何う御返事を申上げよう」と尼君は思い煩われる。

「行末の御事は、なおざりに思い做されましたのに、態々の御文を下さいましたにつけ、何とも申上げようもございません。まだ難波津[49]さえも、確とは続けられないようでございますから、何の詮もないことでございます。さても、

嵐吹く尾上の桜散らぬ間を心とめけるほどのはかなさ[50]

まことにひどく心許ないことで」

とある。僧都の御返事も同じようなので、残念で、二三日して、惟光を使としてお遣わしになられる。「少納言の乳母というがあるわけだ。その人を尋ねて、委しく話をしろ」とお指図なされる。何とも御見こぼしのないお心ではあることよ。あんな幼なげな御様子だったものをと、十分にではなか

ったが、自分も見かけたところを思いやると可笑しい気がする。態々このように御文のあるので、僧都も畏こまってお受け申す。少納言に取次をしてもらって逢った。委しく、君の思召し仰せになられたこと、大体のお有様などを話す。口数の多い人で、尤もらしく云い続けるけれども、まことに問題にもならないお年なのを、何う思召してのことだろうかと、変な事に何方も何方もお思いになった。御文もひどく懇ろにお書きになって、「若君の一字一字の放ち書きなりとも見せて頂きたいものです」とあって、例の、中に入れてあるのには、

　　浅香山あさくも人を思はぬになど山の井のかけはなるらむ[51]

御返歌、

　　汲みそめて口惜しと聞きし山の井の浅きながらや影を見すべき[52]

惟光も、帰って来て尼君と同じ事を申上げる。少納言は、「この御病気が少しでも快ろしゅうございましたら、当分を過しまして、京の殿に帰られましてから、御返事を申上げましょう」とあるので、君は待ち遠に思召される。

藤壺の宮は、御悩ましいところがあって、内裏より御退出になられた。主上の御不安に思召され、御歎きになられる御気色を、お気の毒にお見上げ申しながらも、君はこうした折になりともせめてと、心も上の空になって、何処へも何処へもお出ましになられない。内裏におられても、御邸におられても、昼はつくづくと眺め入って暮らされ、暮れると王命婦[53]を責めてお歩きになっていられる。何のように誑ってのことであろうか、ひどく無理をして、お逢い申している間でさえも、現のような気のしないのは佗しいことであるよ。宮も、浅ましかったことをお思い出しになられるのでさえも、忘れることのできない御歎きなので、せめてそれだけで止めようと深くもお思いになっているのに、まことにお辛くて、ひどく悲しい御気色ではあるものの、君が懐しく可愛らしく、さりとて打解けずに、心深く極りわるく思わせる御もてなしなどは、やはり他の人には似てはいなさらないので、何だって

聊(いささ)かの欠点だけでも交えてはいなさらなかったろうと、それまでが辛くお思いになられることであるよ。何事をお話し申しつくすことが出来ようか、暗部(くらぶ)の山▼54に宿りたいような気がするのであるが、生憎(あいにく)の夜短かで、浅ましくも、却って御歎きとなることである。君、

見てもまた逢ふ夜稀れなる夢の中にやがて紛(ま)るるわが身ともがな▼55

と咽(む)せ返る御様も、流石(さすが)に悲しいので、

世語りに人や伝へむたぐひなく憂身(うきみ)を覚めぬ夢になしても▼56

お歎き乱れになる様も、まことに御尤もで勿体ない。命婦の君が君の御直衣などは掻き集めて持って参るのである。君は殿にお帰りになって、泣き寝入りに臥してお暮しになった。御文などは例(いつ)も御覧になることがないとの由であるから、常のこととはなっていながらも、辛く悲しく、歎き萎(しお)れられて、君は二三日を引籠(ひきこも)ってお出でになると、又何のような事があるのだろうかと、主上は御心をお動かしになられることであろうと、怖ろしくばかりお思いになられる。宮もやはり、まことに辛い身なのであるよとお歎きになるので、御悩ましさが増(ま)さって来て、早く参内するべき由の御使が続くけれども、お思い立ちにもならない。実際お心持が、普通のようでは入らせられないのを、何ういう訳であろうかと、内々お思いになることもあったので、お心つらく、何うしたのであろうかと思い乱れて入らせられる。暑い頃は一段とお起き上りにもならない。三月(みつき)におなりになると、その事がひどくはつきりとする頃とて、お附きの人々もお見咎(みとが)め申上げるので、浅ましい御宿縁の程がお辛い。他人は思いも寄らない事なので、この月までお奏しになられなかったことを、驚いて申上げる。我がお心一つには、はっきりとお思い弁(わきま)えになるところがあったのである。御湯殿などにも親しくお仕え申上げて、何事のお様子もはっきりと見奉り知っているところの、御乳母(おんめのと)の子の弁や命婦だけが、変だとは思うけれども、互(たがい)に云い交(かわ)すべきことではないので、やはりお遁(のが)れになることの出来ない御宿縁なのだと、命婦は浅ましく思っている。内裏(うち)へは御物(おんもの)の怪(け)の憑(つ)いていたせいで、直ぐにはその気色(けしき)がおあ

りにならなかったことに奏したことであったろう。主上にはいよいよ限りもなくお可愛ゆく、御使の絶間のないのも恐ろしく、宮には物をお思いになられることが絶間ない。中将の君も、大業な、普通ではない様の夢を御覧になって、夢合せをする者を召してお尋ねになられると、及びもつかない、お思い懸けないような事を合せた。「その中には凶事がまじっていて、お慎みになるべき事がございます」と云うので、厄介な気がして、「自分の夢ではない、他の御方の事を云っているのだ。この夢が合うまでは、他人には話すなよ」と仰せになって、心の中では、何ういう事であろうかとお思い続けになっていると、ひょっとそうした事もあろうかと、お思い合せになるにつけて、前にも増した悲しい言葉を尽して申上げられるけれども、命婦も考えると、ひどく無気味に、事の煩わしさも増さって来ているので、全く計画を立てるべき方法もない。はかない一行の御返事の、稀れにはあったのも、絶え果ててしまったことである。宮は七月になって御参内をなされた。主上には珍らしく可愛ゆくて、一段の御思いの程が限りもない。少し御腹がふっくらとなされて、悩んでお顔のお痩せになられたのもまた、まことに似る者もなくお美しい。例のように明暮宮の御方に入らせられて、御遊びも面白い季節なので、源氏の君も暇なく御召し纏わしになりつつ、御琴や笛などさまざまにおさせになられる。君は深くお慎しみになって入らせられるが、怺え難い御様子の漏れる折々には、宮も流石に忘れ難い事を多くお思いつづけになられた。

　あの山寺の方は、病いが少し快くなって、そこをお出になられた。君はお使で、京のお住まいを訪ねて、折々に御消息をなされる。同じような御返事ばかりなのも、尤もであるのに加えて、此の幾月かは、君は以前にも増さるお嘆き事があって、それにのみお心を取られて過ぎて行く。秋の末の頃、君はひどく心細くて、お嘆きになっていられる。月の面白い夜、忍んでお通いになる所に、ようようの事でお思い立ちになってお出懸けになられると、時雨めいて雨がこぼれて来る。お出でになる所は六条の京極の辺で、内裏からなので、少し路が遠い気がされるのに、途中、荒れた家で、木立がひどく老いて、木闇く見える家がある。いつもお供には離れない惟光が、「これは故按察大納言の家でございます。此の間序があったのでお見舞をいたしますと、あの尼君はひどくお弱りになられましたので、何事もお分りにならないと申しておりました」と申上げると、君は、「それは気の毒な事だ。見舞うべきであったものを、何だってそうと申さなかったのだ。入って案内をせよ」と仰せになるので、惟光は人を入れて案内をさせる。態々このようにお立寄になるのだと使に云わせたので、使は入って、「このように御見舞に入らせられました」というと、家の者は驚いて、「まことに折悪いことでございますよ。この頃中は、もう全きり、ひどく頼み少い御容態におなりになりましたので、御対面などはございますまい」と云ったが、「このままお返し申上げることは恐れ多いことです」といって、南の庇の間を繕って、君をお入れ申し上げる。「ひどくむさくるしゅうございますが、御礼だけでも申上げようと存じまして。俄かに用意いたしました奥まった御座所でございまして」と申上げる。ほんにこうした所は、例に違った所だとお思いになられる。君は、「いつも思い立ってはおりながら、甲斐のないお扱いばかりをなさいますので、遠慮いたされまして。お悩みになられますことも、それ程とも承らずにおりました不行届さで」など申上げなされる。尼君は、取次で、「悩ましさも不断の事となっております。限りの有様になりまして、まことに忝なくもお立寄り下さいましたのに、自身物を申せませんことは。仰せになります事の筋は、万一にも思召が変らないようでございましたらば、このように頑是ない齢が過ぎまして、必ず人数の中にお入れ下さいませ。ひどく心細そうなのを残して参りますのが、後世の道の障りに思われるべきことでございます」など申上げられた。ひどく間が近いので、心細そうなお声が絶え絶えに聞えて、「まことに有難い次第ですよ。あの君が、せめてお礼でも申上げられる程になっていたのでしたら」と仰せられる。君はあわれにお聞きになって、女房に、「何だって、浅くお思い申す事の為に、このように、好色好色しい有様などお見せ申しましょう。何ういう宿縁なのですか、お見初めしてから、あわれにお思い申すのも、不思議なくらいで、此の世だけの縁だとは存じられません」など仰せになって、「甲斐のない気ばかり致しますので、あの幼いお声を一声だけでも伺うかと思いまして」と仰せになるので、女房は、「さあ、何も御存じのない有様で、御寝（ぎょしん）になりまして」など申上げる折柄（おりから）、彼方（あちら）から人の来る足音がして、「お祖母様（ばばさま）、あのお寺に入らした源氏の君が、お出でになって入らっしゃいますよ。なぜ御覧になりません」と、仰しゃるので、女房達はひどく工合わるく思って、「お静かに」と申上げる。「いいえ、お見上げしたので、気分の悪いのが直ったと仰しゃったからですよ」と、好い事を聞き得ているとお思いになって仰しゃる。君はひどく可笑（おか）しくお聞きになったが、人々が心苦しいことに思っているので、聞かない風をして、懇ろにお見舞を申し置いて、お帰りになられた。ほんに詮のない様子であるよ、それにしても十分によく教え込もうとお思いになる。翌日もひどく懇ろなお見舞を申上げられる。例の、小さい結び文にして、

いはけなき鶴の一声聞きしより葦間（あしま）になづむ船ぞえならぬ[58]

『同じ人にや』[59]と、態と幼い手跡にお書き変えになられたのも、まことに面白いので、このまま若君のお手本にと人々は申上げる。少納言が君への御返事を申上げる。

「お尋ね下さいました人は、今日をも過しかねるような様で、山寺に参ろうとする折でございまして、このように御尋ね下さいました御礼は、此の世からでなくとも申上げましょう」

とある。君はひどくあわれにお思いになる。秋の夕べは、まして、少しの暇もなく、お思い乱れになっている方の御あたりへ心を懸けて、達（たっ）て思うその御由縁（ゆかり）の人を尋ねたいと思うお心がお増さりになることであろう。『消えむ空なき』[60]と尼君のお詠（よ）みになった夕べをお思い出しになられて、若君の恋しく、しかし逢ったらば見劣りがしようかと、さすがに心許ない。

手に摘みていつしかも見む紫の根に通ひける野辺の若草[61]

十月には、朱雀院（すざくいん）への行幸[62]があろう。舞人（まいうど）には、貴い家の子供、上達部（かんだちめ）、殿上人なども、その方面

で似合わしい者は、みなお選みになったので、親王たち、大臣から始めて、色々の伎をお習いになるので、暇がない。君は山里に籠もった人にも、久しく音信をなさらなかったので、お思い出しになられて、態々御文を遣わされたので、僧都の御返事だけがある。「先月の二十日の程に、ついに空しくなりまして、世間の道理ではあるが、悲しく思っておりますことでございます」などあるを御覧になるにつけ、世の中の果敢なさが身に沁みて、気がかりに思っていた人も何んなであろう、幼い程で尼君を恋うていることであろうかと、御自分が故御息所[63]にお別れした程の事は、はっきりとは覚えてないがお思い出しになって、浅からずお見舞をなされた。少納言から、拙くはない御返事を申上げた。忌中が過ぎて、若君は京の殿へお帰りになったとお聞きになったので、程経て、御自身、長閑かな夜、お越しになった。ひどく凄そうに荒れた所で、人少ななのに、何んなにか幼い人は恐ろしいことであろうと見える。例の所へお入れ申上げて、少納言は尼君の最期の御様子を、泣きながら申上げ続けるので、君も訳もなく御袖が濡れる。「若君は宮にお渡し申そうというのでございますが、故姫君[64]が、ひどく情なく、辛い方と思って入らっしゃいましたのに、まるきりの稚児ではないお齢で、又はっきりとは人の気合いもお解りにならない、中途半端のお齢で、大勢御子様方の入らせられます中で、蔑らわしい方になって、混じって行かれる事であろうかと、お亡くなりになられました方も、絶えず嘆いて入らっしゃいましたのも、正しくそうだろうと思われる事も多くございますので、このような有難くふさわしからぬお言葉は、後のお心はとや角申上げませずに、まことにお嬉しく存上げられまする場合でございますものの、少しもそうした事のお解りになれそうな御様子もなく入らせられまして、お齢よりもあどけなくし馴れて入らっしゃいますので、まことに工合の悪いことでございます」と申上げる。君、「何だってこのように、繰返してお話している心の程を御遠慮になるのでしょう。その甲斐のないお有様が可愛ゆくもゆかしくもお思い申されるというのが、宿縁が特別なせいだと、自分ながら思い知られるのですよ。やはり人伝てではなくてお話をしたいものです。

あしわかの浦にみるめは難くともこは立ちながら帰る波かは▼65

「このままお返しになるのは怪しからぬことでしょう」と仰せになると、少納言は、「ほんに、まことに恐れ多いことでございます」と云って、

寄る浪の心も知らでわかの浦に玉藻靡かむ程ぞうきたる▼66

「御無理なことでございます」と申上げる様が物馴れているので、君は不満をお許しになられる。『など越えざらむ』▼67と君が誦じて入らせられるのを、身に沁みて若い女房達は思った。若君は、尼君をお慕い申して泣き臥していられると、御遊び相手の者共が、「直衣を著た方が入らっしゃいます、宮が入らしたのでしょう」と申上げるので、お起き出になられて、「少納言よ。直衣を著て入らしたって方は何所に。宮が入らしたのですか」と云って、此方へ寄って入らせられるお声がまことに可愛ゆい。君は、「宮ではありませんが、これも余所になさるべき者ではありません。此方へ」と仰しゃると、極りの悪かった方だとさすがに聞取って、悪い云い方をしてしまったとお思いになって、乳母にさし寄って、「さあ、行こう、眠たいから」と仰しゃるので、君は、「今更、何だってお隠れになるのでしょうか。この膝の上でお眠みなさいましよ。も少しお寄りなさいましよ」と仰しゃると、乳母は、「この通りで、このように情づかない御程でございます」と云って、お押寄せ申すと、若君は何心もなく入らせられるので、君は几帳の帷から手を差入れてお探しになると、柔らかな御衣に、髪がつやつやと懸って、末の房っさりとした所に探りあてられた工合は、ひどく美しく思いやられる。手をお執りになられると、若君は、厭やな見馴れない人がこのように近づきになられるのが怖しくて、「寝ようと云うのに」と云って、強いて引込もうとなされるのに跟いて、君も内にすべり入られて、「此れからは私が思うべき人ですよ。お疎みなさいますな」と仰せになる。乳母は、「まあ余りな、飛んでもないことでございますよ。何をお聞かせになりましょうとも、全く何の甲斐もございますまいに」といって、苦しそうに思っているので、「何うしたからとて、こんなお齢の方に何があろうか。

やはり唯、世間並ではない私の志の程を、見きわめて下さい」と仰せになる。霰が降り荒れて、凄い夜の様である。君は、「何うして此のように人少なに、心細くてお過しになって行かれようか」とお泣きになって、まことに見捨て難い位なので、「み格子を下しなさい。物怖ろしい今夜の様だので、宿直人になってお附きしましょう。人々もお近くお詰めなさるがよい」といって、物馴れた様子で、御帳▼68の内に若君を抱きお入りになられたので、怪しからぬ、意外なことだと呆れて、誰も誰もいた。乳母は気懸りでたまらないと思うけれども、荒々しく言い騒ぐべきことでもないので、溜息を吐きつづけていた。若君はひどく怖しくて、何うなる事だろうと慄えられて、まことに美しい御肌も、何だか寒いように思いになるのを、君は可愛ゆい気がされて、単だけに押包んで、御自分のお気持もまた、変に思われるのであるが、可愛げにお話をなされて、「私の殿へ入らっしゃいよ、面白い絵がどっさりあって、雛遊びもする所へ」と、気に入りそうな事を仰せになる様子が、ひどく懐かしいので、幼いお気持にも、そうひどくは怖じられず、さすがに気味が悪くて、寝入も出来ず、身動ぎをして寝てお出でになった。夜通し風が吹き荒れるにつけ、人々は、「ほんにこうしてお出で下さらなかったなら、何んなにか心細いことでしょう。同じ事なら、今少しお齢をして入らしたならば」と囁き合った。乳母は心許ないので、ひどく近くお附添いする。風が少し吹き止んで来たので、君は夜深くお帰りになったが、世の常の後朝めいたことではある。「ひどくお可哀そうにお見上げされる御有様を、今はまして片時の間も気がかりになることでしょう。ふだん眺めております所へお移し申しましょう。このような所には何うして。よくも物怖じをなされなかったことですよ」と仰せになると、少納言は、「宮もお迎えになどと仰せになって入らっしゃるようですが、あの御方の御四十九日が過ぎての事だろうかと存じ上げます」と申上げると、「頼もしい筋では入らっしゃるものの、離れてばかりお馴れになって入らっしゃるので、私と同じように疎くお思いになられるのでしょう。私は昨今のお馴染ですが、浅くない志の方は、勝っていることです」といって、若君の髪を撫でつつ、見返り勝ちにしてお出ましになった。

ひどく深く霧の立ち渡っている空の様子も、一とおりではないのに、霜もひどく白く置いて、まことの懸想も面白くありそうなのにつけ、君はさみしいお思いで入らせられる。ひどく忍んでお通いになる家が、途中にあることをお思い出しになって、その家の門をお叩かせになったけれども、声をきつける人が無い。仕方がなくて、お供の中の声の好い人にお謡わせになる。


　朝ぼらけ霧立つ空の迷ひにも行き過ぎ難き妹が門かな▼69

と、二度繰返して謡うと、内からは、気取ったところのある下仕を出して、

立ちとまり霧の籬の過ぎ憂くは草の扉のさはりしもせじ▼70

と云いかけて内へ入った。それきり人も出て来ないので、帰るのも曲が無いけれども、明けてゆく空の様子もはしたないので、殿へお帰りになられた。可愛かった若君の名残が恋しく、独笑みをしつつお臥みになった。日が高くなって御寝所から起きて、後朝の文をお遣りになるにつけ、お書きになるべき言葉も普通とは違うので、筆をさし置きつつ思案をして入らせられた。面白い絵などをお遣わしになられる。

彼方へは、今日は父宮がお越しになられた。先年頃よりも甚しく荒れまさって、広く古びた所に、以前にも増して人少くさびしいので、お見渡しになられて、「こうした所には、何うして少しの間でも、幼い人が暮して行かれよう。やはり彼方へお移し申そう。何も窮屈という程の所ではない。乳母は部屋を持ってお附添いさせよう。君は、幼い者が大勢いるので、一緒に遊んで、工合がよくなって行かれよう」など仰せになる。若君を近くお呼び寄せ申させると、あの御移香が、云いようもなく艶に染み込んでいたので、「良い御においだこと。お召物は萎えて」と、心苦しいようにお思いになる。

「この何年もの間、御病気でお年をした人にお添いになっていられるので、▼71時々は彼方へ来られて、お見馴らしなさいましなどと申したのに、妙にお疎みになられて、彼方の人も気を置くようであった

のに、こうした折にお移りになられるのは、心苦しいことで」など仰せになると、少納言は、「何でもございません。心細くても、暫くの間は、このままでお出でになれましょう。少し物がお分りになっての上で、お移し申した方が宜しゅうございましょう」と、申上げる。「夜昼亡（よるひるな）い方をお慕い泣きなさいますので、ちょっとした物も召し上りません」と云って、ほんにお顔も痩せて入らっしゃるが、却ってひどく上品に美しくお見えになられる。宮は、「何だってそんなにお歎きになられるのですか。もう世にいない方の御事は、甲斐がありません。私が居りますから」とお話申上げられて、日が暮れるとお帰りになられるのを、ひどく心細いと思ってお泣きになると、宮もお泣きになられて、「そのようにひどく御心配なさいますなよ。今日明日にもお移し申上げましょう」など、繰返しおなだめになって、お出になられた。名残も慰めかねて、若君は泣いていらせられた。行末の身の成り行きなどまではお解りにならず、ただ年頃、立離れる時がなく、纏（まつ）わり馴れて来て、今は亡き人となってしまわれたと思うのが悲しくて、幼いお心持ではあるが、胸が一ぱいに塞（ふさ）がって、いつものようにお遊びにもならず、昼の間は何うにかお紛らわし申すが、夕暮となるとひどく萎（しお）れておしまいになるので、此れでは何うしてお過しになれようかと慰めかねて、乳母も一しょに泣き合っていた。

　君の御許（おんもと）からは惟光をお遣わしになられた。「伺うべきでございますが、内裏（うち）よりの召がありますのでいたしかねます。お気の毒にお見上げしましたので、落ちつけませんで」と▼72いって、宿直人（とのいびと）も添えて差上げられた。少納言は「いやなことでございますよ。お戯れにしても、御生涯の初めに、こうした御事は。宮がお聞き附けになられましたらお附きの者の粗略だとして、お叱りになられましょう。おお怖い。何かの序（ついで）に、頑是なく、この事をお云い出しなさいますなよ」と云っても、若君は、それを何ういうことともお解りにならないのは、浅ましいことであるよ。少納言は惟光に哀れな物語をして、「このように過（すご）してゆきましての後、然るべき御宿縁で、お遁（のが）れ申せないという事もございましょうか。唯今はてんで、何うにも不似合いなこととお見上げ申しますのに、不思議にも思召しをかけて仰せになりますのが、何ういうお心よりのことか見当も附けられませんで、思い乱れております。今日も宮がお越しになりまして、安心の出来るようにお仕え申せ。心幼い御もてなしは申すななどと仰せになりましたのも、まことに煩わしい事で、こうした御好色事を思い出されました事でございました」など云って、此の人も、実事でもあったように取りはしなかろうかと、それもつまらないので、ひどく嘆いているようにも云いなさない。[73]大夫も、何ういう事であろうかと心得難く思っている。惟光は君の許へ参って有様を申し上げると、可哀そうにお思いやりになられるけれども、お通いになられるのも、さすがにそぞろ心の事のような気がなされて、軽々しい間違った事と人が漏れ聞きはしなかろうかと憚られるので、唯御自分の殿へお迎え申そうと思わせられる。御文は度々差上げられる。暮れると例の大夫を差上げられる。御文には、「障る事があって伺えませんのを、粗略だとお思いになりましょうか」などとある。少納言は、「宮から、明日俄にお迎えにと仰せがございましたので、気忙しくておりますことです。年頃住み馴れましたあばら屋を離れますのを、さすがに心細くて、お附きの者はみんな思い乱れまして」と言葉少なに云って、殆ど惟光をあしらわない。物を縫い支度をする様子がはっきり分るので、惟光は帰って参った。君は大殿の方に入らせられたが、例の[74]女君は、早速にはお逢いにもならない。君は御不快にお思いになって、東琴を清掻きにして、『常陸には田をこそ作れ[75]』という歌を、声はひどくなまめいてお弾きになって入らせられた。惟光が参ったので、召寄せて有様をお聞きになる。これこれと申上げると、君はくやしくお思いになって、あの宮にお移りになったならば、改めて迎え取るという事は、好色好色しい事であろう。幼い人を盗み出したといって世間の非難を受けよう。その前に、暫らくの間人に口止めをして、此方へお移らせ申させようとお思いになって、「明け方に、彼方へ行こう。車の装束はこのままにして、[76]随身を一人二人命けて置け」と仰せになる。惟光は承って立った。

君は、何のようにしよう、人に聞えると、好色がましいように思う事であるよ、相手の齢が、せめて物の分る程で、女も心を交わしての事だと推量されるようであったら、世間並の事である、父宮が尋ね出されたなら、端たない、軽はずみなことになろうと、お思い乱れにはなるが、さてこの折を取り外ずしてしまうのは、ひどく口惜しかるべきことなので、まだ夜深くお出ましになる。女君は例のように渋々と、心も打解けずにいられる。君は、「彼方にひどく大切な、見なければならない事のございますのを思い出しましたのです。引返して参りましょう」といって、お出ましになられたので、お附きの女房達も知らなかったのだ。御自分のお居間で、直衣などはお召しになる。惟光だけを馬に乗せてお出でになった。

　門をお叩かせになると、何も知らない者の開けたので、御車を静かに引き入れさせて、大夫が妻戸を鳴らして咳払いをすると、少納言が聞き知って出て来た。惟光は、「こちらに入らっしゃいます」と云うと、「幼い方は御寝みになって入らっしゃいます。どうしてこのように夜深くお出ましになられたのですか」と、何ぞの序の事だろうと思っていう。君は、「父宮の御許へお移りになるとの事だから、その前に、一言申しておこうと思いまして」と仰せになると、「何のような事でございましょう。何んなにか、はっきりした御返事を申上げなさることでございましょう」といって笑っていた。君が寝所へお入りになるので、ひどく工合が悪くって、「取り乱して、変な年寄どもがお添い申しておりますのに」と申上げる。君は、「まだお目覚めではなかろうな。さあお目覚め申させよう。こうした朝霧を知らずに寝ておいでになるというものだよ」と云って、お入りになられるので、女房どもは「あれ」とも申上げられない。若君は何心もなく眠って入らせられたのを、抱き起して目をお覚まさせすると、お覚めになって、父宮がお迎えに入らせられたのだと寝ぼけてお思いになった。君は、御髪を掻き繕いなどされて、「さあ、お出でなさいまし、宮のお使で参ったのですよ」と仰せられるに、そうではなかったので呆れて、怖ろしいと思っていると、君は、「これはお酷い。私も同じに人ですよ」といって、掻き抱いてお出ましになられるので、大夫や少納言などは、「これは又、何うなさいますので」と申上げる。「此所（ここ）へはふだんには来られなくて、心許ないから、気安い所へと申上げたのに、お辛くも宮へお移りになるというので、一層伺えなくなるからで。誰でも一人お附添いなさい」と仰せになるので、少納言は心慌てて、「今日はまことに都合が悪いことでございます。宮がお越しになりましたら、何と申上げましょう。自然時が経ちまして、然るべき御縁がございましたなら、何うなりとおなりになりましょうが、全く物のお解りにならない時のことでございますので、お附きの者が当惑いたすことでございましょう」と申上げると、君は、「まあ好い、後からでもお附の者は来よう」と云って、お車をお寄せになるので、少納言は呆れて、何のようにしたものかと思っている。若君も変な事にお思いになって、お泣きになる。少納言はお止（とど）め申す方法もないので、昨夜（よべ）縫ったお召物どもを提（さ）げて、自分も相応な著物に著かえてお車に乗った。

　二条の院は近いので、まだ明けきらない中（うち）にお着きになって、西の対にお車を寄せてお下りになる。君は若君をば、ひどく軽そうに抱いてお下（おろ）しになる。少納言は、「まだまるで夢のような気がしておりますので、何うしたらば可（よ）うございましょうか」といって、車の上で躊躇していると、君は、「それは心任せです。若君の御身はお渡し申したのだから、其方（そなた）は帰ろうというのなら、送りをさせましょう」と仰しゃるので、余儀なく下りた。俄に悲しくなり、胸も静かでない。父宮のお思いになり仰しゃる事はどうであろうか、若君も何うなっておしまいになるべき御有様であろうか、何（ど）の道、頼もしい方々に死に別れられたのが悲しいことであると思うにつけ、▼77涙が止まらないのを、さすがに縁起の悪いことなので怺（こら）えていた。此方（こなた）はお住まいにならない対なので、御帳なども無いのであった。惟光を召して御帳、御屏風などを、そこ此処（ここ）にお立てさせになる。御几帳の帷（かたびら）を下し、御座所など唯取繕えばよいばかりなので、東の対の方に、夜具を取りにお遣りになって御寝（ぎょしん）になった。若君はひどく気味悪く、何うされる事だろうと、体がふるえるけれども、さすがに声を立ててはお泣きにならない。「少納言の側に寝よう」という声がまことに幼い。君は、「今は、そうしてはお寝（やす）みになるものではありませんよ」とお教えになると、若君はひどく辛くてお泣臥しになった。乳母は臥(ね)られもせず、物も思われずに泣いていた。夜が明けて行くままに見わたすと、大殿(おとど)の造り様(ざま)、飾り様(ざま)はいうまでもなく、庭の砂までも玉を重ねたように見えて、耀(かがや)くような気がするので、少納言は気がひけていたが、此方(こちら)には女房なども詰めてはいないのであった。親しくない客人(まろうど)などの参った折の時たまにお使いになるだけの方なので、御番の男だけが簾(みす)の外にいるのであった。このように人を迎えられたとほのかに聞く召使の者は、「何方(どなた)であろう。一通りのお方ではなかろう」と私語(ささめ)く。お手水(ちょうず)、お粥などは此方(こなた)へ参らせる。君は、日が高くなってお起きになって、「召使が無くていけないようですが、然るべき人々を、夕方になって召そう」と仰しゃって、東の対に女の童(めわらわ)をお召しになりに遣る。「小さい者だけを特によこせ」との仰せだったので、ひどく可愛らしいのが四人参った。若君は召物にくるまってお臥(よ)っていられるのを、無理に起して、「くよくよなさいますなよ。心そぞろな者は、此のように致しましょうか。女は心の素直なが可(い)いのですよ」と、今からお教え申される。若君の御器量は、離れていて見た時よりは云うばかりなくお綺麗で、君は懐かしく話をなさりつつ、面白い絵や、玩具(おもちゃ)を取りにやってお見せ申し、お気に入りそうな事をなされる。若君はだんだんお起き出しになって御覧になるにつけ、鈍色(にびいろ)▼78の御喪服の色の濃いのの、萎(な)えた物などをお召しになって、無心に笑んでいられるのがひどく可愛らしいので、君も笑んで御覧になられる。君が東の対に行かれたので、若君は立ち出て庭の木立、池の方などお覗きになると、霜枯(しもがれ)の前栽(せんざい)が絵に描いたように面白くて、見た事もない四位五位の人の紫や紅(くれない)の袍(うえのきぬ)がまざって、絶間なく出入りをしつつ、ほんに面白い所だとお思いになる。御屏風などのひどく面白い絵を見つつ、慰(なぐさ)んでいられるのも果敢ない事である。

君は二三日は内裏(うち)へも参られずに、此の人を馴(な)ずけてお話を申して入らせられる。そのまま手本にとお思いになるのか、字や絵などを色々に書きつつお見せ申される。云うばかりなく面白くお書き集めになられた。「武蔵野といへばかこたれぬ」▼79と、紫の紙にお書きになられたのの、墨附きのまこと

に格別によいのを、若君は手に取って御覧になっている。それに少し小さな字で、

ねは見ねどあはれとぞ思ふ武蔵野の露分けわぶる草のゆかりを▼80

とある。「さあ、あなたもお書きなさい」と仰せになるので、「まだ良くは書けません」といってお見上げになられたところが、無心で可愛いいので、君はほほ笑まれて、「拙(まず)いからといって達(たっ)て書かないのは悪いことです。お教え申しましょう」と仰しゃると、側(わき)へ向いてお書きになる。手つきや、筆をお執(と)りになる様の子供っぽいのも、可愛ゆらしくばかり思われるので、君は我ながら不思議にお思いになる。「書き損(そこな)いました」と恥じてお隠しになるのを、強いて御覧になると、

かこつべき故を知らねば覚束ないかなる草のゆかりなるらむ▼81

と、ひどく幼げではあるが、先々を思わせて、ふっくらとお書きになった。故尼君の手跡(て)に似ていることである。当世風の手本を習ったならば、本当に上手にお書きになろうと御覧になる。雛(ひいな)なども態々御殿(ごてん)を造りつづけて、御一緒にお遊びになりつつ、此の上もない物思いのお紛らわしである。

かの故里に留(とどま)っていた女房どもは▼82、宮がお越しになって、若君のことをお尋ねになったのに対して、申上げようもなくて困り合ったことである。暫くの間人に知らせまいと君も仰せになり、少納言も同じように思うことなので、堅く口止めをしておやりになりなりして、ただ行方も知らせず、少納言が連れてお隠し申しましたとばかり申上げさせたので、宮も詮なく思召して、故尼君も、彼方(あちら)にお移しになることを、ひどく気に入らない事にお思いになっていたので、乳母のひどく出過ぎた気働きの余りに、尋常にはお渡しするのを不都合だとはいわずに、心任せに連れ出してお迷わせしてしまったのであろうと、泣く泣くお帰りになった。「もし行先を聞きつけたならば知らせろよ」と仰しゃるのも女房達は煩わしいことで、宮は又、僧都の御許にもお尋ねになったけれども、とりとめがなくて、惜しいものであった御器量などを恋しく悲しいことにお思いになる。北の方も、母君を憎いとお思いになった心も消えて、自分の心に任せて育てようとお思いになったのに、違ってしまったのを残念にお

思いになった。

若君の御許には、次第にお召使の人が参り集まった。御遊びがたきの女の童、稚児なども、まことに珍らしい、当世風のお二人の御有様を見奉ると、思うこともなく遊び合った。若君は、男君がお出でにならずなどして、さみしい夕暮などだけは、尼君を恋しがられて泣きなどもされるけれど、父宮の事は格別にお思い出しになられない。以前からお見馴れ申さない事に慣れていられるので、今はただ、後の親に深くも睦(むつ)びお纏(まつ)わりになっていられる。君が余所(よそ)からお帰りになられると、第一にお出迎えになって、可愛くお話になり、御懐に入っていて、少しも疎く恥ずかしくもお思いになられない。こうした御間柄としては、云うべくもなく可愛いい御仕ぐさというべきであった。分別心があり、何くれとなく面倒な関係になって来れば、自分の心持も少し不実な節も出て来ようかと心が置かれ、女もまた恨み勝ちになるにつけ、案外な事も自然出て来るものであるのに、これはまことに面白い弄び物である。娘などでも又、これ程の年になると、心安く振舞い、隔てのない様に起き臥しなどはすべきではないのに、これはまことに様子の変った冊(かしず)き物であると、君はお思いになる事であろう。

▼1 今云う「おこり」の事。
▼2 真言密教で行う呪法。
▼3 京都の鞍馬寺などが想像される。
▼4 修験道で、仏教の一派。神にもつかえ、加持、祈禱をする。山伏はこの行者。
▼5 高徳の僧。
▼6 仏に供する水。
▼7 新たに発心して出家した者。この新発意の前国守を、以後明石入道と呼ぶ。「明石」の巻に主要人物として書かれている。

▼8　正月五日の叙位に、六位の蔵人が従五位下に叙せられるのをいう。
▼9　「見る目」の懸詞。
▼10　常に身近かにまつっている仏。
▼11　女童の一人。
▼12　籠を伏せてその上に衣をかけ、薫香をたきしめたり、乾したりしたもの。仮りに鳥の籠に用いたのである。
▼13　この女童即ち紫の上の母。藤壺の兄兵部卿宮との間に紫の上を残して歿す。尼君即ち母方の祖母の手に育てられている。
▼14　尼君の夫按察大納言。紫の上の祖父。
▼15　生い立って行くその場所さえも分らない若草を、後に残して行く露は、消えて行く所もない。(「若草」は子、「露」は病中の尼君の譬)
▼16　初草の生い行く末も分らない中に、何だって露の消えようとするのですか。(「初草」「露」は前と同じ)
▼17　尼君の兄。
▼18　空薫香は、室全体を香らせる薫香。名香は、仏前にたく香。
▼19　京都の町へ山寺から下ること。
▼20　紫の上の父宮は、藤壺の兄で、共に先帝の后腹である。
▼21　午後十時から十二時までの勤行。後夜に対していう。
▼22　初草の若葉を見た時から、我が旅寝の袖にも、その葉に置く露に似た涙が乾かないことです。(「初草」は女の子の譬。「露」は、旅の佗びしさの涙の譬。すべて尼君の歌の詞)
▼23　草枕を結ばれる今夜だけの御露けさを、山籠りをする手前の苔の衣の露けさにはお較べにならずにいただきとうございます。
▼24　紫の上の母君。

▼25　母の桐壺更衣や、祖母の尼君に死なれた事。
▼26　法華経を読誦して、懺法滅罪のために修する法をいう。法華三昧堂にこもって行う。
▼27　経文を読誦して罪障を懺悔する法会をいい、法華経をもって行うのを法華懺法という。
▼28　吹き廻る山おろしの風に夜の眠が覚めて、涙を催させる滝の音ではある。（「夢」に煩悩を譬え、「涙」に感涙の意を持たせている）
▼29　さしぐむ涙に袖を濡らされたというその山水に、ここに住んでいます身は、心が驚こうとも致しませぬ。（「すめる心」は、仏法の為に澄んでいる心の意を掛けてあって、僧都の自負。「さしぐみ」「水」「すめる」は縁語）
▼30　経の梵文を、飜訳せずにそのまま音で読誦するものをいう。
▼31　大宮人に、行って話しましょう、この山桜を、それを散らす風の吹く前に来て見るようにと。
▼32　優曇華の咲くのを待ち得たような心持がして、山の桜にはまるで目も移りません。（「優曇華」は仏典の中にある極めて稀有な花で、仏の出現に譬えるもの。今は源氏の君の譬）
▼33　奥山にある松の扉を稀れに開けて、まだ見た事のない優曇華に似たお顔を見ることである。（「まだ見ぬ花」は優曇華で、源氏の君の美しさの譬）
▼34　真言宗で主として用ゆる仏具で、手に持つもの。両端の三股五股に分れているものに対し、一股のものを独鈷という。
▼35　金剛樹の実で、数珠にする。
▼36　夕ま暮に、ほのかに花の色の美しさを見まして、今朝は名残が惜しくて帰りかねています。（「花」は女の児の譬。「霞」は「立ち」の序）
▼37　本当でございましょうか、花のあたりは立ち憂いと仰せになるのは。私もその花を霞ませている空の様子を見ましょう。（「空」は前の歌と同じ。「霞むる空のけしき」は、君がかすめ云わする御心の後々の様子の意）
▼38　左大臣家。葵上のもと。

▼39　葛城の寺の前なるや、豊浦の寺の西なるや、榎の葉井に白玉しづくや、おしとんどおしとんど、しかしてば国ぞ栄えんや、我家らぞ富みせんや、おしとんどおしとんどおしとんど。「催馬楽、葛城」

▼40　紫の上。兵部卿宮よりも源氏を立派だと思ったのである。

▼41　天台、真言でいう僧の学位の最高のもの。

▼42　源氏の正妻の葵上。

▼43　ことも尽き程はなけれど片時もとはぬはつらきものにぞありける。古今六帖による。

▼44　命だに心にかなふものならば何かは人を怨みしもせむ（紫明抄）

▼45　藤壺と紫の上の父宮とは先帝の后より生れられた御兄弟である。

▼46　消息の書状を巻いて、その端を結んで封じたもの。

▼47　山桜の面影は身より離れず附きまとっています、その下（もと）に私の心の有る限りを留めて来ましたけれども。（「山桜」は女の子の譬）

▼48　朝まだき起きてぞ見つる梅の花夜の間の風のうしろめたさに（拾遺集）

▼49　当時習字のはじめには「難波津に咲くやこの花冬ごもり今を春べと咲くやこの花」という歌を書いたのでいう。

▼50　嵐の吹く尾上の桜の、その散らぬ間の暫くに、お心を留められたのは、果敢ない事でございます。（「散らぬ間を」に、果敢ない意で幼女を寄せ、「はかなさ」に君の心の無理なのを寄せたもの）

▼51　浅香山の浅くは君を思わないのに、何うして山の井に映る影のかけ離れられるのでしょう。（「影離る」に、相手にしない意の「懸け離れる」を掛けてある）

▼52　汲み初めて口惜しいものだと聞く山の井の、その浅いままで映る影をお見せするべきではございますまい。（「浅き」に女の子の幼い意を寄せて、それでは末が遂げまいの意を持たせたもの）

▼53　藤壺の宮附きの女房。王の御家の出の方。

▼54　山城国にある山。暗という語の縁で用いているもの。

▼55　「見ても」は、逢っても。「夢の中」は、あっけない逢い方をしている中に。「やがて紛るる」は、そ

のまま紛れて消えてしまうで、このまま死ぬ意。「がな」は、願望。このように逢っても、又逢う夜は稀れである今夜の夢の如き中に、このまま死んでしまう身でありたいことよ。

▼56　世間話に、人が語り伝えることであろうか。類いなく辛い此の身を、覚めない夢にして、このまま死んでしまおうとも。贈歌の「夢」を承けての歌。

▼57　紫の上の祖母である尼君の夫。故人になっている。

▼58　幼い鶴の一声を聞いてから、それが懐かしく、葦間に躊躇（たゆた）って岸に着け難くしている船の、我慢が出来ないことです。（「鶴」を姫君に、「船」を自身に譬えている。「え」は「江」の意で「葦間」の縁語）

▼59　堀江こぐ棚無し小舟こぎかへり同じ人にや恋ひわたりなん。古今集による。

▼60　この巻にある尼君の歌。「生ひたたんありかもしらぬ若草をおくらす露ぞ消えむ空なき」

▼61　手に摘んで、我が物として何時になったら見られようか、紫の根が生えているので、それに通う気のするその野の若草を。（「紫」は藤壺の宮、「若草」は姫君の譬。「通ふ」は一族の意を寄せてある）

▼62　三条朱雀に在る。十月の行幸は紅葉賀である。

▼63　桐壺更衣。

▼64　紫の上の両親。

▼65　葦の若い和歌の浦に、沖の海松藻（みるめ）を寄せることは難かろうとも、これは立ったままで、岸へも寄らずに帰って行く波であろうかは。（「葦若」の若に姫君を、「波」に自分を譬え「みるめ」に見る目即ち逢う事を掛け、「立ちながら帰る」に、逢わずに帰る意を持たせている）

▼66　その寄って来る浪の心の何ういうものであるかも知らずに、和歌の浦で玉藻の靡くというのは、浮いたことでございます。（「浪」を君に、「玉藻」を姫君に譬え、「わか」に「若」を掛け、「靡く」に従う意を持たせている。「浮き」は、「玉藻」の縁語）

▼67　人知れぬ身はいそげども年を経てなど越えがたき逢坂の関（後撰集）

▼68　寝室の帳台。

▼69　朝ぼらけの霧の立っている空のおぼろなのにも、それを感じられて、通り過ぎ難く思われる妹が門ではある。（催馬楽「妹が門」を模したもの）

▼70　立ち留まって、霧が作る隔ての籬の為に通り過ぎ難くて悩まれるならば、この家の草の扉の方には障る物もございますまい。

▼71　父宮の後妻で、紫の上の継母。

▼72　御縁の結ばれた早々、源氏が御自身お訪ねにならないことを嘆いている。

▼73　惟光。

▼74　葵上。

▼75　常陸には田をこそ作れ、あだ心かぬとや君が、山を越え野を越え、雨夜来ませる「風俗歌　常陸」

▼76　貴人に賜わる警衛の武士。近衛の舎人。

▼77　寝殿造の、ここは西の対の屋。

▼78　薄黒い染色の衣。祖母の喪に服しているため。

▼79　知らねども武蔵野といへばかこたれぬよしやさこそは紫の故（古今六帖）

▼80　その根は見ないけれども、あわれだと思う、武蔵野の露を分け悩んで見る草の紫を。（「ね」は「寝」を掛け、「露分けわぶる草」に、恋しさの涙に堪えられない紫の草を持たせ、その紫に、更に藤壺の宮を思わせている。「ゆかり」は、紫の意と共に、縁の者の意も持たせてある。そちらの意では、共寝はしないけれども、あわれと思う、武蔵野にある紫の縁の者をの意）

▼81　私を託（かこつ）けられる訳を知らないので、覚束なく思います、何ういう草の縁なのでしょう。

▼82　故大納言家に、紫の上に附いていた女房。

末摘花

　思ってはいるけれども、やはり、心足ることが出来なかった夕顔[1]の、その花に置く露の消え去って残された頃の心持は、年月経つけれども君はお忘れになれず、此処も其処も打解けない方々ばかりで、様子よく、心深い所を見せようとの御競争なので、あの気安く懐かしかった可愛さを似るものもなく、恋しくお思いになっていられる。何うか仰々しい気のせず、まことに可愛らしい人で、気の置けるところのない人を見附けたいものだと、君は懲りずにお思い続けになっているので、少し好さそうに聞える辺りには、お耳の留まらない所もなく、これならばとお思い寄りになる様子のある辺りには、一行でもおほのめかしになられるようであるが、お靡き申さず受附けないという者は、殆ど無いようであるというのは、ひどくも目馴れたことであるよ。素気なく心強い女は、云いようもなく情後れての真実やかさで、余りにも物の程を知らないようで、それだけでは通しきれず、跡方もなく崩れて、つまらない者の妻になりなどする者もあるので、お云いさしになってしまった者も多くあった。あの空蟬[2]は、何かの折には口惜しくお思い出しになられる。荻の葉[3]の方も、然るべき序のある折には、お消息をおやりになる事もあろう。灯影に取り乱していた様は、又ああした所を見たいものだとお思いになる。大体、跡方のない物忘れはお出来になれないことであった。

　左衛門の乳母といって、大弐[4]の尼君に次いで、君の睦ましくお思いになる者の娘に、大輔の命婦というものがあって、内裏にお仕え申している。皇族の御裔の、兵部大輔である者の娘なのである。いたって色好みの若い女であるのを、君も内裏ではお召使いされている。母は筑前守の妻で▼5、夫と任国へ下っているので、父君の許を里として、内裏へ通っている。故常陸の親王が、晩年にお設けになって、ひどく大切になさった御娘で、心細い有様で遺されている方のことを、大輔は事の序に、君にお話申上げたので、君は、可哀そうな事よといって、様子をお尋ねになられる。「お気前や御器量などは、深くは存じ上げられません。ひっそりして、人の出入りも少くお暮しになって入らっしゃいますので、然るべき宵居の時など、物越しでお話を申上げております。琴だけを懐かしい話相手に思って入らっしゃいます」と申上げると、君は、「いうところの『三つの友』▼6であるが、もう一つの友が良くないものであろう」と云われて、「私に聞かせろよ。父親王は其方の方ではお上手で入らしたから、並々の手づかいではあるまいと思う」と仰せになられる。「それ程にお聞きになる程のものではございませんでしょう」というと、「ひどく勿体をつけるな。此頃の朧月夜にそっと行こう。其方も退出っていろよ」と仰せになるので、煩わしい事だとは思うけれども、内裏あたりも長閑かな春の徒然に退出した。父の大輔の君は、外の所に住んでいた。宮家へは時々通って来るだけであった。命婦は継母の所には住み着かず、姫君の御辺りに馴染んで、ここへ来るのであった。君は仰しゃった通りに、十六夜の月の面白い時刻にお越しになった。「まことに工合の悪い時でございますよ、物の音の澄むような夜の様でもなさそうでございますのに」と申上げると、「それでも彼方へ行って、ただ一声でもお勧め申せよ。ただで帰るのは残念だろうから」と仰せになるので、命婦は、自分の打解けた居間にお置き申上げて、気づかわしく勿体ないとは思ったが、自分は寝殿の方へ参ると、まだ格子も上げたままで、梅の香の面白いのを眺めやって入らせられる。好い折よと思って、「お琴の音がどんなにか好かろうと思われまする夜の様子でございますので、誘われて参りました。気ぜわしい出入りをしておりますので、承れずにばかりおりまして、残念でございます」というと、姫君は、「聞き知る人があるものですよ。宮中へ通っている方の、聞く程になぞは」といって、琴を召寄せられるのも味気なく、何のようにお聞きになろうかと胸が潰れる。ほのかにお鳴らしになられる。面白く聞かれる。何という程の深い腕ではないが、その物の音柄の系統が特別のものなので、君は聞き憎くもお思いにならない。ひどく荒れ渡った寂しい所に、あれ程であった人が、大切にお冊きになったであろう名残も無く、何んなにかお嘆きを尽していられることであろう、こういう所にこそは、昔物語にも、哀れなことがあったことだなどと思い続けて、言い寄ろうかとお思いになったけれども、率爾だとお思いになろうかと、極りが悪くて躊躇なされる。命婦は気働きのある者で、あまりお耳に馴らすまいと思ったので、「曇り勝ちのようでございます。客が来ようといっておりました、厭い顔に思われますのも。後程ゆるりと又。お格子を下しましょう」といって、ひどくも勧めずに帰って来たので、君は、「生中な程で止めてしまったね。聞き分けられる程でもなくて、残念な」と仰せになる御様子は、面白いとお思いになっているのだ。「同じことなら、間近な所で様子を立聞きをさせろよ」と仰せられたが、奥ゆかしい程度でと思うので、「さあ、いかにもひっそりとした沈んだ御様子で入らっして、お気の毒なようで」というと、ほんにそれもそうだ、急に此方も彼方も打解けて話し合う人の身分は、そうした身分だからのことだと、哀れにお思いになる御身の上の方なので、「それでも、そうした心持をほのめかして置けよ」とお話になられる。他にお約束になっている所がおありになるのであろうか、ひどく忍んでお帰りになられる。命婦は、「主上が、実体に入らせられるとお案じになって入らせられますのが、可笑しく存じ上げられることが折々ございますよ。このようなお窶し姿を、何うして御覧になれましょう」と申上げると、君は小戻りして笑われて、「他の者が云いでもするように、咎め立てなどはなさるなよ。これを浮気な振舞だというなら、自分の有様が困ることだろう」と仰しゃると、余りに色めいているとお思いになって、折々このように仰せになるので、恥ずかしいと思って物もいわない。

君は寝殿▼7の方へ、姫君の御様子の聞かれることもあろうかとお思いになって、そっとお越しになる。透垣▼8の唯少しばかり折れ残っている、その蔭の方に立ち寄られると、前から立っている男があるのであった。誰であろう、姫君に心を寄せている好色者があったのだとお思いになって、その蔭に入ってお隠れになられると、頭中将なのである。此の夕方、内裏から一緒に退出されたのに、君はそのまま大殿▼9にも寄らず、二条院▼10へでもなくて、お別れになったので、何所へ行かれるだろうと怪しくて、自分も行く所があるけれども、君の跡について来て窺っていた。つまらない馬に、狩衣姿の粗末な姿で来たので、君はお分りにならないのに、こうした異った所にお入りになったので、訳が分らずにいた間に、琴の音に聴き入って立って、帰ってお出でになるかと、心待ちにしていたのであった。君は誰とも見分けがお附きにならず、自分だとは知られまいと、抜足をして歩み退かれると、突と寄って来て、「お振り棄てになられた辛さに、お見送りに参ったのですよ。

諸共に大内山は出でつれど入る方見せぬいさよひの月▼11

と恨むのも口惜しいけれども、此の君だと御覧になると、少し可笑しくなった。「思い寄らないことですよ」と憎み憎みしながら、

里分かぬ影をば見れど行く月の入るさの山を誰か尋ぬる▼12

中将は、「此のように慕い歩いたならば、何うなさいますでしょう」と申上げる。「本当は、かような御歩きにも、随身▼13の働き次第で、埒のあくこともございますものです。お見棄てにならない方がお宜しいでしょう。お窶しになっての御歩きは、軽々しい事も起りましょう」と押返しお止め申上げる。こうまで見附けられたのを口惜しいとはお思いになるけれども、あの撫子▼14は、尋ねても知れずにいることを、君は我が重い手柄だとお心の中で思い出しになられる。それぞれが約束のある所へも、甘え合って、別れて行くことがお出来にならない。一つ車に乗って、月の面白い程度に雲隠れをした道の間を、笛を吹き合せて大殿にお越しになった。前駆なども追わせられず、忍んでお入りになって、

人の見ない廊へ御直衣を取寄せてお召しかえになり、平気な様子をして、今来たかのように、御笛を吹きすさんで入らせられると、大臣は[15]例のようにお聞き流しにはならず、御自分も高麗笛をお取り出しになった。ひどくお上手に入らせられるので、まことに面白くお吹きになる。御琴をお取寄せになり、女君の方でも、その道に心得のある人々にお弾かせになる。中務の君[16]は、専ら琵琶を弾くのであるが、頭の君[17]が心に懸けているのを受けつけずに、ただ君の、たまさかにお見せになるお心持の懐かしいのをば、お背き申せずにいるので、自然に隠れのない事となって、大宮[18]などもお快くなくお思召すようになったので、歎かわしく間の悪い気持がして、つまらなさそうに物に凭って臥していた。それでも、全く君を見上げ申せない所に離れて行くのも、さすがに心細い気がして、思い乱れている。君達は、前の琴の音も思い出して、哀れであった住まいの様なども、様子の変っていて、却って趣のあるものに思い続けて、予想として、ひどく面白く可愛らしい人が、ああして年月を重ねていた時に見初めて、いじらしく気に懸かるようであったならば、世間からも騒がれる程に、我が心も乱れることであろうかなどとまで、中将の方は思った。此の君が、あのように思い込んでお歩きになるのに、何でそのままでお置きになろうかと、何だか口惜しく危い気がした。

　その後は、此方彼方から、文をお遣りになる事であろう。何方も何方も返事が見えない。覚束なく気懸りで、余りにも変屈なことであるよ。あのような暮しをしている人は、物思いを知っている様子をして、はかない木草や、空の様子などにつけても、心を寄せての云い方などをして、その気分の推し量られる折々のあることこそ哀れである。たとい身分が重かろうとも、ひどく此のように、余りな引込み方をしているのは、気にくわない悪いことであると、中将の方は一層に焦れていた。例の隔てをお置き申さない心から、「これこれの返事は御覧になりますか。試みに、心をほのめかして見たことがありましたが、工合がよくないので止めましたよ」と愚痴をいうと、君は、果して、言い寄っていたのだよと微笑まれて、「さあ何うか、そう見ようと思わないせいかして、見たという程でもありません」と御返事をされるので、中将は、女が人の差別を附けたのだなと残念に思う。君は、そう深くは思わない事が、先方のすげないのに、つまらなくなって来られたのであるが、此のように此の中将が云い寄っているので、言葉多く云われ馴れた方に靡くことであろう。得意そうにして、以前のことは見放したような様子をするのは、不快なことであろうとお思いになって、命婦に本気になってお云いになられる。「手応えなく、相手になさらない御様子なのは、ひどく辛いことだ。浮気事のようにお疑いになっているからであろう。それにしても、一時ぎりの心は持ってはいないのに、女の心にのどかな所がなくて、案外な事ばかりするので、自然私の過ちにもなって行くのです。心がのどかで、親兄弟のかばい立てをして恨(うら)みる者もなく、気易(きやす)くていられる女は、却って可愛いいことであろう」と仰せになると、「さあ、そのような面白い方の御笠宿り[19]には、おなれになれないのではないかと、お不似合なようにお見受けします。ただもう遠慮をして、引込んで入らっしゃる方は、珍らしい方でございます」と、見ている有様を申上げる。「巧者らしく、巧者ぶった気の利いたところは無いのであろう。ひどく子供ぽくおっとりしている方が可愛いいことであろう」と、お思い忘れにならずに仰しゃる。

瘧病(ぎゃく)[20]をお煩いになり、人知れぬ御嘆きの紛れにも、お心に暇がないようで春から夏が過ぎた。秋の頃、静かにお思いつづけになって、あの砧(きぬた)[21]の音の耳についてやかましかったのさえ、恋しくお思い出しになるままに、常陸の宮には屢(しばしば)御文(おんふみ)をお上げになられるが、やはり手応えないばかりなので、恋(こ)い心が分らず、焦(じ)れたくて、根気負けをして止(や)めることはしまいというお心までも添って来て、命婦をお責めになられる。「何んな様子なのだ。本当にこういう事はまだ覚えのないことだ」と、ひどく心外に思って仰せになると、命婦もお気の毒に思って、「お受けつけ申さず、不似合な事などをお思いになっているのではございません。ただ一通りの御遠慮がおひどくて、手をお出しになれないのだとお見受けいたします」と申上げると、「それこそ世間見ずというものだ。もの心の附かない頃とか、自分の身を心任せに出来ない中(うち)は、そのように恥ずかしがるのも尤(もっと)もなことだ。何事もお分りになっていられるだろうと思えばこそ、何をという事もなく徒然(つれづれ)で、心細い気ばかりしているので、同じような心で、相手をして下さったなら、願いが叶うような心持がすることであろう。何だ彼(か)だと好色めいた心からではなくて、その荒れた簀子(すのこ)に佇(たたず)んで見たいものなのだ。ひどく手応えのなく、訳の分らない気がするので、彼方(あちら)のお許しはなくとも工夫をして呉(く)れよ。焦れて、いやな振舞などは決してすまい」などお話になられる。君もやはり世間の人の有様を、大方のようにしてお聞き集めになり、お耳にお留めになる癖がお附きになっているので、さみしい宵居(よいい)などに、ちょっとした序(ついで)に、かような人がとだけ申上げたのであったのに、このように、態々(わざわざ)のように仰しゃり続けられるので、命婦は小うるさくて、それに姫君の御有様も、お似合わしく、奥ゆかしくなどもないのに、生中(なまなか)な手引の為(ため)に、却ってお気の毒な目に逢われはしないかと思ったけれども、君が此のように本気に仰しゃるのを、お聞き入れしないというのも間違ったことであろう。父親王(ちちみこ)が世に在られた時でさえ、古風な辺りだとして、お訪ね申す人もなかったのに、まして今では、庭の浅茅(あさじ)を踏み分ける人も全くないのに、此のように世に珍らしい御懸想(けそう)の様子が漏れて匂って来るので、生(なま)女房などは笑みを浮べて、やはり御返事をお上げなさいましとお勧めするけれども、呆れるほどに御遠慮されるお心とて、まるきり御文(おんふみ)を見入れもなされないのである。命婦は、それならば然るべき折に、物越しでお話になっている中に、お気に入らなかったならば、それでお止めになられよう。又然るべき御宿縁で、かりにお通いになろうとも、誰もお咎めになさるべき人もないことだなど、浮気ぽい逸(はや)り心から思い立って、父君にも、こういう事がとも云わずにいたのである。

　八月の二十日余りの、宵過ぎまで待たれる月の待ち遠なのに、星の光だけが清(さや)かに澄んで、松の梢を吹く風の音が心細いので、姫君は命婦を相手に昔の事を話し出してお泣きになられる。命婦はひどく好い折であるよと思って、君にお消息(たより)を上げたのであろう、君は例のようにひどく忍んでお越しになった。月が次第に登って、荒れた籬のあたりを、照らすのが疎ましく、姫君は眺め入っていられると、命婦にそそのかされて、琴をほのかに掻き鳴らされたが、下手ではない。少し当世風なところを附けたいものだと、浮いた心から、命婦は不満に思っている。君は人目のない所なので、気安くお入りになられる。命婦をお呼ばせになる。命婦は急に驚いた様子をして、「何うも困ったことでございますよ。これこれでお越しになったことでございます。いつもそのようにお恨みを申されますのに、私の心では何うにもならないことだとばかり申上げて争っておりますので、それでは御自分で、世間の道理をお話し申そうと仰しゃり続けて入らっしゃるのでございます。何う御返事を申上げましょう。並々のたやすいお振舞ではございませんので、お気の毒でございますから、物越しで、仰しゃる事をお聞き遊ばしませ」というと、姫君はひどく恥ずかしく思って、「人に物を申すようも知りませんのに」といって、奥の方へいざって入られる様が、まことに幼々しいことである。命婦は笑って、「ひどく子供ぽくて入らっしゃるのがお気の毒でございますよ。限りのない貴い方でも、親御様がお世話を申し、後見をして入らっしゃいます間は、子供ぽくて入らっしゃいますのも御尤もでございます。それ程までにお心細いお有様で、世の中を限りなく憚かって入らっしゃいますのは、似合いませんことで」とお教え申上げる。さすがに人のいう事は強くは否まないお心持で、「御返事を申上げなくて、ただ聞いていよというのでしたら、格子[22]など鎖しての上で伺いましょう」と仰しゃる。「簀子[23]にお置き申すなどは不都合でございましょう。押しつけな、軽はずみの御振舞などはまさか」など、ひどく上手に言い拵えて、二間[24]の隔ての襖を、自分でひどく強く閉めて、君のお褥を置きなどして繕い立てる。姫君は、ひどく極り悪い気がなされるけれど、このような人に物をいう心持などは、夢にも御存じがなかったので、命婦がこのようにいうのを、子細のある事であろうと思って入らせられる。乳母といったような老女などは、部屋へ退って寝て、宵寝呆けをしている頃である。若い女房の、二三人いるのは、世間から騒がれて入らっしゃる御有様を、ゆかしいものにお思い申して、胸をどきつかせ合っている。命婦は姫君に少し良いお召物を召させて、お繕い申上げるけれども、御当人は、何の昂(こう)奮(ふん)もなくて入らせられる。君は、まことに限りもない御有様を、目立たないような御装いになって入られる御様子は、云おうようなく艶(なまめ)いて、物の見分けの附く人にこそ見せたいものである、何の見栄えもなさそうな辺りなのに、まあお気の毒なことと思うが、ただ姫君のおおようにして入らっしゃる点だけを安心のできることにして、出過ぎた事はお見せ申さないだろうと思っていた。自分が絶えずお責められ申している咎を脱(のが)れる為に、お気の毒な方にお嘆きが起って来はしないだろうかと、不安に思っていた。君は姫君の御身分を思っていられるので、はしゃぎ切っている、当世風の気取りよりは、遥かに奥ゆかしく思い続けていられたのに、とやかくとそそのかされて、いざり寄って来られる御様子が、忍びやかで、えびの香[25]のかおりが懐かしく薫って来て、おおようで入らせられるのを、思っていた通りであるよとお思いになる。年頃お思い続けになっていられることを、まことにお上手にお云い続けになられるけれども、増(ま)して、さし対(むか)いの御返事は全く無い。「致方(いたしかた)のないことでございますね」と御嘆きになる。

幾(いく)そたび君がしじまに負けぬらむ物ないひそといはぬ頼みに[26]

「お断りになるならば、なさいまし、『玉襷[27]』は苦しゅうございます」と仰せになる。姫君の御乳母(めのと)の子で、侍従といって、ひどくはしゃいでいる若い女房が、ひどく不安に、見かねると思って、お側へさし寄って申す。

鐘つきて詰(と)ぢめむことはさすがにて答へま憂(う)きぞかつはあやなき[28]

と、若い声の、格別に重々しくもない声で、代ってではないようにつくろって申すので、君は、御身分に合せては洒落(しゃ)れているとお聞きになったが、珍らしいので、「却って私の口の塞(ふさ)がることですよ」

いはぬをも云ふにまさると知りながらおし込めたるは苦しかりけり[29]

君は何や彼やと、ちょっとした事ではあるが、面白いようにも、本気にも仰せられるが、何の御返事もない。ひどく此のように、相手にしないのは、様子の異った事で、思う人が他におありになる方だからであろうかと口惜しくて、襖を静かに押開けて君はそちらへお入りになってしまった。命婦は、まあ厭やな、油断をおさせになってと、ひどく姫君がお気の毒なので、知らぬ顔をして、自分の部屋の方へ行ってしまった。その若い女房どもも亦、世に類もない御有様の評判に、お咎め申さずして、仰々しくも嘆けず、ただ思いも寄らない俄な事で、姫君には、そうしたお心の無い事だのにと思っていた。御本人は唯夢中で、恥ずかしく極り悪るさより他の事は無いので、君は、今の中はこういう方が可愛い、まだ恋情を知らない人で、人に冊かれてばかりいるからのことと、お見許しになるものの、変に物足りず思われる姫君の御様である。何につけてかお心が留まろう。溜息がつかれて、夜深い中にお帰りになった。命婦は、何んなであろうかと、目が覚めて耳を澄まして臥っていたけれど、知っている様子はしまいと思って、「御送りに」とも声を出さない。君もそっと忍んでお帰りになったことであった。

君は二条院にお帰りになってお寝になっても、やはり思うようには行かない世の中であるとお思いつづけになられて、軽くはない御身分だのにと、心苦しくお思いになられた。思い乱れていられると、頭中将が入らして、「ひどく御朝寝でございますね。訳のあるのだろうと存じ上げられます」というので、お起きになって、「気楽な独寝の床で、気が緩んでしまったのです。内裏からですか」と仰せになると、「さようです。退出したままでございます。朱雀院の行幸の▼30、今日は楽人や舞人をお定めになる由を承りましたので、大臣にも伝えようと思って退出したのでございます。すぐ引返して参内するつもりです」と忙しそうにしているので、君は、「それならば一しょに」と仰しゃって、御粥や強飯をお命じになり、客にもお差上げになって、車は引続けてあったが、同じ車にお乗りになって、中将は、「まだひどくお眠そうです」と咎め立てつつ、お隠しになる事が多いと恨みを申上げられる。

事を多くお定めになられる日で、君は内裏（うち）に詰めてお暮しになった。彼処（かしこ）には、せめて文（ふみ）[31]だけでもと気の毒にお思い出しになって、夕方になってお遣わしになった。雨が降り出して、道の間が面倒でもあるのに、そこに雨宿りをしようともまたお思いにならなかったのであろう。彼処（かしこ）では、君の御文をお待ち申すべき時刻[32]も過ぎたので、命婦はひどくお気の毒な御様だと、辛く思った。御本人は心の中で、恥ずかしく思い続けられて、今朝来るべき御文（おんふみ）の暮れてからになったのも、と角（かく）のことはお考えがおつきにならなかった。君の御文には、

夕霧の晴るるけしきもまだ見ぬにいぶせさ添ふる宵の雨かな[33]

「雲の絶間を待とうとする間の、いかに待ち遠でしょう」とある。お越しにならないような御様子に女房どもは落胆したけれど、やはり御返事をお上げなさいましとおそそのかし申すが、姫君はひどくお思い乱れになっていられる折で、型のようにも書き続けられないところから、夜が更（ふ）けてしまうとて、侍従が例のようにお教え申上げる。

晴れぬ夜の月待つ里を思ひやれ同じ心に眺めせずとも[34]

口々に責められて姫君は、紫の紙の、何年も経ったので色の褪（あ）せて、古びたのに、お手跡はさすがに線を強く、中くらいの手筋で、天地を同じに揃えてお書きになった。君は見る甲斐（かい）もなくて打置かせられた。何（ど）のように思っていようと、思いやるのも君は御不安である。こうした事を悔しいなどと云うのであろうか、そうかといって何うしよう。我はそれにしても心永く末までも世話を見てゆこうと、お思い做（な）しになるそのお心を知らないので、彼処（かしこ）ではひどくお嘆きになられた。

大臣（おとど）が夜になって退出されるのに引かされて、君も大殿（おおいどの）にお出でになった。此方（こちら）では行幸の事を興のあることにお思いになって、君達（きんだち）は集まってその事を仰せられ、銘々（めいめい）舞などを習われる事を、その頃の為事（しごと）とされて、さまざまの楽の音が、平生（へいぜい）よりはやかましくて、方々は競争をし合って、例の御遊びではなく、大篳篥（おおひちりき）、尺八の笛などの、音の高いものを吹き上げつつ、太鼓をまで勾欄（こうらん）のもとに

転がし寄せて来て、自身打鳴らして、遊んでお出でのようである。君は御暇のないような形で、切に思わせられる所にだけは、時をお盗みにもなられるが、常陸の宮の辺りは、ひどく心許なくて、秋も暮れ果てた。なお頼みを懸けて来た甲斐もなくて、過ぎて行く。行幸が近くなって来て、試楽(しがく)▼35などといって騒ぐ頃に、命婦は君の御許に伺った。君は、「彼方(あちら)は何(ど)んなだ」などとお尋ねになって、気の毒なこととはお思いになっている。命婦は彼方(あちら)の様子を申上げて、「ひどく此のようにまで疎々(うとうと)しいお心持は、側(はた)でお見上げしています者までも、心苦しゅうございまして」などいって、泣き出してしまいそうなまでに思っていた。奥ゆかしく思われる程度に扱って、それで止(や)めにしようと思っていたのを、だいなしにしてしまったのは、心ない事で、此の命婦の思わくまでも、気の毒だとお思いになる。御本人の物も云わずに、ふさぎ込んでいられるであろう様を、お思いやりになるのも気の毒なので、「暇の無い頃なのだ。余儀ないことだよ」と嘆息されて、「物のあわれも知らないような心持を、暫(しばら)く懲(こ)らしてやろうと思ってのことだよ」とほほ笑ませられる、それが若く、美しいので、命婦も打笑まれるような気がして、恨みをお受けになるのも、無理もないお年頃というものだ、思いやりが少(すくな)く、御気随(ごきずい)なのも御尤もだと思う。行幸の御準備の程を過して、時々お越しになられた。

かの紫▼36の縁(ゆかり)を尋ね取られてからは、そのお可愛がりにお心が入って、六条▼37辺りでさえもいよいよ足が遠くおなりなさるようであるから、まして荒れた宿のことは、あわれとは怠(おこた)らずお思いやりになりながら、お通いになるのを億劫(おっくう)にお思いになるのも、無理もないことであった。並(な)み外れての物恥じを、見顕(みあら)わそうとまでの格別のお心も無くて過ぎて行くが、それをしたら、却って見優(みまさ)りするというようなこともあるかも知れない、手探りで感じるだけの覚束なさから、変な、心得難い事もあるのだろうか、よく見たいものだとお思いになるが、あから様にそういう事をするのは恥ずかしい。打解けていられる宵居(よいい)の頃に、君はそっと其方(そちら)へお入りになって、格子の隙間から御覧になった。だが姫君は見えそうにもなく、几帳(きちょう)などひどく損じてはいるものの、昔からの立て所が変らず、片方に押寄せるなど、乱雑にしてないので、奥は見えなくて、老女房どもが四五人いた。御食膳の上の茶碗は、秘色[38]らしい、唐土の物ではあるが、ひどく古びていて、食べものも何もなくて、あわれなのを、御前を退って来て人々が食べている。隅の間にだけ、ひどく寒そうにしている女房が、白い衣の、云いようもなく古くなったのに、汚ならしい褶[39]を結っている腰つきは、武骨な恰好である。さすがに櫛をずるけそうにして挿している額つきは、内教坊、内侍所[40]の辺りに、こうした者がいることだと、可笑しくお思いになる。全く、こうした者が御自分達の身近く仕えているのを、君は御覧になったことはなかったのである。「ああ、寒い年ですこと。命が長いと、こうしたいやな世にも逢うものですよ」といって泣く者がある。「故宮がいらせられた世を、何だって辛いなんて思ったのでしょう。このように頼みなくて暮す世もあるものでしたよ」といって、飛び立ちそうに胴慄いしている者もある。色々と身恰好悪い事を嘆き合っているのを、お聞きになって入らせられるのも気の毒なので、君は立ち退いて、唯今お出でになったように格子をお敲きになる。「そら」などと云って、灯火を取り直し、格子を開け放ってお入れ申上げる。侍従は斎院[41]に参り通っている女房で、此頃はこちらには居なかったのである。いよいよ変な、田舎びた極みとなっていて、君は見馴れないお気がなされることである。老女房どものいやが上の愁いであった雪は、掻き垂れてひどく降って来た。空の様子が烈しく、風が荒れて、灯火は消えてしまったが、点ける人も無い。君はあの鬼[42]に襲われた折の事をお思い出しになって、荒れている様はそこに劣らないようであるが、家が狭く、人けが少しあるなどに慰められていられるけれど、凄く、いやに目敏い気のする夜の様である。君は面白くもあわれにも、平常とは変って、お心の留まるべき有様であるのに、姫君のひどくも引込み気分で、何の興もないのを残念にお思いになられる。

　辛うじて夜が明けて行く様子なので、君は格子を御自身お上げになって、前の前栽の雪を御覧になる。人の踏み分けた跡もなく、遥々と荒れ続いていて、云いようもなく淋しいので、態々お帰りになるのも可哀そうなので、「面白い折の空を御覧なさい。何時までも心の隔てをお附けになっていられるのは余りです」とお恨みを申される。まだほの暗いけれども、雪の光で君のいよいよ清らかに、若くお見えになるのを、老女房どもはにこにこと笑んでお見上げ申上げる。「早くお起きなさいまし。つまりません。お素直なことが第一で」などお教え申すと、さすがに人のいう事は厭やとは仰しゃらないお心で、とやかくと身なりをお繕いになって居ざってお出になった。君は見ないような風をして、外の方を眺めていられるけれども、御尻目のお使い方は尋常ではない。何うであろうか、打解け優りの少しでもあれば、嬉しいことだろうとお思いになるのも、生憎なお心ではあるよ。先ず居丈が高く、胴長にお見えになるのに、果してそうだったと肝がおつぶれになる。次いで、これは醜いとお見えになるものは、御鼻なのである。じっと目が留まる。普賢菩薩の乗物▼43のそれと思われる。呆れるほどに高くて、長くて、先の方が少し垂れて、赤く色着いている所なぞ、格別にも見苦しい。お顔色は、雪の方が恥ずかしい程に白く、真っ青で、額は、ひどくおでこであるのに、猶お下の方が長く見える顔つきは、多分怖ろしくも長いのであろう。痩せていられることは、お気の毒なほど骨立っていて、肩の辺などは痛そうなまでに、衣の上からさえ見える。何だって残るところなく見顕わしてしまったろうと思うものの、珍らしい装いをしていられるので、君はさすがにお見やりになられる。頭つきと、髪の垂れ様だけは、美しく愛でたいとお思い申す人々にも、殆ど劣らない程で、袿の裾に溜って、余って後に曳かれているのが一尺ばかりも余ろうかと見える。お召しになっていられる物まで云い立てるのは、口が悪いようではあるが、昔物語にも、人の御装束を先ず第一にいっているようである。ゆるし色▼44の古びて、ひどく色の褪せた一襲に、紫の古びて黒く変った袿をかさねて、上著には黒貂の皮衣の、ひどく清らかで、薫物の香に染みたのを著て入らせられる。古風な由緒のある御装束ではあるけれども、やはり若い女の御装いとしては似合わしくなく、仰々しい事は、ひどく目に立つことである。だがほんに、此の皮衣がなかったならば、寒いであろうと見えるお顔附であるのを、君はお気

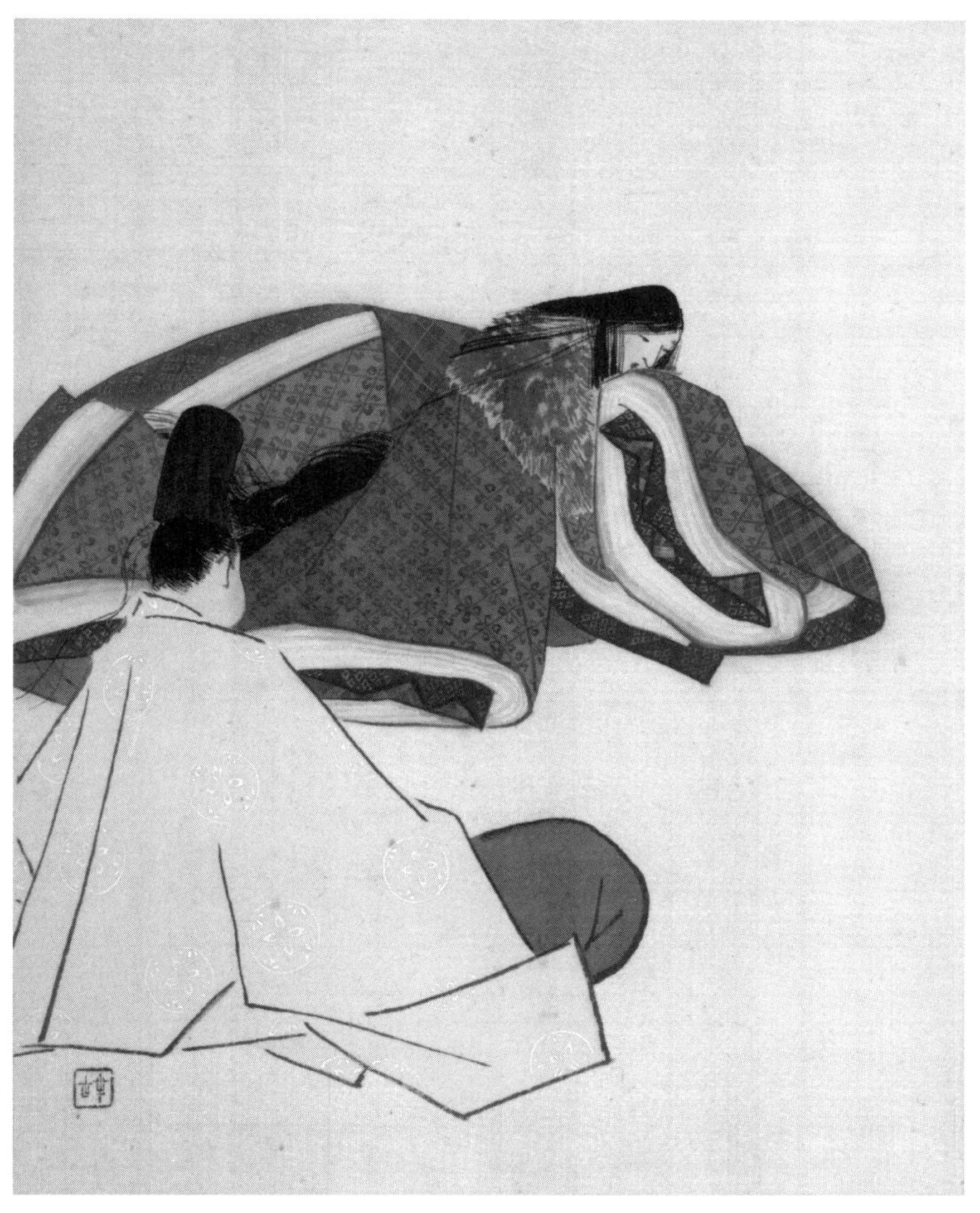

の毒に御覧になる。君は何事もお云いにはなれず、自分までもが口を閉じている心持がされるけれど、例の無言の勝負を試みて見ようと、とやかくと申されると、姫君はひどく恥じらって、袖で口を御覆いになっていられる様までも、鄙びて古風めいて仰々しくて、儀式官[45]が練り出した時の張り肘が思われるのに、さすがに笑顔になられたあんばいは、似合わず落ちつきがない。君は気の毒にもあわれに思われて、一段と急いでお出ましになる。「頼もしい人もないお有様ですから、逢い初めた私には疎くなくお睦び下さると、満足な気がいたしましょう。お打解なさらない御様子なので、辛い事です」など託つけて、

朝日さす軒の垂氷は解けながらなどかつららの結ぼほるらむ[46]

と仰せになるけれど、姫君はただ「むむ」と笑って、御返歌がひどく口重そうなのも気の毒で、君はお出ましになった。

お車を寄せてある中門は、まことにひどく歪み傾いていて、夜目には、それとはっきりしながらも、何かと隠れている所も多かったのだが、ひどく哀れに淋しく荒れ切っているのに、松の雪だけが暖かそうに降り積んでいるのは、山里のような気がして面白いので、あの雨夜[47]に人々が云った、葎の門というのはこういう所なのであろう、ほんに、気のもめる可愛ゆい人を此所に住ませて、気懸りに、恋しく思っていたら、有るまじき我が嘆きもそれによって紛れることであろうに、思う通りの住家に似合わない御有様は、取柄のないことだと思いながら、しかし自分でない他の人であったならば、我慢して相手にしようか、自分がこのように馴染んで来たのは、父親王が気懸りにお思いになって姫君に附き添わせて入らっしゃる魂が、案内をしてのことであろうとお思いになるのである。橘の木の雪に埋まっているのを、御随身を呼んでお払わせになる。羨しそうに、松の木が自身起きかえって、さっと零れて来る雪も、「名に立つ末の」[48]と見えて面白いのを、さして深くはなくとも、一通りの程度に物の趣の解って、相手になる人を欲しいものであるよと御覧になる。お車の出るべき門はまだ開い

ていないので、鍵を預っている者を尋ね出すと、翁（おきな）のひどく年寄ったのが出て来る。娘なのか孫なのか、中途半端の年頃の女の、衣（きぬ）は雪に照らされてひどく汚れが目立ち、寒いと思う様子が著しくて、変な物に火を僅（わず）か入れて、袖に包んで持っていた。翁が門を開け得ないので、女が寄って手伝って引いているが、ひどく不器用である。お使（つかい）の人が立ち寄って開けた。

ふりにける頭（かしら）の雪を見る人も劣らず濡らす朝の袖かな▼49

「若き者は、形蔽（かたちかく）れず」と君は誦（ず）されたが、「悲端（ひたん）と寒気と、併（あわ）せて鼻の中に入りて辛（から）し▼50」と続けられると、鼻がその為に色づいて、いかにも寒そうに見えた姫君の御面影が、ふっと思い出されて、君はおほほ笑みになる。頭中将が此の君を見られた時、何（ど）んな事を譬（たと）えていうだろう、絶えず窺って跟（つ）いて来るから、追っ附け見つけられようと、せん方なくお思いになる。世間並の無器量という程度であったならば、思い棄てて止めてもしまおうに、はっきりと御覧になっては、却って哀れに気の毒にもなって、真実な様で常にお訪ねになられる。黒貂（ふるき）の皮ではない絹、綾、綿など、又年寄どもの著るべき物の類、あの翁の為にまでも、上下（かみしも）お思いやりになってお差上げになられる。此のような内輪な事をなさるのも、極り悪くなく気やすく出来るので、そうした方面の後見（うしろみ）となって扶持（ふち）をして行こうというお思い方をなさって、普通とは様の違った、すまじき打解けた事をもなさるのであった。あの空蟬の打解けていた宵の横顔は、ひどく悪い器量ではあったが、身のもてなしで隠されて、残念という程ではなかった、あれに劣るべき程の人柄であろうか、ほんに身分にはよらない事であった、気持の穏やかに、心憎い女であったのに、我は負けて終りにした事であったと、何かの折毎（おりごと）にはお思い出しになる。

年も暮れた。君は内裏（うち）の御宿直所（おんとのいどころ）▼51に入らせられると、大輔の命婦が参った。君は、御梳（おけず）り髪（くし）などには、懸想（けそう）めいた筋ではなく、心安いものにして、さすがに戯（たわぶ）れ言（ごと）を云ったりして、お使い馴らしになっていられるので、召のない時でも、申上げる事のある時には参っていた。「妙な事がございますのに、申上げないのも変だと、考えに余りまして」とほほ笑んで云いさしているのを、「何（ど）のような事なのだ。私には包む事があるまいと思うに」と仰せになると、「何う致しまして。自分のお願（ねがい）でございましたら、恐れ多くても第一にと存じておりますが、これはひどく申上げにくうございまして」と、いたく思わせ振りにしているので、いつもの艶（えん）な振りをするとお憎みになられる。「あの姫君からの御文（おふみ）でございます」といって取り出した。「ましてこれは、隠すべき物でも無いじゃないか」とお取りになるにも、命婦は胸がつぶれる。陸奥紙（みちのくがみ）の厚ぼったいのに、香だけは深く焚（た）き籠めてあった。ひどく確（しっか）りと書きおおせてある。歌も、

唐衣（からころも）君が心のつらければ袂（たもと）はかくぞそぼちつつのみ[52]

君は呑みこめず、小首をお傾けになって入らせられると、命婦は、包につつんだ衣筥（きぬばこ）の、重そうな、古風なのを、そこに置いて、押し出した。「これが何うして、工合悪く思わずにはいられましょう。ですが、元日の御装束にと思召して、態々（わざわざ）の物のようでございますから、はしたなくお返しも出来ません。私が引き込めて置きますのも、彼方様（あちら）のお心持に違うことでございますから、御覧に入れての上でと存じまして」と申上げると、「引き込められるのは辛い事だろう、『袖捲（ま）き乾（ほ）さむ人[53]』もない私には、本当に嬉しい志（こころざし）というもので」と云われて、それきり物も仰せになれない。さても浅ましい詠口（よみくち）だ、これこそは御自分の腕の限りのものであろう。いつものは侍従が直していたのであろう、また筆の尻を持ち添えてくれる博士も無いことであろうと、詮（せん）なく思召される。心を尽してお詠み出しになった程を思うと、「ひどく勿体ない歌というのは、こういうのをいうのであろう」と、ほほ笑んで見られるのを、命婦は顔を紅（あか）らめてお見上げ申す。装束は当世風の色の[54]、我慢の出来そうもなく艶（つや）の無い、古風な直衣（なおし）で、裏も表も同じように濃い色で、ひどく下品に褄々（つまづま）の仕立てが見られる。君は浅ましいとお思いになって、其（そ）の文を広げながら、端に、手習をし散らされるのを、命婦は側（わき）から見ると、

なつかしき色ともなしに何にこの末摘花を袖に触れけむ▼55

「色の濃い花だと見たけれども」と書き汚される。命婦は、花の咎めをされるのは、なお子細のある事だろうと思うと、思い合せられる折々の月の光などで見えたことが、お気の毒なとは思うものの、可笑しい気にもなった。

くれなゐの一花衣薄くともひたすら腐す名をし立てずは▼56

「お気の毒な御仲で」と、いかにもよく物馴れて独り語にいうのを、好い歌というではないが、せめて此れ程の、一通りの事でも出来られたならばと、返す返すも残念である。御身分の程が心苦しいので、御名の傷くことは、さすがに御気の毒である。人々が参るので、君は、「隠そうか。こうした事は、世間並の人のするものだろうか」とお呻きになる。命婦は、何しにお目に懸けたのだろう、自分までが心もないようでと、ひどく恥ずかしく思って、そっと退った。

その翌日、命婦が殿上に詰めていると、君は、台盤所▼57をお覗きになって、「そら、これは昨日の返事だよ。此方も変にひねくらせられたよ」といって、文をお投げになった。そこにいる女房たちは、何であろうかとゆかしがる。君は、『たたらめの花の如、三笠の山の少女をば棄てて』▼58と、風俗歌を謡いすさんでお立ち去りになったのを、なお命婦はひどく可笑しいと思う。訳を知らない人々は、「何うしたのです、その独り笑いは」と咎め合った。「何でもないんです。寒い霜の朝に、歌の文句の掻練のような赤い鼻を御覧になったのでしょう。御つづしり歌の本当に可笑しいこと」というと、「ひどいことを仰しゃる。此の中には、そんないい色の鼻なんか無いようです。左近の命婦か、肥後の采女▼59がまじっていたのでしょうか」など、訳が分らないので云い合う。命婦は君の御返事を差上げると、宮では、女房達が集まって愛で合って見た。

逢はぬ夜を隔つる中の衣手に重ねていとど見もし見よとや▼60

白い紙に、書き棄てのようにお書きになっているのが、却って面白く見える。君は、晦日の日の夕方、あの御衣筥に、君の御召料にといって、余所から差上げた御衣一揃、葡萄染[61]の織物の御衣、又山吹[62]か、何であるか色々見えるのを、命婦から差上げる。前の、此方からの物の色合を、悪いものに御覧になったのではなかろうかと、思い知られるが、「あれもまた、紅の重々しい色でございましたよ。それにしても、負けはしますまい」と、年をした女房どもは決める。「御歌も、此方からのものは、筋の通って、確りしたものです。御返事は、ただ面白いというだけのものでございます」などと口々にいう。姫君も、生やさしい思いではなくてお詠みになった物なので、物に書き附けてお置きになった。

　元日の頃が過ぎて、今年は男踏歌[63]がある筈で、例の所々を遊び騒いで歩かれるので、物騒がしいけれど、淋しい所が哀れに思いやられるので、君は七日の日の節会[64]が終えて、夜に入って主上の御前から退下されたが、御宿直所にそのままお泊りになるような形にして、夜を更かして常陸の宮にお越しになった。何時もの有様よりは、様子が浮き浮きして、世間風になっていた。姫君も少し柔らかな御様子がお添いになっていられた。何んなであろうか、お装いを改めて、御様子の変った時はと、君はお思い続けになられる。日の出る頃までお待ちになられて、君はお出ましになられる。東の妻戸を押し開けると、それに対っている廊が、屋根も無く崩れているので、日の脚が近い所までさし込んで、雪の少し降っている光で、ひどくはっきりと見入れられる。女君は君の御直衣などをお召しになられるのを見やって、少し居ざり出て、横になってお臥しになっていられる頭つきや、髪の衣から零れ出しているところなど、ひどく愛でたい。御様子の直ったところを見出した時はと思って、君は格子をお引上げになられた。ひどくお気の毒だった時に懲りて、上げ切ることはなさらないで、脇息を押寄せて格子を持たせ掛けて、鬢の毛の乱れたのをお繕いになられる。恐ろしく古めかしい鏡台、唐櫛匣、掻上の匣などを持ち出して来た。さすがに男の道具までが何うやらあるのを、君は洒落れていて、面白いものに御覧になる。女君の御装束の、今日は世間風になっていると見えるのは、前の衣筥の気の利いた物をそのまま召しているからである。君はそうともお思い附きにならず、興のある紋の附いていて、はっきりとお覚えのある表衣だけを、変だとお思いになった。「せめて今年は、お声を少しはお聞せなさいまし。『待たるる物[65]』の方はさしおかれて、御様子の改まることの方がゆかしいことですよ」と云われると姫君は、『囀る春は[66]』と、ようようの事で慄え声で云われた。「それですよ、年をした験です」とお笑いになって、『夢かとぞ思ふ[67]』と誦してお出ましになるのを、女君は見送って、物に凭って臥していられる。唯袖で口覆いをしていられる横から、やはりあの末摘花[68]が、ひどく赤くさし出ている。君は見苦しいことだとお思いになる。

二条院へお出でになると、紫の君[69]は、まことに美しい少女で、紅の衣は此のようにもなつかしいものであるよと見えるに、無紋の桜色の細長を、しなやかに著こなして、無心で入られる様が、云おうようなく可愛ゆらしい。古風な祖母君の御躾の名残で、黒漿を附けることもまだなされなかったのを、それをおさせになったのに、眉も作ってはっきりと変って来たのも、美しく清らかである。我が心ながら、何だってあのような、辛い情事を見扱っているのであろう、此のように可愛らしい者を見てはいずに、とお思いになりつつ、例のように御一緒に雛遊びをなさる。紫の君は絵を描いて色どりをなさる。色々と面白く書き散らされた。君もお描き添えになる。髪の毛のひどく長い女をお描きになって、鼻に紅を着けて御覧になると、絵に描いたものでも見ともない様である。御自分の顔の鏡台に映っているのが、ひどく綺麗なのを御覧になって、お手ずから紅花を鼻に描き着け、赤くして御覧になると、このように好い顔でさえも、そうした物のまじるのは見苦しくなるべきものである。姫君はそれを見て、ひどくお笑いになる。君は、「私が此のように片輪になったとしたら、何うでしょう」と仰しゃると、「いやな事でしょう」といって、そのように染み着きはしなかろうかと、危くお思いになる。君は空拭いをして、「少しも落ちない。つまらない徒らをしてしまった。内裏で、何のように仰せになる事だろう」と、ひどく本気らしく仰しゃると、姫君はお気の毒にお思いになって、側へ寄って、お硯の水入れの水で陸奥紙を濡らしてお拭きになるので、「平仲[70]のように彩色を添えないで下さい。赤いのは我慢もしましょう」と戯れていられる様は、まことに面白い御夫婦にお見えになる。日はまことに麗らかで、何時の間にか霞み渡っている梢どもの花の待ち遠に思われる中にも、梅だけはその様子を見せて、一面に綻んでいるのが特に目立つ。階隠[71]しの下の紅梅は、一番早く咲く花で、色づいて来ていた。君は、

くれなゐの花ぞあやなく疎まるる梅の立枝はなつかしけれど[72]

「いやもう、何うも」と、思わずもお呻きになられる。ああお可哀そうに。こうした人々の御末々は、何うなった事であろうか。

▼1 源氏が、前の年の夏親しくなった女。その秋不慮の死によって別れる。源氏十七歳、夕顔十九歳。(夕顔の巻)

▼2 伊予介の後妻。中川の宿にて一度逢ったが、その後源氏を避けとおしている女。

▼3 軒端荻と呼ぶ女。同じ中川の宿で、空蟬と間違えて、源氏の逢った女。伊予介と先妻との娘。

▼4 夕顔の巻に出ず。惟光の母。

▼5 大輔の命婦の母は、兵部大輔から離別して、今は筑前守の妻となっている。

▼6 白楽天が琴、詩、酒を北窓の三友といっている。もう一つの友は、酒。「今日北窓下、自向何所レ為、欣然得二三友一、三友者為レ誰、琴罷輙挙レ酒、酒罷輙吟レ詩、三友逓相引、循環無二止時一」(白氏文集)

▼7 当時の貴族の邸は寝殿造で、中心に寝殿が在り東、西、北に対の屋が在った。

▼8 竹や板で、先方が透けるように作った垣。

▼9 左大臣家。葵上のこと。

▼10　自邸。紫上がいる。

▼11　御一しょに大内山は出たけれども、その入る方は見せない所の十六夜（いざよい）の月です。（「月」を源氏の君に譬えている）

▼12　何れの里も差別をせずに照らすその光は、人が見るけれども、空を移って行く月のその入って行く山を誰が尋ねる者があろう。（「月」は前と同じ）

▼13　警護の近衛の武人。

▼14　夕顔と頭中将との間に生れた娘。「夕顔の巻」にいず。後の玉鬘。

▼15　左大臣。

▼16　葵上に仕える女房。源氏に愛さる。

▼17　頭中将。

▼18　左大臣の北の方。葵上の生母。

▼19　妹が門、せなが門、行きすぎかねてや、我が行かば、肱笠の肱笠の、雨もや降らなん、しでたをさ雨やどり、笠やどり、やどりてまからん、しでたをさ。「催馬楽、妹が門」

▼20　おこり。若紫の巻頭に書かれている。

▼21　去年の秋夕顔の宿で聞いたもの。

▼22　簀子と廂との仕切りの格子。

▼23　部屋の一番外側で、廊下。

▼24　間は柱と柱との間。廂に二間を取って、境に襖をたてて隔て、そこに姫君が居り、その外の廂に源氏を招きいれたのである。

▼25　梅檀の木の葉と皮とを採って、春（うすづ）いて作った香。薫衣香、掛香という。

▼26　幾たび君のする無言行に私の方が負けたことでしょうか、物を云うなと云わないのを頼みに云い続けて。（「しじま」は、童の遊戯の無言行で、物を云うなと云い捨てて、鐘を打つのを合図にして始め、先に物を云った方を負けとするもの）

▼27　ことならば思はずとやは云ひ果てぬなぞ世の中の玉襷なる（古今集）
▼28　鐘をついて、物を云う事を止めさせる事は、さすがに憂く、同時に一方では、返事をする事も憂いというのは、訳の分らない事です。（「鐘つきて詰ぢめむ」は無言行）
▼29　云わないのを、云うに、勝る心だとは知っていますものの、押し込めて黙っていられるのは苦しいことです。（「おしこめ」に「唖」を掛けている）
▼30　朱雀院は一条の北朱雀の西にある。紅葉の賀の行幸である。
▼31　後朝の文。
▼32　最初は三日間つづけて通うのが結婚の習慣となっていた。
▼33　夕霧が晴れる様子もまだ見えないのに、更にいぶせさを添えて降る宵の雨ではございます。（「夕霧」は姫君の打解けない譬）
▼34　雨の晴れない夜に、月の出るのを待っている里の者を思いやって下さいまし、同じ心でその月を眺めは遊ばされなくとも。（「月」を源氏の君に、「里」を姫君の家に譬え、「眺め」に、恋の上の思いを掛けてある）
▼35　舞楽の予習。
▼36　紫上。
▼37　六条御息所。
▼38　翠青の色の磁器。
▼39　女子の礼装で、上裳。
▼40　朝廷で舞姫が舞楽を習う所。内侍所や内教坊には、老女が集っているので、云っている。
▼41　賀茂神社に仕えられる皇女でその御居所は、紫野。
▼42　夕顔を殺した鬼のこと。
▼43　大きな白象で、鼻の先は蓮華色に紅だという。（観音賢経）
▼44　禁止されていた以外の色で、薄い紅や紫など。

▼45　政官をいう。公事にねり歩く様の、いかめしく肱を張るのを聯想（れんそう）して云っている。

▼46　朝日のさす軒のつららは解けながら、何だって氷の方は結ばれているのでしょう。（「つらら」は氷で、姫君を譬えたもの）

▼47　帚木の巻の雨夜の品定をいう。

▼48　わが袖は名に立つ末の松山か空より波の越えぬ日はなし（後撰集）

▼49　年老いた人の頭の白髪を見る自分までも、その哀れさに、その人にも劣らずに涙で朝の袖を濡らすことである。（「頭の雪」は白髪の譬。「ふり」は「降り」の意で、「濡らす」と共に雪の縁語）

▼50　白氏文集の「秦中吟」による。「夜深煙火尽、霰雪白粉々、幼者形不レ蔽、老者体無レ温、悲端与二寒気一、併入二鼻中一辛」

▼51　源氏のお居間で、桐壺。

▼52　君の心が辛くて、打絶えて居らせられるので、衣の袂はこのように、涙に濡れそぼちつづけてばかりおります。（「唐衣」は衣の意と、「君」の「着」に係る枕詞）

▼53　沫雪は今日はな降りそ白妙の袖捲き乾さむ人もあらぬを（万葉集）

▼54　紅梅色のこと。

▼55　なつかしい色でもないのに、何だって此の末摘花を袖に触れたのであろうか。（「末摘花」は紅花の一名。姫君に譬えてある。「袖に触る」は摘む意で、逢った事の譬）

▼56　紅花色の一浸しだけ染めた衣の色の、薄くはあろうとも、全然腐らせてしまう評判をお立て下さらなかったならば嬉しゅうございましょう。（「一花衣」は、一入（ひとしお）だけ染めた色の薄い衣で、姫君の取柄のない事の譬。「ひたすら」の「ひたす」は「一花」の縁語）

▼57　清涼殿の女房の詰所。

▼58　「たたらめの花の如、掻練好むや、けし紫の色好むや」という風俗歌。「三笠の山の少女をばすてて」は、今は歌が解らない。

▼59　鼻の赤いので評判の者達。

▼60　逢わない夜に、隔てとなっている我らの間の衣に、贈られた衣を重ねて著て、一層隔てをつけて見もし見られもしようというのですか。

▼61　紫の最も浅い色。

▼62　襲の色で、表は薄朽葉。裏は黄。

▼63　禁中の公事。正月十五日、男達が年始の祝言を歌いながら舞い歩くのをいう。

▼64　白馬の節会。

▼65　あら玉の年たちかへる朝より待たるるものは鶯の声（拾遺集）

▼66　ももち鳥囀る春はものごとに改まれどもわれぞ古りゆく（古今集）

▼67　忘れては夢かとぞ思ふ思ひきや雪踏みわけて君を見むとは（古今集）

▼68　紅花。

▼69　紫上。

▼70　平仲は、平貞文という、有名な好色の男。女の前で空涙を流そうとして硯の水を目にぬったところが、女が前もってその水に墨を流込んであったので、顔を黒くしたという話が有る。その時女の詠んだ歌「我にこそつらさは君が見すれども人に住みつく顔のけしきよ」

▼71　階に屋根を作って、車を寄せるための物。

▼72　紅の花の方は訳もなく疎まれることだ、それの咲く梅の立枝の方はなつかしいけれども。（「紅の花」に常陸宮の姫君の鼻の赤さを譬え、「立枝」に常陸の宮の家筋を譬えている）

紅葉賀

朱雀院の行幸は、十月の十日余りである。一とおりならず面白がるべきこの度の御儀なので、後宮の御方々[1]は御覧にならないことを残念がって入らせられる。主上も、藤壺[2]の御覧になられないことを慊らぬことに思召されるので、試楽[3]を御前でおさせになられる。源氏の中将は、青海波[4]をお舞いになられた。片方の相手は、大殿の頭中将で、器量も、用意も、人よりはまさっているのに、君と立ち並ぶと、花の傍らにある深山木である。入り方の夕日が花やかにさしているのに、楽の音が高まって来て、事の面白い頂上の時に、揃って舞う足拍子、面持など、世に見られない有様である。君が詠[5]をされた時には、これこそは、仏の国の迦陵頻伽[6]の声であろうかと聞える。面白く愛でたいので、帝は涙をお落しになる。上達部や親王たちも皆お泣きになった。詠が終って、舞の袖を直していらせられると、それを待ち取っての楽の音が賑わしいので、君の御顔の色合が勝って来て、平生よりも光るかとお見えになる。東宮の御母の女御[7]は、君のこのように愛でたいにつけても、妬ましくお思いになって、「神などが空で愛でて、奪りそうな御器量ですよ。気味の悪い」と仰せになるのを、若い女房などは、辛い事をと耳に留めた。藤壺は、勿体ない心がなかったならば、まして愛でたく見られることであろうとお思いになると、夢のような気がなされたことである。宮は、やがて御宿直なのであった。「今日の試楽は、青海波で事がみんな尽きた。何う御覧になりましたか」と仰せにおなりになられると、何うにも御返事が申上げにくくて、「格別でございました」とばかり申上げられる。

「片方も悪くは見えなかったことです。舞の様や手つきなど、良い家の者は格別です。今の世に名を得ている舞の師どもは、ほんにひどく上手ではあるが、あのおっとりとした美しいところは見せ得ません。試みの日にあのようにしてしまったので、紅葉(もみじ)の蔭(かげ)でする時はさみしいことだろうかと思いますが、お見せ申そうと思って用意させたのでした」と申させられる。その翌朝中将の君より宮に、

「何う御覧になられたことでしょうか。申そうようもない乱れ心でのことでございまして、

物思ふに立ち舞ふべくもあらぬ身の袖うち振りし心知りきや▼8

あなかしこ」

とある。御返事は、見る眼もまぶしかった昨日の御様や御器量に、お見過しになることはお出来になれなかったのであろうか。


唐人(からひと)の袖ふることは遠けれど立居(たちゐ)につけてあはれとは見き▼9

「大凡(おおよそ)には何うして」

とあるのを、御返事は絶えてなかったこととて、君は限(かぎり)なく珍しくて、かような舞の方さえもお暗くは入らせられず、他国の朝廷の事までもお思いやりになって仰せられるのは、御后▼10となられるに適(ふさわ)しいお言葉を、今より申されることであるよとほほ笑まれて、君は尊い持経のように引き広げて御覧になっていた。

行幸には、親王(みこ)達を始め、世に残る人もなく供奉(ぐぶ)をした。東宮も行啓になられる。例の楽をする船が御池を漕ぎめぐって、唐土(もろこし)の舞、高麗(こま)の舞とある限りを尽してする舞の種類が多い。楽の声、鼓(つづみ)の音が世を響かせる。主上(うえ)は試楽の一日(ひとひ)の源氏の君の夕暮のお姿を、気味悪くまでお思いになられて、無事を祈る為(ため)の御誦経(みずきょう)を所々におさせになられるのを、それを聞く者は御尤(ごもっと)もだとして御あわれがり申すのに、東宮の御生母の女御は、事々しい事だとお憎みになられる。垣代(かいしろ)▼11は、殿上人(てんじょうびと)も地下(じげ)の者

紅葉賀

も、格別の心得があると世間から思われている、堪能の人の限りを選り揃えさせられた。宰相が二人、左衛門督、右衛門督が、左右[12]の楽の事を奉行する。舞の師などは、世間に名ある者を師取りして、誰も誰も引籠もっていて習ったことであった。丈の高い紅葉の蔭に、四十人の垣代が立ち、云いようもなく愛でたく吹き立てる様々の楽の音に、打合って吹く松風は、本当の深山おろしのように聞えて吹き乱れ、色々の色に散り合う木の葉の中から、源氏の君の青海波の耀いて現われ出た様は、まことに恐ろしいまでの様に見える。頭挿[13]の紅葉がひどく散って疎らになって、君のお顔の艶に圧しられている心持がするので、御前にある菊の花を折って、左大将がお挿し替えになられる。日の暮れかかる頃に、しるしばかり時雨れて来たのは、空の様子まで、此の愛でたさを知ってのように見えるに、君はそうした美しいお姿に、菊の花の色々に移ろって、云いようもなく美しいのを挿頭して、今日は又と無い手を尽して舞われる、その入綾[14]の程の面白さは、そぞろに寒けがして、此の世の中の事とは思われない。物の趣は知るまいと見える下人などで、木の下や岩に隠れ、山の木の葉に埋もれている者までも、少し物の心を知っている者は涙を落して感じ入った。承香殿の女御の御腹の第四皇子[15]の、まだ童で入らせられる方が、秋風楽[16]をお舞いになったが、君に次いでの見物であった。これらに面白さが尽きたので、他の事には眼も移らない、却って興を覚ますものでもあったようだ。その夜源氏の中将は、正三位にお進みになられる。頭中将は正四位の下にお進みになる。上達部達も、何れも相当の昇進の喜びをされるのも、此の君に引かれての事なので、人の目を驚かし、心をも喜ばせられる。君の前世の、ゆかしい気のされることである。

　藤壺の宮は、この頃は内裏より御退出になられていたので、君は例の隙はなかろうかと、様子を窺い歩くことを仕事にしていられるので、大殿[17]では云い騒いで入らせられる。加えて又、かの若草[18]を尋ね出してお引取りになられたのを、二条院では、女の方をお迎えになられたと、人が申上げたので、ひどく面白からぬ事にお思いになった。内々の有様は御存じがないので、そのようにお思いになるのは尤もなことであるが、女君▼19は心がお立派で、普通の女のように恨みを仰しゃるようであったら、君も打明けてのお話をして、お慰めも申せようものを、思わしくないお扱いばかりなさる気まずさから、なさるべくもない御すさび事も出て来ることである。女君の御有様には、悪い、これが不足と思われる点もない、他の人よりも先にお逢い申し初めたのであるから、お可愛ゆく、大切な方だとお思い申しているお心を、それと御存じにならない間こそ格別、終にはお思い直しになることであろうと、その穏やかな、軽々しくはないお心の程も、自然お頼みになられるお心も格別なのである。幼い人▼20は、見続けていらせられるにつれて、いかにも良いお心様と御器量で、無心に君に睦れ纏わって入らせられる。暫くは殿の内の人にも、誰とも知らせまいとお思いになり、やはり離れた対の方に、御装飾も此の上もなくして、君も明け暮れにお出でになって、万事をお教え申される。手本を書いて習わせなどしつつ、ただ他に置いてあった御娘をお迎え取りになったように思って入らっしゃる。政所▼21、家司▼22などを始め、すべてを別にして、不自由なくお仕え申させる。惟光▼23より他の人は、何ういう方だろうと、不安にばかりお思い申上げていた。かの父宮▼24もお知りになる事が出来なかった。姫君は時々以前をお思い出しになる時は、尼君を恋しがる時が多かった。君のお出でになる時はお紛らわしになるが、夜などは、時々は此方へお泊りにもなれ、此所彼所とお暇がなくて、暮れるとお出ましになるのを、後を追われる時があるので、ひどく可愛ゆくお思い申された。二三日内裏に侍らわれ、次いで大殿の方にもお出でになられる折は、姫君はひどく萎れなどなされるので、君はいじらしくて、母の無い子を持っているような気がして、夜のお出ましも落着き心のないような気がなされる。僧都▼25は、こういう有様をお聞きになって、不思議には思うものの、嬉しくお思いになった。尼君のお法事などされるにも、君は鄭重にお弔いをされた。

藤壺の宮の退出して入らせられる三条の宮へ、御様子もゆかしくて君は御参りなされると、命婦、中納言の君、中務というような人々が対面をした。表立っての御扱いをなされることよと、穏やかならずお思いになられたが、お心をお鎮めになって、つい通りの御物語を申上げていられる中に、兵部卿の宮が御参りになられた。この君が入らせられるとお聞きになって、対面をなされた。まことに奥ゆかしい御様で、艶いて撓やかにして入らせられるのを、女としてお逢い申したならば、さぞ面白いことであろうと、内々お見上げ申すにつけても、それこれの繋がりから睦ましい御気がなされて、お心こまやかに御物語を申上げられる。宮も、君の御様の、何時もよりは別してなつかしく、打解けて入らせられるのを、まことにお美しいとお見上げなされて、聟になどとはお思寄りにはならず、女であってお逢いしたいものだと、色めいたお心からお思いになる。暮れて行ったので、宮は御簾の内にお入りになられるのを、君は羨しくて、我も昔は主上のお扱いとして、ひどく御身近く、人伝てではなくて物を申上げたものをと、今は云いようもなくお疎みになるのを辛く思われるというのは、御無理なことであるよ。「折々に参るべきでございますが、御用のない節は自然怠るでございましょうから、御云いつけのございますのは嬉しいことで」など、律義に申してお帰りになられた。命婦も宮を御たばかり申上げようもなく、宮の御様子も、以前よりはそのことを更に一段と辛いことにお思い定めになって、お心解けぬ御様子であるのも極り悪くお気の毒でもあるので、何という程のこともなくて時が過ぎて行く。果敢ない縁であるよと、お歎き乱れになることは、互に限りもない。

少納言▼26は、思いも懸けず面白い世の中をも見ることであるよ、これも故尼上が、姫君の御上をお案じになられて、御勤行にもお祈り申された仏の御験であろうかと思われるにつけ、大殿はまことに貴くて入らせられ、又此所彼所と数多御関係の所があられるから、本当に御成人になった時は、面倒なこともあろうかと思われた。しかし此のように、取り分けての御寵愛の点は、まことに頼もしげなことである。御喪服は、母方は三月のものだからといって、晦日にはお脱がせ申したが、他に親もなくて御生長になったことなので、眩ゆい程の色ではなくて、紅、紫、山吹色などの、地だけで、紋はなく織った御小袿などをお召しになられた様は、まことに当世風でお可愛いことである。元日の朝、男君は、朝拝に参内されるといって、姫君の方をお覗きになった。「今日からは大人しくおなりになりましたか」と仰しゃって、打笑んでいられるのが、ひどくお美しく愛敬づいて入らせられる。姫君は、いつの間にか雛を押並べて、忙しくして入らせられた。三尺の御厨子一つに、品々を飾り立てて、又小さい屋も幾つか作って差上げてあるのに、そこら一ぱいに広げて遊んでいられた。「追儺を▼27するといって、犬君▼28がこれを壊しましたので、繕っているのでございます」と云って、ひどく大事件にお思いになっていた。「ほんに、ひどい心なしな事をしたものですね。直ぐに直させましょう。今日は縁起を取ってお泣きなさいますなよ」といって、お出ましになる御様子は、まことにお立派であるのを、女房達は端に出てお見上げ申すので、姫君も立って出て御覧になられて、雛の中の源氏の君を飾り立てて、内裏へ参らせなどなされる。少納言は「今年はせめて、少し大人のようにお成りなさいまし。十年を越した人は、雛遊びは嫌うものでございますのに、このように御男君をお持ちになられましては、それらしく、しとやかにしてお見せ申すものでございます。御髪を梳る間でさえも、お厭やがりになりますなんて」と少納言は申上げる。お遊びにばかりお気を入れて入らせられるので、恥ずかしくお思わせ申そうと思っていうと、姫君は心の中で、それでは私は男を持ったのだ。この人たちの男といっているのは、醜い者ばかりだのに、私はあのように美しい若い人を持ったことであるよと、今初めてお思い知りになったことである。何と云ってもお年の数の添ったしるしなのであろう。こうした幼い御様子が、事に触れてははっきり分るので、殿の内の人々も不思議だとは思ったけれど、まるで此のように、情づかない御添臥だとは思わずにいたのである。

君は内裏から大殿へお越しになられた。女君は例のようにしゃんとした、取繕った御様で、心やさしい御様子もなくて苦しいので、君は、「今年からでも、少し夫婦仲らしくなって、お改め下さるお心が見えましたなら、何んなに嬉しいことでしょう」など申されるけれども、女君は、君が態と女の人を殿に据えて、大切にしていられるとお聞きになってからは、定めて貴い方になさろうとお思い定めになっての事であろうと、お気ばかり置かれて、以前よりも一段と疎く、極りわるくお思いになられるのであろう。君は強いて何も気の附かないような風をして、乱れた御様子をなさるのに対しては、女君は、それほど心強い様もお出来にならず、御返事など申上げられるのは、やはり他の人にはひどく立勝った御方である。女君は君よりは四歳ほど上で入らせられるので、年上なのを極り悪るげに、今を盛りと整った様にお見えになる。何所に此の方に不足な点がおありになろうか、我が心の余りにも怪しからず調子附いているので、このようにお恨みになられるのであるとお思い知りになられる。同じ大臣と申上げる中でも、此の大臣は主上のお覚えの貴く入らせられるのに、宮腹の一人娘として斎き冊いて入らせられるそのお心驕りが、まことにお高くて、少しでも粗略にされるのを、呆れたことにお思いになられているのに、男君は又、何もひどくそれ程までにとお思い馴れになって入らせられる、お心隔てからのことであろう。大臣も、君のこのように頼もしげのないお心を、辛いとはお思い申上げていながらも、お見上げ申す時には、恨みも忘れてお冊き申しお世話を申上げられる。

[29]翌朝早く、君のお出ましになる所を、おさし覗きになられて、君が御装束をなさるにつけ、名高い御帯を御自身持って入らせられて、君の御衣の背の乱れを引繕うなど、御沓も取らぬばかりになさるのは、まことにあわれなことである。君は、「これは、内宴[30]などということもございますので、そのような折にだけ」と申上げられると、「それにはもっと良い物もございます。これは唯珍らしいだけの品でございますから」といって、無理にお締め申させられる。ほんに色々とお冊き申してお見上げなさるのに、生き甲斐がある、たといたまさかでも、此のような人を出入りさせて見るに越すことはあるまいと、お見えになられる。君は参賀といっても、多くの所はお歩きになられず、内裏、春宮、一院[31]だけで、その他は藤壺の三条の宮にお参りなさられる。「今日は又格別にお見えになることですよ。お年をお召しになるに連れて、気味の悪い程によくおなりになるお有様ですね」と女房達のお愛で申すのを、宮は御几帳の隙からほのかに御覧になられるにつけても、お思いになられることが多くあっ

た。

お産の御事のあるべき十二月も過ぎてしまったが、その御様子もないので、この月はそれでもと、宮の人々もお待ち申し、内裏（うち）でもその御用意があるのに、御けはいもなくて月が立った。御物（おんもの）の怪（け）のせいであろうかと、世の人も云い騒いでいるので、宮はひどく侘（わび）しく、此の事の為（ため）に、身が徒（いたず）らになってしまうべきことであろうとお思い歎きになるにつけ、お気分もひどく苦しくてお悩みになられる。中将の君は、益々それとお思い合せになって、御修法（みずほう）などを、表立ってではなくて諸所でおさせになられる。世の中の定めないにつけても、此のように果敢（はか）なくて、この御事も終ってしまうのだろうかと、君はさまざまの事を取集めて歎いていられると、二月の十日余りの頃に、男の皇子（みこ）がお生れになられたので、御歎きは名残もなく、内裏（うち）でも宮でも御喜びにならせられる。宮は命長くとお思いになるのは辛いことであるが、弘徽殿（こきでん）などで呪わしく仰しゃって入らせられるとお聞きになったので、もし空（むな）しくなったとお聞きになったならば、笑い物にされることであろうかと、お心を強くなさって、次第に少しずつ御気分がさわやかにおなりになった。主上（うえ）は、早く若宮を見たいと思召されることが限りもない。君の人知れぬお心にも、云いようもなく心もとなくて、人の居ぬ折にお参りになられて、「主人（うえ）が覚束（おぼつか）ながって仰せになられるので、先（ま）ずお見上げして、お奏し申上げましょう」と申上げられるのであるが、「むさくるしい頃でございますから」と云って、宮のお見せにならないのも、御尤もである。それというが、まことに浅ましいまでに珍しく、君を生写（いきうつ）しにしたような御様で、それと見間違うべくもない。宮は心の鬼に責められてひどくお苦しく、人がお見上げ申すと、あの夢のような間の過ちを、何うして人が思い咎（とが）めずにいようか、それ程でもないちょっとした事でさえ、疵（きず）を探し立てる世の中に、何（ど）のような評判が終（つい）には漏れ出ることであろうかとお思い続けになると、御自分の身だけがひどくもお辛いことである。君は命婦の君にたまにお逢いになって、悲しいお言葉をお尽しになるけれども、何の甲斐のあるべきことでもない。若宮の御事を、限りなく覚束なく思って申されると、「何だってそのように、達て仰せになるのでございましょう。その中には自然お見上げなさいますでしょう」と申上げながらも、心の中に思っている気分は何方も一とおりのものではない。工合の悪いことなので、君もあからさまには仰せにはなれず、「何ういう世に、人伝てでなくて物が申上げられようか」と云ってお泣きになられるさまがお気の毒なことである。

いかさまに昔結べる契にてこの世にかかる中の隔てぞ▼32

「こういう契は心得かねるものですよ」と君は仰しゃる。命婦も、宮のお思い乱れになっていられる様をお見上げ申しているので、はしたなく素気ないことも申上げられない。

見ても思ふ見ぬはた如何に歎くらむこや世の人の惑ふてふ闇▼33

「哀れにも、お楽な間もない御事でございますよ」と、忍んで申上げた。このように君は手持無沙汰にしてばかりお帰りになられるものの、宮は、人の物いいが煩いので、君の仰せを御無理なものにお思いになり仰せにもなって、命婦をも、以前お可愛がりになったようには打解けてお睦びになられない。人目に立たないように、安らかにお扱いにはなるものの、お気に入らずお思いになる時もあるようなので、命婦はひどく佗しく、案外な気のすることもあろう。四月に内裏へ御参りになられる。若宮は日柄よりは大きくお育ちになられて、だんだん起き上りなどもなされる。浅ましいまでに紛れようもない御顔つきであるのを、主上はお思寄りになられないことなので、また並ぶ者もなくお可愛ゆくお思いになる者同士は、ほんに似通われるものであるよとお思いになられた。甚しくお可愛ゆがりになり大切になされることが限りもない。源氏の君を限りなく可愛ゆい者に思召しながらも、世間の人がお許し申しそうにもない為に、春宮にもお据え申さずにしまったことが、今でも飽かず残念で、平人としては勿体ない御有様や御容貌にお整いになられるのを御覧になるままに、お心苦しく思召されるのに、このように貴い御腹に、同じような光でさし出でられたので、疵のない玉とお思いになってお冊きになるにつけ、宮はそうしたお扱いになるにつけても、御胸は休まる時がなく、安からずお思いになって入らせられる。

例の中将の君が、宮の御方で御遊(おんあそび)をして入らせられる時に、主上(うえ)は若宮を抱いてお出にならせられて、「皇子(みこ)達が大勢あるが、其方(そなた)だけを此れくらいな時から明暮(あけく)れに見ていました。それで思い渡されるのであろうか、ひどくよく似ていることです。小さい中はみんな、このようにばかり見えるものなのであろうか」と仰せになって、ひどく美しいとお思いになって入らせられる。中将の君は、お顔の色が変るような気がされて、怖ろしくも、勿体なくも、嬉しくも、可愛ゆくも、さまざまの思いが移ってゆく気がして、涙が落ちそうになって来た。若宮の何か云ってお笑いになるのが、まことに云いようなく美しいので、我が身ながらこれに似ているのであれば、ひどく可愛ゆいことだとお思いになるのは、余りのことと云うべきであるよ。宮は何うにも居たたまらず、冷汗がお流れになって入らせられたことである。中将は若宮を見て、却って悲しい気がなされて、お心が掻き乱されるようなので、退出なされた。

君は御自分の殿にお臥(やす)みになって、胸が遣(や)る瀬(せ)がないので、暫くを過して、大殿(おおいどの)へ行こうとお思いになる。御前(おまえ)の前栽(せんざい)の、何ということもなく青み渡っている中に、瞿麦(なでしこ)が花やかに咲き出しているのを、お折らせになられて、命婦の君の許(もと)へ、お書きになることが多いことであろう。

よそへつつ見るに心は慰(なぐさ)まで露けさまさるなでしこの花▼[34]

「『花に咲かなむ』▼[35]と思いましたのも、甲斐のない世でございますので」

とある。然(しか)るべき隙があったのであろうか、宮に御覧に入れて、「ただ塵(ちり)ほどを、この花びらに」と申上げると、ひどく物あわれにお思いになられている時で、

袖濡るる露のゆかりと思ふにもなほ疎まれぬ大和(やまと)なでしこ▼[36]

とだけ、ほのかに書きさしたようなのを、命婦は喜びながら君に差上げると、例(いつ)も御返事はないので、甲斐はあるまいと心くずおれて眺め入って臥して入らせられたので、見ると胸が騒いで、嬉しい

につけても涙が落ちた。

君はつくづくと歎いて臥ていられたが、遣瀬の無い気持がされるので、例の慰めにして、西の対へと入らせられる。そそけてふくらんだ鬢をし、洒落れた袿姿で、笛を懐かしく吹きすさびながら覗かれると、女君は、前の撫子の露に濡れているような様子をして、物に凭り臥していられる様が、美しくて可愛ゆい。愛嬌は零れるようで、君が内裏にお退りになりながら、早く入らして下さらないのが生恨めしかったので、いつになくすねて入らせられたのであろう。君は端の方にちょっと居て、「此方へ」と云われるけれど、女君はお起きにならない。そして、「『入りぬる磯の』[37]と口ずさんで、袖で口を覆われる様が、ひどく洒落れて、可愛ゆい。「何うも憎いことだ、そんな事を口馴れたのですか。『みる目に厭く』[38]のは良くない事ですよ」といって、人を呼んで、御琴を取寄せてお弾かせになられる。「箏[39]の琴は、中の細緒が保ち難いのが気になるものだ」と仰しゃって、平調に調子を下げてお調べになる。君は調子を合せるだけ弾いて、姫君の方へさし遣られると、姫君は恨むことは止めて、ひどく可愛ゆくお弾きになる。お体が小さいので、及び腰になって、左の手で絃を押されるその手つきが、ひどく美しいので、可愛ゆくお思いになって、笛を鳴らしつつお教えになる。ひどく敏くて、面倒な調子を、ただ一度で覚え込まれる。大体器用で、面白いお心持なのを、君は思っていたことが叶うとお思いになる。そほろぐせり[40]という楽は、名は憎いものであるが、それを面白く吹き澄まされると、合奏は、まだ幼い所はあるが、拍子は違わなくて上手らしい。灯火をともさせて、絵などを御覧になるに、君はお出ましになろうと云っていられたので、お供の人々が咳払いをして、「雨が降りそうでございます」と申上げると、姫君は例のように心細くてしおれられた。絵も見さしにして、俯伏していられるので、ひどく可愛らしくて、御髪のまことに美しくこぼれ懸っているのを撫ぜて、「外へ行っている間は恋しいのですか」とお訊きになると、姫君は頷かれる。君は、「私も一日もお見上げしないと、ひどく気懸りですよ。ですが幼くていらせられる間はと気楽にお思いして、先ず気むずかしく恨む人の心を損ずまいと思って、それが面倒なので、当分はこうして出歩いているのですよ。大人らしくなって来られたら、外へは決して行きますまい。人の恨みを受けまいと思うのも、長く生きていて思うように一しょにいようと思うからですよ」と細々とお話しになられると、姫君は、さすがに極りが悪くて、何うという御返事も申上げない。そのまま君のお膝に凭りかかって寝入ってしまわれたので、君は可哀そうになって、「今夜は出ないことにした」と仰せになるので、女房は皆起って、御食事を此方へ差上げた。姫君をお覚まし申して、「出なくなった」と仰せになると、喜んでお起きになった。御一緒に物を召上がる。姫君はほんの少しばかりを上がって、「それならばお臥みなさいまし」と、危そうに思って入らっしゃるので、こういう者を見捨てては、最後の道であろうとも赴き難い気がなさる。このように、姫君にお留めになられる折々も多いので、自然に漏れ聞く人が、大殿に申上げたので、「誰であろう。全く呆れたこともあるものですよ。今まで誰とも分らなくて、そのように纏わって戯れなどするのは、身分の高い、心憎い人ではありますまい。内裏などで、ちょっと御関係になった人を、立派そうにして、人が咎めようかと思って、お隠しになっているのでしょう、物心の附かない、幼い人のように云うのは」など、女君[41]にお仕えしている女房達も云い合っていた。内裏でも、そうした人があるのを聞召されて、「気の毒に、大臣の嘆かれる事だのに、ほんに物げなかった頃から、出来る限りあのように世話をしてくれている事だのを、それ程の事を弁えない年でもあるまいに、何だって情ない扱いをするのだろう」と仰せになるけれども、君は恐れ入った様でいられて、御返事も申上げないので、姫君が気に入らないのだろうと思召されて、気の毒に思召される。「しかし、好色好色しく乱れて、ここに見える女房にでも、また其方此方の人々にでも、深く関係するというような事は、見もせず聞きもしないようだのに、何ういう隙に隠れ歩きをし、このように人にも恨まれるのであろうか」と仰せになる。

主上には御年はおふけになって入らせられるが、此の方面はお棄てになれず、采女[42]、女蔵人[43]などまでも、器量や心得のある者を、特にお持てはやし思召されるので、美しい宮仕人の多くいる頃である。君がちょっとした戯れ言でもお云い懸けになったならば、受け附けない者などは有りそうも無いのに、そうした者には目馴れていられるのでもあろうか、ほんに不思議な程にも、お好きになられないようであると思って、女房の中には、試しに戯むれ言を云い懸けなどする折もあるけれど、君は情の無くはない程度に返事をされて、実際には取乱されないので、堅過ぎて、淋しいことだとお思い申上げる者もある。年のひどく老いた典侍で、家柄も貴く、教養もあって、品もよく人の覚えも高くいながら、至って色めいた心様で、そちらには重くない人のいるのを、君はあのようにいい年になるまで、何であんなに乱れるのであろうかと訝しくお思いになったので、戯れ言を言いかけて試して御覧になると、女は不似合な事とも思ってはいなかった。君は浅ましいこととお思いになりながら、さすがにこうした者も面白くて、物をお云いになったのであるが、人が漏れ聞いても、年寄過ぎる相手なので、つれなくお扱いになっているを、女の方はひどく辛いことと思った。典侍は主上の御梳髪をお勧め申したが、終えたので、主上は御袿の係の人を召して、其方にお出ましになった時に、他には人も居ないのに、この典侍はふだんよりも小綺麗で、様子も頭つきも色めいて、装束有様もひどく端手で、好いたらしく見えるのを、君は、如何にも年寄らしくもなれずにと、気にくわなく御覧になるものの、何う思っているのだろうと、さすがに見過し難くて、裳の裾を引っ張ってそれとお知らせにならせると、蝙蝠[44]の扇の思い切って端手に描いたので顔を隠して、此方を見返した目つきは、ひどく流し目にはしたが、瞼はひどく黒ずみ凹んで、髪の毛はすっかり扇をはずれて、ひどくそそけている。君は似合わない扇の様よと御覧になって、御自分の持っていられるのを取換えて御覧になると、赤い紙の、顔も映る程に色の濃いのに、丈の高い森の絵を、泥で塗りつぶしに描いてある。その片方に、手跡はひどく年寄風であるが、下手ではなくて、『森の下草老いぬれば』[45]など書き散らしてあるので、書く事は幾らもあろう、余りな心持だと笑まれながら、君は、「『森こそ夏の』[46]と見えることで

す」と云われて、何彼と仰せになるのも似合わしくなく、人が見附けはしないかと苦しいのに、女はそう思ってはいず、

君し来ば手馴れの駒に苅り飼はむ盛り過ぎたる下葉なりとも▼47

という様子が、云うばかりなく色めいている。

篠分けば人や咎めむいつとなく駒なつくめる森の木隠れ▼48

「面倒が起りそうなので」といってお起ちになるのを、引き留めて「まだこれほどの嘆きをしたことはございません。今更になって、身の恥でございます」といって泣き方が甚しい。「おっつけ逢いましょう、思いながらの事です」といって、振払ってお立ちになるのを、強いて追い着いて、「『橋柱』▼49といって恨みかかるのを、主上は御袿の御事が終って、襖の蔭からお覗きになっていられた。似合わない間であるよと、ひどく可笑しく思召されて、「好色心がないと云って、皆が何時も悩んでいたようだったが、そうは云っても其方は、見過さなかったことですね」と、典侍に仰せになってお笑いになると、典侍は何だか恥かしくはあるが、憎くない人の為には、濡衣だけでも著たいという類いなのだろうか、達て言訳も申上げない。人々も、案外な事があるものだと話草にしているようなのを、頭中将が聞きつけて、至らぬ隈もない好色心から、そこまではまだ思い附かなかったことよと思って、典侍の尽きずも持っている好色心も見たくなったので、関係を附けてしまった。此の君も大方の人にくらべるとひどく立ち勝っているので、彼のつれない人の代りにしての慰めにと内侍は思っていたが、逢いたいと思う人は限りがあったとかいうことである。余りな色好みであるよ。

　その事はひどく隠していたので、源氏の君はお知りになれない。典侍は君をお見附け申しては、先ず恨みを申上げるのを、君は齢の程が気の毒で、慰めてやりたいとはお思いになるが、我慢のできない臆劫さから、ひどく久しくそのままになったのに、夕立が降って、その名残の涼しい宵の闇に紛れて、温明殿▼50の辺りをおさまよいになられると、この典侍が琵琶をひどく面白く弾いていた。御前など

でも、男方の御遊びにまじりなどして、格別で、立ち勝る者もない上手なので、もの恨めしく思っている折柄のこととて、ひどくあわれに聞かれる。『瓜作りになりやしなまし』[51]と、声はひどく好くて謡っているのが、少し気にくわない。鄂州[52]にいた昔の人も、このように面白かったのであろうかと、君は耳に留ってお聞きになられる。典侍は弾き止めて、ひどく思い乱れている様子である。君は『東屋』[53]を忍びやかに謡って、倚り懸っていらせられると、典侍は、『押開きて来ませ』と此方の文句に附けて謡うのも、君は普通の女とは異っているお心持がすることだ。

　立ち濡るる人しもあらじ東屋にうたてもかかる雨そそぎかな[54]

と典侍の歎くのを、君は自分だけが引受けて聞くべき言葉ではないけれど、疎ましいことよ、何事をそのように歎いているのだろうかとお思いになる。

　人妻はあなわづらはし東屋のまやの余りに馴れじとぞ思ふ[55]

と云って、通り過ぎて行きたい気はするけれども、余り端たないことであろうかと思い返して、典侍の心に従うと、少しはしゃいだ戯れ言などを云い合って、君はこれも亦珍らしい気持がなされる。頭中将は此の君が、ひどく実直な風をなさり過ぎて、常に自分の好色を諌められるのが残念なのに、御自分は知らん顔をして、内々に忍んで通われる所が多いらしいので、何うかして見顕わそうと思い続けていたので、今宵の事を見附けた心持はひどく嬉しい。こういう折に、少しお威し申して、懲りましたかと云おうと思って、油断をおさせする。風が冷やかに吹いて、夜がやや更けて行く頃、君は少し微睡まれたかと思われる様子なので、そっと入って行くと、君は打解けては眠られないお心なので、ふと聞きつけて、この中将とは思いも寄らず、やはり此の典侍を忘れ難くしている修理大夫[56]であろうとお思いになると、ああいう大人らしい人に、こうした不似合な振舞をして、見附けられるという事は恥ずかしいので、典侍に、「ああ、面倒なことのある人だ。帰りましょうよ。蜘の振舞[57]は、はっきり分っていたでしょうに、辛くもお瞞しになった事です」といって、直衣だけを取って、屏風の

郵便はがき

料金受取人払郵便

麹町支店承認

6246

差出有効期間
2024年10月
14日まで

切手を貼らずに
お出しください

1 0 2 - 8 7 9 0

1 0 2

［受取人］
東京都千代田区
飯田橋２－７－４

株式会社 作品社
営業部読者係　行

【書籍ご購入お申し込み欄】

お問い合わせ　作品社営業部
TEL 03(3262)9753／FAX03(3262)9757

小社へ直接ご注文の場合は、このはがきでお申し込み下さい。宅急便でご自宅までお届けいたします。送料は冊数に関係なく500円（ただしご購入の金額が2500円以上の場合は無料）、手数料は一律300円です。お申し込みから一週間前後で宅配いたします。書籍代金（税込）、送料、手数料は、お届け時にお支払い下さい。

書名	定価　円	冊
書名	定価　円	冊
書名	定価　円	冊
お名前	TEL　（　　）	
ご住所　〒		

フリガナ
お名前

男・女　　　　歳

ご住所
〒

Eメール
アドレス

ご職業

ご購入図書名

●本書をお求めになった書店名	●本書を何でお知りになりましたか。
	イ　店頭で
	ロ　友人・知人の推薦
●ご購読の新聞・雑誌名	ハ　広告をみて（　　　　　　）
	ニ　書評・紹介記事をみて（　　　　　　）
	ホ　その他（　　　　　　）

●本書についてのご感想をお聞かせください。

ご購入ありがとうございました。このカードによる皆様のご意見は、今後の出版の貴重な資料として生かしていきたいと存じます。また、ご記入いただいたご住所、Eメールアドレスに、小社の出版物のご案内をさしあげることがあります。上記以外の目的で、お客様の個人情報を使用することはありません。

後にお入りになった。中将は可笑しいのを怺えて、君のお引立てになられた屏風の側に寄って、はたはたと畳み寄せて、仰々しい音を立てると、典侍は年はしているけれども、ひどく様子振った、なよなよした人とて、以前にもこうした事でまごついた事が度々あるので、馴れていて、ひどく心は慌ててはいたが、此の君を何のようにおさせ申そうとするのかと思って、苦しいので、慄え慄えしじっと中将を摑まえていた。君は、誰と知られずに立ち去りたいとはお思いになるが、しどけない姿で、冠など歪めてかぶって走って行く後姿を思うと、ひどくばかばかしい事だろうとお思いになって躊躇される。中将も、何うかして自分だとはお知らせ申すまいと思って、物も云わず、ただひどく怒った様子をして見せて太刀を抜くと、女は、「拝みます拝みます」と中将に向って両手を擦り合わせるので、中将はほとんど失笑き出しそうになる。好色らしく若作りをしている表面こそは、何うにか我慢も出来よう、五十七八の女が、見えを棄てて心配して騒いでいる様子は、云いようもなく美しい二十歳の若い人達の中で物怖じをしているのは、何うにも不似合である。このように、その人では無いようにごまかして、怖ろしそうな様子を見せてはいるけれども、君は却ってはっきりとそれとお見附けになられて、自分と知って態としているのであると、ばかばかしくなった。中将だろうと見ると、ひどく可笑しいので、太刀を抜いて持っている腕を摑まえて、思いきりひどく抓られると、中将は残念なものの、怺えられなくなって笑った。君は、「本当に、それは正気なのかね。冗談もひどすぎる。どれ、此の直衣を著よう」と云われると、中将は確りと摑んでいて、少しもお離し申さない。「では、同じようになろう」といって、中将の帯を解いてお取りになると、取らせまいと争って、ああこうと引っ張り合っている中に、直衣の綻びの所が、ほろほろと切れた。中将は、

包むめる名や漏りいでむ引きかはしかく綻ぶる中の衣に[58]

『上に取り著ば著からむ[59]』でございます」という。君は、

隠れなきものと知る知る夏ごろもきたるは薄き心とぞ見る[60]

と言い合って、何方(どちら)も恨みのないしどけない姿にされて、揃ってお帰りになられた。

君はまことに残念にも、見附けられた事だと思って臥(ね)ていらせられた。内侍は浅ましく思ったので、落ち残っていた御指貫(おんさしぬき)、帯などを、翌朝早くお届けした。

うらみてもいふかいぞなき立ち重ね引きて帰りし波の名残に▼61

『底も露(あら)はに▼62』とあった。君は厚顔(あつかま)しいものだと、御覧になるにも憎いけれども、途方に暮れていたのも、さすがに気の毒なので、

あらだちし波に心は騒がねど寄せけむ磯をいかがうらみぬ▼63

とばかりあった。帯は中将のものなのである。御自分の直衣(なおし)よりは、紫の色が濃いと御覧になると、御自分の直衣の袖の一巾(ひとはば)もなくなっていたのであった。飛(と)んでもない事であるよ、出歩いて浮気をする人は、成(な)る程(ほど)ばかばかしい事も多い事だろうと、君は一段とお心がお治めになられる。中将は内裏(うち)の宿直所(とのいどころ)から、「此れを先ずお綴(と)じ着けさせなさいまし」といって、物に包んでよこしたのを、何うして取ったのであろうと憎らしい。此の帯が取ってなかったならば、残念だったろうとお思いになる。

それと同じ色の紙に包んで、

中絶えばかごとや負ふと危ふさに縹(はなだ)の帯は取りてだに見ず▼64

と云ってお遣りになる。折り返して中将から、

君にかく引き取られぬる帯なればかくて絶えぬることとかこたむ▼65

「恨みはお脱(のが)れになれますまい」とある。日が闌(た)けて各々殿上へ参られた。君はひどく静かに、昨夜(よべ)の事などは遠い事のようにしていられるので、頭の君もひどく可笑(おか)しいけれど、此方(こちら)も公事(おおやけごと)の多くを宣下(せんげ)する日で、ひどくしゃんとして、はきはきしているのを御覧になると、互(たがい)にほほ笑まれる。人の絶間に、中将は君にさし寄って、「物隠しはお懲りになりましたのでしょう」といって、ひどく口惜(くや)しそうな尻目をする。「何だってそんな事がありましょう。来ながら唯帰った人の方が気の毒です。

本当は、『よしや世の中』[66]です」と云い合って、『床の山なる』[67]で、互に口止めをする。その後は、中将はともすると、機会の毎にはそれを云い出して、揶揄の種にするのを、君は一段と、面倒のある女故のこととお思い知りになられることであろう。女はまだひどく艶めいて恨みかけて来るのを、君は困ったものに思って、忍び歩きをしていられる。中将は妹の君にもお云い出しにならず、ただ然るべき折の威しの種にしようと思っていた。君に対しては、高貴の御腹々の皇子達でさえ、主上のお扱いの格別なので、面倒がって、ひどく特別に御遠慮申していられるのに、この中将は、決して圧倒されまいと思って、ちょっとした事についても御競争をしている。此の中将一人だけが、大殿の姫君と御同腹なのである。帝の御子というだけのことだ、自分も同じく大臣といっても、御覚えの格別な人の子で、皇女腹として此の上もなく大切にされている者なので、何れ程の劣りがある身分ともお思いにならないのであろう。人柄も、申分なく整っていて、何の点も云うところなく揃って入らせられた。この御仲の競争こそは面白いものであった。しかし語るのはうるさい事であるから省く。

七月には后がお立ちになった[68]ようである。源氏の君は宰相におなりになった。主上は御譲位になろうとする御下心が近くなって、此の若宮を東宮にとお思いになられるが、御後見をするべき人がいられない。御母方はすべて皇族で、臣籍となった源氏は摂政をなさるべき家筋ではないので、せめて御母宮だけでも動きのない后におさせ申して、東宮の御強味としようと思召されてのことであった。弘徽殿の女御は、一段とお心が御動揺なされるのは、お尤もである。主上は、「だが東宮の御世はすぐ近くなったのだから、疑いない皇太后の御位です。我慢して入らっしゃいよ」と仰せになられたことである。ほんに東宮の御母として、二十年余りにもなられる女御をさし置いては、お引き越え申させ難い御事であると、例のように安からずも世間の人も申した。藤壺の宮が后として参内される夜のお供は、宰相の君がお勤めになられる。同じく后と申上げる中にも、その后腹の皇子が、玉の光と耀いて入らせられて、主上の類ない御覚えまでも添って入らせられるので、人もまことに格別にお思い申上げた。まして君の云いようもないお心からは、御輿の中も思いやられて、一段と及びもつかないお気持がなされて、落着けないまでである。

尽きもせぬ心の闇にくるるかな雲井の人を見るにつけても▼69

とばかり独語（ひとりごと）に云われつつ、誠にもの哀れである。若宮は、お大きくなられる月日に従って、全くお見分け申し難いようにお似になって来られるのを、宮はひどく苦しくお思いになるけれども、それと思寄る人はないようである。ほんに、何（ど）のようにして作り変えたからとて、君に劣らないお有様は、この世にお出になるということがあろうか。月日の光が空に似通っているように世間の人は思っている。

▼1 朱雀院は禁中の外なので、后宮、女御が御出ましになれない。
▼2 中宮。
▼3 前の巻に出ず。
▼4 舞楽の曲名。竜宮の曲だという。
▼5 詩を字音のまま詠むこと。「桂殿迎初歳、桐棲媚早年、煎花梅樹下、蝶燕画梁辺」
▼6 極楽浄土にいる美声の鳥。
▼7 弘徽殿女御。
▼8 宮を恋うての歎きをしているので、立舞うことなどはすべき身ではないのに、それを、袖を振って舞った躬の心を御存じでございましたか。君にお見せ申そうとしてのみのことでございます、の意。
▼9 「唐人の袖ふることは」は、青海波は唐の舞であるから、その唐人の袖を振る故事は、境が遠くて見られないけれども。君の立ちつ居つして舞うのを見て、愛でたいことよと見ましたの意。
▼10 藤壺は現在女御であられるが、将来中宮となられても似わしい御言葉の意。

▼11 青海波の舞人を、四十人の者が、円く垣のように取りまいて、笛を吹くのをいう。
▼12 左は唐楽、右は高麗楽。
▼13 源氏の冠にさしている紅葉の枝。
▼14 楽の終る時に、引きかえして来て繰返して舞うこと。
▼15 桐壺の帝の皇子。
▼16 舞楽の曲名。
▼17 左大臣。
▼18 紫上。
▼19 葵上。
▼20 紫上。
▼21 領地や家政を司る役人。
▼22 家事を司る人。
▼23 源氏の腹心の家来。
▼24 兵部卿宮。藤壺の兄。
▼25 紫上の恋しがる祖母なる尼君の、兄にあたる人。北山のみ寺にいる。
▼26 紫上の乳母。
▼27 大晦日に鬼をおいはらう儀式。
▼28 若紫の巻に出ず。紫上の遊び相手の童。
▼29 正装に用いる革の帯で、宝石や玉を飾にしてある。
▼30 正月二十一日仁寿殿で行われる内々の宴。文人を召して詩を作らせ御前で披講もおさせになる。
▼31 桐壺帝の父君。
▼32 何のように前世に結んだ宿縁で、此の世には此のように、二人の間に隔てが出来ることであろうぞ。というのに、「この世に」に、子の代にを懸け、子の代になっての心を持たせたもの。

▼33　御子を見ている方でも歎く。見ない方でも亦何んなに歎いていることであろうか。子という者は、世の中の人が、心を闇にされて迷うというが、その闇ゆえのことなのであろうか。「こや」に「子や」を懸けたもの。

▼34　我が子になぞらえつつ見ていても、心は慰まなくて、悲しさの涙で、露けさの増さってゆくこの撫子の花よ。で、若宮を撫子に喩え、その撫子の花に添えて贈ったもの。

▼35　花に咲かむと。「我が宿に蒔きし撫子いつしかも花に咲かなむよそへつつ見む」という古歌を取ったもの。我が庭にその種を蒔いた撫子の、早く花に咲いてくれよ。若君を花になぞらえて見ようの意。

▼36　折ると袖の濡れる露に、関係のある物と思うにつけても、やはり疎ましい物である、この大和撫子の花は。というに、悲しい涙で袖の濡れる、その縁よりの物と思うとやはり疎ましい物である、此の大和撫子は。の意に、源氏との疎ましい関係を歎き、そのゆかりの御子をも疎む意を云ったもの。

▼37　汐みてば入りぬる磯の草なれや見らくすくなく恋ふらくの多き（万葉集）

▼38　伊勢の海人の朝な夕なにかづくてふ見る目に人をあくよしもがな（古今集）

▼39　十三絃の琴。

▼40　長保楽という曲の破。曾保呂倶世利と書く。この曲の急は賀利夜須（かりやす）という。

▼41　葵上。

▼42　後宮の下級女官。地方の郡の少領以上の女の美貌の者を選んだ。

▼43　命婦より下級の女房で、雑役にしたがう。

▼44　蝙蝠をみて扇を作りはじめたというので、夏の扇の名。

▼45　大荒木の森の下草老いぬれば駒もすさめず刈る人もなし（古今集）

▼46　ほととぎす来鳴くを聞けば大荒木の森こそ夏の宿りなるらめ（信明家集）

▼47　君が入らしたならば、乗り馴らしていられる駒に苅って飼いましょう、盛りを過ぎている森の下草ではございますが。（「下葉」は下草で、絵につけて、典侍自身を譬えたもの）

▼48　篠を踏み分けて訪ねて行ったならば、余所の人が咎め立てをしよう、いつという事もなく、絶えずも、

人の乗る駒の馴ついているらしいその森の木下（こした）は。（「森」は典侍の譬）

▼49　津の国の長柄の橋の橋柱ふりぬる身こそ悲しかりけれ（細流抄）

▼50　半分が賢所となり、半分が内侍の控所となっている。

▼51　催馬楽「山城」の詞。「山城のこまのわたりの瓜作り、我をほしといふ、いかにせん、なりやしなら し云々」

▼52　白氏文集第十にある「夜聞二歌者一宿鄂州」の美声の女の故事をいっている。

▼53　催馬楽「東屋」。「東屋のまやのあまりの雨そそぎ、われ立ちぬれぬ、その戸開かせ。かすがひも戸ざしもあらばこそ、そのとんのどわれささめ、押し開いて来ませ、われや人妻」

▼54　外に立って濡れている人もあるまいに、人にでも懸っているように、東屋に変な風に懸かる雨そそぎの音がすることである。すべて催馬楽の「東屋」の言葉を取ったもの。「雨そそぎ」は、軒から落ちる雨で、源氏の君の謡っていた文句。「うたてもかかる」の「かかる」は懸詞で、厭やな風に、そのようにしているで、君の家へ入られないのを憎んで促す意。

▼55　人妻は、ああ面倒だ、余りには馴れまいと思う。すべて「東屋」の言葉。「東屋のまやの」は、「余り」の序で、すべて「東屋」の言葉。

▼56　内侍の夫であろう。

▼57　「わがせこが来べき宵なりささがにの蜘のふるまひかねてしるしも」（衣通姫）による。修理大夫の通って来ることが宵から解っているということ。

▼58　お隠しになっているらしい評判が、漏って立ちましょう、引っ張り合って此のように綻びた我らの中の衣によって。

▼59　くれなゐの濃染の衣下に著ん上にとりきばしるからむかも。

▼60　隠れない仲であると承知の上で、ああして来たのは、浅はかな君の心だと見ていることである。「夏衣」は、「著」を「来」に転じての枕詞。「薄き」は夏衣の縁語で、浅い意。

▼61　浦を見てもこれという貝もありません、立ち重なって、引いて、沖へ帰った波の跡には。「うらみ」

は「恨み」、「いふかひ」は「云ふ甲斐」の掛詞。「立ち重ね帰りし波」は君と中将との揃って帰った譬。

▼62　別れての後ぞ悲しき涙川底もあらはになりぬと思へば（源氏物語奥入）

▼63　荒かった波には、心驚かなかったけれど、ああした波の寄せた磯を、何うして呆れた浦だと思って見ずにいられよう。恨みずにいられようか。「あらだちし波」は、頭の中将の譬。「寄せけむ磯」は内侍の多情な譬。「うらみ」は、「恨み」の掛語。

▼64　此れが中程で切れたならば、恨みを受けることだろうと思って、不安なので、この縹の帯は手に取り上げてさえも見ない。「中絶え」は、中将と内侍との仲の切れる譬。「かごと」は帯の金具の「かご」を掛けてある。「縹の帯」は、催馬楽の「石川」の中の文句で、猶お歌全体に「石川」をからませている。「石川」は「石川の高麗人に、帯をとられて、からき悔する。いかんなる、いかんなる帯ぞ、花田の帯の、中は絶えたる。かやるか、あやるか、中は絶えたるか」

▼65　君に此のように引いて取られた帯であるから、それで切れたのだと恨みましょう。「引き取られぬる帯」は、奪われてしまった内侍の譬。「かくて絶えぬる」は、その為に内侍との仲の切れたの譬。

▼66　人ごとはあまの刈藻にしげくとも思はましかばよしや世の中（古今六帖）

▼67　犬上のとこの山なるいさや川いさとをきこせわが名もらすな（万葉集）

▼68　藤壺女御が中宮になられること。

▼69　限りもない、子を思う心の闇に吾は心暗くなっていることであるよ。雲居の高い位地の人をお思い申すにつけても。と若宮と宮に対しての歎きを云い、「尽きもせぬ」に、月もないの心を絡ませ、「雲井」と対照させてある。これは軽いものである。

花宴

二月二十日余りに、南殿[1]で花の宴をお催しなされる。后[2]と東宮[3]との御局は、東と西とに設けてお乗りになられる。弘徽殿の女御は、中宮[4]の此のようにしてお出でになるのを、何ぞの場合毎に、心外に思召されたが、物見にはお見過しになれずしてお参りになられる。日はよく晴れて、空の様子、鳥の声も気持がよさそうなのに、親王達、上達部を始めとして、文学の道の心得ある人々は、すべて探韻[5]を賜わって詩をお作りになる。宰相中将[6]が、「春という文字を賜わりました」と仰せになる声までが、例のように他の人とは格別である。次ぎに頭中将も、人の注目することも一通りではないとお思いになるであろうか、ひどく見よく落着いて、声づかいなども仰々しくて、立ち勝っている。その外の人々は皆臆しがちに、伏目がちにてれている者が多くある。地下の文人に至っては、一段のことで、主上も東宮と御学才にすぐれて入らせられ、此の方面に秀でた人が多くいられる頃なので、恥ずかしくて、韻を探る為に、遥々と曇りのない庭に立ち出る時は工合が悪くて、詩作はたやすい事であるが、苦しそうにしている。年老いた博士どもが、身なりは見すぼらしく窶れて、その事に馴れているものも哀れで、その様々の有様を御覧になるのも興のあらせられることであった。舞楽などは、云う所なく上手達をお揃えになってあった。次第に入り日になる頃に、春鶯囀という舞がひどく面白いので、源氏の君の御紅葉の賀の折[7]の事をお思い出しになられて、東宮は挿頭を賜わらせて、達て御所望なされるので、御辞退が出来なくて、君は立って、緩かに袖を翻す所だけを一畳▼8だけ、しるしばかりお舞いになられたが、似るべき物もなく見える。左大臣は君に対しての恨めしさも忘れて、感涙をお落しになる。主上は、「頭中将は何うした、遅い」と仰せになるので、柳花苑という舞を、これは源氏の君よりは今少し多く、こういう事もあろうかと用意をしてあったのであろうか、ひどく面白かったので、主上は禄として御衣を賜わったが、これはまことに例のない事に人々は思った。上達部は皆入り乱れて舞われたが、夜に入っては、殊に誰れ彼の差別も見えない。詩を講じるにつけても、源氏の君の御詩をば、講師も読みあげることが出来ず、一句一句誦しては感じて騒いでいる。その道の博士どもの心にも、すばらしいものと思った。こういう時にも、先ず此の君をば光としていられるので、帝も何うしておろそかに思召されようか。中宮は、君のお有様に御目の留まるにつけても、春宮の御母女御の、強いても御憎みになるのも訝かしく、御自分のこのように君をお思い申すのも、心憂いことだと、御自身お思いかえしになられた。

大方に花の姿を見ましかばつゆも心の置かれましやは▼9

お心の中で思われたことが、何うして漏れたのであろうか。夜がいたく更けてその事は終った。

上達部は各退散し、后、東宮もお帰りになったので、後はのどやかになって来たのに、月がひどく明るく出て来て面白いので、源氏の君は酔い心地から見棄て難いものにお思いになったので、宿直の人々も休んでいる、こうした思いがけない時には、ともすると然るべき隙もあろうかと、藤壺の辺りをひどく忍んで窺って歩いたが、相談をするべき命婦のいる戸口も閉めてあったので、溜息をついて、猶お諦められずに弘徽殿の細殿▼10に立ち寄られると、そこの三の口が開いていた。女御▼11は上の御局▼12に、南殿からすぐに参られたので、人少なの様子である。奥の方の枢戸も開いていて、人の声もしない。このようにして置くので、世の中の過は起ることであると思って、君はそっと殿上へ昇って、奥の方を覗いて御覧になる。人はすべて寝ているようである。ひどく年若い可愛らしい声の、おしなべての

人とは聞えない声で、『おぼろ月夜に似るものぞなき』[13]と誦しながら、此方の方へと来ることであるよ。君はひどく嬉しくて、つとその袖を捉えられる。女は怖ろしいと思った様子で、「まあ気味の悪い。これは誰れですか」と仰しゃるが、「何の疎ましいことがあるものですか、

深き夜のあはれを知るも入る月のおぼろげならぬ契とぞ思ふ[14]

といって、そっと抱き据えて、奥の方の戸は押閉てた。浅ましさに呆れている様が、ひどく懐しくも可愛らしいことである。慄え慄え、「ここに人が」と仰しゃるが、「私は皆から許されている者ですから、人を召寄せられたからとて、何うなるものですか。唯忍んで入らっしゃい」と仰しゃる声で、この君であったのだと聞き確めて、少しお気を安らかにした。困ったことだとは思うものの、無愛想な、剛々しい風は見られまいと思った。君は酔い心地で、平生とは異っていられたのであろうか、女を放してやるのは残念であるのに、女も若く心柔らかで、強い心はないのであろう。可愛らしいと御覧になるに、間もなく夜が明けて行くので、心が慌しい。女はまして、さまざまに思い乱れている様子である。「やはり名を仰っしゃいよ。それでないと、何うして音信を申上げられましょう。これきりで止めようとは、それにしてもお思いにはなりますまい」などと仰しゃると、女は、

憂き身世にやがて消えなば尋ねても草の原をば訪はじとや思ふ[15]

という様が艶で、なまめいている。君は、「尤もです、云い損ったのですよ」といって、

何れぞと露の宿りを分かむ間に小笹が原に風もこそ吹け[16]

おいやだとお思いになるのでなかったら、何もお包みになることはないでしょう。それともお瞞しになるのですか」と云い切らない中に、人々は起き出して騒ぎ、上の御局に女御の御迎えに参りちがう様子が繁く聞えるので、何うにも余儀なくて、扇だけを印に取り換えて君はお出になられた。桐壺[17]には人々が大勢詰めていて、目を覚ましている者もあるので、君のお帰りになられたのを、「何うにもお隙のない御忍び歩きですこと」と突つき合いながら空寝をしている。君はお部屋に入ってお臥み

になられたけれど、お眠りになれない。可愛ゆい人の様ではあった、女御のお妹達の中であろう、まだ情事に馴れていられないのは、五の君か六の君なのであろう、帥宮[18]の北の方や、頭中将の好かれない四の君[19]などは、すぐれていると聞いたが、却ってその人たちであったら、今少し面白いことであろう、六の君は、東宮に奉ろうと志していられるのに、それであったらお気の毒なことになる訳であるよ、面倒で、何の君かと尋ね出す事も紛らわしい、それにしても、此れきりで絶えようとは思っていない様子であったのに、何だって音信を交す方法を教えなかったのだろうなどと、様々に思うのも、お心が留まったからであろう。こうしたことにつけても、先ず藤壺の辺りの有様の、云うべくもなく奥ゆかしいことであったよと、珍しいものにお思い較べになられる。

その日は後宴[20]の事があって、君は取紛れて暮された。君は箏の琴をお弾きになった。昨日の事よりもなまめかしくて面白い。藤壺は暁に上の御局にお上りになった。君はかの有明月夜に逢った人[21]が、禁中を退出するであろうかと、夢中になって、行き届かない所のない良清と惟光とを、その殿に附けて窺わせてお置きになったが、君が御前から退下なされた時に、「たった今し方北の陣から、前から隠れに立てておりました車が退出いたします。御方々のお里の人が居られます中に、四位の少将[22]だの右中弁などが、急いで出て来られてお見送りなさいました車は、弘徽殿からの御退出であろうと御見受けしました。悪くはない御様子がはっきりしていて、車も三つ程ございました」と申すにも、君は胸のつぶれる気がなされる。何のようにして、何の君と知ろうか、父の大臣が聞きつけて、仰々しく待遇されるようだったら、何んなものであろう、まだ女の有様を、よく見定めない中は、それも迷惑なことであろう、そうかと云って、誰と知らずにいるのも亦残念なことだろうから、何のようにしようかと思い煩って、つくづくと案じて臥て入らせられた。姫君[23]は何んなにか徒然であろう、逢わないのも幾日にもなるので、萎れていることだろうと、可愛ゆくお思いやりになられる。かの印の扇は、桜の三重がさね[24]で、表の濃い方に、霞んだ月を描いて、それを水に映した意匠は、見馴れた物ではあ

るが、嗜みの程がなつかしく使い馴らしてあった。『草の原をば』と詠んだ様子がお心に懸かるので、

世に知らぬ心地こそすれ有明の月の行方を空にまがへて[25]

と書き添えられて、さし置かれた。

大殿[26]へ行かれないのも久しいことだとお思いになるけれども、若君[27]も気に懸るので、すかそうとお思いになって、二条院へお出でになった。見るに連れてひどく美しく育って、愛敬がつき、功者な心持がまことに格別である。気に入らぬ所のないように、御自分のお心のままに躾けようとお思いになるのに叶うことであろう。男のお教えなので、少し男馴れた事がまじろうかと思う点がお気懸りである。此頃中のお話や、御琴を教えるのに日を暮らして、お出ましになるのを、姫君は、例のように残念にはお思いにはなるけれども、今はひどくよく馴らされて、無闇には慕い纏わりはなさらない。

大殿では、女君は例のように、直ぐには対面をなさらない。君は徒然と、様々の事をお思いまわしになって、箏の御琴をまさぐって、『柔らかに寝る夜はなくて[28]』と謡って入らせられる。大臣がお越しになられて、一日の花の宴の興のあった事を申される。「多くの齢を重ねまして、明王の御代の四代を拝しましてございますが、今度のように、詩に秀句が多く、舞、楽、物の音の揃いまして、命も延びるような気のした事はございませんでした。道々の上手の多い頃で、委しく御存じの上で、お選びになったせいかと存じます。この翁も何うやら舞い出しそうな心持がいたしました」と申されると、君は、「格別揃えたのではございません。ただ公事にはお仕え申さずにいる物の師を[29]、ここかしこに尋ねたのでございます。何よりも柳花苑を、後代の例ともなるものと拝見しましたのに、まして貴方が、栄え行く春にお舞いになりましたら、御代の面目となったでございましょう」と申される。弁や中将なども参り合せて、勾欄に背中を凭たせながら、それぞれに物の音を合奏して遊ばれるのがまことに面白い。

かの有明の君[30]は、はかなかった夢を思い出して、ひどく嘆かわしく物案じをして入らせられる。東

宮に参られることは、四月頃とお思い定めになっているので、女君はひどく遣瀬(やるせ)なく歎き乱れていられるのに、男君の方も、女君をお訪ねになる、手がかりがなくはないが、何(ど)の君とも分らないのに、殊(こと)にお心許しもない辺りに拘(かか)ずらうのは、恰好の悪い事と当惑して入らせられると、三月の二十日余りに、右大臣は、賭弓(のりゆみ)の結(けち)▼[31]に、上達部や親王(みこ)達を大勢お集めになって、続いて藤の花の宴をなされる。桜の花の盛りは過ぎたが、『外(ほか)の散りなむ』▼[32]と教えられたのでもあろうか、遅れて咲く桜の二本がひどく面白いことである。新しく造られた殿を、姫宮達▼[33]の御裳著(おんもぎ)の日に、磨き立て飾り立てられてある。派手やかになさる殿の家風で、何事も当世風にして入らせられた。源氏の君にも、或(あ)る日内裏(うち)で御対面の序(ついで)に、御案内を申されたが、お出でにならないので、残念にも、事の引き立たないとお思いになられて、御子(みこ)の四位の少将をお迎えに遣わされる。

我が宿の花しなべての花ならば何かは更(さら)に君を待たまし▼[34]

君は禁中にお出でになった時で、そのことを主上(うえ)に奏せられる。主上(うえ)は、「得意な様子だな」とお笑いになられて、「態々(わざわざ)との迎えのようだ、早く行きなさい。女皇子(おんなみこ)▼[35]達もお育ちになっている所だから、心無くての事ではなかろうから」と仰せになる。君は御装いなどもお引繕いになられて、すっかり暮れた頃に、待たれてお越しになられたことである。桜の唐(から)の綺(き)▼[36]の御直衣(おんなおし)に、葡萄染(えびぞめ)の下襲(したがさね)を召され、裾を長く曳(ひ)いて、すべての人は袍(うえのきぬ)▼[37]であるのに、洒落(しゃ)れた皇子姿▼[38]のなまめいた風をして、敬われてお入りになられる御様は、ほんにひどく懸け離れたものである。花の色艶(いろつや)までも圧しられて、却って興覚ましである。遊びなど、ひどく面白くされて、夜の少し更けて行く頃に、源氏の君はいたく酔って悩んでいる振りをされて、その座を紛れてお起(た)ちになった。寝殿(しんでん)に女一宮(おんないちのみや)、女三宮の入らせられる、その東の戸口にお出でになって、凭(よ)りかかっていられた。藤の花は此方(こちら)の御殿の角に当って咲いているので、御格子(みごうし)を上げ渡して、女房たちが出ていた。その袖口など、踏歌(とうか)▼[39]の折を思わせて、態(わざ)とらしく御簾(みす)の外に出しているのを、君は似合しからず思われ、先ず藤壺の辺りの奥ゆかしさをお思い出しになられる。「気分が悪いのに、まことにひどく強いられて、困ってしまっております。恐れ多いことですが、この御前を、頼む蔭にお隠し下さいまし」といって、君は妻戸の御簾を掲げてお潜りになられると、女房の声で、「まあ厄介なことを。良くない者こそが、貴い方に因縁をもとめるものでございますのに」という様子を御覧になると、重々しくはないけれども、並々の若女房たちではない。上品で美しい様子がはっきりと分る。空薫物[40]がひどく煙い程にくゆり、衣摺れの音もひどく花やかで、心憎く奥ゆかしい様子は劣っておれ、当世風を好んでいる辺りで、貴い御方々が物見をされるというので、此の戸口をお占めになっているらしい。それ程にはなさるまじき事であるが、君はさすがに面白くお思いになって、彼人は此の中の何れであろうかと、胸がときめきして、「『扇を取られて辛き目を見る』[41]」と、態とおどけた声をして謡って、凭りかかって入らせられた。「ひどく風変りな『高麗人』[42]ですこと」と、謡について答えるのは、その心を知らない女房であろう。答えはしないで、ただ時々溜息をつく様子のする方へ凭りかかって、君は几帳越しにその手を捉えて、

梓弓いるさの山に惑ふかなほの見し月の影や見ゆると[43]

「何ういう訳でしょう」と、押し当てに仰せになるものを、女君はお怺えにはなれないのであろう。

心いる方ならませば弓張の月なき空に迷はましやは[44]

という声は、まさにその女の声である。まことに嬉しくは思うものの、何としよう。

▼1 紫宸殿。その階前に左近の桜が在る。
▼2 藤壺。
▼3 後の朱雀院。弘徽殿女御の皇子。
▼4 藤壺。
▼5 韻の字を一字ずつ得て、詩を作ることをいう。

▼6　源氏。
▼7　前帖に、「青海波」を舞ったこと。
▼8　舞曲の一節。「春鶯囀」は十四畳から成っていた。
▼9　もし大凡に花の姿を見ているのであったら、聊かの心置きもなかろうものを。で、「花の姿」は、眼の前に御覧になる桜の花を、源氏の君の喩としたもの。
▼10　廊。
▼11　弘徽殿の女御。
▼12　清涼殿の北廂に在る。夜の御殿（おとど）の近くに別に賜わる御局。
▼13　照りもせず曇りもはてぬ春の夜の朧月夜にしくものぞなき（大江千里）
▼14　春の深夜のあわれを知ってかく歩かれるは、我と朧ろげではない宿縁のある為と思います。「入る月の」は「おぼろ」の枕詞。「契」は前世の宿縁。
▼15　私の憂き身がこのままに死んだならば、捜し尋ねて、その葬られた草の原は訪おうとはお思いにならないのですか。「消え」、「草」は「露」の縁語。
▼16　何処がそれであるかと、露の宿りを捜している中に、その小笹が原に風が吹いて、露がこぼれて、まるきり分らなくなってしまいましょう。「露」は女の譬で、女の歌を受けたもの。
▼17　源氏の御曹司。
▼18　弘徽殿女御の妹。源氏の弟蛍兵部卿宮の北の方。
▼19　頭中将の北の方。
▼20　花の宴の翌日催された小宴。
▼21　源氏が一夜を逢った女。右大臣の六番目の女で「朧月夜」と呼ぶ。
▼22　二人共弘徽殿女御の弟。
▼23　二条院にいる紫上。
▼24　檜扇の両方の上を三重ずつ桜色の薄様で包み、色々の糸でとじたもの。

▼25　全く見当のつけられない心持ばかりしている、有明の月の行方を空に紛らし見失ってしまって。（「有明の月」は女君の譬）
▼26　左大臣家の葵上。
▼27　紫上。
▼28　催馬楽「貫川」。「ぬき川の瀬々の小菅のやはら手枕、やはらかに寝る夜はなくて、親避くるつま、云々」
▼29　頭中将の舞を賞める。
▼30　「朧月夜」のこと。有明月の折に逢った女の意。
▼31　賭弓（のりゆみ）にて勝負を定めること。
▼32　見る人もなき山里の桜花ほかの散りなむ後ぞ咲かまし（古今集）
▼33　弘徽殿女御の皇女。
▼34　私の宿の桜が、もし普通の花でしたら、何だって改めて貴方をお待ち申しましょう。
▼35　さきにある姫宮。源氏とは兄妹。
▼36　唐から舶来の、薄い綾織物。
▼37　正礼束帯の時の上着。
▼38　直衣は通常の服装で、皆の正装の中に、この姿でいるのは、打ちとけた親王などの有様なのをいう。
▼39　「末摘花」の巻に出ず。
▼40　室内をにおわすためにたく香。
▼41　催馬楽「石川」の詞を帯を扇にかえて歌う。「石川」は「紅葉賀」に既出。
▼42　同じく「石川」の中の詞。
▼43　私は入佐（いるさ）の山で惑っていることです。ほのかに見た月が、又も見えるかと思って。（「梓弓」は「いるさ」の「い」に係る枕詞。折柄の弓の結の縁のもの。「月」は女君の譬）
▼44　もしお心に沁み入っている山でございましたらはっきりとお確めになれる事で、そのように月の無い

空に迷うような事はございますまい。「心いる」は、心も月と共に入る意と、私という者が気に入るを掛けたもの。「月なき空」は月の入ってしまった後の空と、似合わしくない所の意とを掛けたもの。

葵

帝が御譲位[1]になって、御代が変って後は、源氏の君は万事も憂くお思いになられ、又御身の貴さも添った為であろうか、軽々しい御忍び歩きも謹まれているので、御関係のここでも彼所でも、覚束なさの嘆きを重ねて入らせられる、その報であろうか、君はやはり我につれない人のお心を、限りなく歎いてばかり入らせられる。院[2]には今は、以前にもまして絶間もなく、直人[3]のようにして中宮[4]に添って入らせられるので、弘徽殿の新皇太后[5]は、快らずお思いになられるのであろうか、内裏にばかり侍らっていられるので、中宮は立ち並ぶ方もなくて、お心安そうである。院には季節季節に従っての御遊びを好ませられ、世間の評判になる程になされつつ、今の御有様の方が結構で入らせられる。ただ東宮[6]だけを恋しくお思いにならせられる。御後見のないのを気懸りに思召され、源氏の大将の君[7]に万事をお任せになられるので、工合の悪いことではあるものの、嬉しく思召される。

ほんに、あの六条の御息所[8]のお腹の、前の東宮の姫君は、伊勢の斎宮[9]にお据わりになられたので、御息所には、大将のお心持もひどく頼もしくないのに、姫君の此のように幼い御有様の気懸りなのにかこつけて、御一緒に伊勢へ下ろうかと、予てよりお思いになっていた。院もこうした事を聞こし召されて、君に、「故宮[10]がひどく大切に思召され、御寵愛になられた人なのに、軽々しく、普通の人のように扱っているというのは、お可哀そうなことですよ。斎宮も此方の皇子達と同様に思っているので、何方につけても、粗略にしない方がよかろう。心のすさびに任せて、そのように好色き業をするのは、ひどく世間の非難を受けることです」など、御気色が悪いのに、君は自身のお心でも、如何にもと思い知られるので、畏まっていられる。「人にも恥をかかせるような事はせず、何処も穏やかに扱って、女の恨みを受けないようになさい」と、仰せになるにつけても、我が怪しからぬ心からの、勿体ないことをお聞きつけになられた時にはと思うと、怖しいので、君は恐入って退出なされた。君は又、あのように院に聞召して仰せになるので、人の御評判としても、御自分の御為としても、好色らしくてお可哀そうなので、一段と御息所を貴くお思いになって、お気の毒な事にはお思い申すが、まだ表立っては何うというお扱いも申されない。御息所も、似合わないお年の程を恥ずかしくお思いになって、お心解けない御様子なので、君はそのお心持に従っている恰好をなされて、院にもお聞き入れになり、世の中の人も知らない者はなくなったのに、君の深くはないお心の程を、甚しくお嘆きになっていられた。こういう事をお聞きになるにつけても、槿の姫君▼11は、何うか自分は人には似まいとお思いになって、君よりかりそめのようにしてのお消息にも、御返事は殆どない。そうかと云って、気まずく、はしたないお扱いはなさらない御様子を、君はやはり人とは異っているとお思い続けになる。大殿▼12では、君の此のようにお動きになっているお心を、気まずくお思いになるけれども、余りにもお謹しみのない御様子が、云うも詮ない事としてであろうか、深くはお恨みも申されない。御懐妊の為の気づかわしいお悩みもあるので、心細いような気がされている。君はそのことを珍らしくも哀れにもお思いになり、又嬉しくは思うものの、誰も誰も、物の怪などの憑きやすい折とて、気味悪くお思いになって、女君にさまざまの御物忌をおさせ申上げる。こうした間は、君も一層にお心に暇がなくて、思い怠るというではないけれども、何方にも途絶えの多いことであろう。

その頃、賀茂の斎院▼13もお下りにならせられて、弘徽殿の后腹の女三の宮が代りにお立ちになった。帝も皇太后も、ひどく格別にお可愛がり申上げていられる宮なので、境涯のお変りになられるのをひどく心苦しく思召されたが、他の皇女達に然るべき方がいらせられないからのことで、その儀式など、定めのある神事であるが、厳めしく盛んになさる。祭の時は定めのある公事にお添えになる事が多くて、まことに見ものである。お人柄からの事と見える。御禊[14]の日は、勅使としての上達部の数も定まっていて、お仕え申す事であるが、帝の思召の格別なところから、風采の勝れた者ばかりを択ばれ、下襲の色、表袴の紋、馬や鞍に至るまで、皆見事に整えられた。取り分けての宣旨で、源氏の大将の君もお仕え申される。人々は予てから物見車を心づかいをした。一条の大路は隙間もなく、うるさいまでの騒ぎである。所々に設けてある御桟敷[15]の心々に手を尽しての飾りつけからこぼれ出している出し衣[16]の、袖口までも大した見物である。大殿の女君には、そうした物見の御歩きも殆どなされないのに、御気分までも悩ましいので、お思い寄りもなされなかったのに、若い女房達は、「さあ、私共ばかりで、隠れて拝見するということは引き立たないことでございましょう。何でもない人でさえ、今日の物見には、第一に大将殿をと思って、賤しい山賤までもお見上げ申そうとしますので、遠い国々から、みんな妻子を連れて参りますのに、それを御覧にならないのは、いかにも余りなことでございますよ」というのを、大宮がお聞きになって、「お心持も少しはお宜しいです。お仕えしている人達もさみしいようです」と云われて、俄に其方此方にお供を仰付けになって、御見物なされる。日が闌けてに、儀式もそれ程ではない様にしてお出ましになった。物見車は隙間もなく立ち続いているので、花やかなお車を連ねて、立てかねていらせられる。立派な女車が多くて、お供の雑人[17]共の立添っていない場所に覘いをつけて、皆立退かせる中に、網代車[18]の少し古びたもので、下簾[19]の様などは由ありげに見えて、乗っている人はずっと奥に引き入って、ほのかに見える袖口、汗衫[20]などは、その色がひどく清らかであって、態と窶している様子のはっきりと分る車が二つある。その雑人は、「これは決して、そのように立退かせなどする御車ではない」と強く云い張って手を触れさせせない。双方とも、若い雑人どもの酔い過ぎての上で、立ち騒いでいる間の事とて、制し切れない。大殿の前駆の中での、年をした人々は、「そのようにはするな」と云うけれども、止めきれない。この車は斎宮の御母の御息所が、歎き乱れて入らせられる慰めにもなろうかと、忍んでお出ましになってのものなのである。さあらぬ様を装ってはいられたが、自然にそれと分った。大殿の人々は、「それ程の人なら、そんな事は云わせるな。大将殿を豪家だとは存じ上げているだろう」などというのを、源氏の君の御方の人々▼21もまじっているので、御息所をお気の毒とは見ながらも、中に入るのも面倒なので知らん顔をしている。とうとう大殿のお車を立て続けてしまったので、御息所のお車は、大殿の女房車の奥の方に押遣られて、物も見えない。御息所は、御無念なのはいうまでもなく、こうした窶し姿をそれと知られてしまったのが、甚しく残念で、限りもない。お車の榻▼22などもみんな折られたので、そこにある何ということもない車の轂▼23に持たせて立てたので、云うばかりなく恰好の悪いのも口惜しく、何しに来たのだろうと思っても甲斐がない。物も見ずにお帰りになろうかとされたが、お車が通って出てゆく隙もないのに、「お通りです」と人がいうので、さすがにあの辛い君の、御前をお通りになるのが待たれるのも、お心弱いことであるよ。ここは『ささの隈』▼24でさえも無い為であろうか、君が知らん顔で通り過ぎて行かれるにつけても、却ってお気の揉めることである。ほんに平生よりも好みをして飾ってある車どもに、我も我もと乗りこぼれている人の、ほのかに見える下簾の隙間どもをも、君は然りげなく微笑みをされつつ、尻目にお留めになるものもある。大殿のお車はそれとはっきりしているので、真顔になってお通り過ぎになられる。君のお供の人々の、そのお車に対して畏まって、敬意を示しつつ通って行くので、御息所は御自分の軽視され方が甚しいとお思いになる。

影をのみみたらし川のつれなきに身のうき程ぞいとど知らるる▼25

とお詠みになって、御息所は涙のこぼれるのを、人の見る目も工合悪いけれども、目もあやな源氏の君の御様や御風采の、一段と装り映えのなさるのを、見なかったならば残念だったろうとお思いになる。身分身分につけて、装束や有様を、いかにもよく飾っていると見える中にも、上達部は又ひどく格別であるが、此の君一人の御光に消されてしまったようである。大将の仮の随身[26]に、殿上の将監[27]などが立つのは普通の事ではなく、珍らしい行幸などの折のことなのに、今日は右近衛の蔵人の将監がお勤め申した。普通の御随身どもも、風采も装束も眩ゆいまでに整えて、君の世に大切にされて入らせられる御様は、木草でも靡かないものはないようである。壺装束[28]などという姿をした女の、賤しくない者や、又尼などの世を背いている者までも、こけつ転びつしながら物見に出て来ているのも、平生は余りの事だ、まあ見ともないと見えるのに、今日は尤もに見えて、口のすぼんだ、髪を衣の下に著籠めている賤しい女どもの、掌を合せて額にあてて、君をお見上げしている者も、ばかばかしく見える賤しい男までも、自分の顔の何んな風であるかも知らずに、にこにことしている者もある。君は何の注意もなさらないような、生受領の娘などまでも、心の限り飾り立てた車に乗り、装束を目に着くようにし、胸をときめかしているなど、面白い様々の見物であった。まして此所彼所の、忍んでお通いになる所々の人は、人知れず我が身の物の数でない嘆きを深める者も多くあったことだ。式部卿宮は桟敷で御見物なされた。ひどく眩いまでに整って行くこの君の容貌であるよ、神などが目をお留めになるであろうと、気味悪くお思いになった。槿の姫君は、君の年来申し続けて入らせられるお心持の、普通の人々には似ないのを思うと、それ程ではない人であっても、心動くことである、まして此のようにお美しい方に、何うして動かずにいられようかと、お心が留まった。しかし直接にお逢いする身になろうとはお思い寄りにならない。若い人々は、聞きにくいまでにお愛で申し合った。

　祭の日には大殿の女君は御物見をなさらない。大将の君は、あのお車の場所争いの事を、お話し申上げる者があったので、御息所をお可哀そうにお思いなされて、やはり女君の、折角に重々しくて入らせられる人であるのに、お優しさが足らず、お心強い所がある余りに、御自分ではそれ程にはお思いにならなかったであろうが、こうした御間柄などは、情を交すべきものであるともお思いにならない御気風に倣って、次ぎ次ぎに、心よくないお附きの者のさせた事なのであろう、御息所はお心持の、此方でひどく極り悪くなるような、お嗜みの深く入らせられる方だのに、何んなに辛くお思いになったであろうかと、お気の毒で、お訪ね申されたが、御息所は、斎宮がまだこの宮に入らせられるので、神事の障りになると託つけて、心やすくは対面もなさらない。君は尤もとはお思いになりながら、「何だって此のようになさるのか、お互に角を立てなくて入らっしゃればよいのに」と、お呟きになられる。

今日は君は、人をお避けになって、二条院においでになって、祭見にお出ましになる。西の対にお越しになられて、惟光に車の事を仰せになった。「女房もお出掛けですか」と女の童に戯れて仰せになって、姫君のひどく美しく飾り立てていられるのを、打笑んで御覧になられる。「あなたは、さあお出なさい、御一緒に見物しましょうよ」といって、御髪のいつもより綺麗に見えるのをお撫ぜになられて、「久しくお削ぎにならないようですが今日は吉い日らしい」と云って、暦の博士を召して、それをするによい時刻をお尋ねになられている間に、「先ず女房はお出なさいよ」と云われて、女の童の服装の美しいのを御覧になる。ひどく可愛らしい髪の毛の、孰れも末を綺麗に削いだのが、浮紋の袴に懸っている所がくっきりと見える。「あなたの御髪は私が削いであげよう」といわれて「何うにも煩いほどに多いことですよ。何んなに伸びて行くことでしょう」と仰しゃって、君はお削ぎ煩って入らせられる。「何んなに髪の長い人でも、額髪は少し短いのがまじっているもののようなのに、まるきり後れ毛のないというのは、却って可愛げがないようでしょう」と云って、そこも削ぎ終えられて、千尋に長く▼29とお祝い申されるのを、少納言はうれしくも忝けないことにお見上げしている。

はかりなき千尋の底の海松房の生ひ行く末は我のみぞ見む▼30

と君が申上げられると、姫君は、

千尋ともいかでか知らむ定めなく満ち干る潮ののどけからぬに▼31

と返歌を詠んで、紙に書き附けて入らせられる様が、物馴れた恰好ではあるものの、幼なげに可愛らしいのを、君は愛でたいと御思いになる。今日も物見車は立てる所もなく立て込んでいる。馬場の乙殿屋▼32の所で、君は立て煩って、「上達部の車が多くて、物騒がしい辺りだな」と、躊躇して入らせられると、悪くはない女車の、多くの人の乗りこぼれているのから、扇を差し出して、君のお供の者を招き寄せて、「ここにお立てにはなりませんでしょうか。場所をお譲り申しましょう」と申上げた。何ういう好色者だろうとお思いになって、場所もほんに良い所なので、お車をお引き寄せになられて、「何うして得られた場所なのかと、お羨ましく思われまして」と仰せになると、ゆかしい扇の端を折って、それに

はかなしや人のかざせる葵ゆゑ神のしるしの今日を待ちける▼33

「注連▼34の内の者となって入らせられたので」とある手跡をお思い出しになると、かの源典侍▼35なのである。呆れたもので、年寄りになれずに、若い心を持っていることよと憎いので、君は素気なく、

かざしける心ぞあだに思ほゆる八十氏人になべて葵を▼36

女は極り悪くお思い申した。

口惜しくも挿頭しけるかな名のみして人頼めなる草葉ばかりを▼37

と申上げる。君の誰ぞと相乗りして、簾を上げることさえなさらないので、妬ましく思う人が多くあった。一日の御有様はお立派であったのに、今日はお気楽にお歩きになるのである、誰であろう、乗り並んでいる人は悪い人ではなかろうと、人々は御推量申す。張り合う心を起させない挿頭争い▼38であるよと、君はさみしく思われるけれども、このようにひどく厚顔しい人でないと又、姫君の相乗していられるのに遠慮させられて、かりそめの御答えでも、心安くされるのは極りの悪いことであろう。

御息所は、お歎き乱れになられることが、年頃よりも多く添って来たことであった。君のお心は、辛いものとお思い切りにはなったが、これを最後と振り切って、伊勢へお下りになられるのは、ひど

く心細いことであろうし、世間の人聞きも、笑い物になることだろうとお思いになる。さりとて、踏みとどまるようにお思い返しになるとすれば、あのように、云いようもないまでに人々が見下げるようなのも安からぬことである。『釣する海人のうけなれや[39]』と、起き臥しにつけてお思い煩いになって入らせられる故でもあろうか、お心持がぼんやりとしたようにお思えになって、悩ましくして入らせられる。大将殿には、伊勢へ下られる事を、以ての外の、有るまじき事とまではお妨げにならず、「数ならぬ私をお厭いになり、お思い棄てなさろうというのも、御尤もではございますが、今はやはり、云う甲斐のないにしましても、末までも御覧下さるのが、契りの浅くないのではございませんか」と、お云いかかずらいになるので、定めかねて入らせられるお心の慰むこともあろうかと、お出懸けになった御禊川[40]の荒かった瀬の為に、一段と、すべての事がもの憂くお思いになられた。

大殿では、御物怪[41]のような風で、ひどくお煩いになるので、誰も誰もお嘆きになっていて、君もお出歩きなどには不都合な頃なので、二条院にさえも時々にお出でになるだけである。何と云っても御身分の貴い上では、格別にお思いになっていられる方で、御懐妊という珍らしい事までもお添いになっての御悩みなので、君は心苦しくお嘆きになり、御修法だの何だのを、君の御方でも多く行わせられる。物怪、生霊などいうものが多く出て来て、さまざまに其の名を名のる中に、寄りまし[42]には決して移らず、ただ女君の御身にぴったりと添っている様で、特に仰々しくお悩ませ申すことは無いけれども、又片時も離れることのないものが一つある。尊い祈禱者どもの云う事も聞かず、執念深い様子は、並々の物ではないように見えた。大将殿の御通い所を、此所彼所と目当てを附けて見るに、「あの御息所、二条院の君などだけは、大凡にはお思いになって入らっしゃらないらしいから、恨みの心も深いことであろう」と、殿の者は囁いて、その心で物を訊かせて御覧になるが、それと胸に中るような事も云わない。物怪とはいっても、取立てて深い御敵と申す者もない。死んだ御乳母といったような者、もしくは先祖の御方々に関係しつつ伝わって来ている者などで、女君の弱目につけ込んでの者で、はっきりともしないさまで乱れて現われて来る。女君はただざめざめと声を立ててお泣きになって、折々胸を塞(ふさ)ぎ上げつつ、どうにも堪えられないように悩むことをなされるので、何のようで入らっしゃるのであろうかと、気味悪(わ)るく悲しくお思い慌てになった。院からも御見舞が絶間がなく、御祈禱のことまでもお気をお附け下さるさまの忝(かたじけな)さにつけても、一段と惜しく思われる女君の御身である。世の中の人があまねくお惜しみ申上(もうしあ)げるのをお聞きになるにつけても、御息所は妬ましくお思いになる。年頃はひどく此のようにまではなかった御競い心が、あのお車のちょっとした場所争いにつけて、御息所のお心が動揺して来たのを、この殿ではそれほどともお思い寄りにはなられなかったのである。

こうしたお思い乱れのために、御息所は御気分が引続いてお悪く思わせられたので、斎宮の神事を憚(はば)かって、余所(よそ)へお越しになられて、御修法(ずほう)などをおさせになる。大将殿はそれをお聞きになり、何(ど)んな御気分だろうかとお可哀そうに思って、気を引立ててお越しになった。何時(いつ)もとは異(ちが)ったお旅所(たびしょ)▼43なので、ひどくお忍びになられる。君は、心ならぬ御無沙汰を、咎(とが)の許せるように申続けられて、悩んでいられる人▼44の御有様も心配してお話になる。「私としては、さ程までには思い入ってはおりませんが、親達がひどく仰々しく御嘆きになっていられるのが気の毒さに、こうした間を見過してと思っております。すべてを寛(ゆる)やかにお思い下さるようでしたら、何んなに嬉しいでしょう」などお話になられる。御息所の平生よりは苦しそうにしていられる御様子を、御尤もな事と、君は哀れに御覧になる。打解けない心のままの明け方に、お帰りになられる君の御様の美しいのにも、御息所は、やはり振り離れての旅立はお思い返しになられる。貴い御方に、更(さら)に一段とお心の増すべき御出産の事も起って来たのであるから、君のお心持は其所(そこ)にだけお落着きになって行くことであろうに、此のようにお待ち続けしとおしているのは、気ばかり揉める事で、却って嘆きが深まってゆくような心持がされているのに、御文(おんふみ)だけが、暮れ方になってある。

「此頃中少し快いように見えていました病人の気分が、俄にひどく苦しそうに見えますので、脱けることが出来ませんので」

とあるのを、例のかこつけ言だと御覧になるものの、御息所からの御文は、

袖ぬるるこひ路とかつは知りながら下り立つ田子のみづからぞ憂き▼45

「『山の井の水▼46』なのも、尤もなことで」

とある。御手跡はやはり、多くの人の中でも勝れていることよと御覧になりつつ、君は、何うかと疑われる世の中であるよ、心持も容貌もそれぞれなもので、棄ててしまうべき者もなく、又、そうかといって、此の人だけをと思い定めるべき者もないのを、苦しくお思いになられる。御返事はひどく暗くなったが、

「袖ばかりお濡れになるというのは何うした訳でしょう。深くないお心からのお托言でしょう。

浅みにや人は下り立つ我が方は身もそぼつまで深きこひ路を▼47

「病人が大抵ならば、この御返事は、直接に申上げずには置きませぬが」

などある。大殿では、御物怪がひどく起って来て、はげしくお煩いになられる。この御生霊は、故父大臣の御霊だと云っている者があると、御息所はお聞きになるにつけて、思い続けになると、自分一人で憂い嘆きをする外には、他人を悪しくなれと思う心はないのであるが、嘆きに連れて、身より浮かれ出る魂は、人に憑くようなこともあろうかとお思い当りになられる事もある。年頃、万事につけて嘆いてのみ過しては来たが、このようにまでは心が砕けなかったのに、ちょっとした事の折に、姫君の此方を見下して、物数でもないように扱うらしかった御禊の後は、一すじに辛いと思って、身を浮かれ出してしまった魂が、立ち帰りかねるようにお思いになる故でもあろうか、少しお微睡みになられる夢にも、あの姫君かと思われる人の、ひどく清らかにして住んでいる所へ行って、ああこうと小突き廻し、正気の時には似ない、猛く厳つい一途心が出て来て、打擲すると御覧になる事が度

び重なってあった。まあ厭やな、本当に此の身を捨てて魂は行ったのであろうか[48]と、正気でなくお思いになられることが折々あるので、無い事でさえ他人の事というと、善い事はいい出さない世の中だのに、まして此れは、悪く云い拵えるには、ひどく都合のいいものだとお思いになるにつけ、まことに評判にされそうで、全く死んでしまっての後に、恨みを残すというのは普通のことである、それでさえも、他人の上の事として聞くと、罪の深い気味の悪い事だのに、生きている自分の身でありながら、そうした疎ましい事を云い立てられるということは、宿世の辛いことである、今は全く、情ない君には何うあっても心をお懸け申すまいと、お思い返しにはなるけれども、『思ふも物を』[49]である。斎宮は、去年内裏にお入り[50]になるべきであったのを、色々の障りがあって、此の秋お入りになる。九月には、続いて野宮へ[51]お移りになるべきなので、二度目の御祓の用意が重ねてあるべきだが、御息所の御様子が、不思議に呆け呆けしくて、つくづくとお臥みになって悩んで入らせられるので、御殿の人々は大事件として、御祈などをさまざまにして差上げる。たいした御容態ではなく、何処ということもなく煩われて、月日を過して入らせられる。大将殿も絶えずお見舞はなされるけれども、一層大切な方が重く煩っていらせられるので、お心に暇もなさそうである。

　大殿では、まだお産期ではないと、何方も油断をして入らせられると、俄にその御催しがあって、お悩みになるので、一段とお祈の数を尽してなされるけれども、何時もの執念深い御物怪の一つだけは少しも離れない。尊い祈禱者どもも、珍らしい事であるといって扱い悩んでいる。しかしさすがに厳しく調じられるので、女君は苦しそうに泣き入って、「少し弛べて下さい[52]。大将殿に申上げることがあります」といわれる。「そうでしょう。何か訳のあることでしょう」といって、女君の側に立ててある御几帳の下に君をお入れ申した。全く最期の御様子で入らせられるので、申上げて置きたい事もあられるのであろうと、大臣も母宮も少しお退りになられた。加持の僧どもも声を低めて、法華経を読んでいるのが甚だ尊い。君は御几帳の帷をお引き上げて御覧になられると、女君はひどく可愛らしくて、御腹はまことに大きくなって臥て入らせられる様は、他人であってさえもお見上げしたならば、心が乱れることであろう。まして君の、惜しくも悲しくもお思いになるのは御尤もである。白い御衣に、色合いがひどく引き立って、御髪のまことに長く煩いまでなのを、引き結んでお下げになっていられるのも、こういう風であってこそ、可愛らしくも、なまめいた方も添って来て、美しいことであると、君は御覧になる。君は女君の御手を取って、「何て悲しいことでしょう。辛い目に逢わせては下さいますな」といって、それきり何もいえずに泣いて入らせられると、女君は、何時もはひどく気づかいらしく、極り悪げになさる御目つきを、さも懶ゆそうにして君を見上げて、じっとお見詰めになっていらせられる中に、涙をこぼして来られるのを御覧になると、何うして哀れが浅かろう。余りにもひどくお泣きになるので、君は、気の毒な親達の御事をお思いになり、又このようにお逢いしているにつけても、名残惜しく思われるのであろうかともお思いになって、「何事も、そのように深くお思い詰めなさいますな。こんなでも、大した事ではないでしょう。何のような事がありましても、必ず又めぐり逢う中なので、対面ができましょう。大臣▼53や宮なども、深い縁のある者はめぐり逢って、縁の絶えないものですから、逢う時があると思って入らっしゃい」と、お慰めになると、「いえ、それではありません。身体がひどく苦しいので、修法を少し休めて下さることを申上げようと思ってでございます。このように此所へ参ろうとは、少しも思っておりませんのに、嘆きをする人の魂は、ほんに浮かれ出すものでございますよ」と、懐かしそうに云って、

嘆きわび空に乱るるわが魂を結びとどめよしたがひの褄▼54

と仰しゃる声も様子も、全く女君ではなく、変って入らせられる。ひどく不思議な事だとお思いめぐらしになると、まさしくあの御息所なのである。浅ましくも、人がとやかくと云うのを、良くない者どもの云い出す事だと、聞きにくくお思いになって打消して入らせられるのに、目の前にまざまざと見ると、世の中にはこういう事もあるものだと思われて、気味悪るくならされた。ああ厭やだとお思

いになって、「そう仰しゃいますが、何方かよく分りません。はっきりと仰しゃい」と仰しゃると、まったく御息所の御有様なので、浅ましいというのは、世の常の言い方である。人々が近く参るのも、工合悪くお思いになる。少し女君の御声が鎮まられたので、合間がおありになるとお思いになられたのか、母宮が重湯を持ってお寄りになったので、女君はお抱き起しになられて、間もなくお産があられた。嬉しくお思いになることが限りもないに、駆り出して人に憑らせておいた御物怪どもが、口惜しがる様子がひどく物騒がしくて、後産の御事もまた何うかと、ひどく不安である。限りもない願どもを立てさせられた故でもあろうか、無事に其方の事も済んだので、叡山の座主、誰彼れと尊い僧も得意の様子で、汗を拭いながら急いで退出をした。多くの人が心を悩していた日頃の後も、少し心が休まって、今はもう大丈夫とお思いになる。御修法などは又々始められはしたけれど、先ずは興のある珍らしい御子の御冊きの方に、何方の心も緩んだ。院を御始めとして、親王達上達部の残らずからなされる産養いの礼物の、珍らしく立派なのを、夜毎に見て愛で騒いでいる。お子は男でさえ入らせられるので、その間の儀式は賑わしく見事である。

かの御息所は、こうした御有様をお聞きになるにつけても、妬ましくお思いになる。予てはお命もひどく危いとのことであったのに、御安産でまでもあったのかとお思いになった。不思議な、正気でもなかった時のお心持をお思いつづけになられると、御衣などもすっかり修法に焚く芥子の香が染みぬいていた。不思議さに、御泔▼55を召して御髪を洗われ、御衣を著かえなどなされて、試して御覧になったが、やはり同じようでばかりあるので、我が身ながらさえも気味悪くお思いになられるのに、まして世間の人の思ったり云ったりする事は、何んなであろうかとお思いになられるが、人に云うべきことではないので、心一つに思い嘆いていらせられると、一段とお心の変な態も加わって行く。大将殿は、お心持を少し緩やかになさって、浅ましかったあの御息所の問わず語りも、心憂くお思い出しになられつつ、ひどく無沙汰になっているのも心苦しく、さりとて親しくお逢い申上げするのも、何だか厭やな気がなされるべきことなので、あの方の御為にお気の毒なことだと、色々にお思いになって、唯御消息だけをお遣りになったことである。

ひどくお煩いになった方は、御予後も気味悪く、油断のならないように誰も誰もお思いになっているので、君も尤ものこととして、御外出もない。女君はまだひどく悩ましそうにばかりしていられるので、平生の様での対面はなされない。君は若君の、まことに気味悪いまでにお見えになるお有様なのを、今からひどく格別にお冊き申上げる様が一とおりではない。事が思い通りにいった気がして、大臣も嬉しさの限りだとお思いになるにつけ、ただ姫君の御病気の御全快にならないのを不安にお思いにはなるが、あれほどに重かった病気の後だからとお思いになるので、何だって、そう深くは御心配なさろう。君は、若君のお顔の可愛さの、東宮に甚しく似通っていられるのを御覧になるにつけても、先ずそちらを恋しくお思い出しなされるので、怺えられなくて、参内をなさろうとして、「内裏にも余り久しく参りませんので、気懸りになりまして、今日は初参りをしますが、少し間近い所でお話したいものです。余りにも覚束ないお心隔てですよ」とお恨みを申されると、女房は、「ほんに、一筋に艶にばかりなさるべき御仲ではございませんのに、ひどくお窶れになって入らせられるとは申すものの、物越しでなど申すべきではございますまい」といって、女君のお臥みになって入らせられる所に、君のお座を近く設けたので、そこへ入ってお話しをなされる。御返事を時々申されるのも、まだひどく弱々しそうである。けれども、全く命の無い人とお思い申した時の御有様を思い出すと、夢のような気がして、末期ではないかと思った頃の事などをお話しする序にも、あの全く息も絶えたように入らした時、打って変って、つぶつぶと仰しゃった事どもをお思い出しになるとお心憂いので、「さあ、申上げたいことは沢山ありますが、まだひどく懶くお思いになるようですから、又のことにして」と云って、「御湯をお上りなさい」などいう事までもお扱いなされるのを、いつそんな事をお覚えになったのであろうと、女房たちは哀れにお思い申す。まことに美しい人がひどく弱って衰えさせられて、正気もないような様子で臥(ね)て入らせられる様は、ひどく可愛らしくも苦しそうでもある。御髪(みぐし)は乱れた一筋もなく、はらはらと懸っている枕のあたりなど、世にも稀(ま)れなものに見えるので、君はこの年頃、どこを不足に思って来たのであろうと、不思議なほどにもお見詰めになられる。「院などへ参って、すぐに退(さが)って来ましょう。このように覚束なくはなくお逢いが出来ると嬉しいでしょうに、宮がじっとお附添(つきそい)になっていられるので、心無いことかと御遠慮をして過しているのも苦しいことですから、この上とも段々にお気を強くお引立てになりまして、例(いつも)の御座所(おましどころ)にいられるようになさいまし。余り素直に病気に負けて入らっしゃるので、却って捗々(はかばか)しく行かないのですよ」など御申置きになって、ひどく綺麗に装束をしてお出懸けになるのを、女君も平生よりは目を留めて、見送って臥(ね)て入らせられた。秋の司召(つかさめし)▼56のあるべき定めの日なので、大臣(おとど)も参内されると、君達(きんだち)も、功労を申し立てて所望される官などのことがあって、大臣(おとど)の御辺りをお離れにならないので、皆続いてお出懸けになった。

　殿の内が人少なで静かな時に、女君は急に、例(いつも)のように御胸が塞(せ)きあげて来て、まことにひどくも御悩みになられる。内裏(うち)へお知らせを申す間もなく、息がお絶えになった。足を空にして誰も誰も内裏(うち)を退出されたので、司召の事のある夜ではあったけれども、このような余儀ないお差支だったので、事は皆くずれてしまったようである。ただ騒ぎに騒いでいるだけで、夜半(よなか)の事とて、叡山の座主(ざす)、誰彼れの僧たちも、お招きにはなれない。今はもう大丈夫だと油断をしていたのに、余りのことなので、殿の内の人は物に突き当ってまごついている。所々からの御見舞の使が立て込んでいるが、取次もできずに、唯どさくさとして、甚しい御心惑いのさまは、まことに怖しいまでにお見えになる。御物怪が度々(たびたび)気絶をおさせ申したことをお思いになって、女君の御枕などもそのまま直さずに、二三日御有様を見て入らせられたが、次第に御相の変ってゆかれるところもあるので、今はこれまでとお思い諦めになるのが、何方(どなた)も何方もひどく悲しい。大将殿は、悲しい事の上に悲しい事が添って、世の中をまことに憂いものとお思い込みになったので、並々の御関係ならぬ辺りのお見舞などまでも、心憂いものにすべてお思いになられる。院にはお嘆きにならせられ、御弔らいを下さるのが、却って面目のようで、嬉しさもまじって、大臣は御涙の隙もない。人の申すがままに、厳めしい願などを、生き返ることもあろうかと、色々と残る所もなく立てられ、一方では御姿の変って行かれるのを見ながらも、限りもなく嘆き惑って入らせられたが、その甲斐もなくて幾日にもなるので、今は何うしようと、鳥辺野へお連れ申す折も、悲しい事が多くあった。此方彼方の御葬送の人々や、寺々の念仏の僧などが多く、広い野も居所がない。院よりは申すまでもなく、后の宮、春宮の御使、他の所々のお使も参りちがって、限りもなく懇ろな御弔いをなされる。大臣はお立ち上りも出来ない。「このように齢の末になりまして、若い盛りの子に残されまして、這い廻っていることで」と恥じてお泣きになるのを、多くの人が悲しんでお見上げする。夜をとおして云うばかりもなく騒いだ御儀式であったが、いとも果敢ない骸ばかりを御名残として、暁深い頃にお帰りになられる。世の常の事ではあるが、君は死目に逢うのは一人だけで、数多の人の上では御覧になられないせいであろうか、類いなく嘆き悲しまれた。八月二十日余りの有明▼57のことであったので、空の様子も哀れが少くないのに、大臣の、子ゆえの闇に心も昏れまどっていられるのを御覧になるにつけても、お道理で悲しいので、君は空ばかりお眺めさせられて、

のぼりぬる煙はそれと分かねどもなべて雲居のあはれなるかな▼58

殿にお着きになられても、君は少しもお微睡みにならず、女君の年頃の御有様をお思い出しになりつつ、何だって、終いには自然にお見直して下さるだろうと、呑気に思って、かりそめのすさび心につけても、辛い者だとお思わせ申して来たことであろう、生涯をよそよそしい、気の置ける者に思って、お過しになってしまわれたことであると、残念な事を多く思いつづけられるけれども、甲斐がない。薄鈍色の喪服を著られるのも、夢のような気がして、もし自分の方が先に死んだならば、この色

を濃く染められるのであろうとお思いになるのまでも悲しくて、

かぎりあればうす墨衣あさけれど涙ぞ袖をふちとなしける▼59

と詠んで、念誦をなされる様は、一段と艶かしさが勝って、経を忍びやかに読まれながら「法界三昧普賢大士」と称名をなされる様は、行い馴れている法師よりも勝っている。君は若君をお見上げなさるにつけても、『何に忍草の』▼60と思われて、一段と涙の露が繁く置くけれども、もしこうした形見までもなかったならばと思ってお慰めになる。母宮は嘆きに沈み入って、そのままにお起き上りもされず、お命も危うそうに見えるので、又嘆き騒いで、御祈禱などをおさせになられる。果敢なく日が過ぎて行くので、後の御業の支度などなされるにつけても、思い懸けなかったことなので、尽きずも悲しい。足りない、不束な者であってさえも、こうした時の親の心は何んなであろう、まして此れは御尤もなことである。他には姫君の無いのをさえ、さみしく思って入らしたのに、袖の上の珠の砕けたのにも勝って、浅ましいことである。

大将の君は、二条院へさえも、少しもお越しがなく、しみじみと思い深く嘆いて、行いをまめやかにお勤めになりつつ、明かしお暮らしして入らせられる。所々には御文だけをお遣わしになられる。かの御息所は、斎宮が左衛門の司にお入りになったので、いよいよ厳しい御潔斎にかこつけて、君との消息もお通わしにはならない。君は、憂いものとお思い染みになった世の中も、今は総じて厭わしいものにおなりになられて、もしこうした稚い者の絆さえ添っていなかったならば、世をも捨てようとお思いになるにつけ、先ず、対の姫君の、さみしくして入らっしゃりそうな様子が、ふとお思いやりになられる。夜は御帳台の内に独りでお臥みになられるので、宿直の人々は近く取囲んで侍っているけれども、傍らがさびしく、『時しもあれ』▼61と寝覚めがちで入らせられるのに、声の勝れた者ばかりを択んで侍わされる念仏の暁方などはあわれさが怺え難い。深い秋の哀れの加わってゆく風の音の、身に沁みることであるよと、君は馴れないお独寝に明かしかねていられた朝ぼらけの、霧の立ち渡っている時に、菊の咲きかかった枝に、濃い青鈍色の紙の文を附けたのを、使がさし置いて行ってしまった。「気取ったことを」と思って御覧になると、御息所の御手跡である。

「何も申上げずにいました間の心持は、御汲取り下さる事でしょうか。

人の世をあはれときくも露けきにおくるる袖を思ひこそやれ▼62

唯今の空のあわれさに思い余りましたから」

とある。何時もの物よりも優にお書きになっていることよと、さすがに下に置き難くて御覧になるものの、無情な御弔いであるよと、君は心憂い。そうかと云って、ふっつりとお便りを申上げないというのもお気の毒なことで、あの方の御評判も悪くなってしまうことをお思い乱れになる。亡くなられた方は、何うあれ斯うあれ、そうなるべき宿命であられたことであろう、何しにああしたことを、ありありと、はっきりと見たり聞いたりしたのであろうかと、残念にお思いになるのは、御自分のお心ながら、やはりお思い直しになることはお出来にならないのであろう。斎宮の御潔斎の御面倒なことで、忌にある者の消息を差上げるのは如何であろうかと、久しい間躊躇していられたが、態々の御文に御返事を申さなくては情ない事であろうかと、紫の、黒ずんで来た紙に、

「この上もない御無沙汰をしましたが、お思い申すことは怠ってはいないながら、遠慮を致すべき間の心持は、それでは、お汲取り下さるでしょうかと存じてです。

とまる身も消えしも同じ露の世に心置くらむ程ぞ果敢なき▼63

それにつけても、お思いをお消し下さいまし。穢れに触れて居ります文は、御覧にならないかとも存じまして。何方になりともお読ませを」

と申上げられた。御息所は里の殿にお出でになった時だったので、忍んで御覧になって、君のほのめかして仰せになったお気持を、心の鬼からははっきりとお汲取りになって、それだからのことだとお思いになるのも、まことに悲しい。やはりまことに限りない身の憂さではある、このような評判が立

つと、院にも何のように思召されることであろう、故前坊[64]の同じ御兄弟という中でも、甚だ深くもお思い合いになって入らせられて、この斎宮の御身の上も、懇ろに院にお頼み申上げられたので、君の御代りにも、直ぐにお世話をも申上げようと、常に仰せになられて、御息所にも直ぐに内裏住みをなさいませと、度々仰せになったのをさえも、甚だ有るまじき事とお思い離れていたのに、このように思いの外に、若々しい物思いをして、終いには悪い評判まで立てられる事であるよとお思い乱れになると、やはりふだんの御気分にはおなりになれない。しかし御息所は、世間一般のことについては、心憎いまでに教養のある方だという評判があって、昔から名高く入らせられるので、野宮にお移りになった頃でも、興味ある、気取った事を多くなされて、殿上人の中の風流者は、朝夕の露を分けてお尋ねするのを、その頃の役目にしているとお聞きになっても、大将の君は、尤もなことである、教養は飽くまでも附いていられる方であるのに、もし世の中を厭き果てて、伊勢へお下りになったならば、さみしくなることであろうよと、さすがにお思いになった。

故女君[65]の御法事は済んだが、君は四十九日まではやはり籠ってお出でになる。君の馴れない御徒然をお気の毒に思って、三位の中将[66]は常にお伺いになられつつ、世間話の、真面目なものも、又例の乱りがわしいものをもお聞かせして、お慰め申されるに、彼の源典侍はお笑い草になっているようである。大将の君は、「まあ、かわいそうに、御祖母様のことを、ひどく莫迦になさいますな」と制されるものの、常に可笑しくお思いになっていた。常陸宮[67]のかの十六夜の月に、はっきりと見顕わされた秋の事など、その外にも様々の好色事などを、互に隠さずお云い現しなされての果てには、哀れな世の中を云い云いして、泣きなどもなされた。時雨が降って、もの哀れな暮れ方に、中将の君は、鈍色の直衣指貫ではあるが、色の薄いのに衣更えをして、男らしくきっぱりとして、気恥しく感じられるような様をして参られた。君は西の妻戸の勾欄に凭りかかって、霜枯れのした前栽を御覧になっている時であった。風が荒く吹き、時雨がさっと降るので、君は涙も争ってこぼれる心持がして、『雨となり雲とやなりにけむ、今は知らず』▼68と独語をして、頬杖をついていられる御様は、女であったならば、此の人を見残して死んでゆく魂は、必ず留まることだろうと、中将は好色の心持から見入られつつ、君のお側近く腰をお下しになられると、君も、しどけなく打乱れた様ではありながら、直衣の紐だけをさし入れてお繕いになられる。此の方は今少し濃い鈍色の夏の直衣に、紅のつややかな下着を襲ねて、窶れて入らせられるのが、見ても飽かない心持がする。中将もひどくに沁みじみした眼つきで空をお眺めになった。

雨となりしぐるる空の浮雲を何れの方に分きて眺めむ▼69

「たよりない事ですよ」と、中将の独語のように云うのに、君は、

見し人の雨となりにし雲居さへいとど時雨にかきくらす頃▼70

と仰せられる様子にも、女君に対してのお心の、浅くないのがはっきりと見えるので、中将は怪しく思って、この年頃は、それ程ではないお心であるが、院などの絶えず御注意があり、大臣の御もてなしに対しても気の毒であり、母宮との御関係もぬきさしのならないものがあるなど、方々にさし合いのあるところから、振り捨てることがお出来になれずに、ものうい御気分ながら過していられるのであろうと、お気の毒に見える折々があったのに、まことに大切な、重い方としては、格別にお思い申して入らしたのであろうと見知るにつけて、いよいよ残念に思召される。万事につけて、光が消えた心持がして、中将はお心の結ぼれが深かった。▼71君は前栽の枯れた下草の中に、竜胆や撫子などの咲いているのをお折らせになって、中将のお帰りになった後で、若君の御乳母の宰相の君をして、母宮▼72の許に、

草枯れの籬に残る撫子を別れし秋の形見とぞ見る▼73

「美しさの劣っているものと御覧になりましょうか」と申上げられた。ほんに若君の無心なお笑い顔は云いようなく美しいことである。母宮は、吹く風につけてさえも、木の葉よりも勝ってこぼれ易い

御涙で入らせられるので、まして君のお文は手にお取りになり切れない程で、

今も見てなかなか袖をくたすかな垣ほ荒れにし大和撫子▼74

君は、やはりひどく徒然なので、槿の姫宮に、今日の哀れは、あのようであっても推し量って下さるお心ざまなので、暗い時刻とはなっていたがお文を上げられる。御文の絶間は遠くはなっているけれども、そのような様になっている御文なので、姫宮は咎なきものとして御覧になる。空色をした唐の紙に、

分きてこの暮こそ袖の露けけれ物思ふ秋はあまた経ぬれど▼75

「『いつも時雨は』▼76 降っておりましたが」

とある。御手の、心を留めてお書きになっているのが、常のものよりも見どころがあって、御返事がなくてはいられない程のものだと女房達も申上げ、御自分もそのようにお思いになったので、

「御辺りをお思い申上げながら、お便は申上げられずに」

とあって、

秋霧に立ちおくれぬと聞きしより時雨るる空もいかがとぞ思ふ▼77

とだけを、ほのかな墨継ぎでお書きになっているのも、君は思いなしで心憎く感じる。何事につけても、見て見勝りのするという事は難い世の中らしいのに、辛い人ほど取分けてあわれにお思いなさるのが、君のお心様である。情なくはあるものの、然るべき折のあわれに対しては黙っては入らせられない、こういうのこそ互に情を見せ合う事である。やはり情趣のあり過ぎて、人目にも立つようなのは、有り過ぎての難も出て来たことである、対の姫君は、▼78 そのようには躾けまいと君はお思いになられる。姫君は徒然で、恋しいと思っていることだろうと、忘れる折は無いけれども、ただ女親の無い子を残して来たような心持がして、見ない間は気懸りだが、何んなにか恨んでいるだろうと思わないのは、心易いことであった。

暮れ果てたので、君は灯台を近く▼79お置かせになって、然るべき限りの女房達を御前に集めて、物語などをおさせになる。中納言の君というは、年頃忍んで御寵愛になっていたのであったが、この御喪の間は生中そうした方面にはお関わりにならない。あわれ深いお心で入らせられることよと、女はお見上げ申しているのに、君は、大方の事については懐かしくお話になられて、▼80女房達に、「このように此頃中は、以前にも増して誰にも誰にも、紛れるところもなく見馴れ見馴れして来ましたが、何時までもこのようには出来ないかと思うと、恋しがらずにいられましょうか。悲しい事はいうまでもなく、その事を思って見ただけでも、怺えられない事が沢山にあることです」と仰せになると、一段と女房達はみんな泣いて、「申しても甲斐のない御事は、ただ真暗になったような心持のいたしておりますも当り前のことでございますが、これからは名残もない様にお離れになってしまおうかと存じられまして、それが何うにも」と申して、申し上げ切れない。君は哀れに思って皆をお見渡しになられて、「名残なくなぞという事が何うして。ひどく心の浅い者にお取做しになるのですね。気永な人でさえあったら、末まで見てくれる事でしょう。命は果敢ないものですが」と仰しゃって、灯影をお見詰めになって入らせられる御眼の、お濡れになっているのが愛でたいことである。女君が取分けてお可愛がりになられた小さい女童で、両親ともなく、ひどく心細そうにしているのを、尤ものことだと御覧になって、「あてき▼81は、今からは私を頼る人にするのだね」と、仰せになると、童はひどく泣く。丈の短い袙▼82で、他の人よりは黒く染めた汗衫に、萱草色の袴を著ているのも可愛いい姿である。「昔を忘れない人は、徒然なのを我慢して、若君を見捨てずに世話をして下さい。見て来た世の名残もなく、人々までが散ってしまったならば、頼りなさも増さって来ることでしょう」と、皆が心永くしているようにと仰せになるが、女房達は、さあ、何うであろう、今までよりも一段と待ち遠になされる事であろうと思うと、一段と心細い。大殿では、女房達に、身分身分、程々に差別を立てつつ、はかない玩び物など、又まことに女君のお形見となるべき物などを、態とではないように取做しつつ、皆にお配らせになられた。

　君は、このようにばかりして、何うしてぼんやりと過していられようかとお思いになって、院へお参りになられる。お車を挽き出して、御前駆などが参り集まる間を、折を知り顔に時雨がふりそそいで、木の葉を誘う風が、慌しく吹き払うので、君の御前に侍っている女房達はひどく心細くて、少し絶間のあった袖を皆涙に濡らした。夜は、そのまま二条院にお泊りになられるというので、お附きの人々も、其方でお待ち申そうというのであろう、各々出て行くので、君が今日を限りとなされるべきではないのであるが、云いようもなく物悲しい。大臣も母宮も、今日の有様に又悲しさをあらたになされる。母宮の御前には、君から御消息を申上げた。

「院が覚束ながって、仰せ言がありますので、今日は御参りいたします。ちょっとの間を出懸けるにつけましても、今日まで命がながらえていた事よと、乱れ心地が一層でございます。直接に申上げますのは却ってと存じますので、其方には参りません」

　とあるので、一段と宮は涙に御目も見えないまでに沈み入って、御返事もお申しになれない。大臣の方は直ぐにお越しになられる。何うにも怺え切れないようにお思いになって、お顔から袖をお離しにならない。お見上げする人々もひどく悲しい。大将の君は、世の中を思いつづけられる事が様々で、お泣きになられる様はあわれに心深いものの、まことに見た目のよく繕って入らせられた。大臣は久しく躊躇して入らして、「齢が積りますと、それ程でない事につけてさえも、涙脆くなるものでございますのに、まして唯今は、涙の乾く時もなく嘆かれます心を、休められずに居りますので、人目にもひどく取乱した心弱い様に見えますので、院などにも参れずにおるのでございます。事の序にさようの趣をお奏し下さいまし。何れ程の先もあるまいと思います齢の末に、子に捨てられましたのが辛いことでございます」と、強いて思い鎮めて仰せになる御様子も、まことに悲しい。君も度々鼻をかんで、「後れ先立つ定めなさは、世の習いだとは見知っておりますことながら、さし当っての悲しさは、類いもないものでございます。院にも、有様を奏しましょうが、御推量下さいましょう」と申される。大臣は、「それでは、時雨も止みそうにもございませんから、暮れない中に」とおそそのかしなされる。君はお見廻しされると、御几帳のうしろ、襖の彼方などの、開け通しになっている所に、女房が三十人ほど押固まっていて、色の濃い薄い鈍色の衣を著つつ、何れもひどく心細そうにして、萎れながら集まっているので、ひどく哀れに御覧になる。大臣は、「御思い捨てにはなるまいと思う▼83人も留っていられますので、それでも物の序にはお立寄りにならない事はなかろうと慰めておりますのに、一途に、思いやりのない女房などは、今日を限りにお思い捨てになる故郷のように思い萎れまして、永い別れとなりました人の悲しみよりも、ただ時々に、お馴れ申してお仕えしました年月が、名残のないものになるのを嘆くようでございますが、尤もに思われます。打解けて入らせられる事はございませんでしたが、それでも何時かはそのようにと空頼みをしておりましたのに、ほんに心細い夕べでございます」と云って、それにも又お泣きになられた。「ほんに浅はかな人々の嘆きでございますよ。まことに、今は何うあろうとも、末にはと、呑気に存じていました頃は、自然御疎遠にいたした時もございましたろうが、今は却って、何を当てにして御無沙汰などできましょう。やがて、御覧になることでございましょう」と云ってお出懸けになるのを、大臣はお見送りになって、奥へお入りになると、室内の御装飾より始めて、以前に変ることはないけれども、空蝉の殻の空しいお心持がなされる。御帳台の前にお硯などを取散らして、手習をなされてお捨てになられたのを取って、涙の眼を押絞りつつ御覧になるのを、若き女房たちは悲しい中にも微笑んで見る者もあるだろう。哀れな古言などを、唐のものも、大和のものをも書き汚しつつ、真字でも仮名でも、様々に珍らしい風にお書きまぜになっていた。「恐入った御手である」といって空を仰いでお嘆きになる。君を余所人とするのが惜しいのであろう。『古き枕古き衾、誰と共にか』▼84とある所に、

なき魂ぞいとど悲しき寝し床のあくがれ難き心ならひに▼85

又、『霜の華(はな)白し』▼86 とある所に、

君なくて塵積(ちりつも)りぬるとこ夏の露打払ひ幾夜(いくよ)寝ぬらむ▼87

いつぞやの撫子の花▼88なのであろう、枯れてその中にまじっていた。大臣(おとど)は宮にお目にお懸けになられて、「いう甲斐の無い事は、もとよりですが、こうした悲しい例が、世間に無いことではないと思いかえし続けて、親子の縁が長くなくて、このように心を惑わすべきものであったろうと、却って辛くて、前世の宿縁を思いやりやりして、悲しみを覚ましていますが、ただ日数が立つに連れて、恋しさが我慢出来ないのと、この大将の君が、今は余所(よそ)の者になっておしまいになるのが、飽気(あっけ)なく悲しい事に思われます。一日二日お見えにならず、と絶(だ)えがちで入らした時でさえも、飽気なくて、胸が痛いまでに思いましたのに、朝夕の光が無くなっては、何うして生きていられましょう」と、お声の立つのも我慢がお出来にならずにお泣きになるので、御前にいる年輩の女房などは、ひどく悲しくて、わっと泣いたのは、そぞろに寒い夕べの気色(けしき)である。若い女房たちは、所々に集って、めいめいの哀れな事を話し合って、「殿の仰せのように、若君のお世話を申上げるのが、何よりも慰めになることだろうとは思いますが、いかにも果敢ないお年のお形見で」といって、めいめい、「ちょっと宿へもどって、又参ります」という者もあれば、互に別れを惜しみ合っているなど、めいめい哀れな事どもが多くある。

院へ参られると、院は、「何(ど)うもひどく顔が痩せたことです。精進で日を過していたせいだろうか」と、気の毒に思召されて、御前で食事をおさせになって、何かとお気に懸けさせられてお扱いになるのが、身に沁みて忝い。中宮の御方(おんかた)に参られると、人々は珍らしがってお見上げする。中宮は命婦の君をして、「お嘆きの尽きない事でございますのに、日の立つにつけても何(ど)のようにか」と御消息を申される。君は、「常無い世だとは、一通りは思い知っておりましたが、眼に近く見ますと、世の厭(いと)わしい事も多く、思い乱れもいたしましたが、度々の御消息に慰められまして、今日までも」と申上

げられて、こうした場合でなくても、お心に持って入らせられる悲しみをも添えて入らして、ひどくお心苦しそうである。無紋の上の御衣▼89に、鈍色の下襲で、御冠に纓を巻いていらせられる御窶れ姿は、花やかな御装いをなされている時よりも艶かしさが勝って入らせられた。春宮にも、久しく参らなかった覚束なさを申上げて、夜更けてお退りになられる。

二条院では、部屋部屋を掃い磨いて、男も女もお待ち申していた。上臈どもはみんな参って、我も我もと装束をし、化粧をしているのを御覧になるにつけても、君はかの大殿の、居並んで萎れていた者の様子を哀れにお思い出しになる。御装束をお改めになって、西の対へお越しになった。冬の衣更えの御装束が、手落ちなく鮮やかに見えて、よい若女房や、童べの姿形を見よく整えてあって、少納言の扱いに不安な所がなく、心憎いことだと御覧になる。姫君はまことに可愛く繕い立てて入らせられる。「久しくお逢いしなかった中に、すっかり大人びられたことです」と仰しゃって、小さい御几帳の帷を引上げて御覧になると、横へお向きになって恥じらいになる御様子が、申す所がない。灯影に見る御横顔、頭つきなどが、全くあの心をお尽し申上げる方の御様に、ちがう所のないように成って行かれることであるよと、ひどく嬉しい。近くお立寄りになって、気懸りに思っておいでになった間の事などをお話しして、「此頃中のお話をゆっくりとしたいのですが、縁起の悪い気がいたしますから、暫くあちらの部屋で休んでから参りましょう。これからは絶え間なくお逢いしますから、煩さがられるようになるかも知れません」とお話なさるのを、少納言は嬉しく思って聞くものの、やはり危いものだとお思い申上げる。貴いお忍び所の多くに関係されて入らせられるから、又面倒な所が代ってお出来になろうかと思うのは、憎い心であるよ。君は我がお部屋にお越しになられて、中将の君というに御足など揉ませて御寝になった。朝になると若君の御許にお文を差上げられる。哀れな御返事を見られるにつけても、悲しみの尽きないことばかりである。君はひどく徒然に、眺めがちでは入らせられるが、何となき御出歩きも懶くお思いになって、お思い立ちにもなられない。姫君の申分なく整い切って、ひどく可愛くばかりお見えになるので、御夫婦関係も似気なくはないと御見取りになられて、それらしい事を折々お聞きに入れて試して御覧になるが、見も知らぬ御様子である。君は徒然なままに、唯此方で碁を打ち、偏つぎ▼90などをしつつ、日をお暮しになって入らせられるに、姫君はお心立が、巧者で、愛敬がついて来て、はかない遊び事などの中にも、面白い工夫をしてお見せになるので、問題となさらずにいた年月の間こそは、ただ幼い者としての可愛らしさだけで過ぎたが、君は怺えられなくなって、姫君には心苦しい事ではあるが、何のような事があったのであろうか。男女の差別をお立てになるべき御仲でもないのに、男君の方が先にお起きになって、女君は一向にお起きにならない朝があった。女房たちは、「何うしたのであのように遊ばすのでしょう、お気分が例のようでなく入らせられるのでしょうか」と、お見上げして嘆いていると、君は自分の御部屋へお越しなさろうとして、お硯の箱を御帳台の中へ差入れておいてお出ましになった。人の居ない間に、ようようの事で頭を擡げられると、引結んだ文がお枕もとにある。何心なく披いて御覧になると、

あやなくも隔てけるかな夜を重ねさすがになれし中の衣を▼91

と、徒ら書きをなされたようにしてある。君にこうしたお心がおありになろうとは、夢にもお思いにならなかったので、何だってこのように辛い御心を、真底からお頼もしいものにお思い申していたのだろうと、浅ましくお思いになる。昼頃君はお越しになって、「悩ましそうにして入らっしゃるのは、何んな御気分です。今日は碁も打たなくて、さみしいことですよ」といって覗いて御覧になると、姫君は、いよいよ御衣を深く引被つて臥て入らせられる。女房たちは引退ってお附きしているので、君はお近寄りになって、「何だってそのように、気まずいお扱いをなさるのですか。案外にも辛いお心だったのですね。女房も何んなにか変に思うでしょう」といって、お衾を引き退けられると、姫君は汗に浸って、額髪もひどく濡れて入らせられる。「まあ厭な、それはひどく縁起の悪いことですよ」と、いろいろに賺して仰しゃれるけれども、姫君は本当に辛いとお思いになって、一言の御返事

もなさらない。「ままよ。それでは決してお目にも懸りますまい。ひどく恥ずかしいことです」と恨まれて、お硯を開けて御覧になったけれども、お返歌も無いので、幼いお有様よと、可愛ゆく御覧になって、一日中御帳台の中に入っていてお慰めするけれども、御機嫌の直りそうにもないのが、一層に可愛らしいことである。

その夜、亥の子の餅[92]を差上げた。こうした喪中のことなので、仰々しい様ではなく、姫君の方にだけ、面白い檜破籠に入れて、さまざまの色にして参らせたのを御覧になって、君は南面の方へお出ましになり、惟光を召されて、「あの餅を、ああ色々に、沢山にではなくて、明日の暮[93]に差上げなさいよ。今日は縁起の悪い日なのです」と、微笑んで仰せになる御様子で、気の利いた者なので、その訳を直ぐ勘附いた。惟光は皆までも承らずに、「ほんに、愛敬の始めには、日を択んで召上がるべきでございます。それはそうと、その子の子の餅[94]は、幾つ差上げたらば宜しいものでございましょう」と真顔になって申すので、君は「三つが一つ[95]でよいであろう」と仰せになると、惟光はすっかり心得て起った。物馴れた様子であるよと君はお思いになる。惟光は人にも云いつけず、手づくりにという程にして、里の家で作っていたのであった。君は姫君を賺し悩んで、今始めて盗んで来た人のような気のするのも、ひどく面白くて、この年頃可愛ゆいとお思い申したのは、この片端でもなかったことである。人の心は変なものである、今は一夜でも隔てることは堪え難いことだとお思いになられる。仰せになった餅は、忍んでひどく夜を更かして持って参った。少納言は年輩の人なので、姫君が恥ずかしくお思いになろうかと、惟光は思いやり深く心遣いをして、その娘の弁というを呼び出して、「これをそっと姫君に差上げて下さい」と云って、香壺の匣[96]を一つ差入れた。「たしかにお枕元に差上げるべき、祝いの物です。大切になさい。あだにはしないように」というと、弁は不思議だとは思うが、「あだ[97]なんて事は、まだした事がありませんのに」と云って受取るので、惟光は、「本当に今は、そうした言葉は言忌みして下さい。よもやそんな事は口にはしますまいね」という。弁は年をしない者で、事の訳はよくは分らないので、持って参って、お枕元の御几帳から差入れたのを、君が例(いつも)のようにお教えになられることであろう。女房は誰も知り得なかったが、翌朝、この匣(はこ)をお下げになったので、親しい限りの女房たちは、思い合せられる事などもあった。お皿などは、いつの間に拵(こしら)えになったのであろう、台の足の花足(けそく)[98]など、ひどく清らかで、餅の様も態(わざ)と心を籠めての物で、まことに面白く拵えてあった。少納言は、まことに、君がこうまで改まって御儀式をなさろうとはお思い申さなかったので、哀れに忝くて、君のお届きにならない所のないお心立に、先ず泣けた。「それにしても、内々の者に仰せになればよいのに。あの人[99]も何う思ったことでしょう」とささめき合った。

この御事のあった後は、君は内裏(うち)にも、院にも、ちょっと参られた間だけでも、落着けずに、姫君が面影に見えて恋しいので、不思議な心であるよと、我ながらお思いになられる。お通いになっていられた所々からは、恨めしげに物を申上げなどするので、可哀そうにお思いになられる者もあるけれども、新手枕(にいたまくら)の程なので、お気の毒で、『夜をや隔てむ』[100]とお辛くて、余所(よそ)へ通われるのはひどく懶(ものう)く、悩ましそうにばかりなされて、「世の中のひどく憂いものに思われます此頃を過しての上で、お目に懸ることにしましょう」とばかり御返事をなされつつ、お過しになっていられる。弘徽殿の新(にい)后(きさき)は、御妹の御匣殿(みくしげどの)[101]が、今でも此の大将にばかり心をお寄せになっているのを、御父右大臣は、「ほんに今は又、あの貴かった方[102]もお亡くなりになられたので、大将の君を聟としても何で残念なことがありましょう」と仰しゃるのを、ひどく君を憎くお思いになって、宮仕えだからとて、然るべきさえおさせ申したならば、何で悪いことがあろうと云われて、妹君を内裏(うち)に参らせる事をお思い励みになる。君も亦(また)、御匣殿(みくしげどの)をおしなべての様(さま)にはお思いにならなかったので、残念にはお思いになるけれども、さし当っては他に心を分けようという思召(おぼしめし)もなくて、何うせ、このように短かい世の中のようだから、この人で身を落着けよう、女の恨みは負うものではないと、一段と危ない事にお懲りになっていられた。かの御息所(みやすんどころ)は、まことにお可哀そうではあるが、まことの寄辺(よるべ)に頼むとしては、必ず気の置かれることであろう、この年頃のようで関係して行けたならば、然るべき折に物を相談し合う人ではあろうなど、君はさすがに全き思い切ってしまわれない。此方の姫君を、今まで世間の人も、何ういう人ともお知り申さないのは、軽過ぎたことである、[103]父宮にお知らせ申そうというお気になって、御裳著[104]の儀式をするにつけて、人に普くはお知らせにならないけれども、一通りならぬ様にと御計画なさる御用意など、まことに稀れなお心であるが、女君は云いようもなく君をおきらい申上げて、この年頃、万事にお頼み申上げて、お纏わり申して来たのは、浅ましい心であったと、残念にばかりお思いになって、はっきりとは目をお見合せすることもなさらず、君の冗談をお云いになられるのも苦しく思われて、何うにも厭わしい人だと堅くお思い込みになって、以前のようではなくなられたお有様を、君は面白くも可哀そうにもお思いになって、「何年もお思いして来た甲斐もなく、『馴れはまさらぬ[105]』御様子は辛いことです」と恨みをいって入らせられる中に、年も改まった。

元日[106]には、君は例のように院にお参りなられて、内裏、春宮などにもお参りになられる。それから大殿にお越しになられた。大臣は新しい年ともいわず、昔の御事どもを話し出しになられて、さみしく悲しく思っていられる所へ、一段と君がこのようにお渡りにまでなったにつけても、我慢をしようとはなさるけれど、怺え難くお思いになった。君はお年の加わったせいでもあろうか、重々しい風までもお添いになって、以前にも勝って清らかにお見えになる。立ち出て、女君のお部屋の方に入らせられると、女房たちも珍らしくお見上げ申して、涙が怺えられない。若君を御覧になられると、ひどく御生長になって、お笑い勝ちでいられるのも可愛いい。眼つき、口つきは、全く春宮と同じ様なので、人々が変にお見咎めしようかと御覧になる。部屋の内の御装飾なども以前と変らず、御衣架の君の御装束など、例のように架けられているのに、女君の御装束の並んでいないのが、総じてさみしく引き立たないことである。母宮から御消息があって、「今日は何うでもと怺えていましたのに、このようにお越しになりますと、却って」など申されて、「昔通りにと思って拵えました御装束も、この月頃は益々涙に眼がかすみ塞（ふさ）がりまして、色合いも無いものに御覧になろうかと思いましたが、今日だけは、やはり前のようにお召し下さい」と仰しゃって、まことに深くもお心をお尽しになられた物を、更に、重ねて差上げられた。必ず今日お召しになるべき物とお思いになっての御下襲（したがさね）は、色も織りようも世の常の物ではなく、格別に念入りな物なので、甲斐なく思召になろうかと、君はお著換えになられる。もし来なかったならば、口惜しくお思いになったろうと、お気の毒に思われる。御返事には、

「悲しみの尽きませぬ私にも、春が来ましたか何うか、先ず御覧を願おうと思って参りましたけれども、思い出します事が多くて、何も申上げられません。

あまた年今日改めし色衣（いろごろも）著ては涙ぞふる心地する▼107

思い鎮められませせぬ」

と申上げた。御返歌（おかえし）には、

新しき年ともいはずふるものは旧（ふ）りぬる人の涙なりけり▼108

一とおりの御悲みではないことであるよ。

▼1 桐壺院は、紅葉賀の後に、東宮の朱雀院に御位を譲られた。
▼2 桐壺院。
▼3 皇族以外の臣下をいう。
▼4 藤壺。
▼5 弘徽殿の女御のこと。皇太后になられたのである。
▼6 藤壺中宮の御腹の皇子。
▼7 源氏、大将に任ぜらる。

▼8　「夕顔」に出ず。
▼9　伊勢の皇大神宮に奉仕される処女の内親王。御代の改まる毎に交代するのが例で、あらたに下られるのである。
▼10　故東宮。斎宮の父君。
▼11　桐壺院の弟、式部卿宮の姫君で、源氏には遂に靡かなかった人。
▼12　葵上。
▼13　賀茂神社に奉仕する処女の内親王で、御代毎に交代することになっている。
▼14　祭の前の吉日に、斎院が身を清めて、紫野にある野宮に入らせられるのをいう。
▼15　祭の行列を見物するために設けたもの。
▼16　物見車の御簾の下から、袖や裾を出して、見えるようにすること。
▼17　車に添っている牛飼や下仕の者。
▼18　竹又は檜の薄い板を網代に組んで張ってある車で粗末な物。
▼19　女車の簾の下に、顔を見られぬように垂らしてある布をいう。
▼20　童女の一番上に着る服。
▼21　葵上のお供に源氏の君の家人もいる。先方を六条御息所と気づいているが、源氏との関係は認めない形で、軽く扱っているのは、相手に深い傷手を与えることになる。
▼22　手車の轅(ながえ)の台とするもの。
▼23　車輪の心棒。
▼24　笹の隈ひのくま川に駒とめて暫し水かへ影をだに見む(古今集)
▼25　姿だけを見せた御手洗川のつれなさで、我が身の憂いのが一段とひどく思われることである。(「みたらし」の「み」は「見」の掛詞。「みたらし川」は源氏の君の譬。「うき」は「泥(うき)」の意で「川」の縁語)
▼26　随身は身分に応じて数が定まっているが、時にしたがって、別に賜わるのを仮の随身という。

▼27　六位の蔵人で、近衛の将監を兼官の人。
▼28　女人の徒歩の時のいでたち。垂れた髪を小袖に着こめて、両の褄をつぼ折って前に挟み、市女笠を被る。
▼29　髪が千尋も長くあれと、祝う言葉。
▼30　測り知られぬ千尋の海の底に生える海松房のように、伸びて行くこの髪の将来は、自分だけが見よう。「海松」は髪削ぎの調度の中の一つとされていたもの。
▼31　千尋といわれるその深さなど何うして分りましょう、定まりもなく満ちたり干たりする潮の落着きのない海ですもの。源氏の君を海に譬え、通われる所の多いのを「潮」に譬えたもの。
▼32　左近の馬場、右近の馬場の両方にある。五月の騎射の時、此処に中将少将が着坐するのである。左近の馬場は一条西洞院、右近は一条大宮に在った。
▼33　果敢ないことです、余所の人のかざしている葵であるに、神に祈った験（しるし）で、我が葵かと思って来たことです。「葵」は賀茂の神の祭には誰も必ず挿頭（かざ）したもの。それに「逢ふ日」を掛けてある。二三句は、君が他の女と同車していられる意。四句は、今日の祭にからませたもの。
▼34　源氏が人の手に占められていて、自分の思いは達せられないという意。祭ゆえ注連といっている。
▼35　「紅葉賀」に出た、好色の老女。
▼36　それを挿頭（かざ）しにした私の心が、浮ついたものに思われる、八十の氏の人のおしなべての物となっている葵なのに。「葵」に「逢ふ日」を掛け、典侍の多くの人を通わせていることを喩えたもの。
▼37　口惜しくも私は挿頭したことでございます、葵という名ばかりで実は空頼みをさせる草の葉というだけなものですのに。「葵」に「逢ふ日」を掛け、それを「草葉」と言いかえたもの。
▼38　源氏と源典侍の歌に「かざし」を詠みこんで云い争ったことをいっている。
▼39　伊勢の海に釣する海人のうけなれや心一つを定めかねつる（古今集）
▼40　祭の日の車争の出来事をいう。
▼41　死霊、生霊が人にとりつくこと。

▼42　物怪を調伏する時、その憑いている悪霊を、別の人に移らせ、その口から物を云わせるようにする、その人をいう。
▼43　仮のお住居。
▼44　葵上。
▼45　袖の濡れる泥とは一方で知っていながら、その中に下り立つ農夫の身は辛い事です。「袖濡るる」は、恋の上の涙。「こひ路」は、恋路。「田子」は自身の譬。「みづから」は、身の意で、「みづ」は「こひ路」「田子」などと縁語。
▼46　くやしくぞ汲みそめてける浅ければ袖のみぬるる山の井の水（古今六帖）
▼47　浅い所の方に貴方は下り立つのでしょう。私の方は体のすべてが濡れそぼつ程の泥ですのに。（「こひ路」は、田の泥に恋を掛けたもの。「濡れそぼつ」は、泥に濡れるのに、恋の涙を掛けたもの）
▼48　六条御息所の生霊が葵上にとり憑いて苦しめていることを、御息所自身が意識していること。
▼49　思はじと思ふも物を思ふなり思はじとだに思はじやなぞ（源氏物語奥入）
▼50　初斎宮といって、伊勢へ下られる前に、禁中の左衛門府にお入りになる定めである。
▼51　斎宮の野宮は嵯峨の有栖川にある。初斎宮の翌年、ここに入られる定めになっていた。その時賀茂川で第二回目の御禊があった。
▼52　物怪が女君に云わせる言葉。調伏に苦しくなった為である。
▼53　葵上の父母。
▼54　嘆き侘びて、身を離れて空に浮かれ乱れている私の魂を、結んで、取鎮めて下さい。その下前の褄を。「したがひの褄」は、下前の褄で、それを結ぶと、身を離れた魂を鎮めて、もとの身に帰すことが出来ると信じられていた。「空」は、夢中という意と、「宙」という意とを掛けたもの。
▼55　髪を洗うのにつかう水。
▼56　中央政庁の官吏の任官。春の県召に対す。
▼57　「人の親の心は闇にあらねども子を思ふ道にまどひぬるかな」による。「桐壺」に既出。

▼58　立ち昇って行った、その人を焼いた煙は、雲とまじって、何れがそれと差別が附かないけれども、おしなべての空の身にしみて感じられることではある。
▼59　定めがあるので、薄墨色の喪服の、その色は浅いけれども涙の方は袖を淵と変えたことである。「うす墨衣」は、妻に対しての喪服は、妻の夫に対してのそれより色の薄い定めからのもの。「ふち」は涙の多い意での「淵」と、喪服の藤衣（ふじごろも）の色の「浅」とを対させたもの。
▼60　結びおきし形見の子だになかりせば何にしのぶの草をつままし（後撰集）
▼61　時しもあれ秋やは人の別るべきあるを見るだに悲しきものを（古今集）
▼62　人の身があわれに終ったと聞くにつけても涙ぽくなりますのに、後に残された貴方のお袖は、何んなに濡れることだろうとひたすら思われます。（「人」は葵の上。「きく」に「菊」を掛け、「露」で涙を暗示して、縁語としたもの）
▼63　後に留まっている身も、先に消えた者も、同じく露のように果敢ない世の中の事であるのに、その世に心を残しているということは果敢ないことです。（「とまる」、「消えし」、「置く」は、すべて「露」の縁語。「心置く」は、我が執着をいうが主で、御息所のそれをも諷したもの）
▼64　亡くなられた前の東宮。六条御息所の夫であることは、既出。
▼65　葵上。
▼66　これまでの頭中将。三位になったのである。葵上の兄。
▼67　末摘花の事件。
▼68　劉禹錫の女を哭しての詩句。「庚令楼中初見時。武昌春柳似二腰支一。相逢相失両如レ夢。為レ雨為レ雲今不レ知」をうたう。
▼69　雨となってしぐれる空の浮雲には、妹君の火葬の煙もまじっていると思うが、何れの方の雲がそれだと区別して眺めようか。（君の、「雨となり雲とやなりにけむ」と云われたのを承けての心）
▼70　契った人が立ち昇って雨となったその雲居までが、今は一段と悲しみが深くなって、時雨とまでなって暗くなっている頃ではある。「雲居」は「雲」と、空の意のそれとを掛けたもの。「時雨にかきくらす」は、

空の状態によって、自身の涙と暗い心とを暗示したもの）

▼71　葵上の残していった子供。後の夕霧大将。

▼72　葵上の母宮。

▼73　草枯れとなった籬の中に残っている撫子の花を、別れて行った秋の形見と思って見ております。（「撫子」は「若君」、「秋」は女君の譬）

▼74　その時から続けて今も見ていて、今の方が却ってあわれで、涙に袖を腐らせることであります、護って行くべき垣の荒れくずれたこの大和撫子は。「垣ほ」は女君、「大和撫子」は若君の譬。

▼75　取り分けて今日の夕暮は、我が袖は露ぽいことです、嘆きをする秋は数多く経て来ましたけれども。「物思ふ秋」に、姫君に対する心を暗示したもの。

▼76　神無月いつも時雨は降りしかどかく袖ひづる折は無かりき。

▼77　秋、女君に後（おく）れさせられたと伺った時からお気の毒で、この時雨の空につけても、何のようであろうかと思いやっておりますことです。「秋霧に」は、「立ちおくれ」の序であると共に、その時の「秋」も現わしたもの。

▼78　紫上。

▼79　葵上に仕えていた女房。

▼80　みなれ木のみ馴れそなれて離れなば恋しからんや恋しからじや（細流抄所引）

▼81　女童の名。

▼82　下襲の単衣の上に着る衣。表は綾、裏は平絹。童女は表の衣を著ないので、袙のままいる。

▼83　夕霧、源氏と葵上との子。

▼84　白楽天の「長恨歌」の句。「鴛鴦瓦冷霜華重、旧枕故衾誰与共」と書いてある。

▼85　亡き人が、益々悲しいことであるよ。共寝をした床の、我が捨て去り難い心ならいで。「魂」、「あくがれ」は、故人としての心と、縁語の関係を持たせたもの。

▼86　前詩句の「霜華重」の「重」を「白」に書いてあったのである。

▼87 君が居なくなって、塵が積った床に、涙の露を払って幾夜寝たことであろうか。「とこ夏」は「床」の意で用い、「露」は涙の意であるが、「床夏」の花に関係させている。
▼88 この帖の「草枯れの籬に残る撫子を」という歌のところに出た撫子の花のこと。
▼89 無紋の袍、無紋の冠、冠の纓を巻くことは、服喪者の服装。
▼90 詩句の中の字の、偏を隠して、旁だけを見て、その字を推量させる遊び。
▼91 訳もなく貴方と今まで隔てを持って来たことでした。幾夜も一緒に寝て、それにしても馴れていた中であるのに。「隔て」は、共寝しても著ている衣を「隔て」とし、それに心の隔てを掛けたもの。「なれ」は、著馴らした衣の萎える意と、心の上での「馴れ」とを掛けたもの。
▼92 十月の亥の日に、餅を作って食べると、無病でいられるという信仰があった。餅は七種ある。
▼93 新婚の三日目にあたる。この日には餅を祝う習慣になっていた。三日夜の餅という。一色である。
▼94 亥の次の日は子なので、機転で惟光の云った言葉。
▼95 三分の一という意。
▼96 諸の香を入れる器。それとなく餅を奉るために用う。
▼97 浮気の意味。前の「あだ」は、大切に、粗末にするなという意で、娘が取りちがえたのである。
▼98 台の脚に花などの彫刻をすること。
▼99 惟光のこと。
▼100 「若草の新手枕をまきそめて夜をや隔てん憎くあらなくに」（万葉集）による。新手枕は、新婚。
▼101 朧月夜の姫君。「花宴」に出ず。
▼102 葵上。
▼103 兵部卿宮。藤壺中宮の兄君。
▼104 貴族の童女が、はじめて裳をつけて大人になる儀式。男の元服と同じ。
▼105 み狩するかた野の小野の楢柴の馴れはまさらで恋ぞまされる（万葉集）
▼106 源氏二十三歳、紫上十五歳となる。

▼107　数多の年を、今日は改めて著た晴衣（はれぎ）でございますが、今年は著ると、涙が降るような気がいたします。（「ふる」に「旧る」を掛けて、「改めし」と対させてある）

▼108　新しい年にも拘らず、降るものは年古った人の涙なのです。「ふる」に「降る」を掛けてある。

榊

斎宮[1]の伊勢への御下りの日が近くなって行くにつれて、御息所は心細くて入らせられる。貴く、気の置けるものにお思いになって入らした大殿の姫君[2]のお亡くなりになっての後[3]は、何といってもあの御方がと、世間の人もおあてがい申してお噂をし、宮の中に仕えている者も心をどきつかせていたのに、その後になって却って君の御訪れは絶え果てて、浅ましいお扱いを見るにつけても、御息所は、心から我を憂いものとお思いになる事があってのことだろうと、知り切っておしまいになったので、すべての情をお思い捨てになって、一筋にお下りの事をお思いになる。親が添って下られるという事は、先例のないことであるけれども、何うにも目の離されない御有様であるということに託けて、世の中を離れてしまおうとお思いになると、大将の君[4]はさすがに、今を限りに離れてしまわれるのを、残念にお思いになって、御消息だけは、哀れ深いさまで度々お遣わしになる。対面されることは、今更にすまじき事だと、女君の方でもお思いになっている。彼方は気まずいこととお心にお留めになる事があろうし、此方は、今少し思い乱れることの増しそうなので、つまらぬ事とお心強くお思いになるのであろう。

　以前の六条の殿の方には、ちょっとはお帰りになる事も折々あるけれども、ひどく忍んで入らせられるので、大将はお知りになれない。此方は又、たやすくお心に任せて行くことの出来るお住処ではないので、覚束ない様で月日が立って行ったのに、院の上が、たいした御悩みではないが、御平常のようではなく時々御悩みにならせられるので、君は一段とお心の暇がないのであるが、自分を辛いものとお思い切りになってしまわれるのもお可哀そうで、人聞きも情無いものであろうかと、お心を引き立てて、野宮にお訪ねになられる。九月七日頃なので、お下りもひどく差迫って、今日明日というお気がされるので、女方も心ぜわしいけれど、立ちながらでもと、度々君から御消息があったので、さあ、何んなものかと御思案になりながらも、ひどく、余りなまでの引込み方もとお思いになって、物越しの対面だけはと、人知れずお待ち申していた。君は遥かに続いている野に分け入られると共に、ひどくもの哀れである。秋の花はすべて衰えつつ、浅茅が原も、かれがれな虫の音になっているのに、松風の音の凄く吹くのに合わせて、それと聞き分けられない程に、管絃の音の絶え絶えに聞えているのが、ひどく艶である。睦ましい御前駆が十人許り、御随身も仰々しい姿ではなくて、ひどく忍んでは入らせられるけれども、特にお繕いになられた御装束で、ひどくお美しくお見えになるので、お供の中にいる好色者どもは、所柄からも一段と身に沁みて感じた。君のお心にも、何だって今までこうした所を立ち馴らさなかったのだろうと、過ぎ去った方を残念にお思いになられる。果敢なげな小柴垣を外囲にして、板屋どもが、そちら此方に、ひどくかりそめのようにして立っている。黒木[5]の鳥居どもは、さすがに神々しく見渡されて、心憚かられる様子であるのに、神司の者どもが此所彼所に咳払いをして、自分たちで物を云っている様子なども、余所とは様が変って見える。火焼屋[6]の火がかすかに光って、人少なに、しめじめとしていて、こうした処に物嘆かしい人が、月日を重ねて入らせられたことをお思いやりになると、まことにひどく哀れで、お気の毒である。君は北の対の然るべき所にお立ち隠れになられて、御息所に御消息を申上げられると、管絃はみんな止んで、女房の心憎い立ち振舞の音が繁く聞える。何かと人伝ての御挨拶ばかりで、御自分では対面なさるような様でも入らせられないので、君はひどく御不快に思召されて、「かようの出歩きをいたしますのも、今は似合わしくない身になっていますことをお汲取り下さいましたなら、このように注連の外▼7だけの御もてなしではなく、この日頃、覚束なく思っておりました心も晴れるように致したいものでございます」と、真実やかに申されると、女房たちも、「ほんに、ひどくお見かねいたしますように、立ち煩って入らせられるのがお気の毒でございます」など、お取做し申上げるので、御息所は、さあ、何うしたものであろう、ここにいる女房達の見る目も見苦しく、斎宮のお思いになる所も、若々しく、家を出ている身が今更にと、遠慮すべき事とお思いになるので、ひどく物憂いけれども、情なくお扱いするばかりがいいことでもないので、とやかくと嘆いて躊躇なされて、居ざってお出になられた御様子は、ひどく奥ゆかしい。君は、「此方は、簀子だけのお許しはございますか」といって、上ってお坐りになった。花やかに昇って来た夕月の光に、君の振舞われる様やお美しさは似るものもなく愛でたい。この月頃の御無沙汰を、尤もらしく申上げるのも極りの悪い程になっていられるので、榊の枝を聊か折って持っていられたのを、御簾の中にさし入れて、「この変らない色を案内にして、斎垣▼8までも越えましたのです、それを心憂いおもてなしで」と申されると、御息所は、

神垣はしるしの杉もなきものをいかにまがへて折れる榊ぞ▼9

と申されると、君は、

をとめごがあたりと思へば榊葉の香をなつかしみとめてこそ折れ▼10

全体の様子は、気の置かれる所であるが、君は御簾だけは潜って、長押に押懸って入らせられた。心に任せてお逢いになることが出来、女も従い様だとお思いになっていられた年月の間は、気楽であったお心驕りから、それ程には思って入らせられなかった。又心の中で、如何なものであろうかと、欠点にお思い申すことのあった後は、一方では哀れさも失せて行きつつ、このように御仲が隔ったのであるが、珍らしい御対面に、以前のことがお思いになられて、可愛ゆいとお思い乱れになることが限りもない。君は以前のことや先の事をお思いつづけになられて、心弱くお泣きになられた。女君は、

そのようには見られまいと、包んで入らせられるようであるけれど、怺えてはいきれない御様子を、君はいよいよお気の毒で、やはりお下向はお思い止まりになるべき事を申されるようである。月も入ったのであろうか、身にしみるような空を眺めつつ、君が恨みを申されるので、御息所は、多くの溜めていられた辛さも消えることであろう。次第に心が定まって、今はと思い切りがお附きになったのを、これだからと、却ってお心が動揺して来て、御息所はお思い乱れになる。殿上の若い君達などが連れ立って、彼方此方と立ちさまよっているという庭の趣も、ほんに艶という方面では、十分な有様である。あわれを知りつくして入らせられる御仲で、お話し合いになられる事どもは、書き留めようもないものである。次第に明けて行く空の様子は、態々造り出したもののようである。

暁の別れはいつも露けきをこは世に知らぬ秋の空かな▼11

と君は御詠みになって、そこを出難い様で、御息所の手をお取りになって、躊躇して入らせられる様は、まことに懐かしい。風が冷たく吹いて、松虫の鳴き嗄らした声も、場合を知っているがようなので、格別思う事がなくてさえも、聞き過ごしかねるようであるのに、まして甚しいお心乱れをしている御仲では、却ってお歌もお詠めにならないのでもあろうか。御息所、

大方の秋の別れも悲しきに鳴く音な添へそ野辺の松虫▼12

君は残念なことが多くあるけれども、詮ないことなので、明けて行く空が工合悪くて、お出ましになられる。道の間はひどく露ぽい。女君も心強くはなられず、別れての名残があわれで、空を眺めていられると、ほのかにお見上げ申した月影での君のお風采、今も猶お留っている薫物の匂いなどを、若い女房たちは身に沁めて、心得ちがいもし出来しそうにお愛で申上げる。「何のような余儀ない道だと申して、ああしたお有様を見捨てて、お別れが申せようか」と、訳もなく涙ぐみ合っていた。君の御文は、いつもより心濃やかなもので、御息所のお心も変る程であるけれども、又引戻して気迷いをなさるべきことではないので、何の甲斐がない。男という者は、それ程には思わない事でも、情の

為には好く云い続けるものらしいので、まして一通りにはお思いにならなかった御仲で、このように背かれようとするのを、残念にも可哀そうにもお思い悩みのことであろう。君は御息所の旅のお装束より始め、お供の人々のまで、何くれのお道具までも、厳めしく珍らしい様に拵えて、御餞となされるが、御息所は何ともお思いにならない。軽々しい、心憂い評判ばかりを流して、浅ましい身の有様となったのを、今始めて起った事のように、旅立ちの日がお近くなるままに、起き臥しお嘆きになっていられる。斎宮は幼いお心から、何時とも定まらずにいた御出立の、このように定まって行くのを、嬉しいとばかり思って入らせられた。世間の人は、先例の無いことだと悪くも云い、あわれな事だとも、様々に申していよう。何事も人に非難されない階級のものは気楽である。却って世に擢ん出た人の御あたりは、窮屈なことが多い。

十六日に斎宮は、桂川で御祓をなされる。普通の儀式には勝って、長奉送使▼[13]も、普通の御使の上達部も、身分の貴く、世の覚えある人々をお選びになられた。院のお心寄せもあっての事であろう。野宮をお出ましになる頃、大将殿から、例の心尽きせぬ事どもを御息所に申された。「懸けまくも畏き御前に」▼[14]といって、斎宮の御許には、御文を木綿に附けて、

「鳴る神でさえも、

八洲守る国つ御神も心あらば飽かぬ別れの仲をことわれ▼[15]

いかに思って見ましても、飽かない心持がすることでございます」

とある。ひどく御忙しい中であったけれども、御返事があった。斎宮の御返事は、女別当▼[16]にお書かせになった。

国つ神空にことわる中ならばなほざりごとを先や糺さむ▼[17]

大将は斎宮の御有様がゆかしくて、内裏にも参りたくお思いになったが、此方が捨てられて見送りするというのも、人目の悪い気がなされるので、お思い止まりになって、徒然と眺めて入らせられた。

斎宮の御返事の大人らしいのを、微笑んで御覧になっていられた。お年の程に合せては、面白くも入らせられるようだと思って、み心が動かれる。このように普通とは異った煩わしい事が、必ずお心に懸かる御癖で、何のようにでもお見上げしようと思えば叶った幼い御頃を、見ずにしまったのが残念だった、世の中は定めのないものであるから、対面する時もあろうとお思いになる。御息所は奥ゆかしい、由ある御様子なので、物見車の多く出る日であった。申の時刻▼18に内裏に参られる。御息所は御輿にお乗りになるにつけても、父大臣が限りない高い位置▼19にとお志しになって、大切にお冊きになられたのとは有様が変って、末の齢となって内裏を御覧になるのも、あわれの尽きぬことにお思いになる。十六で故宮▼20の御許に参られ、二十歳でお別れになられた。三十で、今日また九重を御覧になられたのである。

そのかみを今日はかけじと忍ぶれど心の中にものぞ悲しき▼21

斎宮は十四にお成りになられた。ひどく可愛く入らせられる様を、お立派に御装わせ申し上げたので、まことに気味悪いまでにお見えになられるのを、帝はお心が動いて、別れの御櫛▼22を差上げられる時などひどく哀れを催されて、お袖をお濡らしになられた。斎宮の御退出をお待ち申すとて、八省院▼23の前に立て続けてある出車▼24の、袖口や色合いまでも、目馴れない様の、奥ゆかしいものなので、殿上人どもも、女房達と私の別れを惜しむ者が多くある。暗くなって御退出になって、二条から洞院の大路を折れられる所は、二条院の前なので、大将の君はひどくあわれにお思いになって榊の枝に挿して、

ふり捨てて今は行くとも鈴鹿川八十瀬の浪に袖は濡れじや▼25

と、御息所に申し上げられたが、ひどく暗く、忙しい時なので、翌日、逢坂の関の彼方からお返しがある。

鈴鹿川八十瀬の浪に濡れ濡れず伊勢まで誰か思ひおこせむ▼26

筆を省いてお書きになっているのが、御手跡はまことに至り深くて、艶いてはいるにつけても、これに哀れな味を少し添えたならばと、君はお思いになる。霧がひどく深くて、しめやかな朝明けに、君は打眺めて独り言にいって入らせられる。

▼28行く方を眺めもやらむこの秋は逢坂山を霧な隔てそ▼27

西の対へもお越しになられずに、君は我がお心柄ながら、さびしそうに眺め暮して入らせられる。まして旅の空の方は、何のようにか心尽しの事が多かったことであろう。

院の御悩は、十月になっては、いと重く入らせられる。世の中にお惜しみ申上げない人はない。主上にもお歎きになられて行幸があった。院は弱らせられたお心持にも、春宮の御事を返す返す申されて、次ぎには大将の御事を申され、「我が居た時と変らず、大小の事を隔てずに、何事も御後見とお思いなさい。年齢の程よりも、世の中の政事をするにも、殆ど懸念のいらない者と見ていることです。必ず世の中を保って行くべき相のある人です。それだから、面倒が起りそうなので、親王にもせず、臣下として、朝廷の御後見をさせようと思ったのでした。この私の心をお間違えなさいますな」と、身にしみる御遺言が多かったけれども、女の伝え云うべき事ではないので、その片端を申すだけでも工合が悪るい。主上もひどく悲しく思召されて、決してお違背申すまじき由を、返す返す申上げられる。主上の御容貌もひどく清らかにならせられたのを、院は嬉しくも頼もしく御覧になられる。限りのある行幸なので、急いで還御になられるにつけても、却ってお悲しいことが多くあった。春宮も御一しょにとお思いになられたが、物騒がしいので、日を変えて行啓になられた。お年の程よりは御成長で、お可愛い御様で、院を恋しいとお思い申上げていたことが積っていた所から、何心もなく嬉しくお思いになって、お見上げ申している御様子がまことにあわれである。中宮は涙に沈んでいられるのを、院は御覧になるにつけても、様々に御心乱れて思召される。院は春宮に万ずの事をお教えになられるけれども、まことに頼りないお年なので、お心許なく、悲しく御覧になられる。大将にも、朝廷にお仕え申す上のお心づかい、この若宮の後見をするべき事を、返す返す仰せになる。春宮は夜更けて御還御になられる。残る者なくお供をして騒ぐさまは、行幸に劣るところがない。御満足のお出来にならない程で御還幸になるのを、院にはひどく名残惜しく思召される。

弘徽殿の大后も、御参りなさろうとしていられたが、[29]中宮がこのようにお添い申して入らせられるのにお心が置かれて、躊躇していられる中に、院にはたいした事もあらせられずに、お崩れにならせられた。足を空して嘆く者が多くある。御位をお譲りになったというだけのことで、世の政をお統べになられる事も、御自分の御世と同じようで入らせられたのに、主上はまことにお若くて入らせられるし、祖父大臣[30]はひどく性急で、良くない人で入らせられるので、そのお心のままになる世は、何んなであろうと、上達部や殿上人は皆思い嘆いている。中宮や大将殿などはましてのことで、良くは物の御分別もお附けになられず、後々の御法事などを、お仕え申上げる御様も、多くの親王たちの御中でも勝れて入らせられるのを、尤もな御事ながらまことに哀れに世の人はお見上げする。藤の御衣[31]に窶れて入られるにつけても、限りなく清らかで、お気の毒である。去年今年と打続いて、君はこうした事を御覧になるにつけ、世の中がまことにつまらなくお思いになられるので、こうした序にもと、第一[32]にお思い立ちになられる事はあるけれども、又いろいろの御絆が多くある。院の御四十九日までは、女御、御息所たちが、皆院に集まって入らせられたのに、それが済むと、散り散りに御退出になられる。十二月の二十日のことなので、世間一体の定りを附ける頃の空模様につけても、まして晴れる時の無い中宮のお心の中である。大后の御心を知って入らせられるので、心任せになさるであろうこれからの世が端たなく、住み憎いことであろうとお思いになるのよりも、お馴れ申上げた院の、年頃の御有様を思い出さない時の間とてもないのに、其処にこのようにしてはお出でにもなれず、人々が皆外へと出て行かれるのを御覧になると、悲しさが限りもない。中宮は御里の三条の宮にお渡りにならせられる。御迎には兵部卿宮[33]が参られた。雪が散って風が烈しく吹き、院の内も次第に人が少(すくな)くなってしめやかなのに、大将殿が此方(こちら)へ参られて、昔の御物語などをなされる。御前の五葉(ごよう)の松の雪に萎(しお)れて、下枝の枯れたのを御覧になって、親王(みこ)[34]、

蔭(かげ)広み頼みし松や枯れにけむ下葉散り行く年の暮かな[35]

何程の歌でもないのに、折柄(おりから)身にしみて、大将の御袖はひどく御涙で濡れた。池の水の隙(ひま)もなく氷っているのを、大将、

冴え渡る池の鏡のさやけきに見なれし影を見ぬぞ悲しき[36]

と思うままに云われたが、余りに幼いお歌であるよ。王命婦、

年暮れて岩井の水も氷閉ぢ見し人影のあせも行くかな[37]

その序(ついで)の歌がひどく多くあるけれども、そうまで書きつづけるべきものではなかろう。中宮のお渡りになる儀式は以前に変らないけれども、思い做しのせいで哀れで、三条のお里の御殿は、却って旅のようなお心地のなされるにつけても、御里住みの絶えていた年月(としつき)の久しさを、お思いめぐらしになる事であろう。

年が立ちかえったけれども、世の中は面白く賑やかな事がなくて静かである。まして、大将殿は物憂くて籠もっていらせられた。除目(じもく)[38]の頃などは、院の御世(みよ)にはいうまでもなく、此(こ)の年頃もそれに劣る差別もなくて、君の御門(ごもん)のあたりに、余る所もなく立て込んでいた馬や車が減って、侍所に宿直物(とのいもの)[39]の袋を、持ち運んで来る者も殆(ほとん)ど見えず、親しい家司(けいし)だけで、格別忙(いそ)がしい事もなさそうにしているのを御覧になるにつけても、今後はこういう有様ばかりであろうと思いやられて、さびしくお思いになる。御櫛匣殿(みくしげどの)[40]は、二月に尚侍(ないしのかみ)におなりになった。院の御喪に服して、その儘(まま)尼になられた人があったので、その代りなのである。この方は貴く身をお扱いになられて、お人柄もまことによく入らせられるので、数多(あまた)参り集まっていられる人々の中でも、勝(すぐ)れて御寵愛をおうけになって入らせられる。弘徽殿の大后は里勝(が)ちで入らして、内裏(うち)へ参られる時のお局(つぼね)には、梅壺を当てられたので、弘徽殿に

は尚侍(かん)の君▼41がお住みになられる。それまでは登花殿(とうかでん)に引込(ひっこ)んでいられたので、晴れ晴れしくなられて、女房なども数知れず集い参って、賑やかに派手にしては入らせられるが、お心の中では、あの思い懸けなかった事▼42を、忘れ難くして嘆いていらせられる。ひどく内々で、御文(おんふみ)をお通わしになることは、やはり同じようであろう。君は、人に漏れるような事があったなら、何(ど)んなであろうとお思いにはなりながらも、例のお癖であるから、今のようになって、却ってお志(こころざし)が増して行くようである。院のましました世にこそは、御遠慮もされたことだが、大后はお心が容赦なくて、それ此れお思い集めになっていられた事の、報(むく)いをしようとお思いになる事であろう。何ぞの事に触れては、浅ましい事ばかり出て来るので、君はこうなる事であろうとはお思いになっていられたが、御経験のない世の憂さから、立ちまじれようとはお思いになれない。左大臣も、面白くないお心持がなされて、特別には内(う)裏(ち)にも参られない。故姫君▼43を、帝の御所望は避けて、大将の君にと申入れをなされたお心を、大后はお思い置きになって、善くはお思いになって入らせられない。大臣(おとど)同志の御仲も、もともと角立(かどだ)っていらせられるのに、故院(こいん)の御世には、左大臣(ひだりのおとど)の思うままであったのに、時が移って、右大臣(みぎのおとど)の得意顔にしていられるのを、つまらない世とお思いになるのも御尤もである。大将は、以前に変らず大(おお)殿(どの)へお越しになられて、お仕えしていた女房たちをも、以前よりも心細かにお思いになって、若君をお冊(かしず)きになる事が限りもないので、哀れな珍しいお心と思って、一段と君をお劬(いたわ)りになることが同じようである。君は院の限りもない御寵愛の為に、余りにお忙しいまでで、お暇もなさそうに見られたのに、お通いになった所々も、それこれにお絶えになった所もあり、又軽々しい御忍び歩きもつまらなくお思いになって、格別なさらないので、ひどく長閑(のど)やかで、今こそは申分のないお有様である。西の対の姫君の御幸いを、世の人もお愛(め)で申上げる。少納言▼44なども内々(ないない)、故尼君▼45の御祈りの験(しるし)であると見奉っている。父親王(みこ)とも思うようにお便りをし合っていらせられる。嫡妻腹(むかいばら)▼46の姫君達の、限りなくお仕合せのようにとお思いになる方は、捗々(はかばか)しくは行かないので、妬(ねた)ましいことが多くて、継母(ままはは)の北の方は、安からずお思いになる事であろう。昔物語に、態と作り出したような御有様である。斎院[47]は、院の御忌服でお下りになられたので、槿の姫君[48]が代りに居させられることとなった。加茂の斎には、孫王の居させられるという事は、例の多く無いことであったが、然るべき女皇子が入らせられないからのことであったろう。大将の君は、年月が立つけれど、やはり姫君のことがお心を離れなかったのであるが、このように方面が異っておしまいになったので、残念にお思いになる。中将[49]にまで、お便りをなさることは同じ事で、御文などは絶えないことであろう。昔に変って勢いのない御有様などは、君は格別何ともお思いになっていず、このような果敢ない事を、紛れる事のないままに、彼方此方へとお心をつかっていられるようである。

帝は院の御遺言を違えず、源氏の君を大切に思っては入らせられるが、お若く入らせられるという中にも、御心が柔しい方に傾き過ぎて、強い所が無く入らせられるのであろう、母后と祖父大臣とのそれこれとなさる事をば、お背きになれず、代の政事が御心に叶わないようである。面倒さばかり加わっては来るが、尚侍の君は、内々で君にお心を通わしているので、無理ながらも、全くお逢いになれないことはない。内裏では五壇の御修法[50]が始まって、主上にはお慎みになって入らせられる隙を窺って、君は例の夢のような有様でお逢いになられる。あの昔の思われる細殿の局に、女房の中納言の君が、紛らわして君をお入れ申した。人目の多い頃なので、常よりも端近に思われるのを、中納言は空怖ろしい気がする。朝夕にお見上げ申している人でさえも、見飽かない君の御様なのに、まして珍らしく思う頃にのみある御対面なので、女君は何で疎かに思われよう。女君の御様も、まことに今が愛でたい御盛りである。重々しい方は何うであろうか、可愛ゆく艶めいて、幼なめいている気がして、心引かれる御様子である。間もなく明けて行くのだろうかと思われると、直ぐ間近な所へ来て、近衛の夜行の者が、「宿直申し侍う」と声作りをする。他にもまた、此の辺りに忍び込んでいる近衛司の者があることであろう。意地の悪い傍輩の者が、教えて遣したことであろうと、大将はお聞きになる。可笑しいものの煩いことである。その夜行の者は、そこ此所と尋ね歩いて、突きとめたと見えて、「寅一つ」▼51と時を申すのである。女君は、

心からかたがた袖を濡らすかな明くと教ふる声につけても▼52

と仰しゃる様が、頼りなげでひどく可愛ゆい。

嘆きつつわが身はかくて過ぐせとや胸のあくべき時ぞともなく▼53

落着き心もなくて君は局をお出になられた。夜深い暁月夜で、云おうようなく深く霧が立ち渡っているのに、思いきってお窶しになって、誰とも知れぬようにして入らせられるのが、却って似るものもない御有様であって、折柄、承香殿▼54の女御の御兄の、頭中将▼55が、藤壺から出て来て、月影の少し蔭になっている立蔀の下に立っていたのを、それとも知らずにお通り過ぎになられたのは、お可哀そうな事であった。非難を申すようなることもあるであろう。

かようの事につけても君は、あの疎外なされ、情なくなされる方のお心を、一方ではお立派なこととお思い申すものの、我が心の引かれる点からは、辛いこととお思い申す折が多くある。中宮には内裏に参られることを、落着かれぬ窮屈なことにお思いになられて来て、春宮を御見上げしないので、覚束なく思って入らせられる。他に頼もしい人もないので、ただこの大将の君だけを、万事につけて頼みとしていられるのに、やはりあの厭わしいお心が止まないので、ともすると肝をお突かれになりつつ、院が聊かもその様子を御存じなさらずにしまわれたことを思うさえ、まことに怖ろしいことだのに、今又そのような噂があったならば、御自分の御身はもとより、春宮の御為にも、必ず善くないことが起って来ようとお思いになると、ひどく怖ろしいので、お祈禱までもなされて、此の事をお思い止まらせ申そうと、お心を届かせぬいてお遁げになっていられるのに、何ういう機会があったのであろうか、呆れられるばかり御身に近くお寄りになって入らせられた。御注意深くお誑りになったことを、それと知る女房もなかったこととて、中宮には夢のような気がなされることである。君は真似

のしようもないようにお訴えをなされ続けられるが、宮は初めからまるきりお相手になされなくて、最後には御胸をひどくお悩みになられるので、近くお附き申上げていた王命婦や弁などは、呆れてお見上げ申している。君は、情なく辛くお思い申すことが限りないので、前後(あとさき)も真暗な御気分がして、本心も失せておしまいになられたので、夜は明け果てたが、お出ましにならずにしまった。御悩みに驚いて、女房達が宮の御前近くへ参って、出入りが多いので、気が気でなく、塗籠(ぬりごめ)▼56の中へ押込まれてお出でになる。御衣(おんぞ)などを隠して持っている女房の気持も、ひどく心づかいである。宮は、ひどく御当惑なことにお思いになったので、取逆上(とりのぼ)せられて、猶(な)お悩ましくして入らせられる。兵部卿宮、中宮大夫などが参って、祈禱の僧を召せよなどと騒ぐので、大将はひどく当惑して聞いて入らせられる。ようようのことで、暮れてゆく頃になってお治まりになられたことである。宮は君が、そのようにして籠(こも)って入らせられたろうとはお思いにもならず、女房達もお気を揉ませまいと思って、それとは申上げないのであろう。宮は、昼の御座所にいざり出して入らせられる。お治りになられたのであろうと、兵部卿宮も御退出になられて、中宮の御前は人少なになった。平生(へいぜい)もお側近くお置きになる女房は少(すく)ないので、そこ此処(ここ)の物の蔭などでお附き申している。王命婦の君などは、「何のようにしてごまかしてお出し申上げましょう。今夜もまたお取逆上(とりのぼ)せになられては、お気の毒で」など、囁(ささや)き合っている。君は、塗籠の戸の細目に開いているのを、そっと押開けて、宮の御間の御屏風の間へ伝ってお入りになった。宮の御姿の珍しく嬉しいにつけても、御涙がこぼれてお見上げなされる。宮は、「まだひどく苦しいことです。寿命が尽きてしまったのでしょうか」と仰しゃって、外の方をお見やりになっていられる横顔が、云いようもなくお美しく見える。せめて御菓物(おんくだもの)だけでもと差上げてある。箱の蓋(ふた)の上などに、懐しいさまで載っているのであるが、目もおつけにならない。世の中をひどくお思い悩みになっていられる御様子で、静かに眺め入って入らせられるさまが、まことにお美しい。簪(かんざし)、頭(かしら)つき、御髪(みぐし)の垂れ振(ぶ)りなどの、限りなくもお美しいところは、全くあの対の君と違うところがない。

年頃、少しお忘れ申していたが、驚かれるまでお似になっていられることよと御覧になるにつれ、少しは歎きの晴れてゆくようなお心持がなされる。気高く、気恥ずかしい気のされる様なども、全く別人として差別はつけ難いまでであるが、やはり限りなくも、昔から心に沁ませてお思い申した思い倣しでもあろうか、御様が格別に、お立派にお整いなされたことよと、類いない物にお思いになると、お心が惑って来て、そっと夜の御帳の中に紛れ入って、御衣の褄をお引き動かしになる。君の御様子と明らかに、薫物の匂いがさっと匂ったので、宮は浅ましく気味悪るく、すぐに俯伏しにおなりになった。せめて此方へお向きにくらいなればよいと、君は気まずく辛くて、お引寄せになられると、宮は御衣を脱ぎすべらして、お居ざり退きになられると、思い懸けずも御髪が捉え添えられているので、宮はひどくお辛く、御宿縁の深さが思い知られて、悲しいこととお思いになった。君もよくよく御分別のお附きになっていられるお心がすべて乱れて来て、今は正気のようでもなく、万ずのことを泣く泣くお恨み申上げるのであるが、宮は本当にお気まずく思召されて、御返事さえも申されない。ただ「気分がひどく苦しゅうございますから、こんなでない時がございましたら、申上げましょう」と仰しゃるが、君は尽きないお心をお云い続けになられる。宮もさすがに悲しくお思いになる点もまじっていることであろう。御関係のなかった御仲ではないけれども、改めて又ということはひどく残念にお思いになるので、懐しくはあるものの、ひどくお上手にお云い遁れになられて、今夜も明けてゆく。君は強いてお言葉に随わない振舞をなさるのも勿体なく、気恥ずかしくなる御様子なので、「ただこれの程のことでございましても、時々申しようもない憂えを晴らすことだけでも出来ますことでしたら、何で勿体ない心などございましょう」など、お心をお緩め申すことであろう。それ程ではない事でさえも、このような間柄は哀れなことの添って来るものであるから、まして類いのなさそうなことである。夜が明け離れたので、女房は二人がかりで何うでもとお帰りの事を申上げ、宮も半分は死んだ人のようにしていられるのが心苦しいので、君は、「世の中に生きているとお聞きになりますのも本当に恥ずかしゅうございますから、間もなく亡くなりましょうが、それが又、後世までの罪になるべきことで」と申上げられるのも、宮は気味の悪る(わ)いまでお思いしみになる。

逢ふことの難きを今日に限らずば今幾世(いくよ)をか歎きつつ経む[57]

御絆(おんほだし)で入らせられます」と申上げると、宮もさすがにお歎きになられて、

長き世の恨みを人に残しても且(かつ)は心を仇と知らなむ[58]

張合いのないお云い做しになる様が、取附所(とりつきどころ)のない気がするので、宮のお思いになる所も、御自分の御為にも苦しいことなので、君は心ならずもお帰りになられた。

何を面目にして又宮にお目に懸れようか。気の毒だとお思いなられるようにとお思いになって、君は御文もお差上げになられない。打絶えて内裏にも春宮にも御参りになられず、籠ってばかり入らして、起き臥しにも、何ともひどいお心であったことよと、体裁悪るく恋しく悲しくお思いになるにつけ、心も魂も失せてしまったのであろうか、身も悩ましくさえお思いになられる。心細くて、何(ど)うせ『世に経れば憂さこそまされ[59]』というさまであろうかと、出家をお思立ちになるには、対の女君のひどくお可愛ゆらしく、しんから君をお頼り申上げて入らせられるので、お振捨てになられることは、まことに難い。宮もまた、その御後が平常のようでは入らせられない。君がそのように態(わざ)とのように籠っていて、お見舞をなさらないのを、王命婦などはお気の毒にお思い申している。宮も、春宮の御為をお思いになる点では、君がお心隔てをなさるようだとお可哀そうでもあり、もし世の中をつまらぬものにお思いになるような事があったら、一途に御出家をなさるようなことでもと、流石(さすが)にお心苦しくお思いになることであろう。こうした事が絶えなかったならば、それでなくてさえ面倒な世に、うき名までも立つことであろう、大后が有るまじきものに仰しゃって入らせられる中宮の位も去ろうと、次第にお思いになって来られる。院の後の事をお思いになり仰せになられた事の、一通りではなかったことをお思い出しになると、万事が以前のようではなく、変って行く世の中であるらしい。戚(せき)

夫人(ふじん)▼60の逢ったような目にまでは逢わないにしても、屹度笑われ物になる事がありそうな身であると、世の中が疎(うと)ましく、過ごして行き難くお思いになられるので、遁世をしようかと御思い寄りになられると、春宮を御見上げせずに形の変ることが哀れにお思いになるので、御微行のようで参内をなされた。大将の君は、それ程の事でなくてもお心の附かないことはなく、お仕え申上げて入らせられたのに、御気分が悩ましいということにかこつけて、御送りにも参られない。普通の御見舞は以前と同じようであるが、ひどくお気が腐ってしまわれたことよと、様子を知っている者はお気の毒にお思い申上げている。春宮は申しようもなくお美しく御成長になって、母宮を珍らしく嬉しく御思いになって、お纏(まつ)わりになられるのを、悲しくお見上げ申すにつけても、遁世の事はひどく困難なようであるが、内裏辺(うちあた)りを御覧になるにつけても、世の有様が、あわれに果敢(はか)なくて、移り変っている事が多くある。大后のお心はひどく面倒で、内裏(うち)へお出入りなさるのも工合がお悪く、何かにつけてお苦しいので、春宮の御為にも危なく、気味悪く、万事につけてお思い乱れになって、春宮に、「久しく御覧にならずに入らっしゃる中(うち)に、私の容貌(かたち)が変って、妙な風になりましたら、何んなお気がなさいますでしょう」と申すと、春宮は、中宮のお顔をじっと御覧になって、「式部▼61のようにですか。何うしてあんなにお成りになりましょう」と笑(え)んで仰せになる。云うも詮がなく、哀れにお思いになって、「あれは年が寄ったので醜いのですよ。ああでは無くて、髪はあれよりも短くなって、黒い衣(きぬ)などを著て、夜(よ)居(い)の僧▼62のようになろうとしておりますので、お目に懸ることも今よりも遠くなる事でしょう」と仰しやってお泣きになるので、春宮は真顔になられて、「久しくお出でにならないと、恋しいのですもの」と仰しゃって、涙が落ちるので、極り悪くお思いになって、さすがに顔をお背けになると、御髪(みぐし)がゆらゆらと揺れて清らかで、眼もとの懐かしくお匂いになる様は、大きくお成りになるにつれて、全くあのお顔を取ってお附けしたようである。御歯が少し蝕(むしば)んで、口の中が黒くなって、御笑みになったお顔の可愛らしさは、女にしてお見上げ申したいほど清らかである。まことにこのようにまでもお似になって入らせられるのは、心憂いことであると、玉に瑕のあるようにお思いになるのは、世の中が面倒で、空怖ろしいからのことである。

大将の君は、宮をひどく恋しくお思いになるけれども、余りなるお心を、時々はお思い知らせ申そうというお心から、怺えつつ過して入らしたが、人目も悪く、無聊でも入らせられるところから、秋の野も見がてら、紫野の雲林院へ御参詣になられた。故母御息所[63]の御兄の律師の籠もって入らせられる坊[64]で、法文などを読み、勤行もしようとお思いになって、二三日お出でになる中に、身に沁みる事が多くある。紅葉が次第に色づき渡って来て、秋の野のひどく美しくなって来たのを御覧になりつつ、我が家をも忘れてしまいそうにお思いになる。法師どもの学問のある者のすべてを召出して、論議をさせてお聴きになる。場所がらのせいで、一段と世の中の無常なことを明らかにお思いになっても、やはり『憂き人しもぞ』[65]とお思い出しになられる夜明け方の月影に、法師どもが閼伽[66]を奉ろうとして、からからと花皿を鳴らしながら、菊の花や、濃い薄い紅葉などを折り散らしているのは果敢ないけれども、仏道の上での行いは、この世も徒然ではなく、後の世もまた頼もしそうである。律師がまことに尊い声で、「念仏衆生、接取不捨」[67]と述べて勤行をされるのが、ひどく羨ましいので、何だって自分は世が背かないのであろうかとお思いになるにつけ、先ず対の姫君の事が、お思い出しになられるのは、まことに悪い御心ではある。例にない日数の隔てるに、心許なくばかりお思いになれるので、御文だけは繁々と上げられるようである。

「世を背けるか何うかと試みている道ではありますが、徒然なのも慰め難くて、心細さが増さってゆくことですよ。経文の聴きかけたものもありなどして、私は躊躇しているのですが、その間をあなたは、何うしていますか」

など、陸奥紙に、打解けて書かれてあるのが愛でたい。

浅茅生の露の宿りに君を置きて四方の嵐ぞしづ心なき[68]

など、お心細かなので、女君も御覧になってお泣きになった。御返しは、白い色紙で、

風吹けば先づぞ乱るる色変る浅茅が露に懸かるささがに[69]

とだけある。「御手がひどくお上手にばかりなって来られたものだ」と、君は独り言をいわれて、お可愛いいと思って微笑んでいられる。常に御文を書きかわされるので、君の御手にまことによく似て、今少し艶めかしくて、女らしい所が添っていられる。何事につけても、足りない所のないように育てて来たことよとお思いになる。吹き通う風も近い距離なので、斎院へも御文を差上げられた。中将の君には、

「此のように旅の空に、嘆きの為にあくがれて来ていますが、お察し下さる訳ではないでしょう」

など恨みを申され、斎院の御前には、

かけまくも畏けれどもそのかみの秋思ほゆる木綿襷かな[70]

「『昔を今に』[71]とお思い申しても甲斐がございませんのに、取り返されでも出来るもののように思われまして」

と、馴れ馴れしげに、唐の浅緑色の紙に書き、榊に木綿を附けたのに結びつけなど、神々しく仕立てて差上げられた。御返事は、中将のは、

「此処は、紛れる事もなくて、過ぎ来し方のお思い出しになれます徒然のままには、おん上をお偲び申上げる事が多くございますが、今は甲斐とてもございません」

と、少し心を留めてのもので、言葉も多く書いてある。斎院のは、木綿の片端に、

そのかみやいかがはありし木綿襷心に懸けて忍ぶらむ故[72]

近い世には、そうした事などは」とある。御手は、細やかというではないが、器用で、草書など面白くなられて来られたことだ。まして御顔もお美しくなりまさって来られたことであろうと、お思いやりも一通りではない。神に対して怖ろしい事であるよ。君は、ああ、此頃の季節であった、野宮の

あわれであった事はとお思い出しになられて、御二方とも妙な同じような御境遇だと、神を恨めしくお思いになる御癖は、見苦しいことであるよ。何うでもとお思いになったならば、思うようになりそうであった年頃は、呑気にお過しになって、今では残念にお思いになるようなのも、変ったお心というべきであるよ。斎院も、君のこうした、一通りならぬ御気分をお見知りになっていられるので、たまさかの御返事などは、かけ離れた事はお出来にならないのであろう。少し筋の立たない事である。君は天台の六十巻[73]という文をお読みになり、覚束ない所々を説明などさせて御いでになるのを、山寺では、尊い光明を勤行によってお現わし申したといい、仏の御面目だといって、賤しい法師どもまで喜び合っている。君はしめやかにして居て、世の中をお思い続けになると、お帰りになることがもの憂くおなりになりそうであるが、あのお一人の人[74]の御事をお思いやりになるのが絆となって、久しくも居られる事ができず、寺にも報謝の御誦経を厳めしくおさせになられる。いる限りの上下の僧ども、その辺りの山賤にまで物を賜い、尊い事の限りを尽してお出ましになる。お見送り申上げるとて、此方其方に賤しい咳払いをする者どもが集まっていて、涙をこぼしながらお見上げ申す。黒いお車の内に、藤衣にお窶れになっているので、格別にはお見えにならないのであるが、ほのかな御有様を、世に又と無いものにお思い申すことであろう。

女君[75]は此の幾日の中にも、大人びて来られたような気持がして、まことにひどく物静かにならせられて、君のお心の何んなであろうかと思って入られる御様子が、お気の毒にも哀れにもお思いになるのは、君の筋の立たぬお心の乱れの、明らかに感じられるからであろうか。君は「色変る」と女君の詠まれたのも、可愛ゆく思われて、平常よりも格別にやさしくお話を申上げられる。山苞として持たせて来られた紅葉は、御庭にある物と御覧じ見較べになられると、格別にも深く染めている露の心持も見捨て難くお思いになられて、御無沙汰も人目の悪るいまでにお思いになられるので、唯何気ないさまで中宮に差上げられる。命婦の許に、

「春宮へ入らせられたことを、お珍らしい事に承るにつけましても、御二宮(おんふたみや)の御間の御様子が、覚束なく思われまして、落着き心もなく存じながらも、行(おこない)の方も、勤めようと思い立ちました日数(ひかず)を欠きますのも、心ならぬ事のように思われまして、日頃になってしまいました。この紅葉は独りで見ておりますと、錦も暗く存ぜられますから▼76お目に懸けます。折の好い時に御覧にお入れ下さい」

などとある。ほんに見事な枝なので、中宮もお目が留まると、例の小さな結び文が附いているのであった。御前(おまえ)の女房達が見るので、中宮はお顔の色が変って、まだこうしたお心の絶えないのは、まことに疎ましいことである、勿体ない程お思いやりの深く入らせられる方が、出しぬけに此のような事を折々お混ぜになられるので、女房も怪しいと見ることであろうと、不快にお思いになられて、紅葉は瓶(かめ)に挿(さ)させて、廂(ひさし)の間の柱のもとに押遣(おしや)ってしまわせられた。一通りの御用だの、若宮の御事に触れての御用だと、君をお力にしていられる様で、生(き)まじめな御返事は下さるのに、この事についてはこうまでも御用心深く、限りなくも情(つれ)なくなされると、恨めしく御思いになるが、何事も御後見を申上げ馴れているので、人が怪しいと見咎(みとが)めもしようかとお思いになって、君は中宮の御退出になられる日には内裏(うち)へ参られた。先ず主上(うえ)の御前に参られると、御心のどかに入らせられる時であって、昔や今のお話を申上げられる。主上(うえ)は御容貌も、故院▼77にまことによくお似申されて、今少し艶(なま)めかしい様子が添って、懐かしく柔らかに入らせられる。互(たがい)にしみじみと御覧になり合われる。尚侍(かん)の君▼78の御事も、やはり絶えないでいる様だと御聞きになり、その様子がお目に留まる折もあるけれど(ど)も、何うせ、今始めた事というならば憎くもあろう、前からあった事で、そのように心を交(か)わしていたからとて、似合わしくなくも無い間柄であるとお思い做(な)しになって、お咎めにはならずにいられたのである。様々のお話や、書(ふみ)の上での御不審な所などをお訪ねになられて、又恋に関しての御歌語りなども、互にお話し合いになられるお序(ついで)に、主上(うえ)には、あの斎宮のお下りになった日のこと、御器量の可愛ゆく入らせられた事などをお話しになられるので、君も打解けて、野宮のあわれであった曙(あけぼの)の事も、皆お云い出しになられたことである。二十日の月が次第にさし出て来て、面白い程なので、主上は、「管絃でもしたいような時ですよ」と仰せになられる。君は、「中宮が今夜御退出になられるので、お訪らいにお伺いいたしましょう。院の御仰せ置きの事がございますのに、他には御後見を致します者もないようでございますので、春宮の御縁の方として、お気の毒に存じられまして」と奏される。主上は、「春宮を当代の御子にしてと院が御仰せ置きになられましたので、別して心では思ってはいるのですが、特に差別を附けた様には、何事があろうかと思いまして。年の程よりは、お手筋など目立ってお上手なようです。何事も捗々しくはない私の面目をお立てになることです」と仰せられるので、「大体なさいます事が、ひどく敏くて大人びては入らっしゃいますが、まだいかにも未熟で入らっしゃいます」と、その御有様などを奏して退下をなさると、大后の御兄の藤大納言の子で、頭弁というが、世に逢って花やかにしている年若い人で、思う事もないのであろう、妹の麗景殿の女御▼79の御方へ行こうとするに、大将の御先駆を忍びやかに追うので、暫く立ち留まって、『白虹日を貫けり、太子畏じたり』▼80と、ひどくゆっくりと誦しているのを、大将はひどく厭味なことをいうとお聞きになったけれど、咎め立てすべき事でもあろうか。大后の御気分はひどく怖ろしく、面倒なことばかりだとお聞きになっているので、このように其方に親しい人々も、角立っての君の取り沙汰などをしているらしいこともあるので、煩さくお思いになられたが、平気な顔ばかりしていらせられた。君は中宮の御方に参られて、「御前に侍って、今まで更かしておりました」と申される。月が花やかにさしているのにつけ、昔はこういう折には管絃の御遊びをおさせになって、賑やかになされたことだなどお思い出しになると、同じ九重の中ではあるが、変った事が多くて悲しい。中宮は、

九重に霧や隔つる雲の上の月をはるかに思ひやるかな▼81

と、命婦をして君にお伝えになられる。宮の御気はいはほのかであるが、懐しく聞えるので、辛さもお忘れになられて、先ず涙がこぼれる。

月影は見し世の秋に変らぬを隔つる霧のつらくもあるかな[82]

「『霞も人の』[83]とか申しまして、昔もあったことでございましょうか」など申上げられる。中宮は春宮を限りなくお思いになられて、様々の事をお話になられるけれども、深くもお心におとめにならないのを、ひどく気懸りなことにお思いになられる。例はひどく早く御寝になるのを、御退出になるまでは起きていようとお思いになるのであろう。御退出を恨めしくはお思いになるけれど、さすがにお慕い申せずに入らせられるのを、中宮はまことに哀れにお見上げ申される。

大将は、頭弁の誦した事を思うと、良心の呵責するものがあって、世の中が煩くお思われになって、尚侍の君にも消息をなさらぬことが久しくなった。初時雨がいつの間にかその様子を見せて降る日に、何うお思いになったのであろうか、彼方から、

木枯らしの吹くにつけつつ待ちし間に覚束なさの頃も経にけり[84]

と申された。折も哀れであるのに、女君のひどく無理をしてお書きになられたお心持も憎くないので、お使を留めてお置きになって、唐の紙類をお入れになっている御厨子をお開けになられて、普通ではない紙をお択り出しになって、筆なども心を籠めてお繕いになってお書きになられる様子が艶なので、御前にいる女房たちは、何方にだろうと思って突つき合っている。

「お便りを差上げても、詮のない物懲りの為に、すっかり心が挫けてしまいました。『身のみ物憂く』[85]という程になっていまして、

逢ひ見ずてしのぶる頃の涙をもなべての秋の時雨とや見る[86]

互の心が通っているならば、嘆いて見られるこの空も、何んなにか物忘れすることでしょう」

など、心細かい御手紙となって来た。このように消息をおよこしになる方々が多いようであるが君は情なくはない御返事をなされて、御心には深くは沁まない事であろう。

中宮は、院の御一周忌に続いて、御八講[87]の御支度を、色々とお心づかい遊ばされた。十一月の朔日

頃が御国忌(みこき)[88]であるのに、雪がひどく降った。大将殿から中宮に申上げられる。

別れにし今日は来れども見し人にゆき逢ふ程をいつと頼まむ[89]

何方(どちら)でも今日は、物悲しく思われる時なので、御返事があった。

ながらふる程は憂けれど行きめぐり今日はその世に逢ふ心地して[90]

格別に念をお入れになった書き様(ざま)ではないけれども、上品に気高く見えるのは、思い做しからであろう。御手筋が異(ちが)っていて、常世風の所があるというではないが、他の人よりは格別にお書きになれた。今日は君は、例のことはお思い消しになって、哀れな雪の雫(しずく)に濡れ濡れして、仏事を行わせられる。

十二月の十日余りの頃が、中宮の御八講(みはこう)である。御設けは極めて尊い。その日その日に供養なされる御経を始めとして、その玉の軸、羅(ら)の表紙、帙簀(じす)[91]の飾りなども、又と無い物をお整えなされた。それ程でもない場合でさえも、御用意にはお心深さを示されているのであるから、まして此の場合は御尤ものことである。[92]仏の荘厳(しょうごん)、花机(はなづくえ)の覆いなどまでも、まことの極楽が思いやられる程である。最初の日は、御父帝の御為、次(つ)ぎの日は母后(ははぎさき)の御為、その次ぎの日は院の御為で、この日が法華経の五巻を講じる日なので、上達部なども、今の世に対しての御遠慮を申してはいられなくなられ、ひどく大ぜいが参られた。今日の講師は特にお選(えら)みになったので、薪(たきぎ)を樵(こ)る[93]作法を始めとして、同じようにいう言葉でも、極めて尊い。親王(みこ)達も様々の捧物(ほうもつ)を捧げられて、行道(ぎょうどう)される中に、大将殿の御用意はやはり似る物もない。いつも同じ事をいうようではあるが、お見上げする度毎(たびごと)に珍らしいので何(ど)うしよう。最終の日は、中宮御自身の事を結願(けちがん)として、世をお背きになる由を仏に申させられるので、参っていられる人々は皆お驚きになった。兵部卿宮や大将はお心が動揺して、呆れた事にお思いになる。親王(みこ)[94]は中座して奥へお入りになられた。中宮は、堅い御決心のさまを仰せになって、法事の終る頃に、叡山の座主(ざす)を召して戒をお受けなされる由を仰せになる。御伯父の横川(よかわ)の僧都が近く参られて、御髪をお剃がせになられる時には、宮の内が揺り立って、気味悪いまでの泣き声で一ぱいとなった。何という事もない老い衰えた者でさえも、今を限りとして世を背く時は、妙に哀れなものであるのに、まして予ては御様子にもお見せにならなかったことなので、兵部卿の親王もひどくお泣きになられる。参っていられた人々も、大体の事の様も哀れに尊いことなので、皆袖を濡らしてお帰りになられた。故院の御子達は、昔の中宮の御有様をお思い出しになられると、一段とあわれに悲しく思わせられて、みんな御慰問になられるのに、大将は居残られて、言い出されるべきお言葉もなく、悲しみに心も暗くなるようにお思いになったが、何うしてあのように嘆かれるのかと、人が怪しんでお見上げしようかと、兵部卿親王など退出された後で御前に参られた。次第に人が鎮まって、女房たちは鼻をかみながら所々に群れていた。月は隈もなく照っているのに、雪の光が照り合っている庭の有様にも、君は昔の事が思いやられて堪え難く思われるのであるが、じっとお心をお鎮めになって、「何のようにお思い立ちになって、このように俄に」と申上げられる。中宮は、「今始めて思った事ではございませんが、人にとやかく云い騒がれるようになりますと、覚悟も乱れようかと思いまして」と、例の命婦をして申させられる。御簾の内の御様子も、大勢集まっていられる女房達の衣摺れの音も、態としめやかに身動きをしつつ、悲しさが慰められずにいるらしい様子の漏れて聞えて来るのも、君は尤もだと、悲しくお聞きになる。風が烈しく吹いて、吹雪となっていて、御簾の内の空薫物のにおいは、もの深い黒方▼95の香に染みて、名香▼96の煙もほのかに通って来る、大将の薫物の御匂いまでも薫り合って、愛でたい極楽が思いやられるような夜の様である。春宮からの御慰問の御使が参った。中宮は、春宮の仰せになられた事をお思い出しになられると、お心強さも堪え難くなられて、御返事もお書きになれずに入らせられるので、大将が言葉を加えて御申しになられた。誰も誰もそこに居る限りの者は、心が落着かない時なので、君もお思いになる事どももロへお出しになれない。

月の澄む雲井をかけて慕ふともこの夜の闇になほや惑はむ▼97

と思われまして、甲斐のないことで。お思い立ちになられました事の羨ましさは、申しようもございません」とだけ申されて、女房達がお側近くいるので、さまざまにお思い乱れになるお心の中さえも申上げることがお出来になれない。もどかしいことである。

大方の憂きにつけては厭へどもいつかこの世を背きはつべき▼98

「片ごころは濁っておりまして」など仰せになられるが、幾らかはお使の命婦の斟酌の加わっているものであろう。君は哀れさが尽きないので、胸苦しくて御退出になられた。二条院へ戻られても、御自分の方に独りでお臥りになって、御目も合わずに、世の中を厭わしくお思いになるにつけても、春宮の御事だけが心苦しく思われることである。母宮だけでも、公な御後見にしておこうと、院のお思いおきになったのに、世の中の憂さに堪えられなくて、あのようになられたのであるから、もとの中宮の御位にはいらせられることはお出来になるまい。自分までがお見捨て申したのではと、お思い明かしになる事が限りがない。今は御出家の御調度どもを奉ろうとお思いになって、年内に間に合せようとお急がせになる。命婦の君も御供として出家したので、それをも心深く御慰問になられる。委しく言い続けるには仰々しい有様なので、物語る者が語り漏らしたのであろう。それと云うが、こういう折には趣ある歌なども出て来るものである、それの無いのはさみしいことである。君は中宮に参られるのも、今は御遠慮も薄らいで、御自身直接に物を申される折もあった。思い沁みていられることは、少しもお心を離れないのであるが、今は以前にもまして有るまじきことである。

年も改った▼99ので、内裏辺りは花やかで、内宴▼100だ、踏歌だとお聞きになるにつけても、中宮は物哀れにばかり思われて、御勤行をしめやかになさりながら、後の世の事ばかりをお思いになると、それが頼もしく、今までの面倒であったことは、遠いものに思召される。平常の御念誦堂での事はもとより、特に建てさせられた御堂の、西の対の屋の南に当って、少し離れた所にあるのに渡らせられて、特別の御勤行をなさる。大将が参られた。改まった年の験もなく、宮の中は長閑で、宮司などの親しい者だけが、頸垂れて、見做しのせいでもあろうか、ふさぎ切っているように見える。白馬▼101だけは、やはり昔に変らないこととなっていて、女房などが見た。所狭いまでに参り集った上達部などまでも、今は道を避けて車を遣り過ごして、向いの大殿▼102にお集いになるのを、そうなるべきことではあるが、哀れにお思いになられるのに、千人にも代えるべき御様で、大将の君がお心深くも訪ねて参られたのを見ると、訳もなく涙ぐまれる。客人の君も、ひどく物あわれな御様子で、辺りをお見廻しになられて、早速には物も仰せにならない。様子の変った御住まいで、御簾の端、御几帳なども青鈍色で、物の隙々からほのかに見える薄鈍色、山梔子色の袖口などを、却って艶めかしく、奥ゆかしくお思いになられる。解け渡る池の水や、岸の柳の芽ぐんで来た様子だけが、季節を忘れずにいるなどを、様々お眺めやりになられて、『うべも心ある▼103』と忍びやかに誦していられるのは、又となく艶めかしい。

長め苅る海士の住家と見るからに先づしほたるる松が浦島▼104

と申上げられると、奥が深くはなく、すべて仏にお譲り申している御座所なので、以前よりは少し近い心持がして、

在りし世の名残だになき浦島に立ち寄る浪の珍らしきかな▼105

と中宮の仰せられるのがほのかに聞えるので、君は怺えられるけれども、涙がほろほろとお零れになった。世の中を思い澄ましている尼君たちに見られるのも工合が悪いので、君は言葉少なで退出された。「何とも類いもなくお立派になって行かれることですよ。何の御不足なく、世にお栄えになり、世にお逢いになって入らした時は、唯もうお一人天下で、何につけて世の中の味をお知りになる時があろうかと存じ上げられましたのに、今はまことによく御落ちつきになられまして、ちょっとした事につけても、物哀れな御様子のお添いになりましたのは、何ともお気の毒なことでございますよ」など、年寄った人々は泣きながらお愛で申上げる。中宮もお思い出しになる事が多くある。

司召▼106の頃に、この宮に仕えている者は、賜わってよい筈の司も得られないし、大体の履歴からい

っても、宮方の者に賜わる定めとなっている俸禄も、必ずあるべき筈の加階などさえもしないなどをするので、嘆く人がひどく多い。このように御出家にはなっても、いつの間にか御位を去らせ、御封▼107などの止まるという筈はないのであるに、御出家にかこつけて変える事が多くある。中宮はすべて、予てからお思い捨てになった世間だけれども、宮人共までもたより所のなさそうに、悲しいと思っている様子を御覧になるにつけて、御心の動く折々もあるけれども、我が身は無いものにしても、東宮の御代が無事で入らしたならばとばかりお思いになりつつ、御勤行を弛みなくなされる。人知れず危く、空怖ろしくお思いになられることがあるので、我にだけその咎を負わせて、お免し下されよと仏をお念じになられて、万ずをお慰めになって入らせられる。大将も、そのようにお見上げ申してお道理のこととお思い申される。其方の殿の人どもも、又同じように辛い事ばかり多いので、君は世の中を端たないものにお思いになって、引籠もって入らせられる。▼108左大臣も、公と私とを引き変えた世の有様を、もの憂くお思いになって、致仕の表を奉られると、帝は、故院が貴く重い御後見と思召されて、長く世の固めとすべきだとお言い置きになられた御遺言を思召すと、捨て難い者と思召されて、叶わない事と度々お取上げにならないけれども、強いて御辞退申上げて、引籠ってお出でになった。今は一段と、右大臣の御一族ばかりが、返す返す栄えられる事が限りもない。世の重しとなっていられた大臣の、このように世をお遁れになったのを、主上も心細く思召され、世の中の人も心ある者の限りは嘆いた。大臣の御子どもは誰れ彼れとなく、人柄が見やすく、世にも用いられていたのに、ひどく萎れて、三位中将▼109なども、世の中を見切っている様が甚しい。右大臣の四の君には、▼110やはり絶え絶えに通い続けて、ひどく扱われていたので、大臣は心の解けての御聟の中にはお入れにならない。思い知れというのであろうか、今度の司召にも昇進に漏れてしまったが、さして気にもされず、大将殿があのように籠ってお出でになるので、世の中は果敢ないものと見えるに、まして自分は当然の事とお思い做しになって、常に君の御許に参り通って、学問も御遊びをも御一しょにしていられる。以前も物狂おしいまでに競争されたことを思い出されて、今も互に、果敢ない事につけても、さすがに競争していられる。春秋の御読経はもとより、臨時にも様々の尊い仏事をさせられなどして、又する事のなく、暇のありそうな博士どもを召し集めて、詩作、韻塞[111]などというような遊び事に心を慰めて、宮仕をも殆どなさらず、お心に任せて遊んでいられるのを、世間では、大将に対してさまざまに煩い事を云い出す人々がある事であろう。

　夏の雨が長閑に降って徒然な頃、中将は然るべき詩集どもを数多持たせて、大将の殿に参られた。殿でも文殿をお開けにならせて、未だ開けたことのない御厨子どもにある珍らしい古集の、由緒のなくは無いものを少し選り出させられて、その道の人々を、改まった形ではないが大ぜいお召しになった。殿上人の中の学者も、大学の学者も、ひどく大ぜい集まって来たのを、左と右とに小間取[112]にお分けになられた。賭物などもまことに立派な物をして、競争をし合った。韻塞ぎをして行くに連れて、困難な韻の文字が多くて、自信のある博士どもの当惑する所々を、大将の時々仰せになられる様は、まことに深い御学力である。「何うして此のように具足して入らせられるのであろう。やはりそうしたお生まれ合せで、万ずの事が人に勝れて入らせられるのですね」とお褒め申上げる。終に中将の右の方が負けになった。二日ほどして中将は負饗[113]をなされた。仰々しくはなくて、艶めいた檜破子に盛った物、賭物などを様々にして、今日も例の人々を多く召して、詩などをお作らせになる。御階の下の薔薇がほんの僅かだけ咲いて、春秋の花盛りよりもしめやかで面白い頃なので、打解けての管絃をなされる。中将の御子で、今年初めて殿上[114]するのが、八つか九つ程で、声がひどくお可愛ゆくて、笙の笛を吹きなどするのを、君は可愛がってお玩びになる。これは、あの四の君腹の、二男なのである。世間の人の思い寄せが重く、御寵愛も格別で、大切にしていた。心持も才走っており、器量もよくて、管絃のお遊びの少し乱れて来た頃に、催馬楽の高砂[115]を声を挙げて謡ったのが、ひどく可愛ゆい。大将の君は御衣を脱いで褒美となされる。平生よりは取乱れていられる御顔のにおいが、似るものもなくお美しく見える。羅の直衣を一重著ていられるので、透いて見える御肌は、ましてまことに云いようもなくお美しく見えるので、年老いた博士どもなどは遠くからお見上げ申し、涙をこぼしつづけていた。『逢はましものを、さ百合花の』と謡う、その高砂の終り目に、中将はお杯を大将に勧められる。

それもがと今朝開けたる初花に劣らぬ君がにほひをぞ見る[116]

大将は微笑んで杯をお取りになる。

時ならで今朝咲く花は夏の雨にしをれにけらし匂ふ程なく[117]

「衰えて来ているのに」と、はしゃいで、飲んだ振りを装われるのを、中将はお見咎め申しつつ、お強い申す。色々の歌があったようだが、こうした場合のいい加減な事を、数々書き附けるのは心無い事だとか、貫之が戒めている方面の事なので、面倒だから止めた。何れも皆、大将の御事を褒めた筋の事ばかりを、和歌にも詩にも作りつづけてあった。大将は御自分のお心持でも、ひどく驕られて、我は、『文王の子、武王の弟[118]』と誦された、その御名のりまでもまことに結構なものである。成王の何なりと仰せになろうとするのだろうか、その点だけは心もとないことである。兵部卿宮も常にお越しになって、管絃などもお上手な宮なので、砕けての御仲である。

その頃尚侍の君[119]は、内裏から退下っていられた。瘧病[120]で久しく悩んでいられて、禁厭などを気安くしようとする為なのである。修法などを始めて、快方になられたので、誰も誰も嬉しく思っているのに、例の、得難い折だというので、大将の君と便りを交して、無理な様で夜々逢っていられる。女君は今が真盛りで、賑やかな様子をしていられる人が、少し患って、痩せ気味になられていられるのが、ひどく可愛ゆらしい。太后宮[121]も同じ殿に居られる頃なので、男君は、その様子がひどく気味悪いけれども、そうした事に却って心が亢って来る御癖なので、ひどく忍んで逢うのが度重なって行くので、様子で察しる人々もあるようであるが、面倒なので、太后宮にはそうとは啓さない。大臣[122]もまた、思懸けもなさらないのに、雨が俄に怖ろしく降って、雷もひどく鳴り騒ぐ明け方に、殿の君達や宮司などが立ち騒いで、あちら此方の人目が繁く、女房共も怖じきって女君の近くに集って参るので、男君は何ともしようがなく、お出になる方法がなくて明け放れた。女君の御帳台のめぐりにも、女房共が大ぜい並んでいるので、君は全く肝がつぶれたようにお思いになる。訳を知っている女房二人ほどがまごついている。雷が鳴り止んで、雨が少し小止みになった程に、大臣が此方へお越しになられ、先ず太后宮の御方に行かれたのを、村雨の音に紛れて、君はそれとお気づきにならずにいられると、大臣は軽やかにふと此方へ入って来られて、御簾を引き上げられると共に、「何うでした。何うにもいやな夜の様なので、お案じしながら来ませんでした。中将や、宮の亮などは伺いましたか」など仰しゃる様子が、早口で浮わついているのを、大将は物に隠れながらも聞かれ、左大臣の御有様と、ふとお思い較べになられて、譬えようもなく思って微笑ませられる。ほんに入り切って仰せになればよいのに。尚侍の君はひどく当惑して、静かに居ざり出して行かれると、顔のひどく赤くなっているのを、大臣はやはり悩ましい気がされるせいかと御覧になって、「何うしたのです、御様子がいつものようでは無い。物怪などが執拗いらしいので、修法を延ばして置くべきでした」と仰しゃって、薄二藍色▼123の男帯の、御衣に纏わって引き出されて来たのをお見附けになって、不思議だとお思いになると、又畳紙に手習をしたのが御几帳の下に落ちているのであった。これは何うした物なのだとお驚きになられて、「それは誰ののです。変な物があることですね。下さい。それを取って誰ののだか見ましょう」と仰しゃるので、女君は振返って見て、御自分もお見附けになられた。紛らすべき方法もないので、何と御返事が申せよう。女君は茫然としてお出でになるので、我が子ながらも恥ずかしくお思いになるだろうと、これほどの身分の方はお憚りになるべきである。けれどひどく性急で、落着いた所のない大臣のこととて、お思い廻らしになることも出来なくなって、畳紙を手にお取りになると共に、几帳から奥をお見入りになられると、ひどくしなやかな態で、遠慮した風もなく、添い臥している男もいる。今になってゆるゆると顔を隠して、何かと紛らかす。大臣は浅ましくもあり、呆れもし、むしゃくしゃともするけれども、向きつけに正態を現すことは何うして出来よう。眼も暗むような心持がするので、その畳紙を取って、寝殿へ帰って行かれた。尚侍の君はぼんやりして、死にそうに思われる。大将殿もお可哀そうに、とうとう無用な振舞が積って、人の非難を負うことであろうとお思いになるけれども、女君の気の毒な御様子を、とやかくとお慰めになられる。大臣は、思うが儘に振舞い、胸に蔵って置くことのない御性分なのに、一段と年寄の僻みまでも添っているので、何の猶予があろう、ずけずけと大后にお訴え申上げる。「これこれの事がございまして、この畳紙は右大将のお手です。前にも油断をして、始まった事ではありますが、人柄に万事を許しまして、聟として逢おうと申上げた際は、心にも留めず、呆れるような扱いをされましたので、穏やかならぬことだと思いましたが、そうした因縁と諦めまして、穢れた身ではありますが、お思い捨てにはなられまいと思うのを頼みに、このように本意通り入内させましたものの、やはりその事が遠慮となって、歴とした女御とも申せずにいますだけでも、残念に口惜しく存じておりますのに、又こういう事までもありますと、一段とひどく引け目になることでございます。男の常だとはいうものの、大将もまことに怪しからぬお心というものです。斎院までも猶おお犯し申していて、内々で御文を通わしなどして、変な様子だなどと人が話したことがありますが、世の為ばかりではなく、御自分の為にも良くない事ですから、よもやそんな考えのない事は仕出来されまいと、時の有職▼124だとして、天が下を靡かして入らっしゃる様は格別なようなので、大将のお心をお疑い申さずにおりました」など仰せられると、大后は、憎くてならぬお心なので、ひどく気にくわない御様子で、「帝とは申上げても、昔から皆してお落しめ申上げて、致仕の大臣も、又無く冊いていた一人娘▼125を、兄御子の東宮で入らせられる方▼126には差上げずに、弟の源氏の幼い者の、元服の添臥の方を選び、又この君▼127も、宮仕にと志していましたのに、無遠慮なことを仕出来したのでしたが、誰も誰も怪しからぬなどと思ったでしょうか。みんなあの方にお心をお寄せしていたらしかったのに、その本意が叶わないので、あのようにお宮仕えはしているようですが、お可哀そうなので、何うかそちらの方ででも、人に負けない様にお引立て申したい、あれ程口惜しく思った人の見る目もあるから、と思っていましたが、当人は達(たつ)ても、自分の心の引く方へと靡いて行かれるのでしょう。斎院の御事は、ましてそうなのでしょう、何事につけても、朝廷(おおやけ)の御方(おんかた)に不安に見えますのは、春宮の御代▼128への心寄せの格別な人ですから、尤もの事のようです」と、ずけずけと仰しやり続けられるので、大臣(おとど)は、さすがに君がお可哀そうになり、何だって申上げたのだろうとお思いになるので、「そうですが、暫くこの事は漏らしますまい。内裏(うち)にもお奏しなさいますな。このような咎(とが)はありましても、お思い捨てにはなるまいと頼みにしまして、甘えての事でございましょう。内々に制して御申聞(おもうしきかせ)まして、聞きいれがなかったら、その罪には自分が当りましょう」など、申上げ直されるけれど、大后は格別に御気色(みけしき)も直らない。このように御自分が一つ御殿に入らして、隙もないのに憚(はばか)る所もなく入って来られるというのは、ことさらに御自分を軽しめ弄(ろう)ぜられての事だろうとお思い取りになると、一段と何とも呆れ返ったことにお思いになって、この序(ついで)に、然るべき咎を構え出すとすれば、好い機会だとお思いめぐらしになる事であろう。

▼1 六条御息所の女。前帖にいず。
▼2 左大臣の女。葵上。
▼3 御息所に仕える人々。御息所が、源氏から本妻の扱いを受けるだろうと思うこと。
▼4 光源氏。
▼5 皮のついた丸太で、野宮の華表は、これに定まっていた。
▼6 番人が篝火をたいて夜番をする小舎。
▼7 室内へ請じいれないこと。野宮なので、注連といっている。

▼8　ちはやぶる神の斎垣も越えぬべし大宮人の見まくほしさに（伊勢物語）
ちはやぶる神の斎垣も越えぬべし今は命の惜しけくもなし（拾遺集）

▼9　ここの神垣には恋しい人の家のしるしだという杉はないのに、何う間違えてお折りになった榊でしょう。（「しるしの杉」は、「我が庵は三輪の山もと恋しくはとぶらひ来ませ杉立てる門」の古歌を踏んだもの）我は訪われる筈もないのに、何う間違えて来られたかの意。

▼10　神に仕える処女（おとめ）のいる辺りの物と思ったので、榊葉の香をなつかしんで、明らかに認（と）めて折ったものです。「榊葉」を御息所にたとえ、間違えてはいないの意。

▼11　暁の別れには、いつも涙で露ぽかったが、この暁は、我が世に覚えのないまでの秋の空であるよ。（「露」は涙の意。「秋」に「飽き」の心を持たせている）

▼12　大方の秋の、別れて遠く去ってしまうのも、名残が悲しいのに、その秋に鳴く音を添えるな、野の松虫よ。（「秋の別れ」に、自身の別れを托してある）

▼13　斎宮を伊勢神宮までお送りする役の人。

▼14　「天の原踏みとどろかし鳴る神も思ふ仲をばさくるものかは」（古今集）という歌の心でいっている。

▼15　八洲の国を守る国土の神もまた、心があるならば、飽かずに別れをする仲の、何ういう訳であるかを教えて下さい。（「御神も」の「も」は、「鳴る神」を天上のものとして、対させた辞）

▼16　斎宮につかえる女房。

▼17　国土の神が、天上で判断される中であったならば、貴方の等閑（なおざり）な仕打を第一に糺される事でしょう。

▼18　午後四時。

▼19　皇后にと希望したこと。

▼20　亡くなられた東宮。

▼21　その昔の事を、今日は懸けて思うまいと我慢をしているけれども、心の中では物が悲しいことだ。

▼22　帝と斎宮とのお別れの御儀式。御手ずから櫛を斎宮の額に挿し、都へ帰ることのないようにと仰せら

れる。斎宮は御一代にお一人で、御代のかわる時でなければ、帰京されない定めだからである。
▼23 大内裏のうちに在って、八省の百官が庶政を執るところ。その正殿が大極殿。
▼24 女車の簾の下から、飾りのため、裾や袖口を出した車。
▼25 我を振り捨てて今日は行かれるけれども、鈴鹿川の多くの瀬を渡られる時に、その浪で袖がお濡れにならなかろうか。(「ふり捨て」の「ふり」は、「鈴鹿川」の「鈴」の縁語。「鈴鹿川」は伊勢。「浪に袖は濡れ」は、涙を暗示したもの)
▼26 鈴鹿川の多くの瀬の浪で袖が濡れようが濡れまいが、遠い伊勢まで誰が思いやってくれましょう。
▼27 その人の行く方を眺めやってもいよう。此の秋は、逢坂山を霧よ隔てて見えなくはするな。
▼28 紫上の住む対の屋。
▼29 藤壺。
▼30 右大臣。弘徽殿大后の父、朱雀院の祖父。
▼31 喪服。源氏の大将。
▼32 源氏の出家したいという希望。
▼33 藤壺の兄、紫上の父。
▼34 兵部卿宮。
▼35 下蔭が広くて、頼みとして立寄った松が枯れたのであろうか、その下葉の散って行く年の暮であるよ。(「松」は院に、「下葉」はお仕え申していた后達の譬)
▼36 氷の張り詰めている池の鏡がさやかであるが、その鏡に見馴れた面影の映って見えないのが悲しいことであるよ。(「影」は、院の面影)
▼37 年が暮れて、岩井の水も氷で閉じて、そこに集った人の影までも、減って行くことよ。(「あせ」は、「水」の縁語)
▼38 地方官の任官。
▼39 寝具。

▼40　朧月夜。
▼41　内侍のかみの君の略称。
▼42　「花宴」にある源氏との出来事。
▼43　葵上。
▼44　紫上の乳母。
▼45　紫上を養育した祖母。
▼46　先妻に対して、今の妻の産んだ子をいう。紫上は、兵部卿宮の先妻の子。
▼47　御代のかわり目に交代になる。今迄は、桐壺の帝の第三皇女。
▼48　桐壺の帝の弟式部卿宮の女。
▼49　槿につかえる女房。
▼50　五つの壇を設けて、中央に不動、東に降三世、西に大威徳、南に軍荼利夜叉、北に金剛夜叉の、五大明王を勧請して祈禱する修法。
▼51　午前四時。
▼52　我が心ゆえで、それこれにつけて涙に袖を濡らすことです、夜が明くと教える声を聞くにつけても、君が我に飽くと思われて、悲しくて。「あく」に「明く」と「飽く」とを懸けたもの。
▼53　嘆きつづけて我が身はこのようにして過せというのでしょうか、胸の晴れるという時とてはなくて。「あく」に、「開（あ）く」即ち晴れる意を懸けたもの。
▼54　朱雀院の女御。
▼55　葵上の御兄とは別人。
▼56　四方を壁にした室で、物置又は寝室に用いる所。
▼57　我がお逢いすることの難いのを、君が今日だけに限らずに、お続けになったならば、諦め得ぬ我は、今後生れ変り生れ変りする幾世に亘って、歎き続けることであろうか。で、この愛着は、何としても諦められぬ意。「難き」に「敵（かたき）」を懸け、敵は逢い難いものだとの意を絡ませてある。

▼58　幾世に亘ってと仰せられる、その長き世に亘っての恨みを我にお残しになるにしても、それは我が咎ばかりではなく、同時に一方では、御自身のお心が仇であると知っていただきたい。と云うので、飽くまで拒んだ意。「敵」に応じさせて、「仇」と云ったもの。
▼59　「世に経れば憂さこそまされみ吉野の岩のかけ道踏みならしてむ」の上の句を取ったもの。世の中にいれば、憂いことばかりが増して来ることである。出家して、吉野の山に入って、そこの崔道を踏みならそう。
▼60　漢の高祖の夫人。正妻の呂后のそねみを受けて、限りない残虐な目に遭う。
▼61　老いた女房をいうのであろう。
▼62　夜中侍って、加持、祈禱を勤める僧。
▼63　桐壺の更衣。
▼64　雲林院中の僧坊。
▼65　天の戸をおし明け方の月見れば憂き人しもぞ恋しかりける。
▼66　仏に奉る水。
▼67　観無量寿経の句。
▼68　浅茅に置く露のような果敢ない、この仮りの世の宿りに君を残して来て、四方（よも）に聞える嵐の音につけて、何うかなられはしないかと落着いた心もありません。「浅茅生の」は、果敢ない意での「露」の序。「宿り」は家を仏説的に云うと共に、「露」の縁語としたもの。我が身の不安につけ、君のみが案じられるの意。
▼69　風が吹くと第一に乱れることです、色が紅葉して行く浅茅に置く露の上に懸っている蜘（くも）の巣は。「色変る」は心の色の変る、即ち飽く意を暗示したもの。「色かわる」を源氏の頼み難いのに、「ささがに」を自分に譬えたもの。
▼70　言葉に掛けるのも恐れ多いことですが、その昔の秋が思い出されて来る、今は神宮仕（かんみやづか）えの貴方で入らっしゃいますことよ。「木綿襷」は木綿の襷で、神に仕える人の定まって掛ける物とな

っている所から、斎院を言い換えたもの。「かけまく」と縁語になっている。

▼71　古のしづのをだまき繰返し昔を今になすよしもがな（伊勢物語）

▼72　その昔に、何のような事があったというのでございましょう。貴方（あなた）がそれを心に懸けて御偲びになるのは。「木綿襷」は、「懸け」の序。

▼73　玄義、文句、止観、釈籤、疏記、弘決の各十巻をいう。

▼74　紫上。

▼75　紫上。

▼76　見る人も無くて散りぬる奥山の紅葉は夜の錦なりけり（古今集）

▼77　桐壺帝。

▼78　朧月夜。

▼79　朱雀院の女御。

▼80　「白虹貫日、太子畏之」という、史記の鄒陽伝の言葉。燕の太子丹が荊軻に命じて、秦始皇帝を刺させようとした時、白虹の太陽を貫いている天象を見て、不成功を畏れたという故事。源氏の朱雀院に対しての態度を諷したのである。

▼81　九重と深く霧が隔てているのでしょうか、宮中の月が、前とはちがって、遥かなものに思いやられることです。「九重」は、幾重の意と、宮中の意とを掛けたもの。「雲の上」は天上で、宮中の意。

▼82　月影は昔見た世の秋に変らないのに、それを隔てて変ったものとする霧の辛いことです。「月」を自分に、「霧」を中宮に譬えている。

▼83　山桜見にゆく道をへだつれば霞も人の心なりけり（細流抄）

▼84　木枯しのさみしく吹くにつけつつ、お便りを待っていましたが、無いので心許なく思います中に、その季節も過ぎ去ったことです。「木枯し」は木の葉を運ぶ所から、言の葉即ち便りを暗示し、便りさえも待てなくなったと怨む意。

▼85　数ならぬ身のみ物憂く思ほえて待たるるまでになりにけるかな（細流抄）

▼86　逢い見ずして怺えている此頃の、私の涙もまじって降っているのを、おしなべての秋の時雨だと貴方は見るのでしょうか。
▼87　法華経八巻を、天台の学匠が、四日間に講義する法会をいう。
▼88　先帝の祥月命日。
▼89　別れた日の今日は帰って来て、再びめぐり合ったが、見た人に再び行き逢う時をいつと頼みましょうか。で、「ゆき逢ふ」の「ゆき」に、眼前の「雪」を絡ませたもの。
▼90　命のながらえている事は辛うございますが、日がめぐって来て、今日は御在世の日に逢うような気が致しまして。
▼91　竹を簀子に編んだ帙で、経巻を包むもの。
▼92　桐壺帝の前の御帝。
▼93　八講の三日目、巻五を講ずる日に行う薪の行道のこと。行基菩薩の作といわれる「法華経をわが得しことは薪樵り菜摘み水汲み仕へてぞ得し」という歌を歌いながら薪水桶を下郎に負わせて行道させる。
▼94　兵部卿宮。
▼95　調合した香の名。
▼96　御簾の外の、法会のあった場所からただよって来るもの。名香は仏前に焚く香。
▼97　真如の月の澄んでいる空のような、遁世しての君の御境涯を、我も心に懸けてお慕い申そうとも、我はこの世に対する執着に捉えられて、夜の闇にも似た心を持って、やはり迷っていることでございましょうか。といって、遁世し得ずにいる自身を歎いた心であるが、「この」に「子の」を絡ませて、子を思う闇にの心を持たせたもの。
▼98　大体の憂さにつけて、我は世を厭って遁世したのではあるけれども、しかし、本当に此の世を厭いきることは、何時になったら出来ることであろうか。で、遁世はしても、悟りはしきれそうもない歎きを云ったもの。「この」に「子の」を絡ませ、子に対する愛着は捨てられそうにもないとするのは、贈歌と同じである。

▼99 源氏二十四歳。
▼100 紅葉賀に既出。
▼101 正月七日の白馬の節会。天皇親しく白馬を御覧になり、一年の災をさけられるが、これを中宮の御方へも牽いて来るのである。
▼102 右大臣家。朱雀帝の御祖父。
▼103 「音に聞く松が浦島けふぞ見るうべも心ある蜑（あま）は住みけり」（後撰集）。心有る海士に、尼の心を持たせて口誦さむ。
▼104 長海草（ながめ）を苅っている海士の住家と見るより、先ず哀れさに袖の濡れるこの松が浦島であります。「長め」は海草で、それに嘆きの意の「眺め」を含め、「海士」に同じく尼を含めてある。「しほたる」は潮垂るる意で、「海士」の縁語。お嘆きをされていると思うと、我も同じく嘆かれる意。
▼105 以前の世の名残さえもないこの浦島に、立ち寄る浪の珍らしいことでございます。「浦島」は、伝説の浦島の子の立ち帰って来た所の意のもの。「立ち寄る浪」は、それだけが変らない物の意で、「浪」は源氏の君の譬。源氏の訪問を喜ばれた意。
▼106 正月行われる県召で、地方官の任官式。
▼107 封戸の敬称。位又は官について給せられる地方の戸口。宮は千五百戸。
▼108 辞職すること。
▼109 左大臣の息。もとの頭中将。
▼110 右大臣の第四女。弘徽殿大后の妹、朧月夜の姉。「桐壺」に既出。
▼111 古人の詩句の、韻字を隠しておいて当てる遊び。
▼112 一人置き。
▼113 負けたものが勝った者にふるまう御馳走。
▼114 殿上童となること。
▼115 「高砂のさいさごの、高砂の尾上にたてる白玉椿玉柳、それもがと、さん、ましもがとましもがと、

練緒さみをの御衣（みぞ）かけにせん玉柳、何しかも何しかも、心もまだいけん、百合花の、さゆり花の、今朝咲いたる初花に、あはましものを、さゆり花の」という催馬楽。

▼116 それであれかしと思い、今朝開いた初花に劣らない、君の御美しさを見ることです。「それもがと」は、「それもがもと」との意で、下の「今朝開けたる初花」と共に、その時謡った高砂の文句を踏んだもので、同時に「初花」は、眼前の薔薇を指しているもの。君に対しての賀の意のもの。

▼117 その季節ではなくて、今朝咲いた花は、夏の雨に打たれてしおれた事であろう、匂う間もなくて。で、不遇の状態を云ったもの。

▼118 史記に、周公が子の伯禽を戒めた、「我文王子、武王弟、成王伯父、我於二天下一、不レ賤矣」とある言葉。源氏自身を周公に比す。「成王の何なり」は、成王に当る春宮は子であるから、それとは云えない意で、作者の評したもの。

▼119 朧月夜。

▼120 今の「おこり」

▼121 弘徽殿大后。朧月夜の姉。

▼122 右大臣。

▼123 薄紫色。

▼124 道々に明るい人をいう。

▼125 歿くなった源氏の正妻、葵上。

▼126 朱雀。このことは、「桐壺」に書かれている。

▼127 朧月夜。尚侍の君。

▼128 藤壺の御腹の冷泉の御代となることを願う意。

花散里

人の知らない、お心柄からなさる嘆きは、何時ということもなく常のこととなっていたろうが、このように世間一般のことについてまでも面倒な、お思い乱れになる事ばかり増して来るので、大将殿はお心細く、世の中がすべて厭わしいものになって来られると共に、さすがにお心を牽かせられる事が多くある。麗景殿の女御[1]と申される方は、御子達もあらせられず、院が崩御になられて後は、いよいよ哀れな御有様であるのに、ただこの大将殿のお心一つの御庇護によって、世をお過ごしになっていられるようである。その御妹の三の君[2]は、大将殿が内裏あたりで、果敢ない忍び逢いをなされた名残で、例の御性分なので、さすがに忘れ果てておしまいにならず、重くもお扱いもなさらないところから、気を揉みぬいてばかり入らっしゃるようなのをも、此頃の残るところもなくお思い乱れになられる世の哀れの種として、お思い出しになられて、怺え難くなられて、五月雨の空の珍らしく晴れた間に、お越しになられる。何という程の御装いもなく寠されて、御前駆なども格別にはなくてお忍びになられた。中川の辺をお通りになると、ささやかな家で、木立などの趣のある家から、よく鳴る琴を吾妻琴の調べにして、賑わしく弾き鳴らしているのがある。お耳に留まって、門近い家なので、お車から少し乗り出して見入られると、大きな桂の木が追風に匂って、加茂の祭の頃が思い出されて来て、何ということもなく様子が面白いのに、ただ一度通ったことのある宿だとお思い出しになられると、懐かしくなられる。時が経っているので、何うなってであろうかと疑わしいが、素通りには出来なくてお立ち留りになられる。折柄ほととぎすが鳴いて過ぎて行く。お訪いなさいとお勧め申すように聞えるので、お車を引返されて、例の惟光を案内としてお入れになられる。

をち返りえぞ忍ばれぬ時鳥ほの語らひし宿の垣根に▼3

寝殿と思われる屋の、西の端の方に人々が居た。その声は以前にも聞き知っているものなので、惟光は声作りをして機嫌を取って、君の御消息を申す。若々しい女の様子が何人かで、不審を打っているようである。

時鳥かたらふ声はそれながらあな覚束な五月雨の空▼4

態と怪しんだ様子をしているのだと惟光は見たので、「ままよ、『植ゑし垣根も▼5』」といって出て来ると、女は内々に、残念にも懐かしくも思った。君は、そのよう用心するべきことだ、尤もな事だと、さすがに憎くはない。こうした関係の女では、筑紫の五節▼6は可愛いい女であったことだと、先ずお思い出しになる。何のような女につけても、お心の暇がなくて、お苦しそうである。年月は立っても、やはり此のように、関係のあった辺りへの情は、忘れておしまいにならないので、却って多くの女の嘆きの種である。

さて、そのお志しの所▼7は、お思いやりになった通りに、人の出入りもなく、静かに入らせられる有様を御覧になるのも、ひどく哀れである。先ず女御の御方▼8で、昔の御物語など申上げられている中に、夜が更けて行った。二十日の月が出て来ると、以前にもまして高くなった木立が暗く見渡されて、軒近い橘の花の香が懐かしく匂って、女御の御様子は、年ふけては入らせられるが、飽くまでも嗜みがあって、上品にお美しい。勝れて花やかな御寵愛というのではなかったが、睦まじく懐かしい方にはお思いになられていたのになどと、お思い出しになるにつけても、昔の事が引続いてお思いになられて、大将殿はお泣きになられる。時鳥が、前の垣根にいたものなのであろうか、同じ声で鳴く。後を

慕って来たのだよとお思いになるのも艶（えん）である。『いかに知りてか』[9]と大将殿は忍びやかにお誦（ず）しになられる。

橘の香をなつかしみ時鳥花散る里をたづねてぞ訪ふ[10]

昔の事が忘れ難く思われます慰めには、第一に此方（こなた）へ参るべきでございます。此の上もなく、紛れる事も多うございますし、懐しい思出（おもいで）も増してまいります。さし当っての世間に従って行くものでございますから、昔話をぽつぽつ出来ます相手が少（すく）なって行きますので、まして此方（こなた）では、何（ど）のようにか徒然（つれづれ）の紛らしようもなくて入らっしゃいましょう」と申上（もうしあ）げられると、女御は、何も今更（いまさら）のことでもないが、ひどく哀れに物を思い続けられていられる御様子の浅くないのと、相手の大将でいらせられるせいでもあろうか、深い哀れの添って来られることである。

人目なく荒れたる宿は橘の花こそ軒（のき）のつまとなりけれ[11]

とだけ仰せられたのも、何と云っても、他の人とはひどく異（ちが）っていることだと、お思い較（くら）べになられる。西面（にしおもて）のお部屋[12]には、態々（わざわざ）ではないように、忍びやかにお振舞（ふるまい）になってお覗きになられるのも、女君は珍らしいのに加えて、まことに類（たぐ）いのないお扱いなので、辛さも忘れられることであろう。君は、何や彼（か）やと例（いつも）のように懐かしくお話しになられるのも、お心にお思いにならない事ではないだろう。仮りにも、御関係になられる限りの者は、おしなべての階級の者ではないせいでもあろうか、それぞれの点で、取柄（とりえ）の無いとお思いになるものは無いからであろうか、憎げなく、御自分も相手の者も情（なさけ）を交（かわ）しつつお過ごしになられるのである。それを不足に思う者は、ああこうと境遇が変ってゆくが、それも当然の世の成行きとお思い做（な）しになって入らせられる。前（さき）の中川の家の女も、そうした訳で心変りをしてしまった者なのである。

▼1　故桐壺帝の女御。「榊」の麗景殿とは別人。

▼2　この人を花散里という名で呼ぶ。

▼3　立ち返っては、我慢が出来ずに鳴いていることであるよ時鳥は。昔そこに宿って、ほのかながら語った事のある宿の垣根の懐かしさに。「時鳥」を自身に、「垣根」を女に譬えたもの。

▼4　時鳥の鳴く声は、去年の馴染のそれではあるが、それか何うかはっきりとはしない事であるよ、五月雨の空に。「時鳥」は大将に譬えたもの。「五月雨の空」は姿の見られない意の暗示。

▼5　「花散りし庭の梢もしげりあひて植ゑし垣根もえこそ見分かね」で、はっきりとは分らない、間違かも知れぬの意で用う。

▼6　太宰大弐の娘で、五節の舞をした女、大嘗会に行われる少女の舞で、五人が舞姫として選ばれる。うち三人は公卿の女、二人は国司の女と定められていた。

▼7　花散里の御殿。

▼8　麗景殿の御部屋。

▼9　いにしへの事かたらへば時鳥いかに知りてか古声のする（古今六帖）

▼10　昔の思い出される橘の花の香を懐かしくして、時鳥が、その花の散る里を尋ねて訪って来たことでございます。（「時鳥」を自身に譬えたもの）

▼11　人目もなく荒れている宿は、昔を思い出させる橘の花が、時鳥を誘う軒の手引となっていることです。「軒のつま」は、軒の端の意と、手引の意とを持たせ、大将を「時鳥」に喩えたもの。大将の歌を承けてのものなので、「時鳥」はそちらに譲ったもの。

▼12　花散里の部屋。

須磨

世の中がひどく面倒に、厭(いや)な事ばかりが増(ま)さって来るので、君は、強いて知らん顔をして過していても、これよりもましだろうかとお思いになって来た。かの須磨は、昔こそ人の住家(すみか)などもあったが、今はひどく人里離れて、物すごく、海士(あま)の家でさえも稀(まれ)であるとお聞きになったが、人が繁(しげ)くて、明け放しの住まいでは、ひどく本意に叶わないことであろう。そうかといって、都から遠いのも、故(ふる)里(さと)が覚束(おぼつか)なくて、人目の悪いことであろうとお迷いになられる。万(よろ)ずの事を、昔行末とお思いつづけになられると、ひどく悲しい事が様々ある。憂(うれ)い物と思い捨てている世の中も、これを限りと住み捨てようとお思いになると、まことに捨て難い事が多くある中にも、姫君[1]が朝夕にお嘆きになられる様のお気の毒さは、何事にも増して哀れで、帰って来て又逢うことが必ずあるとお思いになってさえも、やはり一日二日の間、余所(よそ)で暮らす折々でさえ、不安なことに思われ、女君も心細くばかりお思いなられるのに、これは幾年をその期限とする別れではなく、『逢ふを限り[2]』として隔たって行くこともある、常のない世のこととて、やがて永い別れの門出[3]になろうも知れないと、悲しくお思いになられるので、忍んで一しょに行こうかとお思い寄りになる時もあるが、そうした心細い海辺で、波風より外には立ちまじる人もない所へ、このように可愛ゆい御様の人を連れ行かれるというのもひどく似合わしくなく、御自分の心としても、却(かえ)って嘆きの種となることであろうと思い返されると、女君は、

「何のように悲しい所でも、御一緒でさえあったら」とお志を示して、恨めしくお思いになられた。かの花散里▼4でも、君のお通いになられることは稀れではあるが、心細く哀れな御有様であるのを、君の御庇護に依って過ごして入らせられるので、ひどく嘆かわしく思っていられる御様も、まことに御尤もである。かりそめの御関係で、ほのかに君をお迎え申上げていた所々や、人知れず気をお揉みになっていられる人も多いことであった。入道の宮▼5からも、その噂があったならば、又何のように取り做されることであろうかと、御自分の御為に遠慮もあるが、内々での御見舞は常にある。昔もこのように思い合って下され、哀れをお見せ下さったならばと、お思い出しになると、あのように様々に気ばかりを揉むべき御縁であったのだと、辛くお思い申上げる。三月二十日余りの程に、君は都をお離れになったことだ。人には、何時お立ちになるともお知らせになられず、唯ひどくお側近くお仕い馴らしになっていられる者ばかりで、七八人だけをお供として、ひどくひっそりとお出立ちになられる。然るべき所々に、御文だけ忍んでお遣しになったのにも、哀れにお偲び申す程にお書き尽しになられたのは、見所のあるものであったろうが、その折のことを聞く悲しさの紛れに、しっかりとは聴いて置けずになったことである。

御出立の二三日前、君は大殿▼6に、夜に紛れてお越しになられた。網代車の窶れたので、女車のようにして、隠れてお入りになって行かれるのもひどく哀れで、大殿の人々は夢のような気ばかりされる。女君のお住まいの方はひどく淋しく、荒れているような気がして、若君の御乳母▼7ども、昔からお仕え申していた者で、お暇をいただかずにいる者のすべては、このようにお越しになったのを珍らしがって、御前に参り集って、お見上げ申すにつけても、さして思慮のない若い女房どもさえも、世の中の常無さが思い知られて涙にくれている。若君はひどく可愛らしくて、戯れて走りまわっていられる。君は、「久しく見ないのに、忘れずにいるので哀れです」と仰しゃって、膝の上にお抱きになっていられる御様子は、お悲しさに堪えないようである。大臣も此方へお越しになられて、御対面になられた。「徒然にお引籠りになって入らっしゃいます中に、取りとめもない昔話も、参上して申上げようとは存じましたが、病の重い事によって御奉公も申上げませず、官をもお返し申上げておりますのに、私事では腰を伸ばして出歩いてなど、悪い噂が立ちそうなので、今は世の中を憚るべき身ではございませんが、容赦のない世の中でまことに怖ろしゅうございます。こうした御事を拝見するにつけましても、命の長い事の辛く思われます、世の末でございます。天地が逆さになりましても、思い寄りもしなかった御有様を拝見いたしますと、一切が何とも味気のうございます」と申上げて、ひどく萎れて入らせられる。君は、「何うなるもこうなるも、前世の報いでございますから、云い続けて行きますと、ただ自分の咎と申すべきでございます。別してこのように官爵を剝がれることもなく、いささかの咎に触れました者でさえ、勅勘を蒙りました者が、その儘で世を過ごして行きますのは、咎の重い事に異朝でもしておりますのに、遠流に処すべき定めがあると承りますのは、格別な罪に相当するのでございましょう。濁りのない心に任せまして、知らぬ顔をして過ごしておりますのは、まことに憚りの多い事で、これ以上の重い恥に臨まない先に、世を遁れようと思い立ちましてございます」と、細やかにお話しになられる。大臣は昔のお話、院の御事、君の御身について思召し宣わせた御心持の程などをお話し出しになられて、御直衣の袖をお顔からお離しになれないので、君も心強くしていることがお出来にならない。若君が無心に歩き廻って、彼方に此方にと纏わられるのを、悲しくお思いになっていられる。大臣は、「亡くなられました人を、何うにも忘れる時がございませんで、今でも悲しんでおりますが、この御事につけ、もし生きておりましたら、何のように嘆くことでございましょう、よくも命が短くて、こうした夢は見なくなった事だと思い慰めます。幼くて入られる方が、このように生き過ぎた者の中にお留まりになって、お馴れ申せない月日が隔たることだろうかと思いますのが、何よりも悲しゅうございます。古えの人も、真に罪の犯しがあって、こうした事に逢ったのではありません。やはり然るべき因縁で、異朝にもこの度のような類いが多くございました。しかし、言い立てるべき点があってこそ、そのようになったのでございます。何方から見ましても、思い寄りようの無いことでございます」など、多くのお話を申上げられる。三位の中将[8]も参ってお逢いなされ、お酒など召上がられると、夜が更けたので、お泊りになられて、女房どもを御前に侍らわせられて、お話などをおさせになられる。他の人よりも勝って、云いようもなく忍んで君をお思い申している中納言の君が、口へは出せずに悲しく思っている様を、君は人知れず可哀そうにお思いになられる。人がみんな静まったのに、君は取り分けてお話しになられる。この人の為にお泊りになられたのであろう。明けたので、夜深くお出ましになると、有明の月がまことに趣があって、花の木どもは次第に盛りが過ぎて、僅かばかり咲き残っている木蔭のまことに面白い庭に、薄く霧が立ち渡って、何処ともなく霞み合っているさまは、秋の夜のあわれよりも多く勝っている。君は隅の間の勾欄に凭りかかって、暫くお眺めになられる。中納言の君はお見送りをしようとするのか、妻戸を押開けていた。「また対面のできることは、思えばひどくむずかしいことです。こうした世の中とも知らずに、気楽に逢えた月頃は、そう急ぎもせずに隔てていたことですよ」など仰せになると、中納言の君はものも申上げずに泣く。若君の御乳母の宰相の君をお使にして、大宮の御前[9]から君に御消息をなされた。

「自身物を申上げたいのですが、真暗くなっております乱れ心からためらっております中に、ひどく夜深くお出ましになられますのは、以前とは様子の変った気持ばかりされることでございますよ。可哀そうな人[10]の、よく眠っています間を、暫くもお待ちにはなられませんで」

と申させられると、君はお泣きになって、

鳥辺山もえし煙もまがふやと海士の塩焼くうらみにぞ行く[11]

君は宮への御返歌ともなく、お誦しになられて、宰相の君に、「暁の別れというものは、このように苦しいものばかりでしょうか。思い知って下さる人もあることでしょう」と仰せになると、宰相の君は、「何時（いつ）ということもなく、別れという言葉はいやなものでございます中にも、今朝はやはり、類いのないものに思われることでございますよ」と鼻声になって、ほんに浅からず思っている。君は大宮に、

「申上げたい事は、返す返す思って居りますが、唯結ばれている心の程をお察し下さいまし。よく眠っています人は、見るにつけて却って浮世を遁れ難いように思われようかと存じまして、心強く思い做しまして、急いで退出いたします」

と申上げられる。お出ましになる所を、人々が覗いてお見上げする。入り方の月がひどく明るいので、君は一段と艶（なま）めかしく清らで、嘆きを持っていらせられる様は、虎狼でさえも泣くことであろう。まして幼くて入らした頃からお見上げ申している人々なので、譬（たと）えようもなく愛（め）でたい御様を、しんから悲しく思う。それよ、大宮からの御返しは、

亡き人の別れやいとど隔つらむ煙となりし雲ゐならでは▼12

取り添えての哀ればかりが尽きなくて、お出ましになった後では、気味悪いまでに泣き合った。

二条の殿にお帰りになると、我が御居間▼13の女房連も微睡（まどろみ）もしなかった様子で、所々に固まり合って、呆れた事にばかり世の中を思っている様子である。侍所（さむらいどころ）には、親しくお仕え申上げる者の限りは、お供にまいる用意をして、自分自分の別れを惜しんでいる頃なのか、一人も居ない。それ程でない人は、お見舞に参るのも重い咎となり、面倒な事が増すので、以前は窮屈なまでに集った馬や車の影もなく淋しいので、君は世の中は憂いものであるとお思い知りになられる。台盤（だいばん）▼14なども半分は塵（ちり）が積もって、畳も所々上げてある。目に見ている中にさえもこのようである、まして永い間には、何んなに荒れてゆくことだろうとお思いになる。西の対▼15へお越しになられると、女君は御格子も下ろさずに眺め明かされたので、簀子（すのこ）などに幼い女童が所々に臥（ね）ていて、今慌てて起きる。宿直姿（とのいすがた）が取乱したさまで出入りしているのを御覧になるにつけてもお心細く、年月（としつき）が立ったならば、こうした人々も居通

すことが出来ずに散って行くのであろうかと、それ程で無いことにまでもお目が留まった。「昨夜(ゆうべ)はこれこれで夜が更けてしまったからのことです。例の思いも寄らない外歩きとお思いになったのではないでしょうか。こうしている間だけでも離れずにとは思いますが、このように世を離れる間際には、気の毒なことが自然に多くなって来るもので、引籠ってばかりもと思いましてね。無常の世に、人にも情の無い者だと、疎(うと)まれるのも、気の毒なことで」と申されると、女君は、「このような世を見る外(ほか)に、思いも寄らないということは、何んな事でしょうか」とだけ仰しゃって、ひどく悲しく思い入っていられる様が、他の人よりは格別なのを御覧になって、尤もな事である、父親王(ちちみこ)とはひどく御疎遠で、以前から我をのみ頼りとして入らせられたのに、まして世間の聞えを憚(はば)かられて、お便りをなされず、お見舞にさえもお越しになられないので、女房の手前も恥ずかしく、却って此所(ここ)に入らせられることを知られずじまいであった方がよかったものをとお思いになられるのに、継母(ままはは)の北の方[16]が、「俄(にわか)だった幸(しあわせ)は、俄な無くなり方ですこと。まあ縁起の悪い、思って下さる方々に、色々なことでお別れになられる人ですよ」と仰しゃったのを、自然伝える者があって漏れ聞かれるにつけても、ひどく辛く思われるので、此方(こちら)からも全くお便りをなされなくなり、他には又頼りになる人もなく、ほんに哀れなお有様なのである。「やはりそれでも御勅許が得られなくて年月(としつき)が立つようでしたら、たとえ山の佗住(わびず)まいへなりでもお迎えいたしましょう。さし当っては人聞きがまことに不似合なことでしょう。朝廷(おおやけ)に対して畏(かしこ)まりを申上げる人は、明るい月日の光さえも見ず、気楽に身をもてなすということも、まことに罪の重いことなのです。過ちといっては無いが、然るべき因縁でこうした事があるのだろうと思いますのに、まして思う人を連れて行くということは例の無いことで、まるきり気ちがいめいた世の中のことですから、これ以上の酷(ひど)い目に逢わされるかも知れません」などお教え申される。日の高くなるまで御寝(ぎょしん)になっていられた。帥宮(そちのみや)[17]、三位中将などがお出でになられた。君は対面をなさろうとして、御直衣などをお召しになられる。「位の無い者は」と仰しゃって、無紋の御直衣で、却ってひどく懐かしく見えるのをお召しになって、お寝しになられて入らせられるのが、まことに愛(め)でたいことだ。鬢(びん)の乱れをお掻きになろうとして、鏡台にお寄りになられると、面(おもて)のお痩せになられた影が、我ながらまことに上品に清らかなので、「ひどく衰えたことです。この影のように痩せているのですか。あわれなことです」と仰しゃるので、女君は、涙を目に一ぱいに浮めて此方(こちら)をお見よこしになられたのが、まことに怺(こら)え難い。

身はかくてさすらへぬとも君があたり去らぬ鏡の影は離れじ▼[18]

と仰しゃると、

別れても影だにとまるものならば鏡を見ても慰めてまし▼[19]

と、云うともなく云って、柱の蔭(かげ)に隠れて、涙をお紛らわしになられる様は、やはり多くの関係していられる人の中でも、類いのない方であるよと思い知られるお有様である。帥宮(そちのみや)は身にしむお話をなされて、日の暮れる頃にお帰りになられた。

花散里では心細くお思いになって、常に君に御消息(おたより)をされるのも御尤ものことで、あの人も、今一度逢わなくては、辛く思おうかとお思いになるので、その夜は又お出ましになったものの、ひどくもの憂(う)くて、いたく夜を更かしてから入らしたので、女御▼[20]は、「このように物の数にお入れ下さって、お立寄り下さった事で」と、お喜びになる様は、書き続けるのもうるさい。まことにひどく心細い御有様で、ただ此(こ)の君の御庇護に隠れて過ごして来られた年月(としつき)なので、この後、一段と荒れ増さって行くだろうと、先々がお思いやりになられて、殿の内がひどくひっそりとしている。月が朧(おぼ)ろにさし出て、池の広く、山の木深い辺が、心細そうに見えるにつけても、君は世を住み離れての巌の中をお思いやりになられる。西面(にしおもて)▼[21]では、このように君がお越しになることはなかろうと思って、萎(しお)れて入らせられると、哀れを添える月影が、艶(なま)めかしくもしめやかなのに、君の立ち振舞われると共に立つ薫(たき)物(もの)の匂いが、似るものもなく懐かしく、ひどく忍んでお入りになられたので、女君は少しいざり出して、そのままに月を見て入らせられる。又ここでも、お話をしていられる中に明け方近くなった。

「夜短(よみじか)なころですね。これ程の対面も又出来るか何うかと思いますと、お逢いせずに過して来ました何年もが残念ですが、私は昔にも後々にも話の種にもなりそうな身で、何ということもなく、心の落着く時がなかったのですよ」と、昔の世の事などを仰しゃって、鶏もたびたび鳴くので、世間を憚って急いでお出ましになられる。例の、月は入り切る頃なので、君はそれに我が身が擬(なぞら)えられて哀れである。月が女君の濃い紫の御衣(みぞ)に映って、まことに『濡るる顔[22]』なので、女君、

月影の宿れる袖は狭(せば)くとも留めても見ばや飽かぬ光を[23]

ひどく悲しくお思いになっていられるのが、お気の毒なので、君は一方では慰め言も仰せられる。

行きめぐり終(つひ)に澄むべき月影の暫し曇らむ空な眺めそ[24]

「考えて見れば、何という程のことでもない咎ですよ。唯、行く先の事を知らない涙が、心臆病にしているのですよ」など仰せられて、暁闇の頃に御帰りになられた。

万事の御処理をなされる。親しくお仕え申し、世間に従わない人々の総(すべ)てを、殿の事を執り行うべき上下(かみしも)の役にお定め置きになられる。お供にお従い申そうという者の統てを、又お選(え)り出しになられた。かの山里の御住家での家具は、欠くことのできない御使用品を、殊更(ことさら)に飾りのない簡単な物になされて、又然るべき書物や文集(もんじゅう)[25]などをお入れになった箱と、琴(きん)を一つだけお持ちになられる。沢山(たくさん)の御調度、花やかな御召物などは決してお持ちにならない。賤(いや)しい山賤(やまがつ)めいて身をお扱いなされる。お仕え申す人々を始め万事を、すべて西の対の君にお渡しになられる。領して入らせられる御庄(みそう)、御(み)牧(まき)から始めて、然るべき所々の券[26]なども皆お渡しになられる。その外の御倉町(みくらまち)[27]、納殿(おさめどの)[28]などいう事までも、少納言[29]を心しっかりした者と見てお置きになったので、親しい家司(けいし)どもを附け添えて、管理するべき様を仰せになってお預けになる。御自分の御方(おんかた)のお召使いの中務、中将[30]などといった人々は、情(つれ)ない御もてなしではありながらも、君をお見上げ申せる間は慰めてもいたが、この後は何事につけ

て慰めようかと思ったが、君は、「命があって此の世に又帰ることもあろうに、待ち受けようと思う者は、此方にお仕えなさいよ」と仰せになって、上下すべて姫君の御殿に参らせて、然るべき物や品々を配ってお与えになられる。若君[31]の御乳母たち、花散里などにも、面白い様の物はもとより、日用の方面の物にもお心の附かない所はない。尚侍[32]の御許にも、無理をして御消息をお上げになる。

「お尋ね下さらないのも、御尤もだとは思いますものの、今を限りと世を離れようといたします折の憂さも辛さも、類いの無いものでございます。

逢ふ瀬なき涙の河に沈みしや流るる水脈の始めなりけむ[33]

と思い出しますだけが、咎の遁れ難いものでございます」

御使の持って行く途中の程も心許ないので、細かにはお書きにならない。女もひどく悲しくお思いになって、怺えられるけれども、涙がお袖から漏れるのも、辺りに憚りのあることである。

涙河うかぶ水沫も消えぬべし流れて後の瀬をも待たずて[34]

泣く泣くも乱れ様にお書きになった御手跡が、まことに面白い。今一度の対面が出来なかろうかと思うと、やはり残念であるけれども、お思い返しになって、君を憎い者にしようとする御縁辺が多いところから、一通りならずお怺えになられるので、何のような無理をしてとも申しておやりにならなかった。

明日は御発足という日の暮れに、院[35]の御墓をお拝み申そうとして北山に詣でられる。暁に懸けて月の出る頃なので、先ず入道[36]の宮に参られる。近く御簾の前に御座におつきになり、宮は御自身ものを御申しになられる。春宮[37]の御事をひどくお気懸りに思召されてお話し申される。互にお心深い同志のお話は、万ずの哀れの増すことであったろう。宮の懐しく愛でたい御様子の、以前に変らないにつけても、君は辛かったお心持に対してのお恨みを、それとなくお聞きに入れたく思われるが、今更そのようなことはとお思いになるのであろう、御自分のお心持も、そのようなことをすれば、却って今一段と乱れてしまいそうなので、怺えてお思いかえしになって、「このように思いがけない罪に当りますのも、思い合せられます一節がございまして、空怖ろしゅうございます。惜しくもない私の身は亡い者と諦めましても、春宮の御世だけは何事もないようにおさせ申したいと存じまして」とだけ申上げられるのは、御尤ものことであるよ。入道の宮も、皆お思い知りのことであるから、お心が動いて、物も申されない。大将[38]は万ずの事を取り集めてお思い続けになられて、お泣きになられる御様子が、限りなく艶いている。「御山[39]に参りますが、お言伝てもございましょうか」と申されると、宮は直ぐには物もおっしゃられない。堪えられなくて、御躊躇になる御様子である。宮、

見しは無く有るは悲しき世の果てを背きしかひもなくなくぞ経る[40]

お二人ともひどく御心が乱れていらせられる同志で、お思い集めになる事は、お言葉につづけられない。

別れしに悲しきことは尽きにしを又もこの世の憂さは増される[41]

月の出を待って君はお出懸けになる。御供はただ五六人だけで、下人も睦まじい者だけで、お馬でお出でになられる。今更の事ではあるが、以前の御有様とは異っている。何れもひどく悲しく思っている中に、あの御禊の日に、仮の御随身としてお仕え申した右近の将監の蔵人[42]は、賜わるべき叙爵も、その時期が過ぎても賜わらずに過ぎたのに、とうとう殿上の御簡[43]も削られ、官まで免じられて、極りが悪いので、御供に参る者の中に加わっている。賀茂の御社は彼所と見渡す所へ来ると、ふとその時の事が思い出されて、馬から下りて、君の御馬の口を取る。

引き連れて葵かざししそのかみを思へばつらし賀茂の瑞垣[44]

というをお聞きになり、君は、ほんに何んな気がしていよう、人よりは勝って花やかであったものをとお思いになるのもお心苦しい。君も御馬から下りられて、御社の方を拝ませられて、神に御暇乞をなされる。

うき世をば今ぞ別るる留まらむ名をばただすの神に任せて▼45

と仰せられる様を、物愛でをする若者とて、身に沁みて哀れに愛でたいとお見上げ申す。君は御山に詣でられて、故院の世に入らせられた時の御有様を、さながら眼の前に見るようにお思い出しになられる。限りなく貴い御方でも、世に亡くなった人は、云いようもなく残念なことである。君は万ずの事を泣く泣く申上げられても、その判断を、現には承ることが叶わないので、あのように思召され仰せになった御遺言は、何処へ消えて無くなってしまったことであろうと、言う甲斐もない。御墓は道の草が茂くなって、分けて入って入らせられるに連れて、御涙と共に一段と露ぽいのに、月も雲に隠れて、森の木立が木深くてもの凄い。出てお帰りになるべき道もないような心持がして拝んで入らせられると、世に坐しました時の院の御面影が、はっきりと御見えになるので、君はそぞろにぞっとされる程である。

なき影やいかが見るらむよそへつつ眺むる月も雲隠れぬる▼46

明け果てる頃に殿に御帰りになられて、東宮にも御消息を御申上げになられる。王命婦▼47を母宮の御代りとしてお侍わせになっているので、その局に宛てて、

「今日都を離れます。今一度お参り申せずなりますことが、数多の愁えにも勝って嘆かわしく存じられます。万ずは推し量って、東宮にお啓し下さい」

いつかまた春の都の花を見む時失へる山賤にして▼48

それを桜の枝の散り過ぎたのに御附けになった。命婦は、これこれでございますと春宮に御覧に入れると、幼い御心持にも、真顔になって入らせられる。「御返りを何う申しましょう」と啓すと、「暫く見ないのでさえも恋しいのに、遠くなったら、まして何のようにかといえ」と仰せられる。果敢ない御返りであるよと、命婦は哀れにお見上げ申す。味気ないことにお心をお砕きになられた昔の事、折々のお有様を思い続けられて来て、何のお歎きもなく御自分もお相手の方もお暮しになるべき世で

あるのに、お心柄でお歎きになられたのが残念で、それが自分の心一つに関係しているような気がされることである。命婦よりの御返りは、

「今更に申上げようもございません。御前には啓しました。心細そうに思召した御様子も、まことに悲しゅうございました」

と申上げ、何にという事もなく心が乱れたのであろう。

咲きてとく散るは憂けれど行く春は花の都を立ちかへり見よ▼49

「時節が来ましたならば」と御返事を差上げて、その後でも、哀れなお噂をしつつ、宮の中じゅうで、忍んで泣き合った。一目でも君をお見上げ申した者は、このように嘆き弱って入らせられる君の御有様を、嘆きお惜しみ申さない者とてはない。まして平生参り馴れていた者は、君には御存じもない長女▼50、御厠人▼51のような者までも、珍しいお恵みの下にいたのであるのに、暫くの間でも、御見上げ申さずに過ぎるだろうかと思って嘆いた。大方の世間の人も、誰が此の事を不快に思わない者があろうか。七歳におなりになってから此の方、主上▼52の御前に夜昼お侍いになられて、奏される事で通らない事とてはなかったので、この君の御恩を蒙らない人はなく、御徳を喜ばない者があったろうか。貴い上達部や弁官▼53などの中にさえもそうした人が多くある。それ以下の者は数も分らないまでで、それを思い知らないではないけれども、さし当っては、容赦のない世の様を憚って、参り寄る人もない。世の中を挙ってお惜しみ申上げ、心の中では朝廷を誹りお恨み申しているけれども、身を捨ててお見舞申上げたからとて、何の甲斐もない事と思っているのであろうか。こうした折には人目悪く、腑甲斐なさを恨めしく思われる人が多くて、世の中は味気ないものであるとばかり、万ずにつけて君はお思いになる。

その日は君は、女君とお話を長閑にしてお暮らしになられて、例のように夜深く御立ちになられる。狩の御衣に、旅の御装いはひどく御窶しになられて、「月が出たようですね。今少し出て、見送りだ

けでもなさいまし。これからは、何んなにか話したい事が積ってしまったという気ばかりすることでしょう。一日二日たまに隔てた時でさえも、不思議な程物の晴れない気持がしますのに」といって、御簾を捲き上げて、端の方にお誘い申されると、女君は泣き沈んでいられたが、躊躇して、いざり出られた月影のお姿を御覧になると、云いようもなく可愛いいさまをしていらせられた。自分がこうして、此の果敢ない世に別れたならば、何んな有様で流離われることであろうかと、お気懸りで悲しいけれども、女君のお嘆きは一層加わることであろうとお思いになるので、

生ける世の別れを知らで契りつつ命を人に限りけるかな[54]

「果敢ないことでした」と、態と一とおりのことにして申されると、女君、

惜しからぬ命にかへて目の前の別れを暫しとどめてしがな[55]

君は、ほんにそう思われるであろうと、まことに見捨て難いけれども、夜が明けきっては人目が悪かろうからと、急いでお立ちになられた。

途中も女君の面影がぴったりと身に添っていて、胸もふさがるように思われながら、御船にお乗りになった。日が永い頃なのに、追風までも添ったので、まだ申の時刻[56]ごろに、かの浦へお着きになった。かりそめの道としても、こうした旅にはお馴れにならないお心持には、心細さも面白さも珍らしいものであった。大江殿[57]といっていた所は、ひどく荒れて、松の木だけがそのしるしに残っていた。

唐国に名を残しける人よりも行方知られぬ家居をやせむ[58]

渚に寄る波の、寄ると共に返って行くのを御覧になって、『羨ましくも[59]』とお誦しになられると、誰も知っている古事ではあるけれども、珍らしく聞き做されて、悲しくばかりお供の人々は思った。振り返って御覧になられると、過ぎて来た方の山は霞に遠く隔って、まことに『三千里の外[60]』まで来たお心持がなさるので、櫂の雫[61]のようにお涙は怺えられずこぼれる。

ふる里を峰の霞は隔つれど眺むる空は同じ雲居か[62]

辛くない物とては無いことである。お住まいになられるべき所は、行平の中納言▼63の『藻潮垂れつつ侘び▼64』ていられた家居に近い辺なのである。海岸からやや離れて、哀れに物凄いような山の中である。垣の様から始めて、すべて珍らしいものに御覧になる。萱屋の幾棟や、蘆で葺いた廊めいた屋などが、面白く造りなしてある。所の風に従ってのお住まいは、様子が変っていて、こういう折でなかったならば、面白い事でもあろうと、以前のお物好き心▼65をお思い出しになる。近い所々の御領の御庄の▼66司を召して、御普譜の御用を、良清の朝臣▼67などが親しい家司として、仰せ行わせられるのも哀れである。忽ちの間に、ひどく見所のあるものにお拵えになられる。遣水を深く掘って流し、植木などを植えて、今は此所にとお落着きになるお心持も、夢のようである。この国の守も親しい、この殿の庇護を蒙る人なので、忍んで心を寄せてお仕え申上げる。こうした旅先というようでもなく、出入りする者は多くあるけれども、確りとしたお話相手になるような者といっては無いので、知らない国へ来たお気持がなされて、ひどくお気が腐られて、何うして此の先の年月を過して行こうかとお思いやりになる。

次第に事が片附いて行くと、五月雨の頃になって、君は京の事どもをお思いやりになられるままに、恋しい人が多くて、女君の物をお思いになっていられた御様、春宮の御事、若君の無心に走り廻っていられたのなどを始めとして、此処彼処の事をお思いやりになられる。京へ使をお立てになる。二条の院へお遣りになる御文と、入道宮へのとは、お書きも続けになられず涙にくれられた。入道宮の御文には、

松島の海士の苫屋もいかならむ須磨の浦人しほたるる頃▼68

「いつという差別もない中でも、此頃は来し方や行く先も暗くなりまして、涙で汀の水までも増さって▼69おります」

尚侍の御許にも、例のように、中納言の君▼70への御文のようにして、その中に封じて、

「徒然で、過ぎ来し方が思い出されますにつけても」

懲りずまの浦のみるめもゆかしきを塩焼く海士やいかが思はむ▼71

色々とお書き尽しになるお言葉は、思いやるべきである。大殿▼72にも、宰相の乳母▼73にも、若君に仕える上の注意なども書いてお遣わしになる。京では、この御文を、所々で御覧になりなり、お心の乱れられる人々ばかりが多い。二条院の女君▼74は、そのままにお起き上りにもならず、尽きる時もないように嘆き焦れて入らせられるので、お仕えしている女房たちも持て余しつつ、心細く思い合った。君のお使い馴らしになられた御調度ども、お弾き馴らしになられたお琴、お脱ぎ捨てられた御衣の匂いなどにつけても、今は世に亡くなられた人のようにばかりお思いになって入らせられるので、一方では縁起がお悪くて、少納言は北山の僧都に御祈の事をお願い申上げる。僧都は、双方へ懸けての修法をなされる。一方ではそのようにお思い嘆きになられる女君のお心を取鎮めてお慰め申し、又君の元のように京へお帰りになるようにと、お気の毒なままにお祈りを申される。女君は君の、旅での夜の御物などを調えてお送りになられる。縑の無紋の御直衣指貫などお拵えになると、以前とは様の変った気のするのもひどくお悲しいのに、『去らぬ鏡』▼75とお詠みになられた御面影が、ほんに御身にお添いになっているのも甲斐がない。君の出で入りなされた方、お凭りになった真木柱などを御覧になるにつけても、御胸ばかり塞って、それやこれやとお思いめぐらしになるが、世間の苦労をして来た齢の人でさえも無理もないことである、ましてお馴れ睦び申上げて、父母になり代ってお扱い下され、お育て下され馴らしになられた方なので、俄に別れて、恋しくお思いなされるのも御尤もなことである。全く世に亡くなった人であるならば、云いようもなくて、云う甲斐もない事として、次第に忘れられる時もあろうが、聞いての距離は近い所であるが、いつまでと限りとしての御別れではないとお思いになると、限りもなく悲しいことである。入道宮も、春宮の御事につけて、お嘆きになる様はもとより申すまでもなく、御宿縁の程をお思いになる上でも、何で浅く君をお思い申そう。年頃は唯世間の噂にお気の置かれるところから、少しでも情のある様子を見せたならば、それにつけても世間の人が咎め立てをすることがあろうかとばかりお思いになり、ひたすらにお怺えになりつつ、君のお見せになる哀れの多くも御覧にならぬ振りをなされ、無愛想にばかりお扱い申したが、これ程までに煩さい世間の人の口も、懸けてもその事は云い出す者もなくて止んでしまいそうなのは、君のお心構が、一途であったお心の動きには任せず、一方では目立たずお隠しになった為であると、哀れにも恋しくも何うしてお思いにならずにいられようか。御返りも以前よりは少しくお心濃やかで、

「此頃は前よりも一層のことで」

塩たるる事をやくにて松島に年経る海士もなげきをぞ積む▼76

尚侍の君の御返事には、

浦に焚くあまだに包む恋なれば燻る煙よ行く方ぞなき▼77

「今更の事は、申上げられませんで」

とだけの短いもので、中納言の君の御返事の中にあった。中納言の君の御返事には、女君の嘆いて入られる様を甚しく云ってあった。君は哀れとお思い申す節々もあるので、お泣きになられた。二条院の女君の御文は、お心格別な、細やかにお書きになったものの御返事なので、哀れな事が多く書いてあって、

浦びとの塩汲む袖にくらべ見よ波路へだつる夜の衣を▼78

夜の物の染め色や仕立方など、いかにも清らかである。何事も巧者に入らせられるのが、予期した通りで、今は格別心ぜわしく、他に関係する者もなく、この人としめやかに過しているべきであるものにとお思いになると、まことに残念で、夜昼面影に立って、怺え難くお思い出しになられるので、やはり内々此所へ迎えようかとお思いになる。又翻って、いやいや、このようにして、せめて浮世の罪障だけでも消滅させようとお思いになるので、直ちに御精進▼79で、明暮れ勤行をなされている。大殿からの御文には、若君▼80の御事などが書いてあるにつけても、一段とお悲しいけれども、自然逢う時

があろう、頼もしい人々が添っていられるから、不安心なことはない、とお思い返しになるのは、却って、子を思う道の方にはお惑いにならないのであろうか。

まことに、騒がしかった間の紛れで語り漏らしてしまった。かの伊勢の宮[81]へも、君から御使があった。其方からも態々のお使が参った。御文には心浅くない事をお書きになってあった。言葉や筆づかいなどは、他の人よりは艶めかしく、至り深いものに見えた。

「やはり現とは思われませぬお住まいの事を承りまして、明けぬ夜の夢ではないかと思っております。それにしましても、永い年月の御事ではなかろうと思いやるにつけましても、罪障の深い私の身ばかりは、又お目に懸れますのも程遠い気がいたしますので、

浮海布苅る伊勢をの海士を思ひやれ藻潮垂るてふ須磨の浦にて[82]

万ずにつけて思い乱れます世の有様の、この先何うなってしまうことでしょう」

とあって、猶お多くある。そして、

伊勢島や潮干の潟にあさりてもいふかひなきは我が身なりけり[83]

物哀れにお思いになっていられるままに、休み休みお書きになってあって、白い唐の紙が四五枚ばかりも巻き続けてあって、墨つぎなども見事である。愛でたくお思い申した人であるのに、一と事を憂いとお思い申した心誤りから、あの御息所も気を腐らして、別れておしまいになられたのだとお思いになると、今でもお気の毒で、すまない事だとお思い申上げる。[84]折柄の御文もひどく哀れなので、君はその使までも親しくお思いになって、二三日逗留させて、彼方の話などをさせてお聞きになる。お使は若く、様子の好い宮人なのであった。このようなあわれな御住まいなので、こうした身分の人も自然御身から遠くなく居て、ほのかにお見上げ申す御様子や御容貌を、まことにも愛でたく思って涙を落した。御返事にお書きになるお言葉は思いやられることである。

「このように世を離れるべき身だと思い知ることが出来ましたならば、同じことならば、貴方のお跡

をお慕い申しましたものをなどと思いまして、徒然に心細いままに、

伊勢びとの波の上漕ぐ小舟にも浮海布は苅らで乗らましものを▼85

海士が積むなげきの中に潮垂れていつまで須磨の浦と眺めむ▼86

お目に懸れる時のいつとも分らないのが、限りなく悲しい気がいたします」

などとあった。このように何方へも、君は覚束なくはなく便りをお交しになった。花散里の女君からも、悲しくお思いになるままに、色々に書き集められたお二方▼87のお心を御覧になると、おもしろさも、見馴れない物を見る気がなされて、何方も繰返し御覧になって御慰みになり、同時にお嘆きを誘う種ともなるようでもある。

荒れまさる軒の忍草を眺めつつ繁くも露のかかる袖かな▼88

とあるのを御覧になり、ほんに葎より外には後見をする者もなくて入らっしゃろうとお思いやりになり、長雨に築地が所々くずれましてなど、お書きになっているので、君は京の家司の許に仰せつけられて、近い国々の御庄の民を呼び集めさせられて、御用を勤めるべきように仰せになられる。

尚侍の君▼89は、世間の悪評に一方ならず思い沈んでいられるのを、大臣はひどく可愛がっていられる君なので、達て太后の宮▼90にも申し、主上▼91にもお奏しになったので、主上には、それと定まりのある女御御息所というではなく、一通りの宮仕でとお思い做しになられた。又、かの憎いことのあったがゆえに、厳しいお咎めもあったのであるが、お許しがあって、参内するになると、やはりお心にお沁みになった点だけを▼92、可愛ゆくお思いになったことである。七月になって参内される。甚しく御寵愛のあった名残とて、人々の謗も聞し召されず、以前のように殿上に絶えずお侍わせ申させて、万ずにつけてお恨みになり、それと共にしみじみと御寵愛になられる。主上は御様子も御容貌もまことに艶めかしく清らかでは入らせられるが、思い出す事ばかり多い女君のお心の中は、勿体ないことである。管絃の御遊びの序に主上は、「あの人▼93の居ないのは、まことに淋しいことです。何んなにか、まして

そう思っている人が多いことでしょう。何事につけても、光の無いような気がすることですよ」と仰せになって、「院[94]の思召して仰せ置きになられた御心にお背き申したことですよ。罪を受けることでしょう」と仰せになって、涙ぐませられるので、女君もお怺えになれない。「世の中という物は、生きているにつけても味気ないものだと思われますままに、長く生きていたいものだとは決して思いません。そうなりましたら、あなたは何うお思いになるでしょう。近頃の別れ[95]程には思っていただけなかろうと思うと、残念なことです。『生ける世に[96]』というのは、ほんに善くない人の云い残したことでしょう」と、ひどく懐しい御様子で、まことにしみじみと物をお思い入りになって仰せになるにつけて、女君はほろほろと涙がこぼれ落ちると、「それですよ、それは何方の為に落ちるのでしょう」と仰せられる。「今まで皇子達の無いのはさみしいことです。春宮[97]を院の仰せになった通りにと思いますが、そうすると、善くない事が起るらしいので、心苦しくて」など仰せられて、世の中を御心とは異ったように政事をされる人々のあるのを、若い御心の、まだお強い所のない頃とて、気の毒にお思いになって入らせられる事が多くある。

須磨では、一段と心を砕かせる秋風の吹くにつけ、海は少し遠いけれども、行平の中納言が、『関吹き越ゆる[98]』といった浦波が、夜々はほんに直ぐ近く聞えて、又となく哀れなものはこうした所の秋ではある。御前はひどく人少なで、みんな寝しずまっているのに、君は独り目を覚まして、耳を澄まして四方の嵐の音をお聞きになっていると、波が直ぐ此所まで寄せ来るような心持がして、涙がこぼれるともお思いにならないのに、枕も浮く程に濡れて来た。琴を少し鳴らされたが、我ながらひどく物凄く聞えるので、弾きさしなされて、

恋ひわびて泣く音にまがふ浦波は思ふ方より風や吹くらむ[99]

とお歌いになると、人々は目を覚まして、愛でたく思われるにつけても、都が忍ばれて、訳もなく起きていつづけて、みな鼻を忍んでかんでいる。君は、ほんに此の者どもは何んな気がしていること

であろうか。我が身一つの為に、親兄弟など、片時も立ち離れ難く、身分身分に応じて思っているであろう家から別れて、このようにさまよい合っているのだとお思いになると、まことに気の毒で、自分がひどく此のように思い沈んでいる有様を、心細く思うだろうとお思いになるので、昼の間は、何かと冗談を仰せになって紛らし、徒然（つれづれ）にお思いになるままに、色々の紙を継ぎ合せて手習をなされ、珍らしい様（さま）をした唐（から）の綾（あや）などに、様々の絵をお書きすさびになった屏風の面（おもて）などは、まことに結構で、見所がある。人々がお話し申上げた海山の有様を[100]、遠く御想像になっていたのに、御目に近く御覧になると、ほんに筆には及べない磯の様子を、この上もなくお書き集めになられた。「此頃の上手としている千枝（ちえだ）や常則（つねのり）[101]などを召して、彩色をおさせしたいものです」と云って、人々は焦（じ）れたがり合った。君の懐かしく愛（め）でたい御有様に世の中の嘆きも忘れて、お側近くお仕え申すのを嬉しい事にして、四五人ほどの者が、じっとお附き申していた。前栽（せんざい）の秋花が色々咲き乱れて、おもしろい夕暮に、君は海の見える廊にお出ましになって、佇（たたず）んで入らせられる御様は気味の悪いまでに清らかで、場所柄からまして一段と際立って、この世のものとはお見えにならない。白い綾の柔らかなのを下著に紫苑色（しおんいろ）の御衣（みぞ）を襲（かさ）ねて召され、花田色（はなだいろ）の濃い御直衣に、帯をしどけなくした打寛（うちくつろ）がれた御様で、「釈迦牟尼（しゃかむに）仏弟子（ぶつでし）」と名宣（なの）って、ゆるやかに読誦をされる御声は、世に又と類（たぐ）いないものに聞える。沖の方に幾（いく）つかの舟が、唄い騒いで漕いで行くのなども聞える。ほのかに、まるで小さい鳥の浮んでいるように見やられるのも心細いのに、雁の連なって鳴いて行く声の、楫（かじ）の音に擬（まが）っているのをお眺めやりになられて、涙のこぼれるのを払われる御手つきの、黒木の御数珠（ずず）に映（は）え合って見えるのは、故郷（ふるさと）の女を恋しがっている人々の心も、皆慰むことであった。

初雁は恋しき人の列（つら）なれや旅の空飛ぶ声の悲しき[102]

と仰せになると、良清（よしきよ）は、

かき連ね昔の事ぞ思ほゆる雁はその世の友ならねども[103]

民部の大輔(たゆう)[104]は、

心より常世を捨てて行く雁を雲のよそにも思ひけるかな[105]

前(さき)の右近将監(うこんのぞう)[106]は、

常世出でて旅の空なる雁がねも列(つら)におくれぬ程ぞ慰む[107]

「友にはぐれたならば、何んなでございましょう」という。親が常陸介(ひたちのすけ)[108]となって下ったのにも誘われて行かずに、此方(こちら)へ参ったのであった。心の中では嘆きつくしていることであろうが、得意そうな様子をして、平気な様に振舞っている。

月がひどく花やかにさし出ているので、君は、今夜は十五夜であったとお思い出しになって、殿上の管絃の御遊びが恋しく、思う人も所々で此の月を眺めているだろうと思いやられるにつけても、月の顔ばかりがお見詰めになられる。『二千里外古人心(にせんりのほかのこじんのこころ)』[109]とお誦(ず)しになられると、人々は例のように涙がとどめられない。君は入道の宮[110]が『霧や隔つる』[111]とお詠みになった時が、云いようなく恋しく、折々の事をお思い出しになるにつけ、よよとお泣けになる。「夜が更(ふ)けましてございます」とお側の人が申上げるが、猶(な)お奥へお入りにならない。

見る程ぞ暫し慰むめぐり逢はむ月の都は遥かなれども[112]

その同じ夜、主上(うえ)[113]のひどく懐しく昔話をされた御様が、院[114]にお似申していたのも恋しくお思い出しになって、『恩賜の御衣(ぎょい)は今ここにあり』[115]と誦しながらお入りになられた。御衣(みぞ)[116]はまことに、御身を放たずに、傍(かたわ)らにお置きになった。

憂しとのみひとへに物は思ほえで左右(ひだりみぎ)にも濡るる袖かな[117]

その頃筑紫の太宰大弐(だいに)が都へ上(のぼ)って来た。厳(いか)めしく一族が大勢で、女が多くて扱いにくいところから、北の方は船で上って来る。船は浦伝いに、見物をしながら来ると、ここは外(ほか)よりは景色の面白い所なので、心が留まるのに、大将がこうしてお出でになると聞くと、手放しに浮気な女たちは、船の中でさえも極り悪るがって、心ときめきされる。まして五節の君は▼118、船の綱手の引かれて行くのも口惜しいのに、琴の声が風に連れて遠く聞えて来るので、場所の様、君の御身、物の音の心細さが一つになって、物のあわれを知る程の者はみんな泣いた。大弐は君に御消息を申上げた。

「ひどく遠い所から上ってまいりますと、第一に、早くお側へ参り、都の御話をと存じておりましたのに、意外にもこうしておいでになります御宿りを通り過ぎますのは、勿体なくも悲しいことでございます。知っております人々の、然るべき誰彼が出迎いに来まして、大勢おりますので、事の面倒さを憚る点もございまして、お伺いいたしかねることでございます。改めてお伺い致します」

など申上げた。子の筑前守が使として参った。この殿が執奏で蔵人にして、庇護もされた人なので、ひどく悲しく、とんでもない事だと思うけれども、他にも見ている人々があるので、聞えを憚って、少しの間も留まってはいない。君は、「都を離れてからは、昔親しかった人々も、逢い難いようにばかりなっているのに、このように態々立寄られたことで」と仰せになる。大弐への御返事も同じである。守は泣く泣く帰って、君の在らせられる御有様を話すと、大弐をはじめ、出迎えに来ている人々も、気味の悪いまでにみんな泣いた。五節は、いろいろ工夫して君に申上げた。

琴の音に引きとめらるる綱手縄たゆたふ心君知るらめや▼119

「好色き好色きしいのも、『人な咎めそ』▼120」

と申上げた。君は微笑んで御覧になられる。ひどく品のあるものである。御返しは、

心ありて引く手の綱のたゆたはば打過ぎましや須磨の浦波▼121

「漁りをしようとは、思いもよらないことでした」

とある。駅の長▼122に口詩を与えられる昔の人もあったのに、まして五節の君は一人居残りたいと思ったことである。

都では、月日の立つに連れて、主上を始め奉り、君を恋い奉る折が多くある。春宮はまして常にお

思い出しになって、忍んでお泣きになるので、お見上げする御乳母、まして王命婦の君は、ひどく哀れにお見上げ申している。入道の宮は、春宮の御事を、気味悪くお思いになって入らせられたのに、大将もこのようにお漂いになられたので、甚しくお歎きになられる。君の御兄弟の皇子達、睦ましく願っていた上達部などは、その当座はお見舞を差上げる事などもあった。哀れな詩を贈答し合って、それにつけても君の詩が世間から賞讃されるばかりなので、太后の宮はお聞きになって、ひどく悪く仰せになられた。「勅勘を蒙っている人は、心に任せた事はできず、この世の物の味いさえも知る事▼123ができないものなのです。面白い家を造って、今の世を譏ったり悪くいったりして、あの、鹿を馬だといった人のように、間違った追従をしていることです」と仰せられるなど、いやな事が伝わったので、面倒なことだと思って、絶えて消息を申上げる人もない。二条院の女君は、時が立つに連れて、お心の慰む折がない。東の対で大将にお仕え申していた女房たちも、孰れも西の対へ移ってお仕え申すようになった当初は、何もそんなによい方でなぞなかろうと思っていたが、姫君を御見馴れ申すにつれて、懐かしく奥ゆかしい御有様で、真実なお心持もあられ、思いやり深くしみじみとして入らせられるので、誰もお暇を願う者もない。軽くない身分の人々には、それとなくお逢いなどもなされる。多くのお思い人の中で別してお志の深かったのも、御尤もなことであったとお見上げする。

かの須磨の御住まいでは、久しくなるに連れて、君は怺えきれないようにお思いになるけれど、我が身でさえも浅ましい宿縁からだと思われる住まいに、何うして御一緒になどは、似合わしくない様であるをとお思いかえしになられる。所につけて万事の様子が変り、まだお見知りにならない下人の上も、御覧になったことのないお心には、驚くべきものにも、又勿体ないものにも御自身お思いになられる。煙がひどく近い所で折々立つのを、これが海士の塩を焼くのであろうかとお思い続けになって入らしたのは、お住まいになる後の山で、柴という物を燻べているのであった。珍らしくて、

山がつの庵に焚けるしばしばも事問ひ来なむ恋ふる里人▼124

冬になって雪が降り荒れる頃、空の様子も殊にもの凄く御覧になって、琴をお弾きすさびになって、良清に謡をうたわせ、大輔に横笛を吹かせてお遊びになる。君は心を入れて哀れな手をお弾きになると、外の物の音はみんな止めて、涙を拭き合っていた。昔、胡の国に遣わしたという女[125]をお思いやりになって、我にもまして何のようであったろう、この世で自分のお思いする人を、そのように遠国に放ち遣ることなどを思って見ても、あり得べき事のように思えて気味がわるく、『霜ノ後ノ夢』[126]とお誦しになる。月がひどく明るくさし込んで来て、果敢ない旅のお在所は、奥まで隈なくさしている。床の上で夜深い空も見える。入り方の月が凄く見えるので、『ただこれ西に行くなり』[127]と独語をされて、

いづ方の雲路に我も迷ひなむ月の見るらむこともはづかし[128]

と独語をなされて、例のように微睡もされない暁の空に、千鳥がひどく哀れに鳴いている。

友ちどり諸声に鳴く暁はひとり寝覚の床も頼もし[129]

まだ起きている人もないので、くり返し独語をされて臥て入らせられた。夜深い時にお手水を使われて、御念誦などをされるのも、お側の者は、珍らしいことのようで、愛でたくばかり思われるので、お見捨て申す事ができず、めいめいの家へはかりそめにも行くことが出来ないのであった。

明石の浦は、ただ這ってても行かれる程の距離なので、良清の朝臣はかの入道の娘[130]の事を思い出して、文などを遣ったけれども、返事もしない。父の入道の方が、「申上げたいことがあります。ちょっとの対面を願いたいものです」と云って来たが、娘のことは承知しなさそうであるから、行って見ても、無駄で帰って来る後姿は馬鹿げていようと思って、ひどく気が腐って行かない。この入道は、世間に類い無いまでに気位を高くしていて、この国の内では、国守の由縁の者だけを貴い者にしている[131]ようであるが、偏屈な入道の心は、少しもそうは思わずに年月を経て来たのに、此の君がこのようにしてお出でになると聞いて、娘の母君に云うことには、「桐壺の更衣の御腹の、源氏の光君が、勅勘を

蒙って、須磨の浦にお出でになられることです。吾が子との御宿縁で、そうした思い懸けない事が起ったのです。何うかしてこういう機会に、此の君に差上げたいものです」という。母君は、「まあ碌でも無いことを。京の人の話すのを聞きますと、貴い御妻を大勢お持ちになっていらして、その上に、忍び忍びに主上の御妻▼132までも過らせて、このような騒動になって入らせられる人が、何うしてこんな変な山賤に、お心をお留めになりましょうか」という。入道は腹を立てて、「其方には解らないのです。私の思う事は異っています。その用意をなさい。折を拵えて此方にもお出でになるようにしましょう」と好い気になっていうのも、頑固らしく見える。見る目も眩いまでに住居をしつらい、娘を大切にしていた。母君は、「何だってそんなことを、たとえ結構な御方でも、縁談の初めに、罪に当って流されて入らした方などを心懸けましょう。それもお心をお留めになるようでしたら話にもなりましょう。冗談にも、とんでも無い事です」というのを、入道はひどくぶつぶつ云う。「罪に当るという事は、唐でも我が朝でも、あのように世に優れた、何事も人とは異うようになった人には、必ずある事です。何ういう君で入らっしゃると思います。故母御息所▼133は、私の叔父であった按察大納言のお娘です。ひどく優れているという評判を取って、宮仕えにお出しになった所が、国王がすぐれて御寵愛になる事が双びなかった中に、人に妬みを受けてお亡くなりになられたけれども、此の君がお残りになったのは、まことに結構なことです。そのように女は、気位を高く持つべきものです。私はこのような田舎者ではあるが、お思い捨てにはなりますまい」など云っていた。此の娘は勝れた容貌ではないけれども、物柔らかに上品で、気働きのあるところなどは、まことに、身分高い人にも劣らないまでである。娘は自身の境遇を残念なものであると思い知って、身分の高い人は私を物の数ともお思いになるまい、身分相応の縁は決して結ぶまい、命が長くて、思ってくれる親達に死におくれたならば、尼にもなろう、海の底にも入ろうなどと思っていた。父君は大切な者と冊いて、年に二度、住▼134吉に参詣をさせていた。神の御験を、人知れずお頼み申していたことである。

須磨では、年が立ちかえって、[135]日が永く徒然なのに、植えておいた若木の桜がほのかに咲き出して、空の様子もうららかなので、君は万ずの事をお思い出しになって、お泣きになる折が多かった。二月の二十日余りに、去年、京を別れた時に、お気の毒に思った人々のお有様などがひどく恋しく、南殿[136]の桜は今が盛りであろう、一年の花の宴[137]の時の院の御様子、主上が春宮で入らせられて、まことに清らかに艶めいて入らして、我が作った詩句をお誦しになられた事などもお思い出し申上げられる。

いつとなく大宮人の恋しきに桜かざしし今日も来にけり[138]

君はひどく徒然で入らせられると、大殿の三位中将[139]は、今は宰相になって、人柄がまことによいので、世間の人望が重く入らせられるが、世の中がまことに哀れで、つまらなく、何ぞの折毎には君を恋しくお思いになられるところから、たとえ噂になって罪に当ろうとも、何うしようというお気になられて、俄に須磨にお参りになられた。君を見ると共に、珍らしく嬉しいのにも、同じような涙[140]がこぼれることである。お住まいの有様は、云いようもなく唐めいている。所の景色が絵に書いたようであるのに、竹を編んだ垣を立て[141]つづけ、石の階、松の柱は、粗末ではあるものの、珍らしくて面白い。君は山賤めいて、ゆるし色の黄がちなのに、青鈍色の狩衣指貫に姿をお窶しになって、態と田舎びた風にして入らせられるのも、まことに見ると笑まれる清らかさである。お使いになっていられるお調度も簡素なものになされ、御座所もあらわで、見とおせるものである。碁、双六の盤、調度、た[142]ぎの道具などは田舎細工になされて、念珠のお道具のあるのは、勤行をなされていたものと見える。召上り物など、態と所風にして、面白みのあるものにおこしらえになっている。海士どもが漁りをして、貝類を持って参った者を、お召寄せになって御覧になる。浦に年久しく暮している様子などお尋ねになると、様々に気楽ではない身の嘆きを申上げる。よくは解らない事を囀っている者共も、暮して行く心持というものは同じ事であるよと、あわれに思って御覧になる。御衣などを賜わると、生きている甲斐のあることだと海士は思った。御馬などを近く繋いで、向うに見渡される倉ともいった所から、稲などを取出して飼うのを、宰相は珍らしく御覧になる。『飛鳥井』[143]を少し謡って、宰相は、この月頃のお話を、泣いたり笑ったりしてなされ、若君[144]の何事も世の中の事はお存じなく入らせられる悲しさを、大臣(おとど)が明け暮れにつけて嘆いて入らせられる事などをお話しになると、君は怺(こら)え難くお思いになった。云い尽すべくもないので、なかなかその片端も書くことはできない。お二方とも夜どおし微睡(まどろ)みもされず、文(ふみ)を作り合ってお明かしになる。宰相は、そうは云うものの世間の噂を憚(はばか)って、急いでお帰りになられる。まことに生中(なまなか)に嘆きを加えることである。お盃を取られて、『酔ひの悲しみの涙そそぐ春の盃の裏(うち)』[145]と諸声(もろごえ)にお誦(ず)しになる。お供の人どもも皆涙を流す。それらの者もめいめい、暫(しば)しの逢瀬の名残を惜しむようである。朝ぼらけの空に雁が列(つら)なって渡って行く。主人(あるじ)の君は、

故郷(ふるさと)を何(いつ)れの春か行きて見むうらやましくも帰る雁がね[146]

宰相は、少しもお出懸けになるお心持はなされないで、

飽かなくに雁の常世(とこよ)を立ち別れ花の都に道や惑はむ[147]

宰相は、然るべき都の土産(つと)など、趣(おもむき)ある様になされる。主人(あるじ)の君は、こうした有難(ありがた)い御見舞に対しての御贈物として、黒駒を差上げられる。「縁起のよくない者からの物とお思いになりましょうが、故郷(ふるさと)の風[148]に当ると嘶(いば)えるものですから」など仰せになる。世にも稀(まれ)なような御馬の様である。宰相は、「形見として御覧下さい」といわれて、貴い笛で、評判のある物を贈られただけで、人目に立ったような品は互(たがい)にお贈りになれない。日が次第に上(のぼ)って来て、気ぜわしいので、宰相は顧みばかりをしてお立ちになられるのを、お見送りになられる君の御様子は、まことに却(かえ)ってお悲しそうである。宰相は、「いつ又御対面が叶いますことでしょう。そうかといって、このままと云う事なぞは」と申されると、主人(あるじ)は、

雲近く飛びかふ鶴(たづ)も空に見よ我は春日の曇りなき身ぞ[149]

「そうも思い頼んではおりますものの、このような身になった者は、昔の賢い人でさえも、はかばか

しく再び世に立ちまじる事は難かったのですから、何うせ、都の境を又見ようとは思っておりません」と仰せになる。宰相は、

たづか無き雲居にひとり音をぞ鳴く翼ならべし友を恋ひつつ[150]

「勿体なくもお馴れ申して、『いとしも[151]』と残念に思われます折が多うございまして」など、しめやかにする暇もなくてお帰りになられた後は、君は以前よりも一段と悲しく、空を眺め暮して入らせられる。

三月の初めに出て来る巳の日に、「今日は、このように嘆きのあられる方は、禊をなさるべきです」と、生賢しい人が申すので、君は海辺もゆかしくてお出ましになられる。ひどくかりそめの軟障だ[152]けを引きめぐらして御座所とし、此の国に通って来る陰陽師を召して祓えをおさせになる。船へ仰々しい人形[153]を乗せて流すのを御覧になると、御自身がそれに擬えられて、

知らざりし大海の原に流れ来てひとかたにやは物は悲しき[154]

とお詠みになって、そこに入らせられる御様は、そうした晴々した場所に出られたので、云いようもなく愛でたくお見えになる。海の面はうらうらと凪ぎ渡って、涯も知られないので、君は来し方行末をお思いつづけになられて、

八百万神もあはれと思ふらむ犯せる罪のそれと無ければ[155]

と仰せになると、俄に風が吹き立って、空も真暗くなった。御祓もしきらずに皆立ち騒いだ。肘笠雨[156]とかいうのが降って来て、ひどく慌しい様なので、みなお帰りになろうとなされるのに、笠を取る間もない。そうした予想もしなかったので、一切の物を吹き散らして、又とない風である。波はひどく高く立って来て、人々は足を空にして走る。海の面は襖を立てたように光が一ぱいになって、雷が鳴り、稲妻がひらめく。雷が落ちかかるような気がして、ようようの事で家にたどり着いて、「こんな目に逢った事は全く無いことですよ。ああした風も吹くものですが、前触れがあるものです。呆れ

返った珍らしいことです」と驚き惑っていると、なお雷は止まずに一面に鳴って、雨の脚はその中る所を掘りそうにして乱れ落ちて来る。こんな様で此の世は尽きるのであろうかと、人々は心細がって思い惑っているのに、君は落着いて経を誦してお出でになる。暮れると、雷は少し止んで、風は夜も吹いている。多く立てた願の力なのであろう。「も少しあんな風だったら、波に浚われて海へ入ってしまうところでした。海嘯というものには、逃げる間がなくて人が死ぬものだと聞いていますが、本当にこうした事はまだ知りません」と人々は云い合う。明け方になって皆は寝た。君も少しお眠りになられると、何ういう恰好とも分らない人が来て、「何うして、▼157宮からお召しがあるのに参られないのです」といって、その辺を歩きまわると見ると、お目が覚めて、さては海の中の龍王が、ひどく物愛でをする者で、自分に魅入ったのであるとお思いになると、ひどく気味が悪くて、この住まいが堪え難いものにお思いになって来た。

▼1 紫上。
▼2 わが恋は行方も知らず果もなし逢ふを限りと思ふばかりぞ（古今集）
▼3 かりそめのゆきかひ路とぞ思ひ来し今は限りの門出なりけり（古今集）
▼4 「花散里」に書かれている愛人の一人。
▼5 藤壺。出家されたので、このように呼ぶ。
▼6 左大臣家。
▼7 葵上との間に生れた子。夕霧と呼ぶ。
▼8 頭中将のこと。左大臣の長男。葵上の兄。
▼9 左大臣の北の方。
▼10 夕霧。即ち大宮の孫。

▼11　鳥辺山で、姫君の燃えた時の煙に似てもいようかと、それが懐かしさに、海士の塩を焼いている浦を見に行くことです。「鳥辺山」は、京都の火葬場。
▼12　亡くなった人との別れが、一段と隔てのつくことでしょうか。その人の煙となって上った空の下でなくては。「雲ゐ」は、雲の居る意と、「空」との意を掛けたもの。都より遠ざかる悲みを云ったもの。
▼13　源氏の部屋のある東の対。
▼14　食卓。
▼15　紫上の部屋。
▼16　兵部卿宮の後妻。
▼17　源氏の弟宮、蛍兵部卿宮。太宰帥であるので、こう呼ぶ。北の方は右大臣の女。
▼18　我が身はこうして流離しようとも、君があたりを去らないこの鏡に映っている影は離れまい。
▼19　別れても、せめて影だけでも留まっているものであったら、それを見ても慰めとしましょう。
▼20　麗景殿女御。花散里の姉。「花散里」に出ず。
▼21　花散里のこと。
▼22　あひにあひて物思ふ頃のわが袖に宿る月さへ濡るる顔なる（古今集）
▼23　月影が涙に宿っていいます私の袖は、賤しい狭いものではありますが、留めて置いて見たいものです、見るに飽かないその光を。（「月影」は君の譬。「宿る」は涙の上に映る意。「袖は狭く」は身の賤しい意）
▼24　めぐって行って、終には澄むべき月の、暫くの間曇る空です、嘆いて眺める事はなさいますな。「月影」は自身の譬。「澄む」は、冤罪の晴れる意と、男女共にいる意の「住む」を絡ませたもの。
▼25　唐の白楽天の詩集。当時の愛読書。
▼26　荘園や家屋などの所有を証拠だてる証書。
▼27　倉庫の立ち並んだ所。
▼28　金銀・衣服・調度一切を収めておく所。
▼29　紫上の乳母。

▼30 共に源氏の愛人。
▼31 夕霧。
▼32 朧月夜。
▼33 逢う瀬のないのを嘆く涙の、河と流れている中に沈んだのが、この流れて行く澪標（みおつくし）の、流れ始めだったでしょうか。（「水脈」は、今は河の深い所に、船を遣る目じるしとして立てた澪標の意でいっている。水が増さってその澪標の流れるのと、「流るる身」に、流刑に処せられる自分を掛けたもの）
▼34 涙河に浮かんでいる水沫も消えることでしょう、流れて行った後には、逢う瀬もありましょうが、それも待たなくて。（「水沫」は自身の譬）
▼35 父桐壺院。
▼36 藤壺。
▼37 藤壺の御腹の冷泉。
▼38 源氏。
▼39 北山の、院の御陵。
▼40 逢い見た方は無く、有る人は悲しいこの世の果てを、私は世を背いた甲斐もなく、泣き泣き経ています。（「かひもなく」の「なく」は「無く」と「泣く」を掛けてある）
▼41 院に御別れ申したので、悲しいことは尽きたのに、又も此の世の中の憂さは増さって来ました。「此の世」に、「子の世」を暗示させたもの。
▼42 「葵」に既出。伊予介の次息子。
▼43 除籍のこと。殿上の間に昇殿を許された者の名を記した日給簡を取除かれること。
▼44 ともどもに葵を髷したその当時を思うと、辛くも存じます、賀茂の御社よ。「そのかみ」の「かみ」は、賀茂の縁語。「瑞垣」は御社の垣で、神を言い換えたもの。
▼45 浮世を、今は別れます、後に留まる我が名の、正しいか正しくないかは、それを糺す所の神にお任せ申して。「ただす」は、偽を糺す意と、賀茂の御社のある森を糺（ただす）の森と呼ぶのとを掛けたもの。

▼46 世になき院の御面影は、今の世を何のように御覧になることであろうか。お擬（なぞら）え申し申し眺めている月も、雲に隠れられたことである。

▼47 藤壺附きの女房。

▼48 いつの時にか重ねて、今のような春の都の花を見ましょう、私は時を失った山賤なので。

▼49 咲いて早くも散る春は憂いけれども、この行く春は、花の咲く時の都へ立ち復（かえ）って来て見よ。（「行く春」は、都を離れて行く源氏の君の譬）

▼50 下司の老女。「とうめ」ともいう。

▼51 厠の掃除をする下司の女。

▼52 父桐壺帝。

▼53 太政官に属す。左右に分れ、各に大中少がある。八省を分管し、宮中の庶政も執る。

▼54 生きている世の生別という事を知らずに、言い交わしつつ、生きている限り君には離れまいと云って来たことであったよ。

▼55 惜しくもない私の命に換えて、目の前の別れを、暫くの間でも止めたいものでございます。

▼56 午後四時頃。

▼57 斎宮が伊勢から御帰京の折、摂津の国の難波で、御祓をなさることになっていた。大江殿は、その折の旅館。

▼58 唐の国に名を残した流され人にも増して、自分は更に、行方も知られない家居をすることであろうか。名を残した人は、屈原の故事をさす。

▼59 いとどしく過ぎゆく方の恋しきに羨ましくもかへる波かな（伊勢物語）

▼60 十一月中長至夜、三千里外遠行人（白氏文集）

▼61 わが上に露ぞおくなる天の川とわたる舟の櫂の雫か（古今集）

▼62 故里を、峰の霞は隔てて見せないけれど、この眺める空は、故里のと同じ空であろうか。

▼63 在原行平。阿保親王の御子で、業平の兄。文徳天皇の御代須磨に流されたと伝えらる。風流の聞え高

く、在納言と呼んでいる。

▼64　わくらばに問ふ人あらば須磨の浦に藻潮垂れつつ佗ぶと答へよ（古今集）。この歌に「田村の御時に事にあたりて津の国の須磨という所にこもり侍りけるに宮の内に侍りける人につかわしける」と詞書がある。

▼65　都での忍び歩きの折の経験。

▼66　源氏の領する荘園。

▼67　播磨守の子。「若紫」に出ず。

▼68　松島の海士の住む苫屋の様はどのようであろうか、この須磨の浦の海士は袖が潮に濡れ潰っている此の五月雨の頃を。「海士」に尼、即ち入道の宮を暗示させ、「須磨の浦人」に自身を譬え、「しほ垂るる」に、涙で袖の濡れる意をも持たせたもの。

▼69　君を惜しむ涙落ちそひこの川の汀まさりて流るべらなり（古今六帖）

▼70　朧月夜に附きそう女房。この帖の初めに出た愛人の中納言とは別人。

▼71　懲りもせずに我は、浦にある海松（みる）めをゆかしく思っているに、その海松めを苅って塩を焼く海士は何のように思っていることであろうか。（「懲りずま」は「懲りず」と「須磨」を掛け、「みるめ」は海松布〔みるめ〕と「見る目」即ち相逢うことを掛けたもの。「塩焼く海士」は、内侍のかみの譬で、海松布を苅るものとしていっている）

▼72　致仕の左大臣。

▼73　夕霧の乳母。

▼74　紫上。

▼75　須磨へ立つ前に源氏の詠んだ歌の詞。

▼76　袖を潮に濡れ漬らせることを役にして、松島に数多の年を過していている海士も、なげきを積んでいます。「塩たるる」は、袖を涙に濡らす意を、「役」は「焼く」（塩を）意を、「なげき」は「木」（塩を焼く）の意を持たせたもの。「松島の海士」は、御自身の譬。

▼77　浦で塩を焼く数多のたき物に包んでいる火なので、その燻（くゆ）っている煙は、消える所もありま

せん。「浦」に心の意の「うら」を掛け、「あまた」に「あま」を掛け、「恋」に「こ火」即ち燃ゆる思いの譬の「火」を掛けてある。人目を包んでいる苦しい恋を訴えたもの。

▼78　浦びとの塩を汲まれる袖に較べて御覧なさい。波路を隔てている夜の衣のこの色を。「浦びと」は君の譬、「塩汲む袖」は涙に濡れることの隠喩。「夜の衣」は、女君の独寝の物として云ってあるが、送られた夜の物を意味させてある言葉で、その色の紅（くれない）を血涙に染まったものとしての意。

▼79　身を浄めて潔斎し仏道にひたすら励むこと。

▼80　左大臣家で成長している夕霧。

▼81　六条御息所のこと。

▼82　浮海布を苅っていいます伊勢の海士のあわれを思いやって下さいまし、藻潮に濡れ漬っていられるという須磨の浦で。「伊勢」で自身を「須磨」で君を意味させている。「浮海布」は、海草であると共に、「憂き目」を意味させ、「藻潮垂る」も、藻潮に濡れ漬る意と共に、涙に濡れる意を持たせたもの。

▼83　伊勢島の潮干の潟を漁りましても、いう程の貝は得られない私の身でございます。「いふかひなき」は詮の無い意を掛けたもので、その詮の無いは、都へ帰る目当ての無い意。

▼84　御息所の生霊が葵上を苦しめた事をさす。「葵」に出ず。

▼85　伊勢の人の波の上を漕ぐ小舟にも、ここで浮海布を苅らずに、私も乗るのでございましたものを。「浮海布」に憂き目の意を持たせている。

▼86　海士が積んでいる塩木（しおき）の中に、私も藻潮に濡れ漬って、いつまで住むこの須磨の浦かと眺めるのでしょうか。「なげき」は、塩木即ち塩を焼く木で、それに「嘆き」の意を持たせ、「潮垂れ」に、涙に濡れる意を持たせて、「須磨」には「住ま」の意を掛けてある。全体は、都に帰る当てのない嘆き。

▼87　花散里とその姉君の麗景殿女御。

▼88　荒れ増さって来る軒に生える忍草を眺めつつ、繁くもその露の懸る私の袖でございます。「忍草」に、人を思う意の「しのぶ」を暗示し、「露」に「涙」を暗示したもの。

▼89　朧月夜。右大臣の愛娘。

▼90 弘徽殿大后。
▼91 朱雀院。
▼92 可愛ゆいとお思いになられた点だけを。
▼93 源氏。
▼94 父桐壺院。
▼95 須磨にうつった源氏と、朧月夜との別れ。
▼96 恋ひ死なむ後は何せむ生ける日の為こそ人は見まくほしけれ（拾遺集）
▼97 藤壺の御腹。後の冷泉院。
▼98 旅人の袂涼しくなりにけり関吹き越ゆる須磨の浦風（続古今集）
▼99 我が恋い悩んで泣く声に通って聞える浦波の音は、我が思う人の住む方から吹いて来る風の為に立つのであろうか。
▼100 北山にて良清の明石の噂をしたことを指す。「若紫」に出ず。
▼101 いずれも高名の絵師。
▼102 初雁は、我が恋しく思っている人の仲間なのであろうか、旅の空を飛んで鳴く声が悲しいことよ。
▼103 その声を聞くと、次ぎ次ぎに昔の事ばかり思われる、雁はその頃の友ではないのであるけれども。
▼104 惟光のこと。
▼105 自分の心から、故郷の常世の国を捨てて鳴いている雁を、今までは余所事に思っていたことであるよ。「雁」を自分の身に引きあてて云ったもの。
▼106 前出。伊予介の子。
▼107 故郷の常世を出て、旅の空にいる雁も、その友と一しょにいる間は慰めていられることである。「雁がね」は、自分の譬。
▼108 伊予介が、今は常陸介となっている。空蟬の夫。
▼109 三五夜中新月色、二千里外古人心。（白氏文集）

▼110 藤壺。
▼111 「九重に霧やへだつる雲の上の月をはるかに思ひやるかな」と「榊」にある藤壺の歌。
▼112 見ている間は暫くでも慰められる。めぐり逢う月の、その月中の都は遥かなものであるけれども。「めぐり逢はむ」に、思う人々とのそれを暗示し、「月の都」に、故郷の京を暗示したもの。
▼113 朱雀院。
▼114 父桐壺院。
▼115 「去年今夜侍二清涼一。秋思詩篇独断腸。恩賜御衣今在此。捧持毎日拝余香」という菅公の詩。（菅家後草）
▼116 朱雀院より賜りしもの。
▼117 辛いとばかり、一すじに物は思われなくて、辛いのと懐かしいのとのそれこれにつけて涙に濡れる袖ではある。
▼118 大弐の娘で、源氏の君の愛人。「花散里」に出ず。
▼119 琴の音のゆかしさに引き留められる、船を引くところの綱手縄のように、躊躇している私の心は、貴方は御存じはございますまい。「引き」は「琴」の縁語、「綱手縄」は船の意で、自分の譬。「たゆたふ」は船の状態で、自分の心を暗示したもの。
▼120 いで我を人な咎めそ大船のゆたのたゆたに物思ふ頃ぞ（古今集）
▼121 あわれがあって、引く綱手が躊躇するのであるならば、ただ過ぎて行かれようか、行かれない筈である、この須磨の浦波のあたりは。
▼122 菅公が左遷された途中、明石の駅で、そこの長に与えたという有名な詩句がある。「駅長莫レ驚時変改、一栄一落是春秋」この故事。
▼123 秦の趙高の故事。
▼124 山賤が庵で焚いている柴の、それではなく屢々（しばしば）も、便りもしてはほしい、恋っている故里人は。（一二句は序詞）

▼125 漢の王昭君の故事。政略結婚にて匈奴へ遣された。

▼126 胡角一声霜後夢、漢宮万里月前腸（和漢朗詠集）

▼127 天迴二玄鑒一雲将レ霽、只是西行不二左遷一。（菅家後草）

▼128 何れの方角の、雲路の遠い所へ、自分も迷って行くのであろうか。定まった方へと行く月の見ることも恥ずかしい。（「雲路に我も迷ひなむ」は、月を雲路に迷うものと見、我も左遷の身の、雲路の遥かなる辺りに迷うことのある者とする意。「恥づかし」は、月には方角があるが、我には無いの意のもの）

▼129 友と群れている千鳥の諸声に鳴く暁には、ひとり寝覚めをして床に泣いている自分も、一しょに泣く者があると思えて頼もしい。

▼130 明石入道の娘で明石上（あかしのうえ）と呼ぶ。「若紫」に、良清がこの入道の話を源氏にしたことがある。

▼131 良清は前の播磨守の子であるから、土地の者には尊敬されているのである。

▼132 朧月夜。

▼133 源氏の亡き母桐壺の更衣。

▼134 摂津の住吉神社。

▼135 源氏二十六歳。

▼136 紫宸殿。

▼137 「花宴」に書かれている。

▼138 何時という差別もなく大宮人が恋しいのに、桜を挿頭（かざし）にして遊んだ今日という日も来たので一段のことである。

▼139 左大臣家の長男。昔の頭中将。源氏の義兄。

▼140 嬉しきも憂きも心は一つにて分れぬものは涙なりけり（後撰集）

▼141 薄い紅か紫をいう。

▼142 弾棋。盤の上で、白黒の碁石を弾いて遊んだもの。

▼143 催馬楽。「飛鳥井に宿りはすべし、影もよし、みもひも寒し、み秣（まくさ）もよし」

▼144 源氏の子、夕霧。

▼145 白楽天が元慎に別れる折の詩。「往事眇茫都似レ夢、旧遊零落半帰レ泉、酔悲灑レ涙春盃裏、吟苦文レ願暁燭前」（白氏文集）

▼146 我は故郷の京へ、何れの春になれば行って見られようか、羨しくも故郷へ帰ってゆく雁であるよ。

▼147 飽かないのに、雁は故郷の常世に別れて、花の咲く都へ行く道を、惑うことでしょう。「雁」を自身に、「常世」を須磨に譬えたもの。

▼148 胡馬依ニ北風一、越鳥巣ニ南枝一。（文選）。北風は故郷の風である。

▼149 雲に近く飛び交わしている鶴も、空から見て下さい、私は春日のように曇りのない身です。（「雲」は天上即ち朝廷、「鶴」は宰相、「曇り」は犯した罪の意を持たせたもの。

▼150 手がかりも無い雲居で、鶴はひとり音を立てて鳴いていています、翼を並べた鶴の居ないのを恋い恋いして。「たづか」は、鶴（たづ）を掛けたもの。「雲居」は朝廷、「ひとり」は一羽の鶴で、自身。「友」は友鶴で源氏の君の譬。

▼151 思ふとていとこそ人に馴れざらめしか習ひてぞ見ねば恋しき。（拾遺集）

▼152 屏幕。

▼153 形代とも撫物ともいう。祓をするとき紙で人の形につくり、穢れ、災いを移して水に流すもの。

▼154 知らなかったこの大海原へ我は流れて来て、一方の悲しさであろうか、そんなものではない。「ひとかた」は、「一方」と「人形」を掛けたもの。

▼155 八百万の神も、我をあわれと思召すことであろう、犯した罪の此れというものが無いので。

▼156 俄雨。

▼157 龍宮。夢の告げは、宮中よりのお召しである。

明石

引続き雨風が止まず、雷も鳴り鎮まらずに幾日にもなった。ひどく物佗びしいことが数知れずあって、来し方も行く先も悲しいお有様に、君はお心強くおなりになり切れず、何うしたものであろう、このようであったからとて都へ帰ることは、まだ世の許されのないこととて、物笑われになる事がきっと加わって来よう、猶お此所よりも深い山を探して、跡を隠そうかとお思いになると、波風に怖れてなどと、人が言い伝えそうなことで後世までもひどく軽々しい名を流してしまうことになろう、とお思い乱れになる。御夢にも前と全く同じ様をした物が現われつつ、お附き纏わりしてばかりいると御覧になる。雲の切れ間もなく明け暮れする日数につれて、君は京の方が一段と覚束なく思われ、このままで身を徒らにしてしまうのであろうかと、心細くお思いになるが、頭を差出すことも出来そうにない空の荒れで、出懸けて参る人もない。二条院からは、法外な怪しい姿をした者が、ずぶ濡れになって参った。道で擦れちがってさえ、人間なのか何だろうかの見分けさえも附かず、先ず逐い払うような賤しい男を、君はあわれに睦まじく思召されるのも、我ながら勿体なく、お心の挫けている程が思われる。女君の御文には、

「呆れ入るまでに小止みもない頃の様子に、一段と空までも閉じ塞がるような気がいたしまして、其方の方だと眺めやる空もございません」

浦風やいかに吹くらむ思いやる袖打濡らし波間なき頃▼1

哀れに悲しい事をお書き集めになっていられる。君は引開けて御覧になると共に、一段と、御涙で汀の波もまさりそうに▼2、真暗くなるような気がなされる。使の者は、「京でも此の雨風は、まことに怪しい天のお諭だと申しまして、仁王会▼3を行わせられるだろうという噂でございました。内裏に参られる上達部がたも、すべて道がふさがりまして、御政事も絶えておられます」など、ぐずぐずと、頑固そうにお話するのであるが、京の方の事をお思いになるとお心懸りなので、御前に召出してお尋ねになられる。「ただ例のような雨が小止みもなく降りまして、風が時々に吹き吹きして、幾日も続いておりますので、例のないことだと驚いているのでございます。何うもこのように、地の底にまでとおるような雹が降って、雷の鎮まらないということは無い事でございました」と、怖ろしい有様に驚き怖じている顔が、ひどく苦しそうなのにも、君は心細さが増して来られることであった。

　このようにして、世は終りになるのであろうかとお思いになっていると、その翌日の暁から風がひどく吹き、潮は高く満ちて来て、浪の音の荒いことは、巌も山も残りそうもない様子である。雷の鳴り閃く様は、全く云いようのないまでで、落ちかかって来たと思うと、そこにいる限りの者で、夢中でない者はない。「私は何ういう罪を犯して、こうした悲しい目に逢うのだろう。父母にも逢わず、可愛い妻子の顔も見なくて、死んで行くことだ」といって嘆く。君はお心を鎮めて、何れ程の過ちがあって、此の渚に命を終るというのであろうか、そのような筈はないと、強くお心を引立てになられるが、ひどく物騒がしいので、色々の幣帛をお捧げになられて、「住吉の神、この近き境をお鎮め守り下さい。まことに跡を垂れ給う神であられるならば、お助け下さい」と、多くの大願をお立てになられる。お側の者どもも、めいめいの命の惜しさは固よりであるが、こうした尊い御身が、又とない例に沈んでおしまいになられるのが心から悲しいので、心を振い起して、少しでも正気のある限りは、御身代りとなってこの君の御身一つをお救い申そうと騒いで、諸声に仏や神をお念じ申す。「帝王の深い宮にお養い立てになられ、色々の楽しみにお驕りになられましたが、深い御いつくしみは大八洲に普く、沈んでいる輩を多くお浮べなされました。今、何の報いで、こうした怖しい波風の為に、お溺れになられるのでございましょうか。天地の神も御判断下さい。罪が無くて罪に当り、司位を奪われ、家を離れ、所を去って、明け暮れ安き事もなく嘆いて入らせられますのに、こうした悲しい目をまで見て、命も尽きそうにしていますのは、前の世の報いなのですか、此の世での罪の報いなのですか、神仏明らかにましますならば、此の愁えをお止め下さい」と、御社の方に向って様々の願をお立てになり、又、海の中の龍王や万ずの神に願をお立てになるのに、いよいよ雷は鳴り轟いて、御座所に続く廊の上に落ちかかった。焔が燃えあがって廊は焼けた。心魂もなくなって、いる限りの者はまごつく。君をば、後の方にある大炊殿▼4とも思われる屋にお移し申上げて、上下の差別もなく立ち込んで、ひどく取乱して泣き騒ぐ声は、雷にも劣らない。空は墨を磨ったようで、日も暮れて行った。

　次第に風がしずまり、雨の脚が落ちついて、星の光も見えるので、此の御座所のひどく異っているのもまことに恐れ多くて、寝殿へお移し申そうとすると、焼け残っている方も不気味で、多くの人がひどく踏み荒している上に、御簾などもすべて吹き散らされていた。夜の明けてからの事にしようと、人々は捜り歩きをし合っていると、君は御念誦をなされて、事の様をお思いめぐらしになると、まことにお心が慌しい。月がさして来て、潮の近くまで満ちて来た跡もあらわに見え、名残としてまだ寄せ返っている浪の荒いのを、柴の戸を開けて眺めて入らせられる。この近い世界に、物の心を知って、来し方行く先の事も解って、今度の天変を、あの為この為とはっきりと悟っている者もない。賤しい海士どもが、身分高い御方のお出でになる所だといって参って来て、君にはお聞き分けになれない事などを囀り合っているのも、ひどく珍しい事であるが、逐い払いもされない。「あの風がも少し止まなかったら、潮が上って来て、残る物もなく浚われたことだろう。神様のお助けがおろそかではなか

ったのですよ」と海士（あま）のいうのをお聞きになるのも、ひどく心細いというも愚かである。君、

海にます神の助けにかからずば潮（しほ）の八百合（やほあ）ひにさすらへなまし▼5

一日中を揉みに揉んだ風の騒ぎに、君は何といっても、ひどくお疲れになったので、心にもなくお微睡（まどろ）みになられる。勿体ない御座所なので、ただ物に凭（よ）って入らせられると、故院（こいん）▼6がさながら御在世の時の御様で、そこにお立ちになられて、「何だってこんな怪（け）しからん所にはいるのです」と仰せになって、君のお手を取ってお引立てになられる。「住吉の神の御導きのままに、早く船出をして、此の浦をお去りなさい」と仰せになる。君はひどく嬉しくて「有難（ありがた）いお姿にお別れ申上げましてから此の方、様々の悲しい事ばかり多くございますので、今は此の渚で身を捨てようかと思っております」と申上げると、「とんでもない事です。これは唯聊（ただいささ）かの事の報いです。私は位にある間に、過ったことはしなかったのですが、自然に犯した所がありましたので、その罪の報いをする間は暇がなくて、此の世の事は顧みなかったのですが、あなたのひどい歎きに沈んでいられるのを見るに忍びなくて、海に入り渚に上（のぼ）りして、ひどく困ったのですが、こうした序（ついで）に、内裏（だいり）に奏すべき事があるので、急いで上るのです」といってお立ち去りになられた。君は飽気（あっけ）なく悲しくて、「お供を申しましょう」といってお泣き入りになられて、お見上げすると、人はいなくて、月の顔だけがきらきらとして居て、夢のお気持はせず、御姿がそこに留（とま）っているような気持がして、空の雲がさみしく棚引（たなび）いている。年頃、夢の中でもお見上げ申せなくて、恋しく覚束なく思っていた御姿を、ほのかではあるがありありとお見上げ申したのだけが、覚めてからも目先にちらついていて、我がこのように悲しみを極めて、命も尽きようとしていたのを、助けようと、天翔（あまがけ）って入（い）らせられたのだと、沁（し）み沁（じ）みとお思いになると、よくもこうした騒ぎがあってくれたものだと、その後も頼もしく、嬉しくお思いになることが限りもない。御胸はひたと塞がって、飽気（あっけ）なさにお心乱れから、現在の悲しい状態もお忘れになられて、夢の中でも、御返事を今少し申上げなかったのがお心残りで、又お見えになろうかと、態（わざ）と寝入ろう

とされたが、少しも御目が合わなくて、暁方となってしまった。

渚に小さな舟を寄せて、人が二三人ほど、この旅の御宿りをさして来る。「何人であろう」と思って問うと、明石の浦から、前の国守の新発意[7]の使が、御舟の装いをして参ったのである。「源少納言[8]がお附き申していられるならば、対面して事情の御披露を願いたいものです」という。良清は驚いて君に、「入道はこの国での知合いで、年来話をし合ってはおりましたが、内々少し恨むことがございまして、格別の便りさえいたしませんで久しくなりますのに、この波の騒ぎに、何んな事をしようとするのでしょう」と不審がる。君は御夢などもお思い合せになられる点もあって、「早く逢え」と仰せになるので、良清は舟に行って逢った。あれ程はげしかった波風の中で、いつの間に舟出をしたのだろうかと良清は呑みこみ難いことに思った。入道の使は、「さる朔日の日の夢に、異様な物のお諭しがございましたが、信じ難い事だと思っておりましたのに、十三日には新しい験を見せよう、出舟の用意をして、必ず、雨風が止んだらかの浦に寄せろと、重ねての示しがございましたので、試みに舟の用意をして待っておりますと、厳めしい雨風や、雷が驚かしましたので、異国の朝廷でも、夢を信じて国を助けた類いは多くあったことでございますから、お用いにならないまでも、その警めの日[9]を過ごさずに、此の由を申上げようと存じまして、舟を出しました所が、不思議な風が細く吹いて、此の浦に舟の着きましたことは、まことに神のお知らせに違わないことでございます。此方にも、もしお思い合せになられることがあったろうかと存じます。まことに憚り多いことでございますが、この由を申上げて下さい」という。良清は忍びやかに君にお伝え申す。君はお思い廻らしになると、様々の夢と現とが入り乱れていて、お纏まりにならない、此所を立ち去れという諭しのような事を、来し方行末懸けてお思い合せになって、世間の人の聞き伝えて、後々までの譏りにしようかと遠慮して、真の神の助であるのを、背く事となったならば、又それにも増して人笑われな目に逢うことでもあろう。生きている人の教えであってさえ、背いてはやはり良くない。こうした果敢ない事を一方では見ていながら、我よりも齢のまさった、もしくは位の高く、時世の声望も今一段優っている人には靡き随って、その指図に跟いて行くべきものである、『退きて咎無し』[10]と昔の賢い人も云い置いた、ほんに此のように命も危く、世に又とない事の限りを見つくして、更に後々の名を庇ったからとて、たいした事でもあるまい、夢の中でも父帝のお教えのあったのだから、又何の疑うところがあろうかとお思いになって、御返事を仰せになる。「知らない世界に来まして、覚えない悲しい限りを見ましたが、都の方からと云って見舞を云って来る人もありません。ただ涯もない空の月日の光だけを、故郷の友と思って眺めておりますので、嬉しい『釣船』[11]と思います。そちらの浦には、静かに隠れていられる所がありましょうか」と仰せになる。入道の使は限りなく歓んで、お受けを申す。何はともあれ、夜の明けない先にお舟にお乗せ下さいましといって、君は例の親しい限りの者四五人をお供にしてお乗りになる。前のような風が出て来て、舟は飛ぶように明石にお着きになった。ただ這って行かれる程の距離で、片時の間ではあるけれども、やはり不思議なまでに見える風の心である。

浜の眺めは、ほんに趣が格別である。人の繁く見えるだけが、君の御希望には背いている。入道の領している所々は、海のほとりにも山隠れの所にもあり、四季折々に興を催させるような渚の苫屋、勤行をして後の世の事を思い澄まさせるような山水のほとりに、厳めしい堂を建てて三昧を行っており、又此の世の用意には、秋の田の実りを蔵め、残りの齢を積んで行くべき稲を入れる倉町などが、四季の折々や場所に叶わせて、見所のあるように建て列ねてある。海嘯を怖れて、此頃娘などは、岡べの方の家に移して住まわせていたので、君はこの浜の館にお気安くしてお出でになる。舟から御車にお乗り移りになる時、日が次第にさし上って、入道は、君をほのかにお見上げすると共に、老も忘れ、齢も延びるような気がして、笑みくずれて、第一に住吉の神を、ないないにお拝み申上げる。日月の光を手の上に得たような気持がして、心をつかってお仕えするのも尤もである。自然の風景の面白さはいうまでもなく、家の造り方の凝っているところ、木立、庭石、前栽の有様、口には云えない入江の水など、絵に書くとしたら、心の至りの少い絵師では、書ききれないことだろうと見える。この幾月かの須磨のお住まいよりは、甚だしく明るくて懐かしい。御座所の装いなど、云えない程に立派で、入道の住んで来た有様は、ほんに都の貴い所々と異わない。艶で、美々しい様は、それらにも優っているように見える。

君は少しお心が静まったので、京への御文どもをお上げになる。京から参った使の者は、今は、「とんでもない道に出て来て、悲しい目を見ることです」といって泣き沈んで、かの須磨に留まっているのを召して、身に余るまでの物を賜わってお返しになる。又睦まじい御祈禱の師[12]、然るべき方々には、この程中の御有様を委しくお云い遣わしになることであろう。入道宮[13]だけには、不思議にも命拾いをなさった様などを申上げられる。二条院からの、哀れに御覧になったお手紙の御返事は、一気にはお書き続けにもならない。書きさし書きさしして、御涙を拭いながらお書きになられる御様子が、やはり格別である。

「返す返すも、まことに悲しいことの限りを見つくしました有様なので、今は世を捨てようとする心ばかりが増して来ましたけれども、貴方が『鏡を見ても』[14]と仰しゃった時の面影が、目を離れる時がないので、このように覚束ないながらでは、そうした事も思われまして、様々の悲しさ愁わしさから、見合せられまして、

遥かにも思ひやるかな知らざりし浦より遠に浦伝ひして[15]

「夢の中のような心持ばかりして、まだ覚めきらない間の文ですから、何んなにか間違った事が多いでしょう」

と、とりとめもなくお書き乱しになったのが、側の見る目にもひどくゆかしい気のするので、まことに申しようもないお心ざしと、人々はお見上げする。人々もその家に、心細そうな言伝てする事であろう。小止みもなかった空の様子も、名残もなく澄み渡って、漁りをする海士どもも得意そうであ

る。須磨の方はひどく心細くて、海士の窟も稀れであったのにと、ここの人の多いのをお厭いにはなられたが、又様子の異った面白さも多くて、いろいろと君はお慰みになられる。

主人の入道は、勤行を努めている様で、深く思い澄ましているのに、唯その娘一人を持て煩っている様子が、ひどく気の毒なまでで、時々君に云い出してはお訴え申す。君もお心持にも、美しいとお聞き置きになって入らせられた人なので、このように思い懸けずもめぐり合われたのも、然るべき宿縁があってのことであろうかとお思いにはなるものの、やはり此のように身を沈めている間は、勤行より外の事は思うまい、二条院の人も、普通の時よりも、口で云ったのとは違うとお思いになることだろうと気恥ずかしくお思いになるので、心ありげにはなさられる事もない。事に触れて、娘の心立ても有様も、一通りの者ではないことであったと、ゆかしくお思いにならないというでもない。入道は、此方には御遠慮を申して、自分でも殆ど参らない。隔った下屋に控えている。しかし、明け暮れお見上げ申したく、飽けなくお思い申上げて、何うぞ思う心を叶えたいものと、仏や神をいよいよお念じ申している。年は六十程になっているが、まことに清げで足りないところはなく、勤行をし抜かれていて、生まれの貴い為でもあろうか、一徹な恍けた所はあるが、昔の事も見知っていて、卑しくはなく、気高いところもあるので、君は昔の話などさせてお聞きになると、少し徒然のお紛れとなる。年頃、公私の事でお暇がなくて、それ程までにはお聞きになっていない古事などを、入道はぽつぽつ申上げる。君はこうした土地をも人をもし見なかったならば、さみしい事であったろうとまで、興をお覚えになる事もまじっている。入道はそのように、君にお馴れ申しはするが、ひどく気高く極り悪く思われる御有様なので、娘のことをあのようには云ったが、御遠慮が出て来て、自分の思っている事は、思うままには申し出せないのがもどかしくも口惜しくて、娘の母君と話し合っては嘆いている。娘も、一とおりの人でも、見よいと思う人は見られない世界に、世の中にはこうした方もいらせられるのだとお見上げ申したにつけて、自分の身分の程が知られて、君をひどくに隔りのある方とお思い申上げたことである。親たちがそのように思い扱っていると聞くにつけても、似合わしくない事よと思うと、何事もない時よりも一層もの哀れである。

四月になった。君の衣更えの御装束や、御帳の帷子など、入道は趣あるものを拵えた。万事につけて心を尽してお仕え申すのを、君は気の毒にも、出過ぎることにもお思いになるが、人柄の飽くまでも思い上っている様の上品なのに免じて御覧になって入らせられる。京からも打続いてのお見舞が怠りなく多くある。長閑な夕月夜に、君は海の上が曇りなく見渡されるのも、お住み馴れになった京の殿の池水に思い擬えられるので、云いようもなく物恋しいお心持が、何につなぐということもなく、取りとめないお心持がなされて、ただ眼の前に見やられるものは淡路島なのである。『あはと[16]遥かに』など仰せになって、

あはと見る淡路の島のあはれさへ残る隈なく澄める夜の月[17]

久しく手もお触れにならない琴を、袋からお取出しになって、かりそめにお鳴らしになる御様をお見上げするお側人も心が動いて、哀れに悲しく思い合っていた。広陵[18]という曲を、お心の限り弾き澄まして入られるのを、かの岡辺の家でも、松のひびきや波の音と一つになって聞えるので、面白みの分る若い女房は、身に沁みて感じていることであろう。何をも聞き分けそうもない彼方此方の老びとどもも、ぞっとするようで、浜風邪を引いて聞いている。入道も怺えられなくなって、供養法[19]を修めるのを怠って、急いで御許に参った。「今更に、背きました世の中も取返して思い出されるようでございます。後の世の願いにしております世界[20]の有様も、思いやられる今夜の様でございます」と、泣く泣くもお愛で申上げる。君のお心にも、折々の内裏での管絃の御遊びに、その人彼の人の、琴や笛、もしくは謡声の出しよう、その時々につけて世間から愛でられた御自分の有様、主上を始め奉り、人々に大事に扱われ崇められたことを、人の上につけ御自分の上につけてお思い出しになられて、夢のようなお気がなされるままに、掻き鳴らされる声も心凄く聞えて来る。昔者の入道は、涙を押え

切れなくなり、岡辺の家に琵琶や箏の琴を取りにやり、入道が琵琶法師になって、ひどく面白く珍らしい曲を一つ二つ弾き出した。箏の御琴を参らせたので、君は少しお弾きになると、入道は何も彼もまことにお上手なことだとばかりお思い申上げた。それ程たいしたものでもない音でさえ、折によっては引き立つものだのに、遥々と目を遮る物のない海辺なので、春秋の花紅葉の盛りの時よりも、却って、唯何となく繁っている若葉の蔭も艶めかしく、水鶏の叩く音のしているのは、『誰が門さして』[21]と思われて、哀れにお思いになる。入道が、音の珍しく好く出る箏の琴を、ひどく懐かしく鳴らしているのに、君はお心が留って、「それは女が、もの懐しくしどけなく弾くのが面白いものです」と、大方の上で仰せられると、入道は訳もなくにこにこして、「君が遊ばしますよりも懐かしい様など、何処にございましょう。手前は延喜[22]の御手を弾き伝えますことが三代になりますが、このように拙い身で、この世の事は捨てて忘れておりますが、ひどく気の塞ぎます折々には掻き鳴らしますのを、不思議に真似をする者がございまして、それが自然に、あの前大王[23]の御手に似通っておりますことです。山伏の僻耳で、松風の音を聞きちがえているの[24]でもございましょうか。何うかそれを、内々お聞きをいただきたいものでございます」と申上げるに連れて、身ぶるいが出て来て、涙も落しそうである。君は、「『琴をことども』お聞きになりそうもない所で、残念な事ですね」と仰しゃって、箏をそちらに押し遣られる。「不思議にも昔から、箏は女だけが好く弾くものです。嵯峨の御伝えで、女五の宮[25]がその世での上手で入らっしゃいましたが、其の御血筋で、取り立てて、これといって伝えている人がありません。総じて今世間に名を得ている人々は、一通りの慰みだけのものですのに、此処にそのように上手に弾き嗣いでいられたのは、まことに興のある事ですよ。何うしたら聴かれましょう」と仰せになる、入道は、「お聞きになるに何の御遠慮がございましょう、御前にお召しになりましても、商人[26]の中におります者からさえ、古い曲を聴いて愛でた人がございました。琵琶というものは、本当の曲を弾きこなす人は、昔も得難うございましたのに、何うやら滞るところもなくて、懐かしい曲なども手筋が格別でございます。何うして覚えたのでございましょう。荒い波の音にまじらせて置きますのは、悲しく存じますものの、積ってまいります嘆きも、その為に紛れる折々もございます」などいうのも、数寄者らしいので、君は面白いとお思いになって、箏の琴を取替えて入道にお遣りになった。ほんに、ひどく熱心に弾いた。今の世では聞かれない手筋を弾いて、手づかいはひどく唐めいていて、左手の音は深く澄ましていた。ここは伊勢の海ではないが、『清き渚に貝や拾はむ』▼27などと、君は声の好い人に謡わせて、御自分も時々拍子を取って、お声をお添えられるのを、入道は琴を弾きさしつつお愛で申す。御くだ物などを珍らしい様にして参らせ、人々には酒を強いなどして、自然に愁えも忘れそうな夜の様である。夜のひどく更けて行くのにつれて、浜風が涼しくなり、月も入り方になるにつれて澄みまさって来て、静かになった頃に、入道はお話を残りなく申上げて、此の浦に住み始めた頃の心づかい、後世の為の事を勤めている有様などを、ぽつぽつ申上げて、その娘の有様をも、問わず語りに申上げる。君は可笑しくお思いになるものの、さすがに哀れだとお思いになる点もある。「まことに申し上げ憎い事でございますが、我君がこのように、お思い懸けもない世界へ、仮りにもお移りになられましたのは、或は、年頃此の老法師が、お祈り申上げております神仏が、お憫みになりまして、暫くの間お心をお悩まし申すのではなかろうかと存じますところがございます。その訳は、住吉の神をお頼み申し始めましてから、今年は十八年になります。女の童がまだ幼少でございました時から、思うところがございまして、毎年春秋毎に、あの御社に詣ることにいたしております。手前の夜昼の六時の勤め▼28にも、自分の蓮の上の願いはもとよりと致しまして、ただ此の人の高い本望をお叶え下さる事を祈っております。前世の宿縁が拙くて、手前はこのように残念な山賤となってしまいましたが、親は大臣の位を保っておられました。手前はこのような田舎の民となってしまっております。子孫が次ぎ次ぎに此のようにばかり下って行きましたならば、何のような身分になってしまうだろうと悲しく思いますのに、娘は生まれました時から、頼もしく思える所があるのでございます。何うかして都の身分の高い人に奉りたいと思う心が深うございますので、身分に相応した大勢の者からの妬(ねた)みを受け、身の為には辛(つら)い目を見ます折々が多くございますが、少しも苦しみとは思いませず、命の続く限りは手前の狭い袖ではぐくんで行きましょう、このままで手前が先立って往(い)ったらば、海の中へでも入って死ねと言い聞かせてございます」など、全くそのままは書けないような事を、泣き泣き申上げる。君も様々な物思いをお続けになる折柄(おりから)なので、涙ぐみつつお聞きになる。

「無実の罪に当って、思い懸けない世界に漂うのは、何の宿業(すくごう)かと解らない事に思っていましたのに、今夜のお話を聞いて思い合せますと、ほんに浅くなく宿縁のあってのことだと、哀れに思います。何だって又、そのようにはっきりとお思い知りになっていられる事を、今までお話しにならなかったのでしょうか。都を離れました時から、世の転変がつまらなくなり、勤行(ごんぎょう)より外(ほか)の事はせずに月日を過していますので、すっかり気落ちがしてしまいました。そういう人の居られるということは、ほのかには聞いておりましたものの、流人(るにん)などは縁起の悪い者にお思い捨てになる事だろうと、控えておりましたのに、それならばお導きを願えることです。心細い独寝(ひとりね)の慰めにも」など仰せになるのを、入道は限りなくも嬉しく思った。入道、

独寝は君も知りぬやつれづれと思ひ明石の浦さびしさを▼29

「まして手前の、年月(としつき)に亘(わた)って歎いておりました心の結ぼれを、御推量下さいまし」と申上げる様子は、身を顫(ふる)わしてはいるが、さすがに上品でなくは無い。君は、「ですが、浦馴れている人の方は」といわれて、

旅衣うら悲しさに明かしかね草の枕は夢も結ばず▼30

とお砕けになっていられる御様は、一段と愛敬(あいぎょう)が添って、云いようもない愛(め)でたい御様子である。入道は数知れぬ程の事をお話し仕(し)つくしたが、書けば煩(うる)さくなることである。変な書き方をしたので、一段と、変な一徹な入道の心持も、現われた事であろう。

入道は思っている事が何うやら叶ったような気がして、心涼しく思っていると、翌日の昼ごろ、君は岡辺の宿に御文を遣わされる。気恥ずかしく思わせられる娘の様子なので、君は却ってこうした片田舎に、案外好い者が隠れていることもあるようだと心づかいをなされて、高麗の国から来た胡桃色の紙に、云いようもなく引繕ったお筆づかいで、

遠近も知らぬ雲居に眺めわびかすめし宿の木末をぞ訪ふ[31]

「『思ふには』[32]」

とだけであったようである。入道も内々君の御文をお待ち申してその家に来ていると、案の如くであったので、御使をひどく極り悪く思うまでに饗応する。御返事はひどく手間どれる。入道は、内に入ってそのかすが、娘は少しも聞き入れない。まことに気恥ずかしく思われるまで愛でたい御文の様なので、娘は筆を執る自分も手つきも恥ずかしく気おくれがして、君の御身分と自分の身分とが、考えるとひどくも懸け離れているので、心持が悪いといって物に凭って臥てしまった。勧めきれなくなって、入道が代って書く。

「まことに勿体ない仰せは、田舎びた狭い袂には包むに余るのでございましょうか、更に拝見も致さないほどの恐縮さでございます。しかし

眺むらむ同じ雲居を眺むるは思ひも同じ思ひなるらむ[33]

と見えまする。まことに好色好色しい事を申すことです」

と申上げた。陸奥紙に、手跡はひどく古風ではあるが、書き様は上品である。ほんに好色いている事よと、君は呆れ気味で御覧になる。御使には一通りのものではない玉裳を禄とした。その翌日、君は又、「宣旨書き[34]は見知らない事です」として、

いぶせくも心に物を悩むかなやよや如何にと問ふ人も無み[35]

「『いひ難み[36]』」と今度はひどく柔かな薄様の紙に、まことに優しくお書きになった。娘は、若い女の

そうした物を見て愛(め)でないというのも、まことに余りな引籠(ひっこ)み方であろう、愛(め)でたいとは拝見したが、及ぶべくもない身分で、何とも甲斐(かい)のない事なので、生中(なまなか)に、世にある者と君のお知りになったという事につけても涙ぐまれて、少しも前同様に心は動かないのであるが、達(たっ)て云われて、深くも香を焚きしめた紫の紙に、墨継ぎを濃く薄く紛らして、

思ふらむ心の程ややよ如何(いか)にまだ見ぬ人の聞きか悩まむ[37]

手跡も書き様(ざま)も、都の貴い人にもさして劣るまいと思われる程に上手なようである。それを見ると君は京での事が思われて、面白いとは御覧になられるが、続けてお遣りになるのも、人目が憚かられるので、二三日くらいの隔てを置きつつ、徒然(つれづれ)である夕暮、若(も)しくはしみじみとする曙(あけぼの)などのあわれに託(かこつ)けて、女も、その折々は、同じ心で感じているだろうと思われる時を推し量って、お書き交(かわ)しになるのに、女も不似合ではない御返事をして来る。女の考え深く気位の高い様子を直接に御覧にならなくては止(や)むまいとお思いになるものの、良清が我が物として云っていた様子も明らかで、年来心懸けていたようであるのに、見る目の前で失望させるのも気の毒だとお思いめぐらしなされて、相手の方から進んで来たならば、それを言訳(いいわけ)にして紛らそうにとお思いになるけれども、女は又、却って貴い身分の人よりも気位が高くて、君を口惜しがらせるようなお扱いをしているので、根気競(くら)べの様で時が過ぎて行った。君は京の事を、このように更に須磨の関をも隔てたので[38]、いよいよ覚束なくお思いになられて、何(ど)うしよう、『戯(たは)ぶれにくき[39]』事であるよ、忍んでお迎えしようかと、お心弱りのする時もあるが、それにしても、此の状態で年を重ねて行くようなこともあるまい、今更に外聞の悪いことなぞはとお思い鎮めになって入らせられる。

その年朝廷(おおやけ)では、怪しいお諭しが打続いて、騒がしい事柄が多くあった。三月十三日[40]、雷が閃(ひらめ)いて雨風の騒がしい夜に、帝の御夢に、故院が、御前(おまえ)の御階(みはし)の下(もと)にお立ちになられて、御機嫌がひどくお悪くて、お睨(にら)み申されるのを、主上(うえ)は恐入(おそれい)ってお出(い)でになる。仰せになる事が多くあった。源氏の君

の御事であったろう。主上は故院が一段と怖ろしく、又源氏の君を気の毒と思わせられて、大后[41]に申上げられると、「雨などの降って空の乱れる夜は、お気にしていることは、そのように夢に御覧になるものです。軽々しくお驚きになるものではありません」と仰せられる。主上は、故院のお睨みになったお眼とお見合せになったせいであろうか、御眼を煩わせられて、堪え難くお悩みになられる。御斎戒を、内裏でも后の宮でも限りなくなされる。太政大臣[42]が薨去になられた。当然のお年齢ではあるが、次ぎ次ぎに、自然と騒がしい事柄があるのに、大宮[43]も何所ということもなくお煩いになられて、時が立つにつれ、お弱りになって行かせられるようなので、主上にはお歎き遊ばされる事が様々である。「やはりあの源氏の君が、まことには犯した罪がないのに、ああして沈んでいるのでしたら、きっとその報いがあろうという気がされます。今はやはり前の位をも賜わらせられたいものです」と主上は度々お思いになって仰せになるのを、大后は、「世間が非難して軽はずみのようだというでしょう。罪を懼れて都を去った人が、三年も立たずに許されるという事は、世間の者も何のように言い伝えることでしょう」と、堅くお止どめになるので、主上は憚って入らせられる中に、月日が重って、御二方の御悩みは様々な風に重くなって行かせられる。

　明石では、例のように、秋は浜風が別して寒いのに、君は独寝もしんからもの侘びしく、入道にも折々御相談になられる。「何とか目に立たぬようにして、此方へおよこしなさい」と仰せになって、其方へお越しになることは、あるまじき事に思って入らっしゃるのに、娘は全くその事は思い立ちそうにもない。ひどく身分の低い田舎者こそ、仮りに都から下って来ている人の打解言に乗って、そうした軽率な契りを結ぶ事もあろう、君は人数にも思ってはお出でにならないのであるから、我はつらい嘆きが身に添うことになるのであろう、そのような及びもつかない願いを持っている親達も、私が処女として過している年月の間こそ、当てにもならない頼みを懸けて、行末を奥ゆかしくお思いにもなろう、却ってなさらでもよい苦労をすることになるであろうと思って、ただ君が此の浦にお出でになる間、このような御文を取り交すだけで結構なことである、年頃噂にばかり聞いて、いつの時かそうした人の御有様を、ほのかにでもお見上げ申したいものだと、遠い者にお思い申していたのに、このように思い懸けなかったお住まいをなされて、直接ではないがほのかにでもお見上げ申し、世に又と無いものと聞き伝えていた御琴の音も風につけて聞き、明け暮れの御有様も親しく見聞きして、このように私という者を世にある者と思ってお尋ね下さっただけで、海士(あま)の中で朽ちていた身には過分なことである、など思うと、いよいよ心が置かれて、少しも御接近申そうとは思ってもいない。親達は、永い年頃の願いの叶うことだとは思いながらも、卒爾(そつじ)に娘をお逢わせ申して、女君の数にもお思い下さらないようなことのあった時には、何(ど)のような嘆きをするだろうかと思いやると、気味が悪くて、結構な御方とは申しても、お見捨てになられれば辛(つら)く悲しくもあるべきことなので、目に見えない仏や神に頼みをお懸け申し、人のお心も、娘の宿縁をも知らないことをしてはなどと、考え直しては思い乱れている。君は、「この頃の波の音を聞くにつけて、お話の琴の音(ね)を聞きたいものです。今でないと甲斐のない事です」と常に入道に仰せになる。内々で吉日を占わせ、母君がとやかくと思い煩っているのも聞き入れず、弟子どもなどにさえも知らせずに、自身気を配って、耀(かがや)くばかりに娘の宿を飾り立てて、十三夜の月が花(はな)やかに登った時に、ただ『あたら夜の』▼44と君に申上げた。君は好色(す)き好色(ず)しいことだとはお思いになったが、御直衣(おんなおし)を召して引繕(ひきつくろ)われて、夜を更かしてお出懸けになる。お車はこの上なく立派に用意してあるが、仰々しいとお思いになって、お馬でお出懸けになられる。惟光だけをお供になされる。そこはやや山深く入った所なのである。途中も四方の浦々を見渡されて、思う者同志で見たいものと思われる入江の月にも、第一に、恋しい二条院の君をお思い出しになるので、このまま馬を行(や)り過ごして、その人のいる都にまで行きたいようにお思いになる。

秋の夜の月毛の駒よ我が恋ふる雲居にかけれ時のまも見む▼45

と思わず独語(ひとりごと)に仰せになる。岡辺の宿はその作り様が木深くて、凝(こ)った所が勝(まさ)っていて、見所の

ある住まいである。海辺の家の方は、厳めしく面白く作ってあるのに、此方(こちら)の方は心しめやかに住んでいる様で、こうした所に居て歎き尽していることであろうと、住んでいる人の心が思いやられて、もの哀れである。入道の三昧堂が近くにあって、鐘の声が松風に響き合ってもの悲しく聞え、巌に生えている松の根ざしも、面白い様(さま)である。前栽などには虫が声々に鳴いている。君は其方此方(そちこち)の有様を御覧になる。娘を住ませている方は、格別に磨き立ててあって、月影を射し入れさせている槙(まき)の戸口が、心ばかり開けてある。君は内におはいりになって休まれ、何かと物を仰せられるにも、娘はこれ程までに近々にはお目に懸るまいと堅く思っていたので、嘆かわしくて、打解けない心持なのを、君は、云いようもない構え方であるよ、このようなことは出来ない程の高い身分の女でさえも、これ程までに言い寄ると、心強くはしないものだとお見馴れになって来られたので、自分が此のように身が沈んでいるので、軽んじているのであろうかと口惜(くや)しくて、いろいろにお思い悩みになった。情(なさけ)のない仕方をするのも、今の場合に似合わない、根気競(くら)べに負けたことになるのは人目が悪いなどと思われて、お心を乱してお恨みになる様は、ほんに、物のあわれを知っている人に見せたいようである。身近く立ててある几帳(きちょう)の紐が触れて、箏の琴が響(ひびき)を立てたのも、今まで娘がくつろいで、それを弄(もてあそ)んでいた有様が見えて面白いので、「その、聞き馴れています琴の音までも、お聞かせにならないのでしょうか」など、様々に仰せになる。

睦言(むつごと)を語り合せむ人もがな浮世の夢もなかば覚むやと▼46

明けぬ夜にやがて惑へる心には何(いず)れを夢と分きて語らむ▼47

ほのかな様子は、伊勢の御息所(みやすんどころ)にまことによく似ている。娘は何心なく打解けていたのに、このように思い懸けなく君が入らせられたので、ひどく途方にくれて、近くにある部屋の中に入って、何(ど)うして閉(さ)し固めたのか、ひどく厳重にさせているのを、君は強いては無理な事はなさらない様である。しかし、そうばかりしては何うして居られようか。女の人様(ひとざま)はまことに上品で、丈が高くて、気恥ずかしいような様子をしている。君はこのように強いて拵えたような契をお思いになるにつけても、ひどく可愛ゆくお思いになる。お心が近勝りをしたのであろう。平生は厭わしくお思いになる夜の長さも、早く明けて行った心持がなされて、人に知られまいとお思いになるとお心忙しくて、細かにお話し置きになってお出になった。

　後朝の御文はひどく忍んだ様で今日はお遣しになる。要もない御心の鬼のさせる事であるよ。入道の方でも、こうした事は何うか、世間に漏らすまいと包んで、お使を仰々しくはもてなさないのを辛いことに思った。この事のあって後は、君は忍んで時々お越しになる。道のりも少し遠いのに、自然、口うるさい海士の子も立ちまじっていようかと、君は世間の聞えを憚っていられると、女はやはり案じた通りだったと思い嘆いているのに、ほんに何ういう訳だろうかと、入道も極楽のお迎いは忘れて、ただ君の御出でばかりを待つ事にしている▼48。今更に入道の心を乱すのは、まことに気の毒なことである。又、二条院の女君が、風の便りにでも此の事を漏れ聞かれることは、戯れの事にもせよ、心に隔てがあったのだとお疎みになられるようなことがあってはと、心苦しくも極り悪くもお思いになるのは、特別に御愛情が深いからである。都に入らせられた時、こうした方面の事は、女君もさすがに気にされてお恨みになられた折々のことをお思出しになると、何だって埒もないすさび事につけて、あのようにお思わせした事だったろうと、取返したい気がされて、今度の女君▼49の有様を御覧になるにつけても、京の女君の恋しさの慰めようもないので、いつもよりも御文を細かにお書きになられて、奥に、

「ほんに、我ながらも心にもない可い加減な事▼50で、貴方にお疎まれ申した節々を、今思い出してさえも胸が痛い程であるのに、又変な、果敢ない夢を見ました。こう申し上げる問わず語りで、隔てのない心の程は思い合せて下さいよ。お誓いしたことは忘れはしません」

などと書かれて、

「何事につけても」

しほしほと先づぞ泣かるるかりそめのみるめは海士のすさびなれども▼51

とある、御返事は、何気ないように、可愛ゆらしく書かれて、

「包みかねての御夢語りにつけましても、思い合せられる事が多くございますので」

うらなくも思ひけるかな契りしを松より浪は越えじものぞと▼52

穏やかな云い方ではあるものの、一通りではなく掠め恨んでいられるのが、君はひどく哀れで、下にも置き難いものに御覧になって、その後は久しく忍んでのお泊りにはお出でにならない。女は、案じたのに違わないお有様なので、今こそは本当に身を投げたいような心持がする。行く末の短かそうな親達ばかりを頼もしい者にして、何時の時に人並の身になれよう身とも思わなかったが、ただ何ということもなくて過して来たこの年月の間は、何事に心を悩ましたことがあったろうか、夫婦関係というものは、このようにまことに嘆かわしいものであることよと、予て推し量って思ったよりも、様々に悲しいのであったが、穏やかに身をもてなして、憎くはない様を君にお見せ申している。君は女君の可愛ゆさは月日につれて増しては来るが、都の貴い方が心もとなく年月を過して入らせられて、一通りならず此方をお思いになっていられるのが、ひどくお気の毒なので、独寝勝ちにしてお過しになっていられる。君は絵を様々にお書き集めになり、それに思う事を書き附けて、返事を聞くべきようにお仕向けになった。見る人の心に沁むような絵の様である。何うして空に通うお心なのであろうか、二条院の君も、もの哀れで、慰めようもなくお思いになられる折々は、同じように絵をお書き集めになりつつ、それに直ぐ、御自分の御有様を、日記のようにお書き附けになった。何のようになってゆくべき御有様であったろうか。

年が改まった。内裏では主上に御病いの事があって、世の中が様々に騒いでいる。当帝の皇子は、右大臣の御女の、承香殿女御の御腹に、男皇子がお生れになったのが、二歳にならせられてい

かにもお小さい。御位は春宮にお譲り申そう。[53]帝の御後見をし、世の中を政すべき人をお思いめぐらしなされると、あの源氏の、あのように沈んで入らせられる事は、ひどく惜しいことで、有るまじき事でもあるので、とうとう大后のお止めになるのに背いて、お許しになるべき旨を仰出された。去年から大后も御物の怪に悩んで入らせられ、主上には様々の怪しい諭しが打続き、世も騒がしいので、甚しい御斎戒などをされたお験であろうか、少しよくおなりになられた御目の悩みまでも、此頃は重くならせられて、お心細くお思いになられたので、七月の二十日余りの程に、又重ねて源氏の君に、京へ帰らせられるべき宣旨が下る。君は、終にはそういう事もあろうと思っていられたが、世の無常さを御覧になるにつけても、何のように成り果てて行く身だろうかと嘆いて入られたのに、此のように俄かな事なので、嬉しいにつけても、亦此の浦を今はと思い切られることをお嘆きになると、入道は、そうなるべき事とは思いながら、それと聞くと共に胸が塞がるような気がするが、思うがように君がお栄えになられてこそ、我が願いも叶うことであろうと思い直す。その頃は君は、夜を隔てることなく女君と逢って入らせられる。女君は六月頃からお身重になられた様子で悩んでいた。このようにお別れになるべき頃なので、君は生憎の事だとお思いになったせいもあろうか、以前よりも可愛ゆくお思いになって、我は不思議にもこうした物思いをするべき身であった事だとお思い乱れになる。女君はいうまでもなく嘆き沈んでいた。いかにも尤もなことである。君は、意外にも都を離れて、[54]悲しい旅にお立ち出でになられたけれども、遂には廻り廻って戻る時があろうと、一方では慰めて居らせられた。今度は、嬉しい方へのお立ちではあるものの、再び立ち帰って此所を見ることなどあろうかとお思いになると哀れである。お供の人々も、程々につけて喜びに思い、京からも御迎えに人々が参って、気持よさそうにしているのに、主人の入道は涙にくれていて、月も改った。[55]季節までも哀れな空の様子につけて、君は、何だって、我が心柄からの事ではあるが、今も昔も、浮浮きした事の為に、身を悩ますことであろうと、様々にお思い乱れになる。その事を知っているお側の人々は、

「困ったことです、例のお癖で」と君をお見上げして苦情を申す者もある。此の月頃は、少しも人に様子を見せず、時々忍んでお通いになるという情なさであったのに、[56]近頃は生憎にも、却って女君を悲しませることになろうと、突つき合って小声に云っている。少納言が知辺役でいい出したことだと、その初めの事をささやき合うので、良清は穏かならぬ気持がした。

明後日は御出立という頃になって、君は例のようにひどくは夜を更かさずに、女君の方に渡らせられた。はっきりとはまだ御覧にならなかった女君の容貌が、まことに上品に、気高い様をしているので、目ざましいことであったよと見捨て難く、残して行くのを残念にお思いになる。然るべき様で京へ迎えようというお心になった。そのようにお話になって女君をお慰めになる。男君の御容貌も御様子も亦、今更いうべきではないのに、年来の御勤行でひどくお顔のお痩せになっていられるのが、言うべくもない愛でたい御有様なのに、お心苦しげな面持で涙ぐまれながら、しみじみと深くお約束をなさる様は、唯これだけを身の幸として、何で止められない事があろうかとまでお見えになる程であるが、その愛でたい様につけても、女君は我が身分を思わせられて、嘆きが尽きない。波の声は、秋風には一段と響がちがっている。塩を焼く煙がかすかに靡いて、あわれを取り集めたここの様である。君、

この度は立ち別るとも藻塩焼く煙は同じ方に靡かむ[57]

と仰せになると、

かき集めて海士の焚く藻の思ひにも今は甲斐なき恨みだにせじ[58]

哀れに泣いて、言葉少なにしているものの、然るべき際の御返事などは、心浅くなく申上げる。君は、あの常にゆかしがって入らせられる物の音を、少しもお聞かせしなかったことを、ひどくお恨みになられる。「それでは、形見として思い出すような一声だけでも」と仰せになって、京から持って入らしてあった琴の御琴を取りにお遣りになって、御自身、心を籠めての調をほのかにお掻き鳴らし

になられたが、深夜の気の澄んでいる折の音(ね)は譬(たと)えようも無い。入道も怺(こら)えられずに、自分で箏の琴を持って来て御簾(みす)の中にさし入れた。女君も、琴の音に一段と涙を誘われて、止めようもないのに誘われたのであろう、箏の琴を忍びやかに調べるのが、まことに上手なようである。君が入道の宮[59]のお琴の音(ね)を、現代の並びなきものにお思い申しているのは、当世風で、ああ結構だと聞く者の心が堪能(たんのう)して、弾く人の容貌までも思いやられる事で、ほんに如何(いか)にも限りのない御琴の音である。此の君の琴の音は、飽くまでも深く弾き澄ますもので、奥ゆかしく心憎い音が勝っている。君のお心でさえも、初めての哀れな懐かしいもので、まだ耳馴れない手を弾いて、熟(じ)れたい気のする程で弾きさして、飽つけなくお思いになるにつけても、この月頃、何だって無理にも聞き馴らさなかったことだろうと残念にお思いになる。君は心を尽して、行末のお約束ばかりをなされる。「この琴(きん)は、又掻き合わせる時までの形見に上げよう」と仰せられる。女は、

なほざりに頼めおくめる一言を尽きせぬ音(ね)にや懸けて忍ばむ[60]

と、云うともなく口ずさぶのを、君はお恨みになって、

逢ふまでの形見に契る中(うち)の緒の調(しらべ)はことに変らざらなむ[61]

此の緒の音(ね)の変らない中に、きっと逢おうとお頼ませられるようである。けれど女君は唯、お別れする程の悲しさに咽(むせ)んでいるのも、まことに尤もである。

御出立の暁には、夜深くお立ちになって、お迎えの人々も騒がしいので、君はお心も上(うわ)の空であられるが、人の見ない間を見はからって、

うち捨てて立つも悲しき浦波の名残いかにと思ひやるかな[62]

女君の御返事は、

年経つる苫屋(とまや)も荒れてうき波の返る方にや身を副(たぐ)へまし[63]

と、思ったままを云っているのを御覧になるに、君は怺えては入らせられるが、御涙がほろほろと

こぼれた。お心を知らない人々は、やはりこうしたお住まいではあるが、年頃という程をお馴れになったので、今は別れとお思いになると、そうも思召されることであろうとお見上げする。良清などは、女君をおろそかではなくお思いになるのだろうと憎く思っていることである。お供の人々は、都に帰る嬉しさにつけても、ほんに今日を限りに此の浦に別れることだなぞと哀れがって、口々に涙ぐんで詠んだ歌もあることだろう。だが、何もそれまではと思って省く。入道は、君の今日の御装束をひどく結構な物にして差上げた。お供の人々の下々にまでも、旅の装束を珍らしい様にしてあった。いつの間に仕おうせたのだろうと見えた。君の御装いは云うべくもないもので、御衣櫃を幾つも荷わせている。都への苞になさるべき御贈物も、趣のあるもので、行届かない所なく揃えてある。今日お召しになるべき狩の御装束に添えて、女君の、

寄る浪にたち重ねたる旅衣潮どけしとや人の厭はむ▼64

とあるのを御覧になるにつけて、人々が立ち騒いでいるけれども、

形見にぞ換ふべかりける逢ふことの日数隔てむ中の衣を▼65

といって、「折角の志だから」と云ってお召換になる。御身に馴れた衣は女君に遣わされる。ほんに今一重、君をお思い申す種を添える形見であろう。云いようのない御衣に薫物の匂いの移ったのが、何で女君の心に染まずにいよう。入道は、「今はと世を離れた身ではございますが、今日のお送りを致せないのは残念で」といって、泣き顔をするのも気の毒ではあるものの、若い人々は笑うことであろう。入道は、

世をうみにここら潮じむ身となりてなほ此の岸をえこそ離れね▼66

「子故の闇には一段と惑う▼67ことでございますから、せめて国境までも」と申上げて、「好色好色しいようでございますが、お思い出しになります時がございましたらば」など、君に申上げる。君は心からあわれに思召して、所々赤くして入らせられるお眼もとの辺など、云おうようなくお見えになら

れる。「捨て難い体にもなっていられるようですから、追って直ぐに私の心持をお見直しになりましょう。ただ此の住家だけが見捨て難いのです。何うしたらいいでしょう」と云われて、

都出でし春の嘆きに劣らめや年経る浦を別れぬる秋▼68

といって涙をお拭きになるので、入道は一層ぼんやりして萎れこんだ。起ち居もあぶなくよろめいている。女君の心持は譬えようもないもので、これ程までには側の者に見られまいと心を鎮めるけれども、自分の身分の低いのが原因で、詮方のない事ではあるが、君のお捨てになって行かれた恨みの紛らしようもないのに、面影が身に添って忘れられないので、出来ることとては唯涙に沈むばかりである。母君は慰めかねて、「何だってこのような苦労なことを思い立ったのでしょう。何も彼も間違った人に従った油断というものです」という。入道は、「やかましいよ。お思い捨てにはなるまいと思われる事もあられるようだから、それにしても何うにかして下さるだろう。あなたも気を引立てて、お湯でも上がりなさい。ああ縁起でもない」といって、片隅に寄っていた。乳母や母君などは、入道の了簡違いなことを云い合いつづけて、「早く何うか、思うような様にしてお見上げ申そうと、永い年月を頼みにして来まして、漸く思いが叶うのかとお頼み申しましたのですに、心苦しいことを、御縁の始めに見ることとです」と嘆くのを見るのも気の毒なので、入道は一段と心が恍けられて、昼は一日中寝てばかり暮し、夜はきちんと起きていて、珠数の在り場所も分らなくなってしまったといって、珠数の無い手を揉んで空を仰いでいた。弟子どもに非難されて、月夜に出て行道をして、遣水に転げ込んでしまった。見事な巌の角で腰を突いて痛め、病んで臥ている間だけ、少し嘆きも紛れていたことである。

　君は難波の方にお渡りになって、御祓をされて、住吉の神にも、落着いての上で、様々の願をお果し申すべき由を、お使で申させられる。俄に御身が御窮屈になって、今度は御自身の御参詣はおできになれない。格別の御逍遥などもなくて、急いで都へお入りになった。二条院にお着きになられる

と、都にいた人もお供の者も、夢のような気持がして逢って、嬉し泣きの声も気味悪いまで騒がしかった。女君[69]も生き甲斐のないものと思い捨てられたお命を、今は嬉しくお思いのことであろう。まことにお美しくお体がお整いになって、お嘆きの間に、煩さいまでであった御髪が少し減ったのも、いかにも愛でたくお見えになるのに、今はこうして一しょにいる事が出来ることだと、お心が落着くにつけて、君は又あの飽かずに別れた人[70]の嘆いた様を、気の毒にお思いやられになる。やはりお命の限り、こうした方面でお心の暇の無いことであるよ。君はその人の事を女君にお話し出しになられた。お思い出しになられる御様子が、お心浅くはないことと見えるので、女君は、一通りではないと御覧になったのであろうか、態とではなく、『身をば思はず[71]』とほのめかして仰せになるのを、君は面白くも可愛ゆくもお思いになる。一しょにいてさえも満足のできない女君の御有様であるのに、何うして隔てていられた年月であったろうかと、呆れたことのようにお思いになるにつけ、今更に世の中が恨めしく思召される、間もなく君は前の位が改まって、員外の権大納言にならせられる。次ぎ次ぎの人も、然るべき者の限りは、前の官に復させられて、世間交りの許されたのは、枯れていた木が春に逢ったような気持がして、ひどく喜ばしそうである。君は召しがあって、内裏に参られる。主上の御前に侍らわれると、御容貌が前よりもお整いになられて、何のようにしてそんな汚くるしい住まいに年を経られたことだろうとお見上げ申される。女房などで、院[72]の御代からお仕えして、ひどく老いぼれた者などは悲しくて、今更に泣き騒いでお愛で申す。主上も気恥ずかしくさえ思召されて、御装いなども格別にお引き繕いになってお出になって入らせられる。御心地が例のようではなくて日頃を過されたので、ひどく衰えて入らせられるが、昨日今日は少しお快く思わせられた。御話をしめやかになされて夜に入った。十五夜の月が面白くて静かなのにつけ、主上には昔の事をぽつぽつとお思い出しになられて、お萎れになって入らせられる。お心細くお思いになるのであろう。「遊び[73]などもしませず、昔其方から聞いた物の音も聞かなくて、久しくもなることです」と仰せられるので、君は、

わたつみに萎へうらぶれ蛭の子の足立たざりし年は経にけり[74]

と申上げられると、主上にはひどく可哀そうにも、お心恥ずかしくも思召されて、

宮柱めぐり合ひける時しあれば別れし春の恨み残すな[75]

と仰せられて、まことに艶めかしい御有様である。

君は院の御為の御八講[76]を行われる事を、第一にお急ぎになられる。春宮をお見上げ申されると、ひどく御成長になられて、君を珍らしくお思いになりお喜びになるのを、限りなくも哀れにお見上げなされる。御学問もまことに優れて入らせられて、世をお保ちになられるに憚るところがなさそうにお見えになられる。入道の宮にも、お心を少し鎮められて、御対面になられる間にも、あわれな事があったであろう。ほんに、それよ、かの明石へは、お送りの者の帰るに托して御文を遣わされる。人に隠して細々とお書きになったことであろう。

「波の寄る夜々は何のようにして」

歎きつつあかしの浦に朝霧の立つやと人を思ひやるかな[77]

あの帥の娘の五節[78]は、何という訳もなく、ないないしていた歎きも覚めたような気がして、使の者に、何所からともいわずに、ただ文だけをさし置かせた。

須磨の浦に心を寄せし船人のやがて腐せる袖を見せばや[79]

手がひどく上手になったことだと、君は誰のものと見極められて、返事を遣わされる。

かへりてはか言やせまし寄せたりし名残に袖の乾難かりしを[80]

君は飽気なく、可愛ゆくお思いになった後なので、その文を御覧になって一段とお思い出しになられたが、此頃はそうした御振舞は、全くお謹しみになっているようである。花散里などにも、ただ御消息があったばかりなので、其方では覚束なく思い、却って恨めしそうにしていたとの事である。

▼1 浦風は何のように吹いているでしょうか、思いやりますと、涙の波が、絶間もないように袖を濡らしていけます此頃を。
▼2 行く人もとまるも袖の涙川汀のみこそ濡れまさりけれ（土佐日記）
▼3 公事の一つ。禁中に於いて仁王経を講ぜしめて、七難即滅七福即生を祈願する。
▼4 料理場。
▼5 もし、海にまします神の助けが此所に及ばなかったならば、自分は潮の八百重（やおえ）に合うあたりに流された事であろう。
▼6 父桐壺院。
▼7 新たに仏道に入った者。明石入道のこと。
▼8 良清。
▼9 十三日。
▼10 不㆑退有㆑咎（老子）
▼11 波にのみ濡れつるものを吹く風の便りうれしきあまの釣船（後撰集）
▼12 須磨での大雷雨の折、然るべき祈禱を依頼しておいた者。
▼13 藤壺。
▼14 別れても影だにとまるものならば鏡を見ても慰めてまし（須磨）
▼15 遥かにも貴方を思いやることです、知らなかった浦から、更に遠い方へと浦伝いをして行きながらも。
▼16 淡路にてあはと雲井に見し月の近き今宵は所がらかも（躬恒集）「あは」は、あれは。
▼17 あれはと見る淡路の島のあわれさは、同じくそう思って見た古人のあわれさまでも、残る所もなく見せて、澄んでいる今夜の月であるよ。「あは」は、「淡路」の縁語。「あはれさへ」は、我と古人（躬恒）とのあわれ。「隈」は「月」の縁語。
▼18 広陵散といい、琴の秘曲という。

▼19　御仏に供養する行法。
▼20　極楽。妙なる音楽が絶えず聞えているという。
▼21　まだ宵にうち来て叩く水鶏かな誰が門さして入れぬなるらん（河海抄）
▼22　醍醐天皇。
▼23　大王は親王。入道の師となられた方。
▼24　松風に耳馴れてける山伏は琴を琴とも思はざりけり。（花鳥余情）
▼25　嵯峨天皇の第五皇女。
▼26　白楽天の「琵琶行」の故事。白楽天が潯陽江にて、昔の長安の名妓が今商人の妻となっているのに逢い、そのすぐれた琵琶を弾かせて聞いたこと。
▼27　伊勢の海、清き渚の潮がひに、なのりそや摘まむ、貝や拾はむ、玉や拾はむ。催馬楽「伊勢海」
▼28　晨朝、日中、日没、初夜、中夜、後夜、一昼夜に六度の勤行をする。
▼29　独寝の何のようであるかは君も御存じでしょうか、徒然と嘆きに夜を明かすこの明石の浦の、その下心のさびしさは。「明石」に夜を「明かし」と掛け、「浦」に下心の意の「うら」を掛けてある。
▼30　旅の身のもの悲しさに、夜を明かしかねて、草枕に夢も結びません。
▼31　方角の見当も附けられない、知らない土地を佗しく眺めまわして、霞が懸っている宿の梢を、心当てに訪い寄ることです。というので、「かすめし」は霞んでいる意と、親の入道が、ほのめかして云った意とを懸け、「木末」を娘に喩えたもの。
▼32　思ふには忍ぶる事ぞ負けにける色には出でじと思ひしものを（古今集）
▼33　嘆いて御覧になりますその同じ雲居を、同じく嘆いて見ておりますのは、胸の思いもまた、君と同じ思いなのでございましょう。
▼34　代筆の意。
▼35　心もとなさに、心の中で悩んでいることです、何うしたのですかと尋ねてくれる人も無いので。
▼36　恋しともまだ見ぬ人の云ひ難み心にものの歎かしきかな（一条院）

▼37　思うと仰せになる、そのお心の程は何んなものでございましょうか。まだ御覧になったことのない私の事とて、お尋ね知りになられるにお悩みになることでしょう。で、「やよいかに」を承けて、君の心の信じ難さを云ったもの。
▼38　明石は須磨より更に西に遠ざかっている。
▼39　在りぬやと試みがてら逢ひみねば戯ぶれにくきまでぞ恋しき（古今集）
▼40　須磨に大雷雨のあった日。
▼41　朱雀院の御母、弘徽殿大后。
▼42　弘徽殿の御父。桐壺の巻の右大臣。
▼43　母后に同じ。
▼44　あたら夜の月と花とをおなじくは心知れらむ人に見せばや（後撰集）
▼45　この乗る月毛の駒よ、我が恋う人のいる遥かなあたりまでも駈けよ、暫しの間でも逢い見よう。（「秋の夜の」は、序。「雲居」は、都を暗示したもの）
▼46　睦言を語り合う相手をほしいものです。そうしたら、この辛い世の、夢にも似た辛さも半ばは紛れようかと思われますので。「睦言」の「言」、「合せ」など「琴」の縁語。
▼47　無明（むみょう）の夜のような浮世に、そのままで惑っています私の心では、何れが夢、何れが現（うつつ）と差別をつけて語れましょうか。
▼48　極楽に往生することを願って、その来迎を待つ入道が、今は源氏の御出を待ちもうけている意。
▼49　明石上。
▼50　明石で新しい女に逢っていることをいう。
▼51　涙にぬれて第一に貴方の恋しさに泣かれます、かりそめの海松布（みるめ）即ち苟且（かりそめ）に女に逢うという事をするのは、海士即ち私のすさびに過ぎないことですけれども。「みるめ」は、女に逢う意に、「海松布」を掛けたもの。「海士」は、明石における自分の譬。「しほしほ」「かりそめ」の「苅り」は、海の縁語。

▼52　他意なくも君を思っていたことであったよ。お約束になった事を違えられることはあるまいと思って。四五句は、「君を置きてあだし心をわが持たば末の松山波も越えなむ」（古今集）を踏んだもので、恋の誓として、絶無な事をいったもの。「うらなく」の「うら」は「浦」の意で、「浪」の縁語。

▼53　桐壺帝と藤壺（今の入道の宮）との間の皇子。後の冷泉院。

▼54　一昨年。

▼55　八月となる。仲秋。

▼56　良清。北山で源氏の君に明石入道の噂をしたことがあった。（若紫の巻）

▼57　この度は自分は立ち別れようとも、塩を焼くあの煙は、同じ方向に靡く事だろう。「煙」は自分と女君との譬。「同じ方に靡かむ」は、都に迎えて一しょになろうという意の暗示。「別る」は「煙」の縁語。

▼58　掻き集めて海士の焚く藻のような思いはありましても、今は甲斐のないお恨みをも申しますまい。「思ひ」の「ひ」に「火」を掛けたもので、「思ひ」は嘆き。上からの続きで、燻（くゆ）る火のような心中の嘆き。「かひ」は「貝」、「恨み」は「浦見」で、「海士」の縁語。

▼59　藤壺。

▼60　なおざりに、頼ませてお置きになるらしいお一言を、この琴の尽きずも立てる音に及ぼして、尽きずも思っておりましょう。「一言」に「琴」をかけたもの。

▼61　又逢うまでの形見と約束する中の、その中の緒の調は、格別には変らずに居てほしいことだ。「中の緒」は、七絃の中央の宮絃。「中」は、二人の間の意を掛けたもの。「調」は、女君の心の譬。「こと」は、「琴」を掛けてある。

▼62　この岸を捨てて、沖の方へ立って行くのも悲しい気のする浦波の、その名残は何のようであろうかと思いやることです。「浦波」は、源氏自身の、「名残」は、女君の比喩。

▼63　年を経て古くなった苫屋も荒れて苦しいので、この浦を捨てて辛くも返って行く波に、出来ることなら私の身も伴わせて失せゆきとうございます。「苫屋」は入道、「うき波」は源氏の君の比喩。

▼64　裁って縫いましたこの旅衣を、潮じみているといって貴方はお厭いになりましょうか。「寄る浪の」

は「たつ」の枕詞。「たち重ね」の「重ね」も、その関係のもの。
▼65 形見として私の衣を、この衣と取換えるべきです、逢うまでの日数を隔てるであろう二人の中のその中衣のこれを。「隔てむ中の衣」は、二人の身を隔てる中の衣の意で、一首はそれを形見にする意。
▼66 此の世を憂いものにして、この海に数多の年を塩じむ身となっておりますが、やはり此の世の岸を離れられずにおります。「うみ」は「倦み」と「海」とを掛け「塩じみ」は修行の苦労「此の世の岸」は、煩悩で、解脱の彼岸に対させたもの。
▼67 人の親の心は闇にあらねども子を思ふ道にまどひぬるかな（後撰集）
▼68 都を離れたその春の嘆きにも劣ろうか劣らない、年を経た浦を別れるこの秋の嘆きは。
▼69 紫上。
▼70 明石上。
▼71 忘らるる身をば思はず誓ひてし人の命の惜しくもあるかな（拾遺集）
▼72 桐壺院。
▼73 管絃の御遊。
▼74 海に萎れつ佗びつ致しまして、蛭の子の足の立たなかったという三年の年を経たことでございます。「蛭の子の足立たざりし」は、神代の故事で、三年間を足が立たず、海に放たれたことに絡ませたもの。
▼75 又めぐり合ったこうした時があるので、別れた春の恨みは残すな。「宮柱」は、「めぐり合ひ」の枕詞としたもので、前の歌と同じく神代の故事で、諾冊二神の神婚を云い、蛭の子を承けてのもの。
▼76 法華八講。
▼77 嘆き嘆き夜を明かす明石の浦に、その嘆きに立つ霧の、朝霧となって立ちもするかと、貴方を思いやっていることです。「霧」を溜息の凝ったものとしている。
▼78 須磨の浦にて源氏に文を送った女。
▼79 須磨の浦に心を寄せた船人が、それから直ぐに、涙の波の為に濡れ腐らせた袖を、お見せしたいものです。「船人」は自分の譬。「腐せる袖」は、恋の上の涙で腐らせたことを暗示したもの。「寄せ」は、波の

上で、「浦」「船」の縁語。

▼80　波が立ち帰った後では、恨みをいおうと思った、その寄せた名残で、袖が濡れて乾難かったのを。「かへりて」は、「却って」を掛け、「寄せたりし名残」は、文を寄せた跡の恋しかった意を、「袖の乾難かりし」は、涙の袖の乾きかねた意を暗示したもの。

【訳者略歴】

窪田空穂（くぼた・うつぼ）

1877年長野県生まれ。歌人・国文学者。本名は通治（つうじ）。東京専門学校（現在の早稲田大学）文学科卒業。太田水穂、与謝野鉄幹、高村光太郎、水野葉舟らと親交を持つ。その短歌は、ありのままの日常生活の周辺を歌いながら、自らの心の動きを巧みにとらえ、人生の喜びとともに内面の苦しみと悩みをにじませて、「境涯詠」と呼ばれる。1920年から朝日歌壇の選者、早稲田大学国文科講師を務める。のちに同大教授となり、精力的に古典研究を行なう。1943年、芸術院会員、1958年、文化功労者。1967年逝去。全28巻＋別冊1の全集（角川書店、1965〜68）がある。長男は歌人の窪田章一郎。

現代語訳　源氏物語　一

2023年3月25日初版第1刷印刷
2023年3月30日初版第1刷発行

著　者　紫式部
訳　者　窪田空穂

発行者　青木誠也
発行所　株式会社作品社
〒102-0072 東京都千代田区飯田橋2-7-4
TEL.03-3262-9753　FAX.03-3262-9757
https://www.sakuhinsha.com
振替口座00160-3-27183

装画・挿画　梶田半古「源氏物語図屏風」（横浜美術館蔵）
装　幀　小川惟久
本文組版　前田奈々
編集担当　青木誠也
印刷・製本　中央精版印刷株式会社

ISBN978-4-86182-963-5 C0093

【作品社の本】

小説集　黒田官兵衛

菊池寛、鷲尾雨工、坂口安吾、海音寺潮五郎、武者小路実篤、池波正太郎　末國善己編

信長・秀吉の参謀として中国攻めに随身。謀叛した荒木村重の説得にあたり、約一年の幽閉。そして関ヶ原の戦いの中、第三極として九州・豊前から天下取りを画策。稀代の軍師の波瀾の生涯を、超豪華作家陣の傑作歴史小説で描き出す！

ISBN978-4-86182-448-7

小説集　竹中半兵衛

海音寺潮五郎、津本陽、八尋舜右、谷口純、火坂雅志、柴田錬三郎、山田風太郎　末國善己編

わずか十七名の手勢で主君・斎藤龍興より稲葉山城を奪取。羽柴秀吉に迎えられ、その参謀として浅井攻略、中国地方侵出に随身。黒田官兵衛とともに秀吉を支えながら、三十六歳の若さで病に斃れた天才軍師の生涯を、超豪華作家陣の傑作歴史小説で描き出す！

ISBN978-4-86182-474-6

【作品社の本】

小説集　徳川家康

鷲尾雨工、岡本綺堂、近松秋江、坂口安吾　三田誠広解説

東の大国・今川の脅威にさらされつつ、西の新興勢力・織田の人質となって成長した少年時代。秀吉の命によって関八州に移封されながら、関ヶ原の戦いを経て征夷大将軍の座に就いた苦労人の天下人。その生涯と権謀術数を、名手たちの作品で明らかにする。

ISBN978-4-86182-931-4

小説集　北条義時

海音寺潮五郎、高橋直樹、岡本綺堂、近松秋江、永井路子　三田誠広解説

承久の乱に勝利し、治天の君と称された後鳥羽院らを流罪とした「逆臣」でありながら、たった一枚の肖像画さえ存在しない「顔のない権力者」。謎に包まれた鎌倉幕府二代執権の姿と彼の生きた動乱の時代を、超豪華作家陣が描き出す。

ISBN978-4-86182-862-1

【作品社の本】

秘薬紫雪／風のように

竹久夢二

「矢崎忠一は、最愛の妻を殺しました」

陸軍中尉はなぜ、親友の幼馴染である美しき妻・雪野を殺したのか。問わず語りに語られる、舞台女優・沢子の流転の半生と異常な愛情。大正ロマンの旗手による、謎に満ちた中編二作品。挿絵106枚収録。

解説：末國善己

ISBN978-4-86182-942-0

聖徳太子と蘇我入鹿

海音寺潮五郎

稀代の歴史小説作家の遺作となった全集未収録長篇小説『聖徳太子』に、“悪人列伝”シリーズの劈頭を飾る「蘇我入鹿」を併録。海音寺古代史のオリジナル編集版。聖徳太子千四百年遠忌記念出版！

ISBN978-4-86182-856-0